JN027447

首都襲撃

Terrorism
In The
Capital City

高嶋哲夫
Takashima
Tetsuo

PHP

首都襲撃　目次

プロローグ　5
第一章　爆発　16
第二章　警備　75
第三章　サプライズ　117
第四章　ターゲット　158
第五章　反撃　196
第六章　首都襲撃　243
第七章　誘拐　285
第八章　合衆国大統領　338
第九章　会議　379
第十章　スピーチ　416
エピローグ　455

装　丁——泉沢光雄

首都襲撃

プロローグ

悲鳴と泣き叫ぶ声で辺りは騒然としていた。

広場の石畳は、無数の倒れている人と立ち上がろうともがいている人、その間をさまようように歩く人で溢れていた。

「負傷者は百人を超えている模様。死者もおそらく数十人だ。一帯に千切れた手足や身体の一部が散乱している」

警備員のアーノルドは、負傷者を調べて歩きながら無線機を握り締めていた。火薬の臭いに混じっているのは、血の臭いか。

「聞こえてるだろ。悲鳴や、負傷者の呻き声だ。救急車を至急よこしてくれ。多いほどいい。都合の付く限りだ」

怒鳴るような声を出したが、若い女性の悲鳴がかぶさって相手が聞き取れたかどうかは分からない。彼女は頭から血を流した子供を抱き締めている。その子供の右腕は異様な方向に曲がっていた。

〈おまえは大丈夫か〉

「トイレの定期点検から出てきたところだった。爆風で飛ばされて床で頭を打った」

〈犯人はどうなった〉

「散らばっている肉片の一つになってる。爆発の起点が犯人だ」

日曜日の午後一時、ロンドン一のショッピングモール内の中央広場で、自爆テロが起こったのだ。

目の前の男が立ち上がろうとして倒れた。アーノルドは、救助隊が来るまで床に寝ているように言った。男の右足首から先がないからだ。彼はまだそれに気づいてない。三メートルほど先に目を向けると、靴を履いた足首が転がっていた。割れた額から流れる血が目に入るのか、男はしきりに目をこすっている。

「犯人は二人だ。一人が実行犯、もう一人は見張り役」

自爆テロは普通二人一組で行われる。一人は、実行犯が死の恐怖で逃げ出さないか見張るため、と聞いたが真偽のほどは分からない。

アーノルドは二人の男に二時間前から気付いていた。コーラの紙コップを持って、話しながら歩いていたのだ。不審者は警備員の姿を見ると視線を外す。たまに睨み返してくる者もいるが、近づくと慌てて目を逸らせる。彼らはどうだったか思い出そうとしたが、目前の風景に圧倒されて、思い出せない。

呆然とした顔で死者と負傷者の間を歩いている女性がいる。

「すぐに救急隊が来ます。座って待っていてください」

「娘を探しているの。いないのよ。私が抱いてたのに、いつの間にか消えてた。あなた、知らない？」

アーノルドに問いかけてくる。女が肩から提げているカバンの金具に何かが引っ掛かっている。子供の靴だ。その靴には脛から千切れた足が入っている。アーノルドはそっとその足を外して、床に置いた。

もう一度、広場を見渡した。重なり合い、散乱している遺体と負傷者。その間を肉親、知人を探して歩く人たち。彼ら自身の身体も傷つき、血にまみれている。至る所から呻き声と泣き声が聞こえる。

救急車と警察車両のサイレンが聞こえ、止まった。

そのとき、アーノルドは思い出した。はじめ、男たちは三人いた。一人は爆発の少し前に二人から離れていった。そいつはどこに行った。辺りを見回す。

広場の出入り口付近が騒々しくなった。担架を持った救急隊員が駆け込んでくる。背後には、警官と野次馬が続く。それを見て広場にいた人たちが出口に詰め掛け始めた。出口の近くに立って、それを見ている男がいる。男の姿が押し寄せる人波に隠れる。

「やめろー。そっちに行くな」

アーノルドは叫ぶような声で怒鳴ったが、途中で爆発音にかき消された。アーノルドの身体が爆風に飛ばされ、床に叩きつけられる。二度目の爆発が起こったのだ。

「これが神の望むことなのか」

消えそうになる意識の中で思った。

「この半年間で世界で起こったテロは大小を合わせると十二件。そのうち、八件は死傷者五十人以上の大規模なテロです。すべてが欧米で起きています。自爆テロと無差別銃撃が大半を占め、その両方が行われたケースもあります。特に先週のロンドンでのテロでは、子供を含めて百二十五人の死者と三百人以上の負傷者が出ています。ＮＩＳと呼ばれているグループの犯行声明が出されています。これは、欧米民主主義社会に対する挑戦とも取れる蛮行です。世界が手を取り合い一丸となり、こうした行為に対抗していかなければなりません」

マリア・スウォード国連事務総長は息を吐いて、会場を見渡した。

ニューヨーク、国連本部では臨時総会が開かれていた。

先月から、日本、アメリカ、イギリス、ドイツ、フランス、イタリア、カナダのG7が中心となって、ここ数か月間に世界で頻発している無差別テロ対策について話し合っている。日本とカナダ、イタリアをのぞく四か国では、いずれも大規模なテロ事件が起こっていた。

そのG7による会議が来月、東京で行われることが決定した。七か国の首脳が集まり、国連加盟国にテロ防止に対する強い覚悟を示し、賛同を求めようというのだ。

今回も臨時総会にもかかわらず多くの国が出席していた。しかし突然開催が決まった会議だったので、オンラインによる出席も多い。

日本の新崎百合子総理もオンラインで出席し、テロを非難し、日本ができる限りの協力をすることを宣言している。

「それでは来月の会議の主催国、日本の総理大臣、ユリコ・シンザキの決意表明です」

事務総長の言葉と共に、正面の大型スクリーンに新崎の姿が映し出される。

新崎は、穏やかだが強い意志を込めた眼差しをカメラに向け、ゆっくりと話し始めた。

〈まず、今回の一連のテロでお亡くなりになった方たちと、そのご家族のためにお祈り申し上げます。一年前、日本でもテロにより、官邸が襲撃されるという前代未聞の事件が起きました〉

新崎は、自身もテログループにより拉致され、命の危険にさらされたこと、そのとき、日米両国の多くの人々が亡くなり傷付けられたことを述べた。

〈しかし、我々は決して悲観的にはなりませんでした。世界が私たちを見守り、応援してくれていることを知っていたからです。テロは卑劣な行為です。多くの罪なき人の命を瞬時に奪い、多くの人を悲しみの淵に落とします。大切なことは、テロによって世界は何ら変わらないことを共通認識として持つことです。世界は団結して、断固戦わなければなりません。日本はテロ撲滅のために、最大限の努力をする覚悟です。今一度、世界の団結をテログループに示すことが必要です。世界の首脳が集い、テロ撲滅のために力を尽くすことを約束いたします〉

新崎が力強く述べた。

〈世界はさほど長くない歴史の中で、多くの思い違いや身勝手な主張で、幾度となく分断され、憎しみ合ってさえきました。しかし、今はその時期ではありません。地球温暖化、パンデミック、大気や海洋汚染などの環境破壊に対して、国を超えて団結しなければならないときです。テロ撲滅に向けて立ち上がりましょう〉

新崎は会場に向かって深々と頭を下げた。会場に拍手の波が広がっていく。

二時間にわたる会議では、ここ数か月間に起こった、ロンドン、パリ、サンフランシスコ、そしてベルリンでのテロについて話し合われた。犯行声明は、イスラム過激派イスラミックステート、ＩＳから分かれたニュー・イスラミック・ステート、ＮＩＳによって出されている。ＩＳが壊滅状態になってから生まれた、新しい過激派勢力だ。自爆テロ、無差別銃撃、自動車の暴走など何でもアリの超過激集団だ。

参加国が一致して、テロ支援国家に対して経済制裁を伴うテロ撲滅の宣言を行うことが決まった。Ｇ７の首脳会議はひと月後、場所は島国で比較的安全と思われる日本で開かれることが決定した。

「これは、世界がテログループにテロの撲滅を宣言する会議です。世界の国家も、個人も、望んでいるのは平和です。お互いの違いを尊重し合い、許し合う寛容に満ちた心です。私たちは強い心を手に入れました。その心を世界に伝えたいと思います。第一回のテロ撲滅世界会議を日本の東京で開くことを決定いたします」

国連事務総長の言葉に、会場では拍手が沸き起こった。


テントの中には四人の男がいた。

一番年長の男は、アブデル・サウード、五十七歳。次に、オマール・カラハン、二十九歳。アミル・アル・ジダンは二十一歳だ。彼らを見守るように立っているのは、三十九歳のフセイン・アブデルカデルだ。全員が顎髭を伸ばし、髪も耳を隠している。フセインはカラシニコフ銃を持っていた。

アブデルはノートパソコンの画面を三人に向けた。ロンドンでの二度の自爆テロの様子が映っている。逃げ惑う客たちの叫び声、悲鳴、泣き声――。

「アッラーアクバル」と叫ぶと同時に、辺りは閃光と炎と白煙に包まれる。

「聖戦は成功した。百二十五人の死者と三百人以上の重軽傷者だ。我々の聖戦で世界を変えたい。真の神の国を作るのだ。次のターゲットはこの国だ」

パソコンをクリックすると、〈第一回テロ撲滅世界会議〉の文字が現れる。急きょ開催が決定された、G7による国際会議だ。各国が情報を共有し、テロ支援国家に制裁を加えることを採択する。

「主要国が結束してテロ撲滅に乗り出すようだ。彼らに神の意志を伝えてやりたい。この会議を異教徒たちの血に濡れた会議にする。ニューヨークのかつての貿易センタービルにしたい」

アブデルは厳かな口調で言う。心の中に熱く燃えるものが湧き上がるのを感じる。息子三人と娘が二人。米軍の空爆で、手足をもぎ取られ、血まみれになって死んでいった。下の娘はまだ一歳半だった。今こそ報復のときだ。

「航空機で突っ込みますか。喜んで操縦する者も多いでしょう」

「あとが面倒だ。十年前を思い起こせ。異教徒たちの、自らの行為を忘れた狂気の報復が始まる。会議には自分たちが世界を支配していると錯覚した豚どもが集まる。彼らを殺しにいく。その前に、自分たちの愚かさを十分に分からせた上でだ」

画面に写真が現れた。各国の指導者たちだ。

「道連れは多ければ多いほどいいでしょう。神も喜ぶ」

「この国は武器を持ち込むのが難しいと聞いています。国内での入手はさらに困難だとか」

「すでに手配済みだ。日本にも仲間はいる。武器の用意はできている」

アブデルはレッドアーミーと言った。男たちは顔を見合わせた。聞いたことのないグループだ。

「信用できるのですか」

「ノーだ。神以外は誰も信用できない」

アブデルが低い声で言う。彼がノーと言えば、そうなのだろう。ではなぜ、信用できない者たちと組むのだ。

「彼らにとっては金が神らしい。金のためなら、仲間内でも殺し合う哀れな奴らだ。彼らは、これほど大きな仕事の経験はない」

「そんな奴らに任せて大丈夫なのですか」

「何重にも手を打ってある。失敗は許されない。必ず目的を果たす」

アブデルは自信を持って言い切った。


ジョンは緊張で硬くなった身体をほぐそうと肩を回した。この瞬間は何度経験しても、慣れるということはない。アメリカ、ニューヨーク、ダウンタウンの薄汚れたアパートだった。

廊下の突き当たりの小さな窓から見える外はまだ暗い。

ジョンと相棒のアル、FBI捜査官の三人は、ドアの前で様子をうかがっていた。ジョンとアルはニューヨーク市警の刑事だ。中からは物音ひとつ聞こえない。しかし、複数の人間がいることは確かだった。おそらく、拳銃を構えて。

「行くぞ。用意はいいか」

両手で持った自動拳銃の引き金にかけた指をわずかに動かした。直感に従え。自分自身に言い聞かせた。一瞬のためらいで命を落とす。

「ワン、ツー、スリー」

アルの低い声と共にドアを蹴破(けやぶ)り、飛び込んだ。

銃声と同時に、アルの身体が後ろに弾(はじ)かれるように倒れた。

ジョンは夢中で引き金を引き続けた。五発撃って指が止まった。目の前の床には、二人の若い男が倒れている。一人は銃を持ち、胸を赤く染めた上半身裸の男だ。全弾、胸を狙(ねら)って撃った。もう一人は、その背後に倒れていた。まだ十代にも見える若い男で、大きめの上着を着ている。額に銃弾の痕があるが、ジョンが撃ったものではない。背後のＦＢＩ捜査官だ。こいつは、俺たちを盾代わりにしていたのか。

　胸を撃たれたアルが起き上がった。銃弾は防弾ベストで止まっていた。それでも顔をゆがめて、何度も息を吸い込んでいる。

「おまえらラッキーだったな」

　背後にいた男の遺体の前にしゃがんだＦＢＩ捜査官が振り返って言う。ボールペンで遺体の上着を開くと、爆薬らしきものが組み込まれたベストを着込んでいる。若者の手に握られているのは、爆薬とコードでつながった起爆装置だ。スイッチを押す前に射殺されたのだ。

「残念だったな。七十二人の処女の所にはたどり着けなかった」

　殉教した者には、天国で女と飽食が待っている。彼らはそれを信じて死んでいく。そう思うと、目の前の若者が急に哀れに思えてきた。まだ十代だ。死後の世界でより、俺はこの世で楽しみたい。

「今ごろあの世で悔やんでいるだろう。バカなことをしたと」

「こいつら、これからセントラルステーションに行くはずだった。そして朝の通勤電車に乗る。爆発していれば、少なくとも数十人の死者は出ている」

「俺たちがそれを阻止したというわけか」

　階段を駆け上がってくる複数の足音が聞こえる。鑑識を含めたニューヨーク市警の警官たちだ。

　ジョンたちは奥の部屋に入った。ベッドとデスクだけの部屋だ。

　デスクの上には様々な工具や電子部品が散らばっている。直方体の塊はセムテックスか。

作りかけの爆弾だ。彼らはここで爆弾作りに励んでいたのだ。

「こっちに来てみろ」

ベッドにあったノートパソコンを覗き込んでいるFBI捜査官がジョンとアルを呼んだ。

画面には十枚近い写真と、図表が映し出されている。男たちの間に緊張が走った。

「爆発物の作り方か。地図、写真、文章は――犯行声明文か。次のテロの資料かもしれない」

ジョンたちは画面に顔を近づけた。

「日本の写真じゃないか。軍にいたときに行ったことがある」

ジョンはパソコンをクリックした。セントラルステーション、ウォール街、ブロードウェイの写真と共に、富士山と東京タワーの写真がある。さらに、日本で開かれる〈第一回テロ撲滅世界会議〉の資料が入っていた。

鑑識の男たちが寄ってきて、パソコンの上に屈み込んだ。

「たしかに東京だ。日付は――」

FBI捜査官がパソコンを閉じた。

「持ち帰って詳しく分析だ。注意して扱え。トップシークレットだ」

「この資料はCIAの方が詳細に分析できるんじゃないか」

ジョンは言ったが、パソコンは電源を抜かれてFBI捜査官が抱え込んだ。

爆発が起こったのは、ジョンとFBI捜査官が部屋を出た直後だった。部屋にはまだ、アルと十人近いニューヨーク市警の警察官が残っていた。


必死に前に出ようとするが、身体が動かない。

殺してやる、という叫び声が響いた。黒いフードをかぶった男がナイフを構えて新崎に飛び掛かる。銃を抜いて向けようとするが、すでに遅すぎる。

明日香は新崎と男の間に、身体を投げ出すように飛び込んでいった。

胸に激しい衝撃を受ける。ナイフが肋骨を通り抜けて肺に刺さり、男が明日香にぶつかる。全力で男を跳ね返そうと足を踏ん張り、男の腹に当てた拳銃の引き金を引き続ける。二発、三発……。男の真っ赤な目が自分を見つめている。

背後で悲鳴に似た叫び声が上がる。首筋から胸にかけて生温かい液体が流れてくる。血だ。自分の血か男の血か。それとも新崎の血か。頭が混乱している——。

明日香は叫び声を上げて飛び起きた。息が荒く、全身にじっとりと汗をかいている。これで何度目だ、同じ夢を見るのは。

首相官邸が襲撃されて、上司が死に、自分自身も傷を負ってからすでに一年近くが過ぎている。警視庁警備部警護課に復帰して、しばらくは事務職に就いたが、ひと月前からは警護官として再び新崎に付いている。

「断ってもいいんだ。当分は現場に出なくてもかまわない」

「やらせてください。身体はもう大丈夫です」

脳裏には高見沢の顔が浮かんでいた。やはり女は警護官に向いてない、そうは言わせない。

「身体より精神が問題だ。やるなら、一瞬たりとも気を抜くな」

上司の横田が明日香を見つめて言った。

「夏目警護官が現場に戻るなら、私の所にして」

新崎の強い要望だと聞いている。

第一章　爆発

1

明日香は辺りを見回した。クリスマスソングと共に、子供のはしゃぐ声が聞こえてくる。十二月に入り、町は人で溢れていた。

日曜日の午後二時。東京、丸の内の複合ビル。

一階の一角には広場があり、吹き抜けになっている。六階までは広場が見渡せる回廊が取り囲んでいた。客は三千人を超えていると聞いている。

新崎がここに来ることが決まったのは今朝だった。昼に近くのホテルで開かれる党の会合に出ることになっていた。その帰り道に、ハプニングを装い、買い物客の前で十分のスピーチをする。総理になる前は、たびたび来ていた場所だという。

新崎百合子は五十八歳。去年、女性初の総理大臣になった。意志が強く、統率力のある女性だ。多くの国民には人気があるが、女性だという理由だけで敵に回る者もいる。政府内にも、隙があれば引きずり降ろそうと考えている者も少なくない。

先月、イギリス、ロンドンのショッピングモールで自爆テロがあったばかりだ。やめた方がいいと、明日香は何度も新崎に頼んだが、「私は大丈夫」のひと言で強行された。

「それならせめて、訪問は直前まで伏せておいてください」

「サプライズというわけね。面白そう」

諦めるかと思ったが、かえってはしゃいだ声が返ってきた。

明日香は先発隊の一人として、一時間前から複合ビルにいた。安全チェックをしていたのだ。

〈クイーンは十分後にビル裏口に到着。その五分後には総理来店のアナウンスがあります。総理のスピーチは十分。滞在は計二十分程度です〉

明日香のイヤホンに連絡が入る。〈クイーン〉は新崎の就任以来の符丁だ。すでに週刊誌記者にも知られているので、そろそろ変えるように提案したが、新崎は気に入っているらしくイエスとは言わない。

明日香は一階の広場と各階の回廊を見渡した。不審者はゼロ。トラブルを起こしそうな者は新崎到着前に排除しなければならない。もっとも、本物のテロリストが不審者の職務質問で引っかかることはまれだ。つまり、大部分はくぐり抜けている。

「もっとも護りにくい状況ね」

明日香は自分自身に確認させるように呟いた。

スピーチが行われるのは一階の広場で、観衆が多すぎる。高見沢なら必ずそう言って、明日香たち警護官にプレッシャーをかけ続ける。

拍手と歓声が聞こえてきた。新崎が広場に入ってくる。

新崎のスピーチが始まった。広場は人で溢れ、ほとんど身動きできない。

明日香は新崎の二メートルほど後方にいた。

「こんにちは、そしてメリークリスマス。私はこうして、十二月の一日を皆さんと共有することを嬉しく――」

その瞬間、明日香の身体は空中を飛んでいた。考えるより早く、身体が反応したのだ。

演壇の新崎を突き飛ばし、覆いかぶさっていた。頭に衝撃を感じた。撃たれた、と思い目を閉じた。いや、殴られたのか。

壇上に駆け上がってくる秘書と職員。広場は騒然としている。明日香は新崎に覆いかぶさったまま腰の銃に手をやっていた。肩を叩かれ、振り向きざま抜いた銃を相手に突き付ける。

「夏目巡査部長、立ってください。犯人は確保しました」

同僚の声で銃を下ろし立ち上がったが、左手は新崎の肩に置いたままだ。

「急いで。総理を連れて外へ――」

「私は大丈夫。このままスピーチを続けさせてちょうだい」

新崎が明日香の言葉を遮り、押し殺した声で言う。

明日香は周囲を見回して、新崎の肩から手を離した。一度言い出したら聞かない人だ。

立ち上がった新崎はマイクの前に立った。

「私は今度も優秀な警護官に救われました。でも、靴は投げるものじゃないです。履くものよ。みなさんも気を付けましょうね」

新崎の言葉に笑い声が上がる。新崎は何事もなかったかのように、話し始めている。

「何があったの」

明日香は横に立っている警官に小声で聞いた。

「靴を投げられました。酔っぱらった男です」

「なぜ、そんな男を会場に入れたの。あなたたちは――」

明日香は途中で言うのを止めた。自分も現場にいたのだ。日本の警備の限界だという気がする。警察にも政治家にも危機感はほとんどない。自分たちSPが身体を張るしかない。

「あなたたちは持ち場に戻って。今度飛んでくるのは、ナイフかもしれない。しっかり自分の職務を果たしてね」

明日香は一歩下がって、周囲を見回した。ナイフならまだ何とかできる。しかし、銃弾であれば……。高見沢ならなんて言うだろうか。やはり、「身体を張れ」だろう。

夏目明日香、二十八歳。女性初の総理付きのSPだ。女性総理が誕生したため、急きょ任命された。一年前、官邸がテロリストに占拠されたとき、上司の高見沢と、新崎を護ってテロリストと戦った。高見沢は殉職（じゅんしょく）したが、明日香は新崎を護り抜いた。そのとき以来、新崎と明日香は、総理とその警護官という関係以上に強く結びついている。


首相官邸五階、総理執務室。大型の執務机の前に、ソファーとテーブルが置いてある。

ソファーには、二人の女性が並んで座り、対面に三人の男が座っていた。

女性は新崎と夏目明日香警護官だ。新崎がドアの横に立っていた明日香を強引に連れてきて、座らせたのだ。男たちは、横田恭介（きょうすけ）五十四歳、警視庁警備部警護課長、高津義男（たかつよしお）四十二歳、警視庁公安部外事第一課長、益本富雄三十七歳、内閣情報調査室室長だ。彼は警視庁公安部からの出向。全員がテロ対策機関の幹部だ。明日香の全身に緊張が走った。何かが起こったのは明白だ。

「今朝、送られてきたアメリカからの情報です」

横田がパソコン画面を見ながら言った。画面には数枚の写真と英語の説明文が付いている。テロ撲滅世界会議にはロバート・アルフレッド、アメリカ合衆国大統領も出席する。彼はチェイス・ドナルド前大統領とは対照的に、外交にも力を入れ、同盟国重視を表明している。

「ニューヨークの事件で射殺されたテロリストのパソコンに入っていたものです」

横田が新崎に説明する。新崎は顔を近づけて画面を見ている。

「〈第一回テロ撲滅世界会議〉の資料ですね。これだけじゃ、何を狙っているか分からない。会議の中止か、会議へのテロか、会議に集まる首脳たちの暗殺か」

「もしくは、そのすべてか」

明日香が付け加えた。横田が明日香を睨んだ。

「まず資料の信憑性です。アメリカが送ってきたものをすべて信用するというのは――」

「あの爆発でニューヨーク市警の警察官が七人死亡、手や足を失った者も複数いると聞きました。しかし、会議を中止にはしません。必ず開催します。テロには絶対に屈しない。我が国の意思を世界とテロ集団に見せつけたい」

画面から顔を上げた新崎は、横田に向かって力強い言葉で言い切った。

「彼らに一度弱みを見せると、必ずそれにつけ込んでくる」

明日香は、新崎の国連総会でのオンラインスピーチを思い出した。新崎は昨年、官邸が襲撃された事件を例にとり、テロに断固対抗すると決意を述べた。しかし、現実は理想とはあまりにも違いすぎる。官邸襲撃事件では警察官と自衛官、そして民間にも多くの死傷者が出ている。

「やはり中止すべきです。これだけ明らかなテロ実行計画の証拠があるんですから。中止を表明しても、誰も総理を批判しません」

「テロリスト以外はね。開催国としては、何としてもテロを阻止し、会議を開くべきです」

新崎は断固とした口調で答えると、目をパソコンの画面に戻す。

画面には床に転がる二つの死体と、死体が着ている上着の内側にある爆発物の写真が映っていた。次にデスクに並べられている爆発物製造の部品と工具類の写真だ。爆発はこれらの写真を撮った後に起こったと書いてある。

「爆発物は半径十メートル以内の物を破壊し、人を死に至らしめることができる量だと、FBIは分析しています」

横田が自爆ベストの写真を拡大した。

「日本では欧米のように、際立ったテロは最近起きていません。官邸が占拠されたのは例外中の例外です。それだけ、テロ対応の経験がないということです」

「治安がいいということは誇るべきことです。今後も日本の取るべき路線です」

「世界的にはテロを起こすには存在感が薄いというだけです。島国という特徴もありますが」

新崎に横田が答える。高津が肩をすくめて言う。

「一部の国には憎まれています」

「北朝鮮や中国のことですか。テロを起こすとは考えられません」

横田が皮肉を込めて言う。

二人の言葉を聞いていた新崎が立ち上がり、ゆっくりと参加者を見回した。

「この会議はどうしてもやりたい。テロなど無意味だということを世界に示したい。何の関係もない人まで巻き込んで、何かを訴えようとする。でも生まれるのは憎しみだけ。なぜそんなことに気づかないいんでしょう。彼らは勝者の論理というけれど、犠牲になるのは勝者でも敗者でもない。一般の人たち」

穏やかだが、強い決意を込めた言い方だ。

「この会議は大きな意味を持ちます。世界にテロリズムの無意味さと、テロリストたちの非道さを明らかにする会議です。世界は絶対にテロを許さない。断固として戦うという意思表明をする」

これでこの打ち合わせは終わりというように、三人に向かって軽く頭を下げた。

男たちは納得のいかない顔をしていたが、それぞれの部署へと帰っていった。

明日香と二人きりになると、新崎は椅子に深く座り込んだ。しばらく眉間に指をあてマッサージを続けている。

「大丈夫ですか、総理」

明日香が新崎を覗き込むと、顔を上げた。

「あなたこそ、大丈夫なの。まだ病院には通っているんでしょ。復帰は私が望んだことでもあるんだけど」

「もう傷も痛みませんし、体力も回復してます」

「私が言ってるのは、こっちの方よ」

新崎は自分の左手を胸に当てた。

「夢を見るんでしょ。私だって長い間、よく眠れなかったし、悪夢も見た。あなたは私よりも遥(はる)かに過酷(かこく)だった」

「仕事ですから。私は色んな面でラッキーでした」

明日香は笑おうとしたが、顔は引きつっただけだった。

「お互いに早く乗り越えましょう」

詳細な報告書を書いたし、まだ心理カウンセリングを受けている。重度のＰＴＳＤとの診断だ。新崎はそのすべてを知っているのだろう。明日香が殺されかけたことも、何人も殺したことも。

「ところで、靴を投げてきた男はどうなったの」

新崎が話題を変えるように明日香に聞いてくる。

「三日間拘束(こうそく)された後、釈放(しゃくほう)されました。その間に身辺調査をしましたが、特に思想的な背景はありませんでした。かなり酔っていて、自分が何をやったか覚えていないようです。家族は、これでしばらくアルコールは控えるだろうと」

「ただの酔っぱらいだったわけね。もっと穏便(おんびん)に済ますことはできなかったの」

「一国の総理に靴を投げつけたんです。けじめはキッチリつけるべきです」

延長して最長の二十三日間、勾留(こうりゅう)してもよかったくらいだ、と明日香は思う。

「今回の会議について、あなたの本音を聞かせて。警備の者と私とでは、かなり見解の相違があるみたい」

「総理の考えは危険だと思います」

明日香は言い切った。

「なぜなの。日本では外国勢力のテロ事件なんて起きていない。官邸占拠の件は別にして」

「今までは、です。日本は欧米とは違うと考えられてきたのでしょう。宗教的にも、軍事的にも、政治的にも」

憲法上、日本は直接的な海外派兵はできない。

「それに、銃器の所持は禁止、ナイフなどの武器の携帯も厳しく制限されています。島国であり、秘密裏に国内に持ち込むことも他国と比べて難しいのは事実です」

「色々言っても、日本は安全な国なのよ」

「それも、今まではということです。現実では、世界中でテロ事件が後を絶ちません。たまたま運がよかっただけとも取れます。今後は気を付ける必要があります」

新崎は考え込んでいる。

「第一回テロ撲滅世界会議はどうしてもやらなければならない。我が国がテロを怖がって中止にするようなことがあれば、テロ集団の勝ちになる。彼らは今後ますます勢力を増し、被害は世界中に広がっていく」

新崎は再度強い口調で言った。

「あなた、スーザンとは連絡を取り合ってるんでしょ」

スーザン・ハザウェイとは、官邸がテロリストに占拠されたときに知り合った。ワシントン・ポストの政治部記者で、テロリストの狙いはスーザンだった。公(おおやけ)にはなっていないが、前大統領の娘だ。ホワイトハウスとは今も記者としてつながっている。

「週に何度かはビデオ通話をしています。最近は映画や音楽、ファッションの話が多いですが」

「アメリカの本音が聞けないかしら。建前じゃない真意。専門家による推測でもいい。現在、世界で頻発しているテロは本当にNISによるものなのか、目的はあるのか。日本の機関ではそれすら明確には分からない」

新崎が明日香を見つめて聞いた。

「その上で、あなたなりの意見を聞かせてちょうだい」

明日香の意見がどうであれ、最後の決定は新崎自身でするということだ。できる限りの情報を集めて、最良の判断をするということか。


その夜、明日香はマンションに帰ると、スーザンに電話した。日本時間午後十一時。ワシントンD.C.は午前九時だ。

呼び出し音が響き始める。一回目が鳴り終わると同時にビデオ通話が始まる。スマホの画面には、部屋でコーヒーカップを持ったスーザンの姿が映っている。スマホをスピーカーにして、正面に置いているのだ。

〈そろそろ電話がかかってくると思ってた。テロ撲滅世界会議の開催についての相談でしょ〉

「アメリカ政府の考えを聞かせてほしい。建前と本音の両方」

〈アルフレッド大統領は今度の会議を非常に重要視している。ただし、現在のところだけど。次の選挙用にね。アメリカは、テロに対してはどんな譲歩もしない。わずかでも譲歩の姿勢を見せると、テロリストを調子付かせるだけ。人命を脅しに使えば、何でもできると思わせてしまう〉

テロリストは、一度弱みを見せると、とことんそれを利用しようとする。この認識は、新崎と同じだ。

「日本が会議の中止、または延期の意思を表明すればどうなるの」

〈世界から失望される。でも、みんな内心ホッとするでしょうね。感謝されるかも〉

スーザンが一瞬、考え込む仕草をした。

〈世界では、それほどテロの脅威が増しているということ。あなたがもっともよく知っている。去年も首相官邸が占拠された〉

「あれはテロとは違う。お金目当てのならず者が主犯だった」

官邸占拠の犯人は表面上、政治的要求を突き付けてきたが、裏では巨額の金を要求していた。

〈でも、人が大勢死んだことは事実。味方も敵も〉

スーザンの表情が変わった。おそらく明日香の変化を感じとったのだ。

〈悪かった。まだ悪夢を見てるのね。体調はどうなの〉

事件が解決し、スーザンがアメリカに帰った後も、毎日のように連絡を取り合っていた。二人がテロリストにもっとも近い存在だった。スーザンが狙われ、明日香が彼女を護った。

「体調は元に戻ってる。夢はときどき見る。でも事件直後の十分の一くらい。私が殺した人たちが出てくる」

〈やめなさい。そんな言い方。あなたが私たちを護るためにしてくれたこと。だから私もこうしてあなたと話していられる〉

スーザンがスマホの中から明日香を見つめている。

「これは一生私が背負っていかなければならないこと」

〈私だって同じ。私がいなければ、あなたも他の人もあんな目には遭わなかった〉

二人は三十分余り話した。スーザンはホワイトハウスの真意をさらに調べて連絡すると約束した。

あと少しで日付の変わる時間だ。新崎がまだ起きていることは分かっている。一度上着のポケットに入れたスマホを再度取り出した。

〈スーザンと話してたんでしょう。何か分かったの〉

三度目の呼び出し音で新崎の声が返ってくる。

スーザンとの話をかいつまんで話した。新崎は無言で聞いていたが、分かったと言って電話を切った。何も言わなかったということは、すでに心の中では結論は出ているのだ。

「やはり、やる気か」

声に出して言ってみたが、間違いないだろう。

「準備だけは百パーセントやっておく必要がある。たとえどんなことが起ころうと」

頭の中には予想される様々な状況が浮かんでいる。

ベッドに入ったが、眠れそうにない。

起き出してパソコンを立ち上げ、この一年間に起こった世界のテロ事件を調べていった。一般人がスマホで撮ったテロの写真が多数アップされている。

世界の大規模テロはこの半年の間に急速に増え始めた。すべて、人が多く集まる広場やスーパーマーケットなどで起こっている。

日本で起こった大規模テロは、一年前の官邸が襲撃された事件だ。だがあれは、金目当ての犯罪者集団が起こした事件だった。民間人にも多くの死傷者が出たし、都心で爆発、発砲事件も起きた。イスラム過激派が日本で欧米並みのテロ事件を起こしたら……。明日香は頭を振ってその考えを振り払った。

2

翌日、明日香はいつもより一時間早く家を出た。新崎から直接話を聞きたかったのだ。官邸に入るといつもと空気が違っている。顔見知りの職員を呼び止めた。

「何かあったんですか」

「リアルタイムの映像です」

職員がスマホを突き出した。

スマホの画面には、粉々に砕けたコーヒーショップの入り口付近の動画が映っている。十人余りが路上に倒れている。その間を歩き回っているのは、救急隊員と警官だ。通りの反対側には赤色灯が回る救急車とパトカーが並んで止まっている。

「十分前、六本木交差点のコーヒーショップに置かれたデイパックが爆発しました。現在、死者が五人に負傷者が十人以上です。これからもっと増えそうです」

明日香のスマホが鳴り始めた。上司の横田だ。総理執務室へ行け、のひと言で電話は切れた。スマホを握ったまま五階へ向かった。

執務室には十人を超す人が集まっている。官邸の警備関係者と数人の閣僚だ。テレビを見ていた新崎は、明日香の顔を見て、ホッとした表情を浮かべた。

横に来るように合図して、すぐテレビに視線を戻した。

「半径一キロの地点に検問を置いて犯人検挙に全力を挙げている。私たちの国でテロは絶対に許さない。必ず捕まえて、法の裁きを受けさせる」

新崎がテレビに視線を向けたまま、吐き捨てるように言う。

「爆弾はデイパックに入っていた時限爆弾。警視庁と内調が協力して犯人逮捕を急ぐように指示を出した」

「内調が動いているんですか」

「犯人はテロリストでしょう。内調の益本さんから電話があった」

内閣情報調査室、通称、内調は、官邸直属の情報機関として設立された。各省庁からの出向者がほとんどで、内閣の重要政策に関する情報の収集分析が主な仕事となっている。国内部門や国際部門などがあり、国際テロ情報集約室も設置されている。

殺人や爆破などの凶悪事件は、刑事部捜査一課の仕事だ。合同捜査となると、かなり難しい。表だった反発は聞かないが、ライバル意識は強いはずだ。

「あなたも犯人逮捕にはできる限り協力して」

新崎はテレビから明日香に視線を向けた。

「部署が違います。私の任務は総理、あなたを護ることです」

「そうね、悪かった。できる限り、あなたの指示には従う。でも、無理なことは無理だから」

テロ撲滅世界会議の開催について言っているのだ。この爆破は新崎の開催意思をますます強いものにしたようだ。自分は口出しすべきではない。自分の仕事は、どんな状況であっても全力で新崎の安全を護ることだ。

「十分後に閣僚会議が始まる。そこで、益本さんに詳細を話してもらう。閣僚の危機感を高めたい」

国民の危機感とは言わなかった。それも意識した発言だろう。

「あなたは常に私のそばにいて。それが一番私の心の安定につながる」

新崎は信頼を込めた目を明日香に向けた。

ノックと共にドアが開き、秘書が入ってきて閣僚会議が始まることを告げた。


新崎が閣議に出ている間、明日香は刑事部捜査二課の富川に電話をした。

捜査情報を知っておきたかったのだ。二課は詐欺などの知能犯を担当する部署で、爆破事件の捜査に関わることはないが、事件の重要性から情報は入るはずだ。

〈防犯カメラと聞き込みで容疑者は絞れていると聞いた。その先は捜査班しか分からない〉

口元を手で覆ったような声が返ってくる。

富川幸雄は警察学校の同期生だ。法学部の卒業で司法試験に三度落ちて、警視庁に入ったと聞いている。

「犯人は日本人なの。それとも外国人。そのくらいは分かるでしょ」

〈無理を言うな。捜査情報は警視庁内部でも極秘事項だ〉

「私は総理の警護官。総理を護るためにも容疑者の情報は必要」

返事はない。本当に彼には分からないのか、口止めされているのか。

〈俺は素人の犯行だと思う。あまりに不用心だ。朝の九時に防犯カメラだらけの場所だ。すぐに足が付く〉

「素人がどうして、爆弾なんかを手に入れられたの。実行犯は素人だけど、裏にはプロがいるってこと?」

〈おそらく。プロが素人を使った事件だ。捜査本部が立ち上がるが、異例の捜査本部になる。刑事部と公安部が、現在会議中だ。これは、貸しだぞ〉

　電話は一方的に切れた。

　明日香は考え込んだ。公安部外事第一課が入り込んでくることは想像がついた。各道府県警察の公安課と外事課は警備部に所属する。しかし、警視庁では刑事部と公安部は別の部署だ。さらにもし今回の爆破事件が、世界中で起こっている一連のテロの延長だとすると、警備部も関係してくる。


　一時間後には、警視庁の刑事部捜査第一課と公安部外事第一課の合同捜査本部が発足した。内閣情報調査室も情報共有ということで、オブザーバーとして参加している。

　警視庁に設けられた合同捜査本部には、「六本木交差点爆破事件合同捜査本部」の看板がかかっていた。捜査員は百人体制の合同部隊だ。これほど大規模な捜査本部が設置されるのは異例だった。警視庁幹部は、よほど早急な犯人逮捕と事件解決を指示したのだ。これも来月の国際会議を安全に行うための準備か。

　指揮を執（と）るのは捜査第一課の千葉（ちば）俊介（しゅんすけ）課長、四十三歳だ。しかし、一課長の横には公安部外事第一課の高津課長も座っている。

　最初に、防犯カメラで撮影された爆発現場の映像が流された。完全な無差別殺人だ。刃物を振り回したり、ガソリンなどの燃焼物をまいて火をつけるというものとは違う。殺傷力の高い爆発物を使用している。

「爆破犯は周辺の防犯カメラの映像、爆発の中心近くから発見された身体の一部から採取したDNA検査から、赤木勉と判明している。年齢二十六歳。前科三犯。傷害、恐喝などで三年服役している。今回も、出てきて三時間後の犯行だ。死者十二人のうちの一人だ。発見された右手の指紋も一致した」

千葉は捜査員たちを見回した。

「爆発物は現在科捜研が調べているが、爆薬、起爆装置を含めてかなり高性能のものと言っていた。この際だ、何でも言ってくれ」

「大規模なテロの疑いがあると聞いています」

捜査員の一人が言った。公安部との合同捜査ということからも明らかだ。

「問題は赤木の背後にいる者だ。おそらく赤木は実行犯にすぎない。指示された通りに動いて、爆弾が爆発した。赤木は自分が自爆犯になるとは思ってもいなかったのだろう」

「捨て石ですか。自分が運んでいるのが何かも知らず、ドカーン」

捜査員から声が上がる。

「赤木はただの運び屋として利用された。日本ではまれな事件です」

「出所して三時間以内です。その間に真犯人と連絡を取り、爆発物を受け取った。どこで連絡を取ったか、突きとめればいいわけですね」

「刑務所内でも接触があったはずです」

「イスラム過激派が嚙んでいると思います。必ず、どこかでつながります。そのつもりで捜査してください」

さまざまな声が飛び交い始めた。

「出所してから赤木が接触した者を片っ端から洗うんだ。三時間だ。まだ防犯カメラの映像も残っている。これはまだ極秘だ。マスコミはもちろん、身内にも話すな。赤木の行動は今日中に特定しろ。以上だ」

捜査会議は三十分で終わった。捜査員は半分に分かれた。半数は捜査本部に残って、今までに回収した防犯カメラ映像のチェック。残りは二人ずつの組に分かれて、さらなる防犯カメラ映像の入手と、聞き込みのために散っていった。

夕方、再度捜査会議が開かれた。赤木の出所からの足取りがほぼ解明できたのだ。

正面のモニターには赤木の姿が映し出されている。横浜刑務所の出口に設置された防犯カメラ映像で、赤木が出て行く様子が映っている。

「お出迎えなしか。淋しい奴ですね」

「わざとかもしれない。行き先が分かってる者の歩き方だ。表情にも迷いはない」

捜査官は次の映像を映した。

「赤木が東京行きの電車に乗り込むところです。所持金は十五万四千円」

「多いですね。服役は三年。内部で稼いだんですか」

「一週間前に十万円を姉が横浜刑務所に持ってきた。出所後の生活資金の補助だ。姉を調べさせたら、弟の友人と名乗る人物に頼まれたらしい。連絡は電話だけで、姉は誰とも会っていない。礼金は二万円。金はすべて振り込みだ。姉自身は弟と縁を切っているそうだ」

「不審に思わなかったんですか」

「弟の友達を詮索したり、それ以上関わり合いにはなりたくなかったと繰り返していた」

「十万……犯行に対する謝礼にしてはせこいですね。その他にももらったんでしょうか」

「姉は何も知らないと言ってる。赤木はたんなる運び屋で、この事件に関しては被害者だ。自爆犯にされたんだ。次を急げ」

映像は東京駅に変わった。駅構内を赤木は歩いていく。赤木がトイレに入った。

「ここで赤木の足取りが途絶えました。出てきた様子がないんです」

「トイレで誰かと接触したんだ。着替えて出てきて消えた。もう一度、再生してくれ。気付いたことがあれば言ってくれ」

トイレの出入り口が映っている防犯カメラの映像が再度流された。

「この男、赤木です。メガネをかけてデイパックを背負っている男です。間違いない」

トイレに入って、二十分後の映像だ。服も入ったときとは違うが、間違いない。出所して二時間後、爆発一時間前の姿だ。

「着替える必要なんてあったんですか」

「用心だろ。背後にいる奴はバカじゃない。トイレで赤木に爆弾と着替えを渡した者がいるはずだ。前後、一時間の映像はあるか。トイレに異常に長くいた者を特定しろ。必ずいるはずだ」

対象者はすぐに見つかった。赤木が入る二十分前にトイレに入り、赤木が出て十分後に出てきている。その男は五十分、トイレにいたことになる。中で何をしていたか。さすがにトイレの中まで防犯カメラはない。

「年齢、三十代前半。身長百七十センチ後半でやせ形。体重は七十キロ前後か。髪は黒で刈り上げている。黒のマスクにサングラス。国籍は——不明だ。先入観は持つな。トイレに入るときはデイパックと紙袋を持っているが、出るときにはどちらもなし。この男が、赤木に接触したと考えられる。この男の顔をよく覚えておくんだぞ。爆破犯Aだ。男の全身と顔写真を印刷しろ」

捜査官が映像を見ながら特徴を挙げ、指示を出していく。

「赤木はトイレで着替えて、デイパックを持って出てきた。中にはタイマーがセットされた爆弾が入っていた。赤木は中身が爆弾とは知らない。受け渡しのブツが入っているとか言われて、六本木のコーヒーショップに入って、人を待った。やがて、時間がきてドカーン。次は爆発時間前後の六本木の防犯カメラ映像だ」

映像は六本木交差点に移った。

デイパックを持った赤木がコーヒーショップに入っていく。

「爆発の二十分前だ。爆破犯Aは、東京駅から六本木のコーヒーショップまでの時間を、すべて計算している」

「爆破犯Aを探すんだ。必ず赤木を見張っているはずだ」

捜査員は三人ずつの十班に分かれて六本木交差店周辺の防犯カメラ映像を調べ始めた。その他の捜査員は、東京駅のトイレで赤木と接触した男の写真を持って聞き込みに散っていった。

「爆破犯Aの逮捕は時間の問題ですね。おそらく、日本に潜伏(せんぷく)していたテロリストだ」

「まだ逮捕したわけじゃない。何人いるかも不明だ。軽々しく決めつけるな」

高津が捜査員を睨みつける。

その日の夜、警護の仕事を終えた明日香は六本木に行った。

爆発の現場には、数人の制服警官が立っていた。

規制線の黄色いテープの前には多数の花束が置かれ、相当数のカードもあった。

コーヒーショップは窓ガラスが割れ、ドアはなかった。規制線の外側で、写真を撮っている者も多い。中には自撮りでVサインをしている者さえいる。

映像では赤木は中ほどのテーブルに座っていた。爆弾の入ったデイパックを渡した男は、そこまで指示したのだろう。爆弾が店の中央で爆発したほうが被害は大きい。そして、その通りになった。もし自分がそういう場面に遭遇したら、新崎の盾となって爆風を受けることができるか、と明日香は自問した。

明日香は辺りを見回した。自爆犯にはその結果を見届ける者がついていると聞いた。おそらく今回も爆発を見届ける者がいたはずだ。赤木が途中でデイパックの中身を確かめようとしたり、どこかに放り出さないとも限らない。

確実に実行犯の姿が見えて、爆発の被害が及ばないところはどこだ。建物の一階だと実行犯の姿は見えない。二階で爆風の届かないところだ。かなり限られてくる。

明日香は通りを隔てた店の前を歩いた。爆発は朝の九時に起きている。開いている店は多くはない。

「お嬢さん、何か用ですか」

近づいてきた制服警官が聞いてくる。

「今日、爆発があったところでしょ。ちょっと見てただけです」

「もう一時間近くここらを歩き回っている。なにか身元の分かるものを」

「私も警察官です。警護官をやっています」

明日香は警察手帳を見せた。

「失礼しました。当分は気を付けるように言われています。犯人の関係者が様子を見に来るかもしれないからと」

「私もそう思う。でも、あなたなら大丈夫ね。爆弾を爆発させた男、名前はほら――」

「犯人については、何も聞いていません」

すでに実行犯の名前は特定されているはずだが、捜査本部以外の者には知らされていないのか。

明日香は礼を言って、その場を離れた。この辺りの店の防犯カメラ映像はすべて回収して、目視とＡＩの顔認識ソフトにかけているはずだ。

もし自爆犯が爆弾付きのベストを着て新崎に近づいてきたら。ふっと頭に浮かんだ。突然、全身に震えのようなものが走り、足元がふらつく。信号機の柱に手をつき、なんとか身体を支えた。先ほどの警官が不審そうな目を向けている。

明日香は背筋を伸ばし、再度コーヒーショップに視線を向けると、足早にその場を離れた。

3

明日香は飛び起きた。スマホが鳴っている。

普段はマナーモードにしているが、自宅で寝るときには音量は最大にする。熟睡していても、二回目の呼び出し音までには必ず応答するためだ。

捜査二課の富川だった。時間は午前二時十二分。

「重要な電話でなかったらぶっ殺す」

〈爆破犯Aが特定された。実行犯の赤木に爆弾入りのデイパックを渡した男だ。一課が十分後に逮捕に向かう。目が覚めたか〉

最初のひと言で意識が呼び覚まされている。

「爆弾を渡した男は、外国人なの」

〈いや、日本人だ。鈴元豊、二十七歳。もと半グレだ。現在は一匹狼を気取っている〉

半グレとは、暴走族の元メンバーや仲間たちがつながった若者のグループだ。暴力団に所属せず、恐喝、詐欺、強盗など、やり方が凶悪なことで知られている。

「彼が黒幕じゃないでしょ。そんな男が爆弾を爆発させても、何の得もない」

〈俺は知らない。一課の連中が興奮してる。好意で教えてやったんだ。これは極秘事項だぞ〉

極秘だからな、と繰り返して電話は切れた。

明日香はしばらくスマホを耳に当てていた。我に返ったときには、部屋は闇に包まれていた。この時間、警視庁内部では出動準備が進められている。

十分後に逮捕に向かうと言っていた。おそらく都内だ。一課が今から総力を挙げて取り組むとなると、明け方までには鈴元は逮捕され、警視庁に連れてこられる。

だが、爆弾は一つとは限らない。ニューヨークの爆破犯は拳銃で武装していた。首謀者がニューヨークの事件と同じであれば、鈴元も銃器で武装している可能性が高い。逮捕に向かう刑事たちも拳銃を携帯し、使用許可が出ているはずだ。下手をすると死傷者が出る。

ベッドに入り直したが、眠れそうにない。無理をしてでも眠っておかなければ。警護には一瞬のミスも許されない。二度目はないのだ。高見沢の口癖だった。

明日香は目を閉じて心を空にしようとした。横になっているだけでも、体力は回復する。これも高見沢に教わった。

窓の外が明るくなり始めたころ、明日香は富川に電話した。前の電話からすでに三時間が過ぎている。

呼び出し音が鳴ると同時に声が返ってくる。

〈鈴元の身柄を確保した。今ごろは警視庁だ。新聞発表はなし。分かっているのはこれだけ〉

「上出来。総理には報告するんでしょ」

〈もうしてるだろ。俺が知ってるんだから。遅れると後が面倒だからね〉

「なぜ新聞発表はないの。国家機密並みということなの」

そのとき、スマホに着信通知が現れた。

「着信が入ってる。総理から。切るからね」

明日香は富川の電話を切ると、通話をタップした。

〈爆破犯が逮捕された。話し中だったのはその件でしょう〉

「そうです。これからそちらに向かいます」

気を付けて来るのよ、の言葉と共に電話は切れた。

明日香は飛び起きて、シャワーを浴びるとマンションを出た。人通りはほとんどない。始発電車は動いている。

地下鉄の駅に着くまでにタクシーが来たら乗ろうと思って歩いていると、タクシーのランプが近づいてきた。

午前六時、明日香は総理執務室にいた。

十分後には内閣情報調査室の報告があるという。その後、警視庁刑事部から千葉一課長が来る。どうせ同じ話だ。

「どこまで知ってるの」

明日香の顔を見て新崎が聞いてくる。

「実行犯は赤木勉。彼を手引きしたのは鈴元豊で、すでに逮捕したことだけです」

「踏み込んだら、なんの抵抗もなく逮捕ですって。拳銃と手榴弾は持ってたのに」

「それは知りませんでした。鈴元は何かしゃべりましたか」

「黙秘だそうよ。すべて弁護士が来てからですって。そういうことだけはしっかり知ってるんだから。アメリカのテレビドラマの影響ね」

新崎が呆れたような口調で言う。

「これで私は安全かしら。爆発の実行犯は死に、首謀者も逮捕された」

「総理に安全などという言葉はありません。鈴元も首謀者ではなく、誰かの指示に従っただけでしょう。でも、自分の逮捕は想定外だったんじゃないですか。しかも、こんなに早く。だから銃器も使わずに逮捕された」

「パスポートとフィリピン行きのチケットを持ってたって。今日の午後のフライト。それに、日本円二百万円と米ドル三万ドル。うまく逃げ切れると思ってたのね」

秘書が呼びに来た。

「内調の方たちは、全員そろっています」

新崎は明日香についてくるように言って、総理執務室を出て行く。

官邸の会議室には四人の男が待っていた。

室長の益本をはじめ、三人の内閣情報調査室の職員だ。

新崎に続いて明日香が入ると、男たちの視線が集まる。

明日香は思わず足を止めた。益本たちが警視庁の人間が何の用だという顔で見ている。

「いいのよ。あなたにも詳細を知っておいてもらいたい」

新崎が穏やかな口調で明日香に言う。これは男たちに向けての言葉でもある。

「しかし……」

益本が新崎に不満に満ちた視線を向けた。

「テロリストに狙われる可能性が高いのは私。だから私を護っているＳＰにも、現状は正確に知っておいてほしい。一番危険な立場なんだから」

益本は納得のいかない顔をしたが、反論はしなかった。

「十分で説明して。次の会議が待っている」

新崎が時計を見ながら言う。

「六本木の爆破事件の犯人は一人は死亡、一人は逮捕されました。しかし、背後には、さらに大規模なテロリストグループの存在が考えられます。やはりテロ撲滅世界会議は、延期か中止される方が賢明です」

「分かりました。考えておきます」

新崎が答える。新崎の「考えておく」は、ノーだ。

「テロリストの次のターゲットは東京でした。ニューヨークの爆破犯の部屋から、東京に関する資料が多数見つかっています。テロ撲滅世界会議の資料と、会議が予定されている迎賓館の見取り図と写真も見つかりました。周辺の地図もです。彼らはまだ目的を果たしていません」

「コーヒーショップの爆破はウォーミングアップ。次にテロが起こるのは、テロ撲滅世界会議ということね」

明日香は二人の言葉を聞きながら、平静を保とうとした。しかし動悸は激しくなっている。

「警備は万全に行います。だったら、恐れることはない。テロリストが望んでいるのは恐怖です。彼らは恐怖で人を支配しようとしている。もっとも恥ずべきこと」

新崎も平静を装おうとしているが、声がわずかに震えている。それは恐れではなく、怒りからくるものだろう。

この会議の警備は今まで以上に重要で、困難な仕事になる。テロを行おうとしているのはどの組織なのか、誰を狙っているのかさえ、ハッキリしていない。この程度の情報で、何をすればいいのか。警備部は部を挙げて、ひと月近くも前から会議の警備計画を錬っている。近隣の県にも応援要請をして、警備の準備は進んでいる。だが、という思いもある。相手は命を懸けているのだ。退路を断って、死を覚悟した相手ほど恐ろしい者はいない。しかも、護るより仕掛ける方が遥かに分がある。時と場所を選ぶことができる。

ノックと共にドアが開き、秘書に連れられた捜査一課長の千葉が入ってきた。犯人逮捕の報告だろう。千葉は益本たちを見て、視線を新崎に移した。

「爆破事件の指示者が逮捕されたんでしょう。詳しく話して」

千葉は鈴元逮捕までの経過を説明した。内閣情報調査室の者たちも無言で聞いている。

「背後にはさらに大きな組織が存在します。彼らはインターネットで連絡を取り合っていたようです。鈴元の口座には約五千万円の入金がありました。ただしビットコインの口座です」

「五千万で、六本木のコーヒーショップで爆弾を爆発させたというの？」

「今のところ、相手を特定するものは見つかっていません。日本にいるのかさえ、不明です」

千葉が新崎の問いには答えず続ける。

「今回の事件とニューヨークやロンドン、パリ、サンフランシスコの事件は関係があるんでしょう。犯人はいずれも同じ組織の人間で、狂信的なイスラム原理主義者。鈴元もそうなの？」

「まだ分かりません。日本は島国であり、銃器は厳しく規制されています。外国人が自分で動くより、金で日本人を雇う方がやりやすいと思います」

「どこかの国際テロ組織が鈴元を雇い、鈴元が赤木を雇ったというのね」

新崎が問い詰めるように聞く。

「必ず聞き出します。鈴元はまだ事件の重要性に気づいていないようです。いずれ――」

「鈴元の背後には国際テロ組織がいます。ＣＩＡからニューヨークのテロ事件について連絡がありました。イスラム過激派が関わっています」

益本が千葉の言葉を遮った。

「テロ撲滅世界会議は予定通り開催します。Ｇ７です。六か国のトップが訪日します。絶対にテロは防がなければなりません」

新崎が強い決意を込めた口調で断言した。誰も答えない。答えようがないのだろう。

こういうとき、高見沢ならどう考え、どう行動するだろう。この一年、習慣になっている思いが明日香の脳裏をかすめた。ロンドン、パリ、サンフランシスコのテロは無差別銃撃と自爆テロだ。

　ベルリンでは銃撃戦で十七人が死亡、五十人余りが負傷している。半月前のロンドンでは、同じ場所での二度の自爆テロで百人を超す死傷者が出ている。テロの規模としてはかなり大きい。犯行を行ったのは、すべてＮＩＳの戦闘員だ。その後もニューヨークで自爆ベストを着けた男が射殺されている。その後の爆発で十二人の警察官が死傷した。

　六本木の場合はどうだ。現在、分かっている犯人は日本人のみだ。彼らに思想性は見つかっていない。タイマー付きの爆薬が使われ、犯人の一人は爆死しているが自爆ではないだろう。死者は十二人。一人は逃げる途中、転倒して頭を打った老人だ。欧米の爆弾より爆発力は小さかった。

（これはデモンストレーションだ。彼らの狙いは六本木ではない。本命はテロ撲滅世界会議）

　明日香は心の中で呟いていた。


「浮かない顔ね。犯人は逮捕され、捜査は続いている。何か心配事があるの」

　総理執務室に戻ると同時に、新崎が口を開いた。

「会議までは二週間、会議は二日間。これからです」

「問題は何だと思ってるの？　遠慮なく言って。私はあなたを信頼している」

　新崎が明日香をいたわるように言う。明日香の緊張を見抜いているのだ。

「関わる機関が多すぎます。警視庁刑事部捜査第一課、公安部外事第一課、内閣情報調査室。会議の警備は警備部が行います。事件の状況からして仕方がないかもしれませんが、連携はうまくいっているとは思えません」

今日も益本と千葉がバッティングした。内閣情報調査室と警視庁捜査一課だ。

全員が自分の部署の代表と思って、あからさまに自分の意見を主張しようとする。

「私もそれは感じている。あなたは、どうすればいいと思っているの」

「警備、犯人逮捕は警視庁主体ですが、そのためには情報共有が欠かせません。しかし現状では、内閣情報調査室の情報は公安と重複しています」

「警視庁に一任するべきだと言うのね」

「今後、優先すべきは警備です。来週辺りから各国の警備担当者が日本にやってきます。アメリカは数百人の規模です。マスコミを入れると千人近い態勢で乗り込んできます。その対応だけでもかなりの人数が必要です」

「去年のサミットは参考にできないの」

「もちろんします。でも、今回の会議はテロ組織への宣戦布告です。阻止に向けてより激しいテロが行われる可能性が高い。テロ組織の犯行予告は出ていませんが、各国が動揺しているのは明らかです」

「来日を中止した国は、現在のところありません。しかし会議が近づくにつれて、出てくる可能性がある。国民が騒（さわ）ぎ出すという理由を付けてね」

新崎が深いため息をついた。彼女にしては弱気な発言だ。

「各国はかなり神経質になっている。何かあれば日本は責任を免（まぬが）れない。優先すべきは各国首脳の安全よ。何としても、被害者を出してはならない。ベストな警備体制はどんなものだと思うの？」

「私は一警護官にすぎません」

「一年前、あなたは私を護り抜いた。感謝しているし、あなたの能力は認められている」

「まず、すべての情報共有です。犯人逮捕には、警視庁捜査一課と公安の協力が不可欠です」

高見沢なら何と言うか、明日香は考えながら話した。

「どっちが主導権を取るべきだと思う?」

「ここは日本です。犯罪を多く扱っているのは捜査一課。捜査対象が外国人のテロリストにまで広がれば、公安になります」

それに、もう一つ、と明日香は付け加えた。

「アメリカの情報局との連絡も密にすべきです。最初にテロ撲滅世界会議でテロが起こる可能性を知らせてきたのは、CIAです。次にFBIがニューヨークのテロ事件の情報を送ってきました。おそらく、他にも情報を持っているはずです。頭を下げてでも聞き出すべきです」

新崎が考え込んでいる。

警視庁と内調は二の足を踏むだろう。日本国内の捜査で外国の力を借りるのは屈辱(くつじょくてき)的だ。

「つまらないメンツにこだわっている場合ではないはずです。総理からも強調すべきです」

「分かってる。重要なことね。考えてみる」

考えている場合ではない。喉元(のどもと)まで出かかった言葉を飲み込んだ。

「今後は、警護を最優先にすべきです。警護に次はないですから」

明日香は強い決意を込めて言った。

4

その日の夜、明日香は爆弾を赤木に渡した鈴元のマンションに行った。

鑑識の捜査は終わっているが、カギがかかっていて捜査関係者でなければ中には入れない。分かってはいたが、外からでも見ておかなければと思ったのだ。

瀟洒(しょうしゃ)なマンションの七階、角部屋だ。下から見上げていると、窓に明かりが見えたような気がした。

七階まで上がると、玄関ドアには立ち入り禁止のテープが貼ってあるが、警官はいない。ドアのノブを回すと、カギが開いている。

明日香は一瞬迷ったが、拳銃を持って部屋に入った。中は外からの光でほの明るい。確かに誰かがいる気配がする。慎重に部屋の奥に進んだ。リビングのソファーの前に、懐中電灯を持った黒い影がしゃがみ込んでいる。

「警察よ。懐中電灯を置いて、手を上げて。おかしな動きをしたら撃つ」

「撃つな。俺は武器は持っていない」

両手を上げて振り返った男が拳銃を見て、ハッキリした英語で言った。

「警察よ。手を上げたまま立って。おかしな動きをしたら撃つ」

明日香は英語で繰り返した。

「その拳銃は本物か。あんた警官には見えない。日本の一般人は拳銃を持てないと聞いてる」

「確かめたいの？」

男は懐中電灯を置き、両手を上げてゆっくりと立ち上がった。ジーンズにジャンパー姿の中肉中背の男だ。履いているのはスニーカー。

明日香は懐中電灯を拾って男の顔を照らした。無精髭(ぶしょうひげ)が目立つ男だ。

「尻のポケットを見てくれ。バッジと身分証が入っている」

明日香は男に拳銃を向けたまま後ろに回り、ポケットから身分証を出した。

「ジョン・ハーパー。ニューヨーク市警の刑事が日本で何をしてるの。手は上げたままよ」

「自爆犯のボスがここで逮捕されたんだろ。調べにきた」

「海の向こうの刑事が、ここで何を調べてるのかと聞いてるの」

「俺だって刑事だ。事件に遭えば調べたくなる」

「よけいなお世話よ。ここは日本」

「今、世界中で爆破事件が起こっている。協力したいと思ってね」

おどけた口調で言う。しかし目は笑ってはいない。

「ここはもう鑑識が調べ尽くしてる。あんたのやっていることは不法侵入に当たる」

「ドアベルを押して挨拶したが、誰もいない。おまけに、カギが開いてたんだ」

「とにかく、警察署に行きましょ。言い訳はそこで聞く」

「身分証を見せてくれ。あんた、やっぱり警察官には見えないよ」

明日香は銃口をジョンに向けたまま、慎重に警察手帳を出して見せた。

「あんたも刑事なのか。爆破事件を調べているのか」

「聞いてるのは私。あんたは答えるだけ」

明日香は携帯電話を出して捜査一課に電話した。

五分ほどしてパトカーのサイレンが聞こえてきた。


明日香とジョンの前には千葉捜査一課長が座っている。

明日香はパソコン画面を千葉に向けた。

ジョンの顔写真とプロフィールが載っているファイルが出ている。

「確かにニューヨーク市警の刑事、ジョン・ハーパー警部補です。しかし、彼は休暇中です」

明日香は千葉に言った。英語ができる刑事が今はいなかったので、明日香がニューヨーク市警と連絡を取って、ジョンの身元を確認し、データを送ってもらったのだ。

「日本には休暇で観光に来たんだ。たまたま爆破事件に出くわして、爆破犯の部屋が見たくなった。それだけだ。怪しいことは何もしていない」

「あの部屋のカギ、あんたが開けたのね。他人の部屋に勝手に入るのは、日本では犯罪になるの。ニューヨークだって同じでしょ。このまま自主的に帰国するのと、強制送還になるのとどっちがいいの」

ジョンが懇願する目で明日香を見ている。

「ＦＢＩから、ニューヨークで起こった爆破事件の情報が送られてきただろう。参考になったはずだ。あれは俺が書いた。俺はあの現場にいた。犯人が持っていたパソコンの中に大量の東京の写真があった」

「有り難う。大いに役に立った。さあ、お礼は言った。あなたはホテルに帰って荷物をまとめ、明日の飛行機に乗るの。それがイヤなら不法侵入で逮捕・勾留されてから、強制送還」

ジョンが視線を千葉に向けた。

「あの部屋の奴はテロリストじゃない。せいぜい、いかれたチンピラだ」

「なんで分かる」

「臭（にお）いで分かる。俺はニューヨークでテロリストを追い続けてきた。五年だ。俺はこの女刑事より役に立つぞ。自爆のような犯罪捜査の経験もある」

ジョンが千葉に向かって一気に言う。明日香は顔をしかめながらもそれを訳した。

「あの部屋で気づいたことがあれば言ってみろ」

「調べようとしていたところにこの女が入ってきた。ゆっくり調べさせろ」

「コーヒーショップにも行ってたな。しつこく事件について聞いてきた外国人の報告がきている。ジーンズにスニーカー。胡散臭い外国人。あんただろう」

「コーヒーショップでの爆発の資料を見せてくれ。アドバイスができる」

千葉はしばらく考えていたが、部下に持ってくるように指示した。

ジョンはファイルの写真を見ている。

「もういいだろう」

十分以上写真に見入っているジョンに千葉が言う。

「あの部屋から押収した物を見たい」

「勝手なことを言うな。すでに調べている。何が分かるというんだ」

「あんたらが見つけられないものだ。俺にはテロ事件についての経験も知識もあると言っただろ」

「ないのは公の権限だけというわけね」

明日香は挑発するように口を出した。ジョンが明日香に視線を向ける。

「さすが日本の警察だ。達者なのは口だけか。あんたら、銃を撃ったこともないんだろ。人に向けてという意味だ。手が震えてたぞ。俺は躊躇なく引き金を引ける」

「そんなこと自慢にもならない」

明日香は動揺を隠し、吐き捨てるように言う。たしかに引き金にかけた指が震えていた。

「無駄口はそこまでだ。さすがニューヨーク市警だと感心させることを言ってくれ」

千葉がたどたどしい英語で言う。

ジョンが再度、ファイルの写真に目を落とした。破壊され、黒こげの店内と爆弾の部品の一部だ。

「起爆装置はニューヨークで使われたものとほぼ同じだ」

「こっちのは時限装置が付いてる。運び屋の赤木の手に渡って、きっかり一時間後に爆発した。ニューヨークは犯人のアジトで爆発してる。振動を感じるか、何かに反応して」

「いや、時限式だった。二十分後に設定して、デスクの下に隠してあった。俺たちが踏み込むのを察して、タイマーを作動させた。何事もなければ、タイマーを切ればいい。使われた爆弾はC4。これも同じだ」

「ニューヨークも東京も同じテログループが指示を出した可能性があるということか」

「メッセージだ。何かを起こすっていう」

「何を狙っている。テロ撲滅世界会議か」

「そうだろうな。会議自体か、そこに集まる首脳の誰かか、あるいは全員か。世界と東京に対しては、恐怖と共に迷いを与える。会議を中止にすべきかどうか」

ジョンの言葉を聞いて、しばらく考え込んでいた千葉が明日香に言う。

「捜査に目途が付くまで、いてくれないか聞いてくれ。一課で身柄は預かる。身分は旅行者のままだが」

「捜査をかき回すだけじゃないですか」

「こういう事件の経験はありそうだ。責任は俺が持つ」

明日香はジョンに千葉の言葉を伝えた。

「俺はかまわない。だが、通訳を付けてくれ。このお嬢さんでいい」

「私はダメ。一課の人間じゃない」

明日香の言葉にジョンは怪訝そうな表情を向けてくる。

「警視庁の警部補だけど、所属は警備部警護課。新崎総理の警護官」

「あんたシークレットサービスか。そう言えば、日本の総理は女性だったな」

「捜査会議が始まります」

ドアが開き、刑事が千葉に向かって言う。

「明日の朝、八時にここに来てくれ。それまでに皆に伝えておく。通訳は誰か探す。今日はホテルまで夏目が送ってくれ」

千葉はそう言い残すと部屋を出て行った。

明日香は、ジョンを連れて警視庁を出た。

「日本に来た本当の目的は何なの」

地下鉄の駅に向かいながら、明日香はジョンに聞いた。一瞬、ジョンの歩みが止まったが、肩をすくめてすぐに歩き始めた。

「単に女だから、女の総理の警護官になったんじゃなさそうだな」

「単に観光に来て、爆発現場に行き当たったんじゃなさそうね」

「ニューヨークの爆発で俺の相棒、アルが死んだ。彼には妻と二人の子供がいる。三歳の女の子、それに妊娠五か月目の性別不明の赤ちゃんだ」

ジョンが苦しそうに顔をゆがめた。

「本来なら俺が爆発に巻き込まれるはずだった。俺の都合であの部屋から出た直後に爆発が起きた」

「友達のかたき討ちってわけね。分かりやすくていい。でも、ニューヨークではテログループは全員死亡した」

「グループの一部にすぎない。リーダーは別にいる。俺はそいつを何とかしたい」

何とかとは逮捕か、それとも他の方法か。明日香はその言葉を呑み込んだ。

明日香はジョンを、池袋のビジネスホテルまで送って行った。

「寄っていくか。他の資料もある」

「いい。朝が早いし、捜査は私の仕事じゃない。資料は明日、千葉一課長に見せて」

明日香は名刺を出した。何かあったら電話をするようにと、裏にスマホの番号を書いて渡した。


家へ帰って、スーザンに電話した。

〈日本の自爆事件、ホワイトハウスは大騒ぎよ。二週間後にはテロ撲滅世界会議があるし、大統領も出席する〉

「指示を出した犯人は逮捕した」

〈二人とも日本人でしょ。金で雇われて使われただけ。何も知らない使い捨てのコマよ〉

すでに捜査内容の極秘に当たる部分まで知っているらしい。

「また起こると思ってるの？　根拠があれば教えて」

〈テロ撲滅世界会議が中止にならなければ、また起こるでしょうね。犯人は会議阻止を狙ってる〉

「総理は中止はないと言ってる。中止はテロリストを付けあがらせるだけだとも」

〈その言葉は正しいけど、危険が大きすぎる〉

「アメリカ大統領もそう言ってるのね」

〈そう言いたいでしょうが、言えない立場ね。中止にしたり、行かなかったりしたら、テロリストの思うつぼ。世界は脅せば屈すると、誤ったメッセージを伝えることになる。その結果、国民にも弱い大統領と非難される〉

「日本の総理も同じ。慌てるのは私たち、現場の者ってわけ。ニューヨークでも爆発があったでしょ」

　明日香はそれとなく聞いた。

〈ニューヨーク市警の警察官が自爆は阻止した。警察官の犠牲者は出たけどね。国民は悲しんでるし、感謝してる。9・11と同じ。あのときは消防士が英雄になった〉

　アメリカでは、警察官、消防士、軍人など市民を護るために危険を背負った職業の者たちは、それなりの尊敬を受けると聞いている。

〈テロリストは、ウォール街の証券取引所とブロードウェイでの同時自爆テロを計画していた。セントラルステーションも候補にあった〉

「成功してたら大惨事になってる」

〈会議の警護の準備はできてるの〉

　スーザンが聞いてくる。

「私が警護するのは新崎総理。会議全体の警備体制は極秘中の極秘」

〈アメリカのシークレットサービスは、日本の警備体制をかなり気にしている。一週間前には乗り込んで、独自の警備体制を整えると聞いている〉

明日香には強く反論はできなかった。世界の先進国、七人のトップが集まる異例の会議だ。テロリストには最高のターゲットだ。

「共同警備はできないのかしらね。失敗は許されない会議だから」

明日香は何げなく言った。やはり各国の情報量には違いがある。情報を共有すべきだと思う。

〈テロリストも会議の重要性を考えてる。この機会に何かやれば、世界に強いメッセージを発信できる。影響は大きい〉

明日香の頭にジョンの言葉が浮かんだ。「テロのリーダーは別にいる」

ニューヨーク、東京の爆発を指示したテロリストのトップは、世界のどこかに潜んで指示を出しているのだ。

〈私はこれからホワイトハウス。大統領の囲み取材に出る〉

突然、スーザンがスマホを覗き込むように顔を近づけてくる。

〈あなた、疲れた顔をしてる。身体には気を付けるのよ〉

「お互いにね。電話じゃなくて直接会いたいね」

電話を切って、夜の東京をしばらく眺めた。すでに午後十一時を過ぎている。明日は早目に官邸に行かなければならない。

ベッドに入ったが、眠れそうにない。

　スマホが鳴り始めた。

〈あんたが去年、新崎総理を護った女性警護官だったのか〉

　挨拶もなくジョンの声が聞こえる。

「望んでやったわけじゃない。私の役割を果たしただけ。あのときは私も銃を撃ったし人も殺した。たぶん、あなたよりも多くの人を」

〈悪かったよ。そうは見えなかったんだ。あれだけの働きをしたんだ。もっと、その――あんたは細くて華奢(きゃしゃ)なので――〉

「女だって、いざとなれば命を張る。ためらわず引き金を引く」

〈反省している。あんたのことはニューヨーク市警でも評判になってる。スーパーポリスウーマン〉

「入院中、世界中からファンレターが来た。今もときどきね。中には結婚してくれというのもある。女サムソンというのもね」

〈褒(ほ)めてるってことだ〉

「官邸では目の前に、銃を持った敵の姿が見えていた。でも、今度のテロリストの姿は見えない。私には初めての経験。警護する上でも、少しでも多く情報が欲しい」

〈俺たちでテロリストをあぶり出そう〉

「でもまだ、具体的なことは何一つ分かっていない。日本に来て分かったことはあるの」

〈爆破されたコーヒーショップを見たい。昨日行ったが、警官がいた。あんたが一緒なら店に入ることができるだろう〉

「千葉一課長に頼んでみて」

〈時間がかかりすぎる。俺たちには時間がない〉

ジョンは俺たちという言葉を使った。明日香は考え込んだ。たしかに、手続きを踏むと時間がかかりすぎる。

「何を調べたいの？」

〈すべてだ〉

「マンションはもういいの」

〈今日調べた。あんたが来る前に〉

「じゃ、明日の午後――」

〈今からじゃダメか。時間がないと言っただろ〉

一瞬迷ったが、ベッドから起き上がっていた。

「分かった。三十分後にホテルに行く」

〈今、あんたのマンションの入口にいる〉

慌てて服を着がえてマンションのエントランスに行くと、外にジョンが立っている。

二人は通りに出てタクシーに乗った。

「どうやって、私の住所を調べたの」

「友達に頼んだ。日本の英雄的働きをした女性SPの住所を調べてくれと。彼女は日本のシークレットサービスに友達がいるんだ。十分かからなかった。あんたは有名人なんだ」

明日香は肩をすくめた。日本の情報統制の甘さってことか。

なあ、と言ってジョンが明日香を見ている。

「アスカと呼んでいいか。俺のことはジョンと呼んでくれ」

「勝手にすれば」

二人はコーヒーショップの前でタクシーを降りた。


警官はいない。すでに捜査は完了したと判断しているのだ。

「どこを調べたいの」

「店の中と周辺だ」

二人は立ち入り禁止のテープをくぐり、臨時に付けられたドアを開けて、店内に入った。明るいときに見たのと違って見える。この場所で、十二人の命が失われ、三十人以上の負傷者が出たのだ。

ジョンがライトで店内を照らしながら進んでいく。店の中央辺りで立ち止まり、周囲を見回している。

「赤木はここで爆弾を爆発させたのか」

「彼はスツールに腰を掛けていた。爆弾入りのデイパックを足元に置いてね」

ジョンはスツールのあった位置に立ち、床を調べた後、身体の高さを変えながら窓の外を見回している。スマホを出して、写真と動画を撮った。

「この爆発の規模で、よく天井と床が抜けなかったな。カウンターの損傷がひどい。指向性のある爆発物だ。爆発力を上下より、周囲に向ける。少量でも殺傷力は大きくなる」

ジョンは呟きながら店の中を調べている。明日香に聞かせるためだ。

「爆発から二日が過ぎてる。証拠はすべて鑑識に送られた。そこで徹底的に調べてる」

「ぜひ見たい」

「明日、千葉一課長に頼めば現場検証の記録が見られるかもしれない」

「アスカは見たのか」

「部署が違うといったでしょ。私の所属は警備部警護課。要人を護るの。殺人や凶悪犯事件の捜査は、日本では刑事部の捜査一課が担当する」

「同じ警察内部の仕事だ。興味が湧かないのか」

「日本ではそれぞれの刑事には担当がある。アメリカだって同じでしょ。この事件は大量殺人。捜査一課が担当する」

ジョンは、聞いているのかいないのか分からない様子で店の中を調べている。

三十分ほどで店を出た。店の前に立ったジョンが辺りを見回している。

「この辺りの防犯カメラに鈴元の姿は見つけたのか」

「それは聞いていない。私が知ってるのは、東京駅で赤木に爆弾の入ったデイパックを渡したのが鈴元だってことだけ。防犯カメラの映像から割り出した」

「彼はここにも来てたはずだ。確実に爆発したか確かめるために」

ジョンも明日香と同じことを考えている。

「おそらく、道路の向こうのあの店の二階から。席は店の真ん中辺り。コーヒーショップの中まで見える席だ。窓際だと爆発の衝撃で窓ガラスが割れて危険だ」

ジョンが視線を通りを隔てた店に向けたまま言う。

「鈴元はそこから赤木を見張ってた。俺が知りたいのは、その鈴元を見張っていた奴だ。おそらく外国人だ」

「その外国人が鈴元に指示を出し、赤木に爆弾を運ばせた」

「間にさらに日本人が入っている可能性もある。鈴元は英語が話せるか。まだ、そこまで調べは進んでいないか」

「なぜその外国人、つまりテロリストが現場にいたと分かる」

「爆弾製造者は、自分の作品の威力を見たいものだ」

ジョンの言葉には、長年テロリストを追いかけてきた刑事の説得力があった。

「一課は周辺の防犯カメラ映像は集めているはず。明日、千葉一課長に頼んであげる」

「あんたはどうする。一緒に調べないのか」

「私には総理の警護がある。それが私の最重要事項」

明日香は時計を見た。すでに日付が変わって一時間が過ぎている。


明日香はジョンをホテルまで送ってから、マンションに帰った。

部屋に入ると椅子に座り込んだ。寝なければならないが眠れそうにない。

ジョンという男が分からない。日本の警察より、テロ事件に対する捜査経験があるのは当然だ。観光で日本に来たというのは嘘だろう。明らかにテロ事件の捜査のためだ。しかし、ニューヨーク市警の刑事としてではなく個人の資格で日本に入国している。爆発で死んだ相棒のためか。しかし明日香にはなぜか引っかかるものがある。休暇を取ってまでテロ事件の捜査に執念を燃やすのはなぜだ。様々な疑問が明日香の脳裏を駆(か)け巡った。

今日は朝の七時には官邸に行く。八時までに申し送りを済ませて、警護の任につかなければならない。

急いでシャワーを浴びてベッドにもぐり込んだ。

5

「ジョン・ハーパー。知ってるか」

官邸に入るとすぐに横田が聞いてきた。

「ニューヨーク市警の刑事です。彼がどうかしましたか」

明日香はわざと何でもないという顔で聞き返した。

「千葉が午後、おまえを一課によこすように言ってきた。その刑事が会いたがっている」

「爆破事件の捜査のことだと思います。彼はニューヨークでの爆破事件の担当刑事です。ニューヨークと東京の事件はつながっていると考えています」

「そんなことは分かってる。世界で同様なことが起こっているんだ。おそらくNISの犯行だ」

横田が珍しく強い口調で言う。一課に対するライバル意識か。

「情報は共有すべきです。それに、彼の経験は重要です」

「おまえは、一課の捜査に加わりたいのか」

「私は警護課の警護官です。任務はクイーンの警護です」

「分かっていればいい。午後の休憩時に千葉の所に行ってくれ。クイーンには私から話しておく。ただし、向こうで知り得た情報はすべて私に伝えること」

「了解です」

夏目、と明日香が歩き始めると、横田が呼び止めた。

「事件の早期解決は警備部のためでもある。危険要素は可能な限り排除しておきたい」

「私もそう思います」

明日香は一礼して総理執務室に行った。

今日の予定は、午前中は内閣での会議があり、午後は予算委員会に、「テロ撲滅世界会議」についての質疑のために出席する。基本的に国会内での移動だ。大きな心配はなかった。

「捜査は進んでいるようね」

新崎が明日香に言う。

「誰が言いましたか」

「自爆犯の身元は分かったし、彼に爆弾を渡した人物も逮捕されたんでしょ」

「二人とも日本人です。世界で起こっている一連の自爆事件と関係があるなら、背後には外国人テロリストがいると考えるべきです。まだ捜査の入り口に立ったにすぎません」

「これからの流れは」

「捜査一課の仕事です。私たち警護課は要人警護に徹します」

「そうだったわね。私の決断のせいで、多くの人に大きな負担と責任を課している」

テロ撲滅世界会議の強行を気にしているのだ。

「それが総理の仕事であり、私たちの仕事は総理を護ることです」

「会議は十三日後。首脳たちの到着を考えると、一週間ほどで準備しなければならないんでしょ。各国の要人たちの警護チームもそろそろ入国してくると聞いてる」

「明日、アメリカから第一陣が到着します。シークレットサービスがまず二十人、残りは大統領を護衛しながら日本に入ります。本番では約六百人。これにマスコミが加わります。大統領専用車も二台持ち込まれます」

「アメリカ大統領府の大移動というわけね」

「危機管理が徹底しているということです。私たちも見習うところが多くあります」

警護関係者とホワイトハウスの職務関係者で約六百人余りの人員が動く。外遊中も大統領としての職務は続くのだ。移動用の車も二十台ほどがアメリカから運ばれることもある。その中には、大統領専用車も二台入っている。この二台は車列を走るが、大統領がどちらに乗っているかは公表されない。世界一、命を狙われる人物の移動に使われるからだ。

午前の引き継ぎが終わり、明日香は警視庁に向かった。

捜査一課に行って若い刑事を呼び止めた。

「ニューヨーク市警のジョン・ハーパー刑事はどこですか。来ているはずです」

「会議室でコーヒーショップ周辺の監視カメラの映像を見ている。もう四時間だ」

昨夜、現場で言っていた第三の人物、鈴元に指令を出した外国人を探しているのだ。

会議室に行くと数人の刑事とモニター画面を見ていた。ジョンのデスクの上には、ファストフードの包み紙とコーラとコーヒーのカップの山ができている。

「成果はありましたか」

「まだだが、何か出ることは確かだ」

モニターから顔を上げようともせず、妙に確信した返事が返ってくる。

「探している対象の特徴は」

「アラブ系の男だ。年齢は二十代から五十代。アラブ系の顔、たぶん髭面だ。分かるだろ」

「それだけで犯人が分かるの?」

「挙動不審の男を探してる。目配り、歩き方、荷物、犯罪者はあらゆるところに微妙な違いが出るもんだ」

自信を持った口調で言い切る。

「昼だ。蕎麦が食いたい。付き合ってくれないか」

ジョンが時計を見て立ち上がった。

二人は警視庁を出て有楽町方面に歩いた。

「成田空港で食った蕎麦はうまかった。安いし。ああいうのを食いたい」

明日香はビルの地下の蕎麦屋に連れて行った。

「一課の刑事たちは協力的なの」

「日本の警察官はみんな優秀だ。礼儀正しいし、親切だ」

「褒められていると理解していいのね」

「国民性なんだろうな。凶悪事件があまり起こらないせいか。殺人事件なんて普通の警官にとって、まず出会うことはないんだろ」

「アメリカだって似たようなものでしょ。全米で年間の殺人事件は一万六千件、ニューヨークは三百件。警察官の数は全米で七十一万人、ニューヨークは三万五千人。日本よりは遥かに多いけど、言われているほどじゃない」

「インテリなんだな。数字に強い」

「数字に強いとインテリなの。単なる数字。誰でも覚えられる」

「殺人とテロ事件は違う。まったくと言っていいほど」

ジョンが真剣な表情で明日香を見つめている。

「殺人は衝動的なものが多い。憎しみ、嫉妬（しっと）、怒り、そして犯人のその日の気分だ。だがテロは違う。綿密に計画され、プロたちが仕掛けてくる。俺たちも相手を理解し、感情ではなく知性で対応する」

アメリカは、過去にいくつかの大きなテロにあっている。一九九五年には「オクラホマシティ連邦政府ビル爆破事件」が起き、子供十九人を含む百六十八人が死亡、八百人以上が負傷した。犯人はアメリカ陸軍の元兵士だった。

さらに二〇〇一年には「アメリカ同時多発テロ事件」が起き、二千九百七十七人（実行犯十九人を除く）が死亡、二万五千人以上が負傷した。犯行はイスラム過激派のアルカイダによって行われた。首謀者はウサマ・ビン・ラディン。彼を捕（と）らえるためアフガニスタン紛争が始まった。

「無差別の乱射事件も多い」

「銃社会だからな。拳銃、ライフル銃、自動小銃も簡単に手に入る。日本で手に入れようとしたら、大事（おおごと）だ」

ジョンはおどけた様子で肩をすくめた。

「それ、体験談じゃないの。テロリストの捜査をするなら、銃は必要だと思ってるんでしょ」

「ヤクザから買えと言われたが、彼らも銃なんて持ってないという話だ。テロ事件の捜査を丸腰でやらなきゃならないなんて、考えたこともなかった」

「同様にテロリストも銃を手に入れにくいということ。特に、テロ撲滅世界会議の開催地が東京に決定してから、徹底的に銃器等の所持を規制している。アメリカで銃規制を訴えてる現在の大統領は正しい」

「テロリストを見つけ逮捕に行くとき、俺はどうする」

「あなたには関係ない。あなたは遺留物の検証と、犯人のプロファイルだけでいい。逮捕の前には、まずは投降を呼びかける。いきなり撃ったりなんかはない」

「殺されに行けと言ってるようなもんだ。あんたらは、本物のテロリストを知らない。俺は自分の身を護るものが必要だと言ってる。なんとかできないのか」

「何を言っても、警察が民間人に銃を渡すなんて不可能だからね。期待しても無駄よ」

明日香はジョンに念を押した。ジョンが再度、大げさに肩をすくめる。

「アスカ、あんたらは対テロ捜査の経験はあるのか」

「ないこともないけど、ゼロに等しい」

昔、サリンが地下鉄車内で散布される事件があったが、あれはテロといえるかもしれない。

ジョンが明日香に顔を近づけてくる。

「指示を出している者は中東にいる。過激派組織だ。どこかの国に潜んでいるか、難民キャンプに難民を装って潜伏しているか。そのリーダーが、世界中に散っている細胞に命令を送るんだ。金、武器、闘争マニュアル、兵士、様々な援助を続けている。そうでなきゃ、これほど戦争が長く続くわけがない」

ジョンは戦争という言葉を使った。確かに、テロリストグループと国家の戦争に違いない。

「鈴元は何かしゃべったのか」

「一課に動きがないということはまだ何もつかんでない」

「おそらく彼は何も知らない。メールで連絡してきて、金と爆弾が送られてきた。相手の顔も声も、身元も知らない」

「私もそう思う。でも、今は彼しか手がかりがない」

「使われた爆薬はC４。起爆装置は軍事用のものだ。ニューヨークのときと同じだ」

ジョンが声高（こわだか）にしゃべり続ける。時折、他の客が二人の方を見ている。明日香は声を低くするように言った。英語だと、よけい目立つ場合もある。

「世界中のテロで使われている爆弾と同じだ。犯人は完成した爆弾を持ち込んだか、爆薬と起爆装置を運び込んで組み立てたか」

「爆弾を完成させて中東から送ってきたってことはないでしょ。日本に持ち込むのは難しい。ばらして部品として持ち込むこともね。でも、それならできないことはない。だったら、日本のどこかで作られたってことね」

「どこかに工場がある。爆弾製造工場だ」

ジョンが言い切った。

「明日、アメリカ大統領警護チームの先発隊が来る。あなたの立場はどうなるの」

「関係ない。俺はツーリストだ」

「あなたのことは彼らに話す必要はないということね」

ジョンは答えない。

明日香はジョンを警視庁に送ると、官邸に戻った。会議があるのだ。

官邸にいる十人ほどの警護官が集まり、会議はすでに始まっていた。

「各国はかなりピリピリしている。明日から順次、警護チームが送り込まれてくる。この時期にこんな国際会議をやる日本政府には、かなり風当たりが強い。絶対にテロは防ぐ」

横田が警護官たちを鼓舞するように言う。

「我々だって、ある意味、迷惑している。世界中のテロリストが何かやらかそうと、手ぐすねを引いて待っているんだから」

一人の警護官の言葉が、全世界の警護担当者の気持ちを代弁しているように感じる。

「そういう話はここだけにするんだ。マスコミに漏れれば、総理が叩かれる。明日はアメリカの警護チームの先発隊が来る」

横田が警護官たちの気分を変えるように言った。

「とりあえず二十人。本隊は六百人余りだ」

「修学旅行なみだ。我々を信じてないってことか」

「一番狙われる可能性が高いのは、アメリカ合衆国大統領だから仕方がないと思う」

明日香が声を上げた。

「会議の前日、空軍の大型輸送機C－17グローブマスターⅢで大統領専用車が到着する。日本滞在中は、大統領はその車で移動する」

大統領専用車は全長五・五メートル、車高一・八メートル。重量約八トン。ドアの厚さ約二十センチ、車体は厚さ約十三センチの装甲板で作られている。窓ガラスも防弾仕様で、破裂弾、44マグナム弾にも耐えられる。車内の冷凍庫には、医薬品と共に大統領自身の輸血用の血液も入っている。価格は一台百五十万ドル、現在のレートで二億円以上だ。

「我々の役割は」

「邪魔をしないことだと言われた。ふざけた言葉だが、何かが起これば我々の責任だ。我々の役割は、絶対に何事も起こさせないことだ」

　横田が強い口調で言う。

「準備はできているが、盲点を探し出して潰していく。まずは、トップが泊まるホテル周辺と移動経路の安全確認と再チェックだ」

「他の国もアメリカ並みですか」

「そうだ。ここ数年で、もっとも危険な会議になる。これを乗り切ると、世界は一致して反テロに動く。だからテロリストたちも必死で阻止してくる」

「鈴元はどうなってるんですか。彼に指示を出し、爆弾と金を渡した者を逮捕すれば、現在の最大の懸念が解決することになります」

「捜査については忘れて、一課に任せろ。我々は警備に専念する。最悪の状況を想定して警備計画を練り直す。そのことに集中しろ」

　会議は一時間ほどで終わった。

　全員が出て行くとき、横田が明日香を呼び止めた。

「明日は総理から離れて、アメリカのシークレットサービスとの連絡係をやってほしい。警備部長からの強い要望だ」

「しかし私は総理の――」

「すでに総理からは了解を取ってある」

「なぜ私なんですか」

「おまえが一番英語がうまいんだ。これ以上の理由があるか」

　他の警護官が下手すぎるんです。明日香はその言葉を呑み込んだ。そして、それだけではないことも分かっている。

「警備も世界が基準になった。これが終わったら、色々と考え直すことがあるな」

横田がしみじみとした口調で言う。


翌朝、明日香は警視庁に向かった。

ジョンは相変わらずモニターの前に座っている。映っているのはコーヒーショップ周辺の防犯カメラの映像だ。

「今日、アメリカのシークレットサービスの部隊が二十人到着する。現地を見て、大統領到着までに警備計画を見直すらしい。彼らは秒刻みの計画を立てる。俺向きじゃないがね」

明日香を見たジョンが言う。

「私向きでもないけど、学ぶことは多そう」

「大事なのは、いざというときに最善の行動が取れるかどうかだ。現場では何が起こるか分からない。一見、行き当たりバッタリだが、無意識のうちに身体が反応する。臨機応変な行動こそ重要だ。去年の官邸でのアスカの行動はそれに近い」

「それって、褒めてるの」

「それに近い」

「鈴元に指示を出している外国人の特定はできたの」

「まだだ。俺たちは何か大切なものを見落としているのかもしれない」

映像から明日香に移したジョンの目が赤い。

「無責任なことを言わないでよ。あなたには、警視庁が特別待遇を取ってるんだから」

明日香は冗談でなく言った。爆破事件の捜査に部外者を入れているとマスコミが知れば、大騒ぎになるだろう。警視庁の責任が問われる。それを承知で千葉はジョンに便宜を図っているのだ。それだけ捜査が行き詰まっているのか、ジョンの経験と能力を買っているのか。

6

ジョージ・アルフレッド、アメリカ合衆国大統領は受話器を置いた。

「シークレットサービスの第一陣が日本に到着したそうだ」

デスクの前に立っている副大統領のバーナード・ラッカムに言った。

二人は大統領執務室にいた。

「この時期に日本に行くなど、やはり気が進まない。テロの標的になりに行くようなものだ」

「しかし、他国の首脳は出席の予定です。アメリカ大統領だけがオンライン参加というのでは、国民にどう思われるでしょうか」

「理由などいくらでもあるだろう。アメリカファーストということでもいい。強調すれば、かえって国民は喜ぶ。アメリカは外交よりも内政に力を集中する」

「世界でこれだけテロが続いています。弱い大統領と見られるだけです。テロリストも騒ぎ立てるでしょう。自分たちを恐れる大統領だと」

「やっとパンデミックが収まり、経済も上向いている。国民に不満などないはずだ」

「経済は目には見えません。おまけに貧富の差はさらに開いている。テロ問題はマスコミが煽っている。テロは血の色と臭いに満ちています。国民は敏感に感じ取ります。テロ対策に失敗した、臆病な大統領ということで歴史に残ります」

　ラッカム副大統領が説得するように続ける。

「我が国の歴史で、他国で暗殺された大統領はいません」

「何事にも初めてはある。だが、そんなことで歴史に名を遺したくはない」

「良いチャンスと捉えることもできます。大統領は、歴代のどの大統領も成し遂げられなかったことをしようとしている。世界が協調してテロ撲滅への一歩を踏み出そうとしている」

「そうだな」

　大統領は力なく答えた。

「次期大統領選に向けての絶好のキャンペーンです」

　副大統領はことさら〈次期大統領選〉という言葉に力を入れた。そして、大統領の反応をうかがうように見ている。

「確かにそうだな。去年起こった日本の官邸人質事件でも、日本の警護能力は高かった。死傷者は多かったが、テロリストが狙った総理と女性記者は護りとおした。残念ながら我が国の国務長官は死亡したが。今度は合衆国のシークレットサービスの大統領警護チームもついている」

　大統領は自分自身を納得させるように言う。

「それにしても、日本の新崎という女は出しゃばりすぎる。この時期に、テロリストの格好の標的になりそうな会議を自国で開くとは」

「それを利用すればいいだけです。最大限に」

「私の外遊時には、きみが国内を護ることになる。大統領継承順位のトップだからな」

「イヤなことを言わないでください。あなたは必ず、戻ってきます」

「そうだな。会議の成功と、支持率十ポイントアップという土産(みやげ)を持ってね」

これなら、再選を視野に入れることができる。年齢から考えて、一期だけと口には出していたが、次からは公に再選を話題にすることができる。

だが、命を懸けた攻撃ほど危険なものはない。それに対抗できるのは、命を懸けた警護だけだ。シークレットサービスの誰かが言っていた。その言葉に間違いはない。

副大統領が握手を求めてくる。大統領はその手を強く握り返した。


シリアとレバノンの国境に難民キャンプがある。シリアを含め内戦地域の難民たちが一万人近く暮らしている。

この難民キャンプが、テロリストグループの潜伏場所になっているのは、アメリカやヨーロッパ諸国の間では周知の事実となっているはずだ。

アブデル・サウードはもう一度、メールを見た。

「真実だと思うか」

「現在、確認しています。もし、本当なら彼らに報復してやれます。9・11などとは比べものにならないダメージを与えることができます」

「このメールの発信元を特定することはできないか」

「それも現在やってますが、我々の力では限界があると思われます。技術班の者は、軍事レベルのセキュリティが使用されていると言っていました。かなり大きな組織が関係していると思われます」

「国家レベルか」

「分かりません。しかし、内容からはその可能性は十分にあります」

中国か、ロシアか。アブデルの脳裏にいくつかの国の名前が浮かんだ。しかし、絞り込むことはできなかった。現在の国際情勢はあまりにも混沌として、かつ流動的だ。しかし、どの国、どの組織からであっても、自分たちの組織にとって不利な話ではない。だが、この情報を送ってきた者の特定は必要だ。

「送信元の特定に、他国の力を借りる必要があるか」

「おそらく。現在、打診していますが、乗ってくる政府はあるはずです」

アブデルは考え込んだ。うまくいけばアメリカをはじめ、我々を悪の枢軸などと決めつける国を窮地に追い込むこともできる。

「日本への潜入はうまくいっているか」

「すでに連絡網は構築されています。島国ですが、セキュリティにおいては世界の二流国、いや三流国です。簡単に入ることができます」

「会議までに、すべてを軌道に乗せることは可能なのか」

「十分可能です。日本にいる同志たちも計画を実行しています。うまく手を組めば異教徒たちに地獄を見せてやれます」

アブデルは頷いてテントの外に目をやった。この難民キャンプに来て、すでに二年が過ぎようとしている。その間に、多くの仲間たちが死んでいった。彼らの死は決して無駄にはしない。固く心に誓った。

第二章　警備

1

到着ゲートから数人ずつの集団が出てくる。全員体格のいい三十代から五十代の男たちだ。私服だが、他の乗客とは明らかに違う。動きに隙がないのだ。

明日香は羽田空港にいた。アメリカからの大統領警護チームの第一陣、シークレットサービス二十人の出迎えのためだ。日本とアメリカの警護官の連絡係を命じられている。

アタッシェケースを持ち、濃いサングラスをした長身の男が明日香に近づいてきて姿勢を正した。明日香より二十センチ近く上に顔がある。一見有能なビジネスマン風だが、やはり動作に無駄がない。三十代前半の端整な顔つきの男だ。

「マット・カスバードです。アメリカ合衆国大統領警護チームのシークレットサービスです」

男が明日香に手を差し出す。

明日香の手を包み込む。思わず顔をしかめるほどの握力だ。

「夏目明日香警護官です。アメリカ大使館までお送りするように言われています」

二時間前に横田に呼ばれて、羽田に行くように指示されたのだ。彼らは民間機に搭乗してくる。

気が付くと二人の周りには、同じような雰囲気の男たちがさりげなく立っている。明日香はマットについてくるように言って、ターミナルビルを出た。

シークレットサービスのチームは警視庁の車に分乗して都心に向かった。明日香はマットと同じ車両に乗った。

羽田空港から赤坂にあるアメリカ合衆国大使館まで、約二十キロだ。渋滞がなければ三十分余りで着く。車は首都高速湾岸線を走り、都心に向かった。

マットは無言で窓の外を見ている。東京の街並みを頭に刻み込んでいるのか。

右手に東京湾、左手に都心の高層ビル群が見える。やがて、東京タワーが見え始めた。

「スーザン・ハザウェイを知ってますか」

突然、マットが話しかけてきた。

「ワシントン・ポストの記者で、私の親友です。スーザンを知っているのですか」

「ワシントンを発つ前に取材を受けました。大統領を護る仕事の重要性についてです」

マットは一瞬ためらった後、話し始めた。

「大統領と近くの子供が同時に危険にさらされたら、あなたはどちらを護るかと聞かれました」

スーザンらしい質問で、マットに問われたものだが、明日香に向けられたものでもある。

「何て答えたのですか」

「大統領でなくても、命の危険にさらされている者がいれば護りますと」

「答えになっていない」

「私もそう思います」

マットが笑いながら言う。飾り気のない笑顔だ。明日香は親近感を覚えた。自分の仕事は要人警護だ。何があっても、クイーンは護り抜く。しかしそのような場に遭遇すれば、身体がどう反応するか分からない。

「答えようのないイジワルな質問ね。スーザンらしい」

「彼女は日本で起きた官邸人質事件の被害者です。勇敢な女性警護官に命を救われたと話していました」

マットが明日香を見つめている。

「あなたが新崎総理を護った警護官ですね」

「たまたま私があの場に居合わせただけです。日本にはまだ女性警護官は少ないから」

「私の先輩も殉職しました。国務長官のシークレットサービスでした」

あのときは官邸内にいた日米の警護官が、十人以上命を落とした。生き残ったのは明日香一人だ。

「私の同僚と上司もね。多くの警護関係者が亡くなった。でも、アメリカでも日本でも警護関係の仕事を志望する若者が増えたと聞いています」

「私も家族から見直されました」

マットが笑いながら言う。

彼らはアメリカ大使館で、大使と打ち合わせがあるという。警視庁への訪問は明日になる。やがて車列は、赤坂にあるアメリカ大使館に入っていった。


明日香が大使館を出て歩き出したとき、スマホが鳴り始める。

〈今日、シークレットサービスの先発隊が羽田に到着したんでしょ〉

スーザンの声が飛び込んできた。

「今、アメリカ大使館まで送り届けたところ」

〈彼らはアメリカ大使館に行ったのね。あなたは近くにいるの〉

「地下鉄に向かってる」

〈私は南青山。ワシントン・ポストの東京支局〉

「スーザン、あなた日本にいるの。いつ来たの。なんで。知らせてくれればよかったのに」

明日香は立ち止まり、矢継ぎ早に質問した。横を歩いていた二十代のカップルが明日香の方を見ている。思わず声が大きくなったのだ。

〈シークレットサービスの装備品を運ぶ、軍の輸送機に乗せてもらったの。ワシントンD.C.のアンドルーズ空軍基地から横田基地まで。空席待ちみたいなもので、予定なんて立てられない。兵士に取材ができるので嫌いじゃないけれど。それに何より、無料だしね。だから社も出張を許してくれる〉

スーザンの笑い声が聞こえる。

「収穫はあったの」

〈なくもない〉とスーザンが声を潜めた。

〈今度の会議への出席は、賛否両論ってところ。シークレットサービスは欠席を求めたが、アルフレッド大統領が強行した。側近たちの意見を入れてね〉

「選挙がらみね」

〈そればかりじゃないんだけどね。いずれ話すことになるとは思うけど〉

スーザンが言葉を濁している。

来年は中間選挙がある。今回の会議に反対したり欠席すれば、国民から弱い大統領と捉えられる。それだけは避けたいというのが大統領の意向だ。

「世界の他のトップたちも同じようなものよ。本音は行きたくないけど、仕方なく行く」

〈命の危険を冒すことになるからね〉

「でも、その価値はある。世界は彼らの行動によって変わる」

明日香の本音だった。

〈周囲の者はたまらない。大統領が襲撃されて、一番危険なのはあなたたちなんでしょ。自分が盾になってテロリストから大統領を護らなきゃならない〉

「いざとなればね。でも、その前にテロを防ぐのがもっとも重要」

そのために、捜査一課はテロの主犯の捜査を懸命にやっている。

「ホテルは取ったの？　私の所に泊まりなさいよ。狭いけれど」

〈ホテルは支局が、近くに用意してくれてる。強引に来たから、必ずいい記事を書かなきゃならない。あなた、これからどうするの〉

明日香は警視庁に戻ることを告げた。

〈私も行ってもいい？　横田さんたちにも会いたいし〉

スーザンは横田や千葉たちにも面識がある。官邸襲撃事件では、アメリカに帰る直前まで、警備部と刑事部で半月余りも事情聴取を受けている。

二人は警視庁の前で待ち合わせをした。


通りを隔てて、ショートカットの金髪、サングラスをかけて小さめのデイパックを背負った女性が立っている。スーザンだ。

明日香が手を振りながら通りを渡ると、気付いたスーザンが駆け寄ってきて抱きついた。彼女は一年前とほとんど変わっていない。ダークブルーのブレザーとパンツ、黒いダウンコートの前を開けている。明日香も同じようなものだ。二人の抱き合う姿を警備に立っている警官が驚いた表情で見ている。

直接会うのは官邸襲撃事件以来、ほぼ一年ぶりだが、週に何度かはビデオ通話で話しているので、時間の隔たりは感じない。

「最後に話したのは二日前よね。あなたは、これからホワイトハウスに行くところだって言ってた」

「でも、デスクから電話があって、空軍の横田基地行きの輸送機に乗るようにって。その足でアンドルーズ空軍基地」

「私は首相官邸から帰ってきたところだった。疲れた顔してるって言われた」

二人は手を取り合って、声を上げて笑った。

「それにしても、急なのね。さすがワシントン・ポスト。日本だと、行くと決めるだけで数日かかる」

「新崎総理に会いたい」

　スーザンが明日香を見つめて言う。新崎とスーザンは一緒に拉致（らち）された間柄だ。

「挨拶（あいさつ）だけじゃないでしょ。取材したいんでしょ」

「挨拶と取材の半々ってところ。彼女はテロ事件には特別な思いを持っているはず。なぜこの時期にあえて会議を開くのか。世界に何を訴えたいのか。またテロ事件が起こる可能性については考えていないのか。会議ではサプライズがあると耳に挟んだが、本当か。聞きたいことは山ほどある」

　サプライズについては明日香は知らない。聞こうかと思ったが、すぐに分かるだろう。

「聞いておく。でも、特別扱いはできない。総理がどう考えるかは別だけど。それより、まず食事しない？　昨日の夜以来、何も食べていない」

「賛成。ハンバーガーが食べたい」

　二人は笑いながら肩を組んで歩き始めた。

2

　ランチを済ませた後、明日香はスーザンを警視庁に連れて行った。

　二人は、まず千葉に会うために捜査一課のある階に向かった。

　会議室のドアが開き、二人連れの刑事が出てくる。爆破事件のあったコーヒーショップ周辺の防犯カメラの映像を調べているグループの部屋だ。

「あの人――」

ドアの隙間から部屋の中を見たスーザンが立ち止まった。ドアの向こうにいる男を見つめている。ジョンが身体を屈めるようにして、モニターを睨んでいた。

「ニューヨーク市警のジョン・ハーパー刑事。知ってるの」

「爆破事件に巻き込まれた刑事。彼は同僚を殺されて、担当を外れたと聞いてる。なぜ彼が東京にいるの。それも、警視庁に」

「休暇でここに来た。刑事としてではなく、観光客として」

明日香はジョンとの出会いについて、スーザンに話した。

「あなたは知り合いなの」

「爆破事件後、取材した。まともに取り合ってくれなかったけど」

「あなた、政治記者でしょ。テロ事件の取材もやるの」

「当然よ。世界で起こってるテロはすべて政治がらみ。テロは裏の政治ともいえる。取引の道具としてね。アメリカ対イスラム国家。キリスト教対イスラム教。富める国対貧しい国。西対東洋。対立の理由はいくらでもあげることができる。十字軍の昔から、戦争は続いている」

「でも、爆発はニューヨークで起こったんでしょ。ワシントンじゃなく」

「ターゲットはウォール街だった。証券取引所。さらにブロードウェイ、セントラルステーションなど多数。もし、その地域で爆発が起こってたら、アメリカはもとより、世界経済はメチャメチャ。彼らが阻止したのよ。命の代償を払ってね。次はワシントンD.C.だったかも」

スーザンの視線がジョンに向いている。

ハーイと、スーザンがジョンに近づいて声をかけた。

「どなただったかな」

ジョンが顔も上げず、モニターに目を向けたまま迷惑そうな声を出した。

「いい加減にしろ、って怒鳴られたワシントン・ポストの記者よ」

ジョンが顔を上げて、スーザンを見つめた。

「あんたは去年、日本の官邸で人質になった新聞記者だったな」

「それも事実だけど、傲慢で無礼な記者野郎よ。あなたの評価では」

「悪かったよ。あとで仲間の刑事に無礼なのはおまえだって、怒鳴られた。あの官邸人質事件は、俺たちもテレビにかじりついて見ていた。俺たちならどうするって話しながら」

「ゲーム感覚だったわけね」

「それほど傲慢じゃない。今後に生かすためだ。ただ、ハラハラドキドキしたのは事実だが」

「今回はゲームに参加したってことね」

「勘弁してくれ、反省している。あのときは普通じゃなかったんだ。仲間が突然死んで、マスコミの取材もしつこかった。すべてが敵に見えて――」

「分かってる。ひどい現場だった。警官が複数犠牲になってる。誰でもテロに巻き込まれる時代だってこと。あなたの同僚には敬意を払ってる。あなたたちが、命を懸けて市民を護っていることを知らせたい」

警視庁に送られてきた写真と映像は悲惨だった。千切れた手足が飛び散り、壁には血とともに肉片が貼りついていた。マスコミには公開できない写真だ。

スーザンがジョンに手を差し出した。ジョンがその手を握り締める。

「でも、ここで何をしてるの」

「爆破犯を追ってる。次はここ、東京だ」

「押収したパソコンに、東京の写真とテロ撲滅世界会議の資料が入ってたんだってね。私も会議を取材するために、東京に来た」

「会議の前に必ず犯人を捕まえる。そのために俺は東京に来た」

「でもあなたはニューヨーク市警の――」

「休暇を取って自費で来てる。誰にも文句を言われる筋合いはない」

ジョンがモニターに向き直ると、スーザンはそれ以上何も聞かなかった。

明日香とスーザンは部屋を出て捜査一課に向かった。


千葉は捜査会議中で会うことはできなかった。

「アメリカではこういうケースは普通、FBIかCIAの管轄なのよ」

警備部に向かう途中、スーザンが言い訳のように言う。

「ジョンとは最初からちょっと険悪だった。ワシントン・ポストはリベラルだから」

「マスコミと警察、日本でも似たようなものよ」

「アメリカじゃ、警察はマスコミを敵だと思ってる。特にBLMが大きく取り上げられてからはね」

BLMはブラック・ライブズ・マターの略称で、黒人に対する暴力や構造的な人種差別の撤廃を訴える社会運動だ。無抵抗の黒人を白人警官が強引な逮捕で殺害したことにより、大きくクローズアップされた。

「日本も似たようなもの。マスコミは真実をより複雑にする。万人向けに解釈しようとしてね。逆にマスコミ各社の意思を表面に出しすぎる場合もある。公平って難しいと思う」

「擁護してくれなくてもいい。真実を曲げて報道しようとは思っていない。少なくとも私はね。マスコミは単に事件を客観的に説明すればいいだけ。正確にね。でも、署名記事では自分の意見はしっかり述べる」

スーザンが強い意志を込めて言った。こういうところは新崎と似ている。

横田は官邸に出かけていた。秘書に新崎に会いたいと伝えても、会うことはまず難しい。明日香は新崎が執務室にいる時間を見計らって直接電話して、スーザンが日本に来ていることを告げた。

〈だったらすぐに連れて来なさいよ。三十分以内に来ることができる？〉

新崎の返事が返ってくる。

明日香はスーザンを連れて官邸に向かい、総理執務室に入った。

スーザンを見た新崎は近づいてきて、スーザンを抱き締めた。明日香の脳裏に、ビルの屋上で二人が手を取り合ってテロリストから逃げる光景がよみがえった。わずかな時間でも、生死を共にしたのだ。特別な感情で結ばれているのだろう。

あのときのことを考えると、新崎がこの会議に並々ならぬ情熱を懸けるのが分かる気がする。テロの犠牲者と家族を自分の分身として捉えることができるのだ。何としても、新崎を護らなければならない。明日香は二人を見ながら強く思った。

「あのときは私のために総理まで事件に巻き込んで申し訳ありませんでした」

スーザンが新崎に頭を下げた。官邸を占拠したテロリストたちのターゲットは、スーザンだったのだ。

「二度と言わないで。憎むべきはテロリスト。私は前向きに捉えることにしている。日本はガラパゴスだった。多くの犠牲者を出したあの事件で、私は世界の現実を垣間見ることができた。世界には様々な形の犯罪があることも知った。それを防ぐことが政府の役割でもある」

「私は総理に謝らなければ、実は――」

「取材も兼ねてきたんでしょ。あなたには、その権利がある。何でも聞いてちょうだい。私はすべてに誠実に答える。でも、私にも立場があることは分かってほしい」

新崎はスーザンの言葉を遮り、優しく肩を抱いて、話しながらソファーに招いた。

三十分にわたり、新崎とスーザンは話した。スーザンが記事として取り扱うことができるよう、新崎は慎重に言葉を選びながら話している。

新崎は官邸襲撃事件を例に挙げて、テロ事件の卑劣さと残忍さ、世界の置かれている状況の複雑さについて話した。新崎の言葉すべてが、会議への意気込みを感じさせた。

「私たち首脳の話はいつも抽象的で、一般の人には現実味に乏しい。これは失敗した場合の責任回避のうまい手立てにすぎない。でも、今回の会議にはサプライズが用意してある」

明日香は顔を上げた。スーザンも新崎を見つめている。

「世界の主要国が協力して、テロ支援国家とグループの資金源、武器供給を断つ。経済、軍事の両面から制裁を行うということですか」

「当然それも行う。十年もすれば、何かできるかもしれない。でも今は、抜け道はいくらでもある」

「どこかのテロ組織のトップを招待しているとか。そして、彼に何かを言わせる」

スーザンは新崎のサプライズを聞き出そうとしている。

「あなたたちは、どうして、そんなに直接的なことしか考えられないの。もっと人々の心を打ち、融和（ゆうわ）に導くものよ」

新崎が笑（え）みを浮かべて言う。スーザンは黙り込んだ。

「二〇一三年、国連でのマララ・ユサフザイの話を覚えているでしょ。彼女は世界に対して、教育の重要性を訴えた。一人の子供、一人の教師、一冊の本、そして一本のペンが世界を変えられる。わずか十六歳の少女の言葉に国連の会場は拍手にわき、世界は心を打たれた。勇気づけられ、人生が変わった子供もいるはず。私は彼女の言葉で、世界はわずかながら変わったと信じている。彼女の体験に基づく素朴（そぼく）な願いが、私たち政治家の言葉の一万倍も世界の人たちの胸を打った」

秘書が新崎を呼びに来た。次の予定の時間を過ぎている。

新崎は歩き始めた足を止めて、スーザンに振り返って言った。

「あなたも頑張って。ペンは銃よりも強しよ」

スーザンがかすかに頷（うなず）く。


明日香とスーザンは官邸を出て、地下鉄の駅に向かって歩き始めた。

「マララさんが話しに来るのかしらね」

「彼女が訴えたのは教育の重要性。でも、今度の会議は違う。根本は同じなのかもしれないけれど」

スーザンが考えながら話している。

ワシントン・ポストの支局に行かなければならないというスーザンと別れて、明日香は再度、警視庁に戻った。ジョンは二時間前と同じ姿勢でモニターを見ている。

明日香を見つけると、両腕を上げて伸びをして、明日香の所にやってきた。

「今日は一日中、モニターを睨んでたの」

「刑事の仕事の一つだ。昔のように歩き回る必要はない。俺のような年寄りには助かる」

明日香は歳を聞こうとして、躊躇した。表情によって三十代にも、四十代にも見える。ふざけていると思えば、突然真剣な顔になる。

「今と昔、どっちがいいか分からない。爆破犯が見つかれば、どっちでもいい」

「爆破犯を逮捕することは、アスカたちSPを救うことにもなるんだ。テロリストはいつ、どこで、どんな方法でターゲットを狙ってくるか分からない。アスカたちは、そんな相手から護るべき者の盾となって対峙しなきゃならない。分が悪いんだよ。だからテロが起こる前に根っこを断つのが一番だ」

ジョンが明日香を見つめて言う。

「だったら、さっさとテロリストを見つけてよ」

「背後に必ずアラブ人がいる。NISから送り込まれた戦闘員で、半年以内に入国している」

「そのアラブ人はテロ組織の幹部なの」

「兵隊だ。幹部は日本に来たりしない。潜伏先から指示を出すだけだ」

「日本は重要な国じゃないということね」

「少なくとも、今まではそうだった。経済力だけで発信力のない国。脅せば言いなりになる国。しかし、去年からは見方が少し変わってきている。アスカや新崎総理の存在が大きい。決して犯罪者の言いなりにはならなかった」

テロに立ち向かう国に変わったということか。

「ところで、アメリカのシークレットサービスのチームが到着している」

「彼らは連邦政府の役人、エリートたちだ。勝手にやってくれ」

　ジョンが興味なさそうに言う。

「彼らと俺たちの役目は違う。彼らは大統領を護る。犯人逮捕は最初から考えていない。逮捕より、撃ち殺して害虫を駆除する。俺たちは悪党を逮捕して罪を償わせる。生かしておけば、情報も引き出せる。射殺は人と自分自身を護るときだけだ」

「意外とマトモなのね」

「アスカはシークレットサービスの側だろ。自分を犠牲にしても総理を護る。そのためには迷わず引き金を引く。そしてそうした」

　あれは自分が生き残ることにもつながった。新崎の盾になったのではない。

「彼らが偉いのは、大統領を護ることは国を護り、国民の命を護ることに通じていると本気で信じていることだ。俺は他人の盾になんかとてもなれない」

　ジョンの言葉は明日香の胸にも強く響いた。

3

　そのとき、二人の横を数人の刑事がすり抜けて走っていく。

　ジョンが辺りを見回し始めた。明日香は通りすぎようとした若い刑事の腕をつかんだ。

「何が起こってるの」

「鈴元に指示を出した男が分かった」

「彼が自白したの？」

「鈴元のアドレス帳に載っていた柳田という男の身元を調べた。アラブのテロリストともつながりのある元過激派の男だ。住所は渋谷、道玄坂のマンション」

「鈴元はチンピラだって言ってたでしょ。何でそんな男と――」

「鈴元自身は半グレ。一人じゃ大きなことはできないチンピラだ」

写真では胸元が大きく開いたシャツに派手なスーツを着ていた。髪は銀色、一見国籍不明だが、眉毛と髪の根元は黒い。

刑事の言葉を明日香が通訳すると、ジョンの表情が変わった。

「いつ、逮捕に向かう」

「今ごろ、現場に着いて踏み込む用意をしてる。逮捕は時間の問題」

「バカ野郎。罠だ。すぐに中止するように連絡しろ」

ジョンが若い刑事の胸元をつかんで叫び始めた。

通りすぎる職員たちが立ち止まってジョンを見ている。

「何を言ってるのよ。やっと、自爆テロの指示を出した犯人に近づいたのよ」

「ニューヨークと同じだ。爆弾が仕掛けられてる。踏み込む前に調べるんだ」

明日香の耳にジョンの声が響く。同時に血と煤にまみれた、六本木の爆発現場の光景が浮かんだ。

明日香はスマホを出して、千葉の番号を押した。呼び出し音はするが出る気配はない。マナーモードで待機しているのかもしれない。

明日香はスマホを耳にあてたまま一課に向かって走り出していた。

「突入を中止してください。部屋には爆弾が仕掛けられている可能性があります」

大声で叫びながら、部屋に飛び込んだ。

部屋中の刑事たちの顔色が変わる。

「作戦を中止せよ。爆弾が仕掛けられている可能性がある」

連絡係がスマホに向かって大声を出した。

そのとき、いっせいに固定電話と各自のスマホが鳴り始めた。

「爆発が発生。容疑者の部屋で爆発が起こりました。負傷者多数。死者も出た様子です。至急救急車を回してください。場所は——」

電話を受けた刑事が立ち上がり、怒鳴るような声を出している。

「アスカ、現場に行こう。場所は分かってるのか」

ジョンの言葉を最後まで聞くことなく、明日香は部屋を飛び出していた。その後をジョンが追いかけていく。

走り出そうとしているパトカーに二人は乗り込んだ。


パトカーが止まると同時に車を降りた明日香は、思わず足がすくんだ。

近くの家の窓ガラスが割れ、辺りには何かが焦げたような臭いが流れている。ジョンも拳を握りしめて周りを見ている。

道路は停車した車と詰めかけた野次馬で、前に進めない。

「通してください。警察です」

明日香は叫びながら、人を押しのけて進んだ。

通りを隔てて小さな公園に面した、十階建てのモダンなマンションだ。二階、中央付近の部屋のガラスが割れ、黒煙が出ている。

現場には規制線が張られ、制服警官が立っていた。

パトカーと消防車、さらに数台の救急車が止まり、その周りに警官と消防隊員、救急隊員が加わり、現場は騒然(そうぜん)としていた。

一台の救急車がサイレンを鳴らし始めた。制服警官が数人がかりで、野次馬を下がらせて通り道を作っている。

明日香は警察手帳を見せて規制線をくぐって中に入った。

背後に続こうとしたジョンが止められた。

「彼は大丈夫。捜査の協力者よ」

明日香は強引にジョンの腕を引いて進んだ。

「被害は？」

明日香はパトカーの横で無線機を持って立っている警察官に聞いた。

「死者五人、負傷者八人です。重傷の者もいます」

「自爆なの？　犯人が爆弾を爆発させた？」

「死傷者は全員警察官です。犯人はいませんでした」

「踏み込んだときに爆発が起こったんでしょ」

「刑事が部屋に入って、しばらくしてから爆発が起きました」

マンションの中に入ろうとするジョンの腕を警官がつかんだ。

「入って調べたい。許可が出ないなら強引に入る」

ジョンが明日香に言う。今にも警官を殴り付けそうな勢いだ。

「鑑識がまだです。誰も中に入れるなと言われています」

警官がジョンの様子を見て、明日香に必死に訴える。

見回すと、千葉がパトカーの無線を使って話している。頼んでも許可は下りそうにない。

「死傷者を運び出したんでしょ。彼はこういう事件の経験者。現場を荒らしたりしない。私も一緒に行く」

ついて来て、とジョンに言うと、明日香は警官の横をすり抜け、階段の方に走った。ジョンが警官を押しのけ、後に続く。

部屋の前にも警察官が立っていたが、二人は制止を振り切り中に入った。

死傷者を運び出したときの足跡が部屋中に残っている。

「タイマーじゃない。刑事が爆発物の起爆装置に触れて爆発した？」

明日香の言葉を無視してジョンが部屋の中央に立ち、辺りを見ている。部屋の中は瓦礫の山で、黒く焦げている。爆発と火災が同時に起こっている。

「刑事が集まった段階で爆発は起こっている。同時に火災も。グッドタイミングだ」

ジョンが独り言を言いながら、しゃがみ込んで床を調べ始めた。

こぶし大の黒い塊を拾い上げ、ゆっくり立ち上がった。

「黙って、俺の言う通りにしろ」

ジョンが表情を変えて、小声で明日香に言う。

「さあ、ショータイムだ。〈すぐに鑑識と刑事たちがやってくる〉。これを俺に日本語で言え。外に向かって、鑑識はいつくるか聞いてくれ。大声を出すんだ」

「何が言いたいのよ」

「ロンドンの自爆テロを覚えてるか。あれはひどかった」

ジョンが続ける。ロンドン――あのとき、自爆テロは二度起こった。まだどこかに爆弾が仕掛けられているというのか。そして犯人は私たちを見ている。

明日香はジョンに言われた言葉を日本語で言った。

ジョンが明日香に目配せした。視線の先に目を移すと、ドアの上にカメラが付いている。

二人はすぐに戻ればいいと話しながら部屋を出て、ドアの外に立っている警察官を連れて一階に降りた。

明日香はジョンと千葉の所に行った。

「入口のドアの上にカメラがありました。犯人はそれを監視してて、鑑識と刑事が入ったところで起爆スイッチを押すつもりです」

「テロリストはできる限り多くの者を殺したいんだ。クソ野郎がどこかでカメラのモニターを見ているはずだ」

ジョンが吐き捨てるように続ける。

「無線で起爆装置を作動させるのか。だったら、遠くではないはずだ。半径二百メートルの範囲を調べろ。急ぐんだ」

千葉の指示で捜査員たちは散っていった。

「爆発物処理班を呼べ。部屋のどこかに爆弾が仕掛けられている。気付かれないように探し出して、取り外すんだ」

明日香が千葉の言葉をジョンに伝える。

「起爆の電波を妨害（ぼうがい）できないか。その間に爆弾の起爆装置を無効にする」

明日香は辺りを見回した。視野に入る見物人たちの中に犯人がいるかもしれない。

そのとき、強い衝撃を感じた。爆風で身体がパトカーに叩き付けられる。爆発だ。部屋を見るとドアが吹き飛び、黒煙と炎が見えた。悲鳴と泣き声、怒号が広まり始める。

二度目の爆発は最初の爆発より激しかった。ドアは完全に吹き飛び、部屋の入口は穴が開いたようになっている。これでは部屋の中のものは跡形もないだろう。第二の爆弾に気付いたのを悟（さと）られて、爆破を早めたのか。


明日香とジョンは警視庁に戻った。ニューヨーク市警のジョンのことをマスコミに知られるのを避けるためだ。

「俺に鈴元を調べさせてくれ。あんたらが二日かけても何も得られないんだろ。俺たちには時間がないんだ」

ジョンが明日香に言う。

「アスカが立ち会えばいい。通訳として」

「私は警護課の警護官。課長が許してくれない」

「要人を護るより、要人を狙う者を逮捕したほうが簡単でリスクが少ない。アスカの命を護ることにもなる。縄張り争いをしている時間はないだろう。必ず近いうちに、また爆破テロが起こる」

「上司に頼んでみる」

明日香は千葉と横田に電話した。

許可は簡単に下りた。彼らも焦っているのだ。ただし明日香が付き添って、通訳をするのが条件だ。

一時間後、明日香とジョンは、鈴元と向き合っていた。鈴元は肩まである銀髪、色白のひょろ長い男だ。薄ら笑いを浮かべている。

「聞いたか。お前のアドレス帳に載ってた柳田って男のマンションに踏み込んだら、爆発が起こった。警官ばかりが五人死んだ」

明日香はジョンの言葉を通訳した。

鈴元の表情が一瞬変わったが、すぐ元のにやけた顔に戻る。

「何も言わないと、すべてがあなたの責任になる。それでもいいのかとニューヨークの刑事が聞いている」

鈴元は下を向いて黙っている。時折り引きつったような笑みを浮かべた。余裕を強調しているのだろうが、指先は細かく震えている。

「六本木の爆発で十二人の死者が出た。今回は五人だ。負傷者は両方で数十人。後遺症が残る者もいる。誰もあんたに同情なんてしない。有罪が決まれば、世界中が乾杯して祝うだろう」

鈴元が顔を上げて、ジョンを見た。その視線を明日香に移す。

「俺は何も知らない。メールで指示されただけだ。スマホのメールが残ってただろ。アドレス帳に載ってたという柳田なんて知らない」

「あんた、ことの重大さがまったく分かっていない。日本には死刑制度がまだあるんだ。普通は二人殺せば死刑だ。おまえの場合は、十分条件を満たしている。渋谷の爆発にも関係している。有罪イコール死刑だ」

「だったら俺がやったって証明しろ。スマホのメールだけじゃなくて」

言葉は威勢がいいが、鈴元の顔は徐々に青ざめ、声も震え始めている。ようやく自分が置かれている立場を理解し始めたのだ。

「これ以上、どうすればいいんだ。知ってることは全部話してる」

ジョンがスマホを出して鈴元に突き付けた。爆発で破壊された室内が写っている。散乱する机や椅子(いす)の残骸(ざんがい)の間に手足が千切れた人の遺体が数体折り重なっている。壁の染(し)みは血だ。爆発で壁に叩きつけられ、身体が損傷した。

顔を背(そむ)けようとする鈴元の首をつかんでスマホに向け、ジョンが低い声で呟(つぶや)く。

「これはニューヨークの爆発現場。どうすればいいか、自分で考えろって、ジョンは言ってる。必死で考えないと、待ってるのは死刑だ。ニューヨークの爆破事件にも関与したことにしてやるって。首謀者はおまえだろう。日本の死刑は絞首刑(こうしゅけい)だと聞いてる。アメリカは薬物投与だ。呼吸困難で肺が破れて死ぬんだ。苦しいぞ。どちらを選ぶかはおまえ次第だと」

明日香は、ためらいながらもジョンの言葉を伝えた。

「やめてくれよ。本当に俺は、こんな大事(おおごと)になるとは思ってなかった。言うことを聞きそうな男を探して、デイパックを渡しただけ。ちょうど昔の仲間だった赤木が、刑務所を出る日だったんだ。それだけで、金が振り込まれた」

「渡されたデイパックが爆弾入りとは、本当に知らなかったのか」

「知るわけないだろう。知ってたら警察に駆け込んでいた」

「おまえは、そんなにバカなのか。デイパックを渡すだけで、五千万円分ものビットコインを振り込む奴はいないだろって思わないのか」

「確かにヤバいものだってのは分かってたよ。しかし、タイマー付きの爆弾だとは考えもしなかった。どうせ薬か、せいぜい拳銃だろうって。あんなに死者が出るなんて。俺だって驚いたよ。柳田なんて男は本当に知らない」

鈴元の声と指先の震えが大きくなった。

「もう勘弁してくれよ。これ以上は本当に知らないんだ」

鈴元の表情と声からは嘘を言ってるようには見えない。

「本当に何も知らないみたい。もう、諦めた方がいいんじゃない」

明日香は英語でジョンに言う。

「このクソ野郎が。地獄に落ちろ」

「それは、伝えないことにする」

「言ってもかまわないぜ。俺の本音だし、死んだ奴らの代弁だ」

二人は取調室を出た。

「彼、嘘を言ってるとは思えない。本当に知らないんだと思う」

明日香のスマホが鳴り始める。

〈すぐに来てくれ〉

それだけで切れた。千葉の声の調子からだとかなり深刻な様子だ。

二人は捜査一課に行った。

千葉は青ざめた顔をしている。あれからさらに一人の刑事が亡くなったという。一瞬のうちに、六人の部下を亡くしたのだ。

「今後は第一線でアドバイスを頼みたい。あなたのアドバイスがもう少し早ければ、防げた犠牲だ」

千葉が英語で言って、ジョンに頭を下げた。

「ニューヨークでも、七人の刑事が殉職している。そこから学んだ奴らの手口だ」

「次のターゲットはどこだ。何とか考えてほしい。これ以上、犠牲者は出せない」

千葉の英語はうまくはないが意味は通じる。

「首都圏のモスクを片っ端から捜査しろ。特にアラブ系住民を調べろ。必ず何か出る」

「犯人はムスリム、アラブ系だというのか」

「やめてよ、ここは日本よ。アメリカじゃない。人権侵害で訴えられる」

「だが、命にはかえられないだろ」

明日香は黙り込んだ。本当はそうしたい。


スマホにメールが入った。

〈すぐに官邸に来て〉

新崎からだ。

防犯カメラの新しい映像を調べるというジョンを残して、明日香は官邸に向かった。

総理執務室には副総理以下、数人の大臣がいた。端の椅子には横田が座っている。警備状況と捜査状況を伝えにきたのだろう。

「また爆弾テロが起こった。脅迫状（きょうはくじょう）も来ている。国内からも国外からも。十通以上よ。メールを入れると、数倍ね」

　新崎の言葉でテーブルを見ると、十数通の手紙が並べられていた。

「テロリストの脅迫状。警視庁と官邸の両方に来てるの。金の要求、囚人の釈放要求、単なる脅しまで。横田さんはすべて便乗による偽物だというんだけど、あなたにも知ってもらいたくて」

「私もそう思います。本物の犯人であれば声明文を出すか、電話で指示してくるはずです」

「死者が出たことは、政府の責任だと思っている。つまり、会議を強行しようとしている私の責任」

　新崎は明日香を見つめて、悲痛な表情で言った。

「バカなことは言わないでください。テロリストの責任です。身勝手な理由で、公然と殺人を行っている。テロリストこそ、罰せられるべき存在です」

　新崎は深く息を吸いながら、自分を納得させるように何度も頷いている。かなり焦燥に駆られているのが感じられた。

「しかし、すでに都内で爆破事件が二件起こっています。今までの日本ではなかったことです。会議の延期という選択肢もあります」

　外務大臣の言葉に新崎の表情が変わった。背筋を伸ばし、大臣を見つめる。

「この会議は何としても開きます。世界がテロリストに向かって、あなた方は敵だと宣言するのです。彼らの居場所と資金源を断つのです」

　新崎が強い意志を込めて言う。

「だが、現在の状況で、会議が無事に開けるかどうか」

「ホスト国は日本だけど、参加七か国には一致団結してテロを防ぐ責任を負ってもらいます。今までテロリストを野放しにしてきたのは、世界の責任です。今後、連帯してテロに立ち向かっていくことを宣言します。ただしこれは、具体的な国やグループを標的にするものではありません。世界を挙げて、テロリズムを憎み、協力して戦うことを宣言するのです」

「かえって、テロリストたちを刺激しませんか」

「すると思う。でも、抑止力の方が大きいはず」

「中東の国々やあるグループは、自分たちが欧米諸国に抑圧され続けていると思っています。彼らは、既成勢力に対抗するにはテロしかないと考えているのでは」

「私たちは話し合いを最重要としています。国連での対話の道を開くことも、宣言します」

明日香の脳裏に、新崎がスーザンに話していたサプライズという言葉が浮かんだ。各国の首脳たちの言葉よりも、さらに世界に強いインパクトを与えるもの。それは何だ。おそらく、ここにいる者たちも何も知らないのだ。

4

参加国の警護チームの第一陣として、昨日アメリカのシークレットサービス二十人が到着している。

到着日、彼らは大使館に籠っていた。在日大使館員との打ち合わせだろう。

今日、彼らは警視庁に来て、半田警備部長と会った。

警備計画については、警備第一課長の都築が説明した。明日香は通訳も兼ねて参加していた。

警備体制としては、首都圏の警察官三万人が動員される。会議の五日前から都内の交通規制と重点警備が行われる。全施設のゴミ箱を撤去し、マンホールをチェックして封印する。コインロッカーは使用禁止となる。首都圏は「テロ撲滅世界会議」のための厳戒態勢が敷かれることになる。

「日本の警備状況はだいたい分かりました」

マット・カスバードがタブレットを出して、シークレットサービスの警備の説明を始めた。大統領警備の大まかな部分は話したが、肝心な部分になると詳細は避けて次に移る。詳しい警備状況については、警視庁を信用していないというより、知られたくないのだろう。

「横田基地から赤坂プレスセンターへはヘリで、プレスセンターとホテルと会場の間は大統領専用車で移動します」

「車の前後の警備は」

「大統領専用車と警備車両は我々が用意します。先導のオートバイと車はお願いします」

「ホテルと会場の迎賓館は警視庁の機動隊が警備しています」

「日本の護衛官の携帯武器は拳銃のみと聞いていますが」

「会議開催中はSATが待機しています。SATは自動小銃とスナイパーライフルを持っています。何かあれば直ちに前面に出ます」

「都内で銃撃戦になる可能性は考えたことはありますか」

「テロ制圧の訓練は受けていますか」

「市街戦を想定してですか」

「去年、東京でもありました」

マットが大きく頷いて明日香を見た。

外交特権により、かなりの武器を持ち込むはずだ。米軍の横田基地がある。

打ち合わせは一時間ほどで終わり、マットたちは帰っていった。


明日香は警視庁捜査一課の会議室にいた。ジョンに呼ばれたのだ。

「捜査状況について知りたい」

「千葉一課長があなたも第一線に立てと言ってた。捜査会議には出てるでしょ」

「彼らは日本語で話してる」

「誰もあなたの面倒まで見てくれないわけね」

明日香は爆発現場である渋谷のマンションにいた、池田（いけだ）という若い刑事を会議室に呼んだ。

「捜査の状況を教えて。ジョンが知りたがってる」

池田は二人の前に立ち、胡散臭（うさんくさ）そうに見ている。

「課長から聞いてるでしょ、ジョンの立場は。彼がいなければ、あなたも吹っ飛んでいたかもしれないのよ」

池田は覚悟を決めたように近くの椅子に座った。

「アラブ系の男の捜査はどうなってる」

明日香がジョンの言葉を通訳する。

「都内に住む、アラブ系住人の身元は可能な限り把握しています。日本人の過激分子の把握もできています。都内のモスクには、捜査への協力をしてもらっています」

「爆発があった渋谷のマンションの所有者、柳田については、鈴元は知らないと言ってるが、何か分かったのか」

「内偵したら、不審な人物の出入りがあったし、すべてのベクトルはあの部屋を向いていました。最初の突入で爆弾製造の痕跡があったので調べていると――」

「柳田はどうなった。見つけたのか」

「半年前に亡くなってました。交通事故です。柳田は暴力団員。マンションの名義は彼のままでした。捜査員を殺害するための単なる罠でしょう」

池田が言いにくそうに話すと、顔をゆがめた。自分も死んでいたかもしれない爆発だった。

「犯人は情報を流して監視カメラで見張っていた。警官が集まったところで、セットしていた爆弾を爆発させた」

ジョンが明日香に向き直った。

「テロリストはどうして鈴元を選んだ。顔が広くて、金さえ出せばなんでも言うことを聞く者ということか」

「適当に選んだのかもしれない。前金を渡して、残りは仕事が済んでから」

「爆弾を渡すんだぞ。警察に駆け込まれたら終わりだ。鈴元をよく知っている奴だ」

「そして、鈴元は昔知ってた赤木を選んだ」

「金さえ出せば理由なんてどうでもいい奴。言われたことをやる奴です」

二人のやりとりを聞いていた池田が英語で言う。英語が分かるらしい。

「マンション周辺の野次馬の写真は撮っているんだろう」

「まだ十分には調べていません。一時間ほど前に写真が届いたはずです」

池田が疲れた口調で言う。

「すぐに持ってきて。いや、私が取りに行く。あなたは、留置場にこれから鈴元に会いに行くと知らせておいて」

「なんで僕が警備部の——」

お願いね、と池田の肩を叩くと、明日香はジョンを連れて捜査本部に向かった。


一時間後、明日香とジョンは留置場にいた。

二人は小部屋に連れて行かれた。そこにはすでに、池田と鈴元がいる。

「千葉一課長が僕も同席しろって」

池田が言い訳がましく言う。

「爆発のときに集まった野次馬の写真。知ってる顔を探して」

明日香は鈴元の前に写真を十枚以上並べた。一枚に十人ほどの野次馬が写っている。

「誰を探せっていうんだ」

「前に会ったことがあるか、見覚えのある顔。とにかく、あんたが知ってる顔」

鈴元は不貞腐れたような態度を取りながらも写真を見ている。

「俺がときどき行く、飲み屋に来る男だ。名前は知らない」

十分ほどして鈴元が指さした。

白髪で口髭を生やした男だ。歳は七十を越えているだろう。

「飲み屋の名前と場所は」

「〈おふくろ〉。俺のマンションから歩いて十五分くらいのところ」

明日香はスマホに鈴元のマンション周辺の地図を出して、デスクに置いた。

鈴元が指さすと、池田はその地図を自分のスマホに転送してもらって出て行った。

会議室に戻って一時間後、池田が二人の所に来た。

「名前は大塚浩二。七十五歳。元過激派のメンバーです。公安にも確認を取りました。一時間後に彼のアパートに踏み込みます」

「仲間はアラブ人のはずだ。俺も一緒に行く」

ジョンが立ち上がった。

警視庁捜査一課の刑事たち十数人が集められた。

ジョンがホワイトボードに張られた、大塚の部屋の間取り図を見ながら説明する。それを明日香が通訳した。

「まず大塚を取り押さえる。仲間がいれば自爆の恐れがある。彼自身が自爆ベストを着けているかもしれない。部屋のものには、絶対に触るな。全員、吹っ飛ぶぞ」

刑事たちは真剣な表情で聞いている。すでに六人の刑事が殉職しているのだ。

「ニューヨークでは時限式の爆発物だった。起動させて二十分後、多くの警官が集まったころにドカーンだ。他に、リモートや接触式の起爆装置がある。どこかに触るか開けるかしたら爆発する。怪しいと思ったら触らず、迷わず爆発物処理班を呼べ」

ジョンの言葉を明日香は全員に伝えた。

「まず爆弾が時限式か、接触式か、リモートかを調べるんだ。どこかにカメラはないか。2DKの部屋だ」

「部屋に入ると同時にドカンということはないだろうな」

「俺たちはファイバーグラスカメラでドアの内側の様子を確かめる。何事もなければドアを開けて入る」

　ジョンが刑事たちを見回して言う。


　一時間後、明日香とジョンと刑事たちは大塚のアパートの前にいた。

　宅配業者を装った刑事がドアを叩くと、寝間着姿の大塚があくびをしながら出てくる。大塚は即座に確保され、部屋には刑事たちが踏み込んでいた。

　爆弾を含め犯行に関わるものは何も出なかった。鑑識を残して、刑事たちは大塚に任意同行を求め、警視庁に戻った。


　大塚の尋問が開始されていた。

　明日香とジョンは、池田に連れられて取調室の隣の部屋に入った。窓から取調室は見えるが、取調室側は鏡になっているマジックミラーだ。

　ジョンは窓に顔が付くくらいに身を乗り出して会話を聞いている。

「ジョンさん、日本語が分かるんですか」

「彼に聞いてみたら」

　明日香はジョンの言葉を思い出していた。人の表情にはあらゆるところに微妙な違いが出る。目配り、態度、話し方、すべてに意味がある。声も同じだ。人は身体全体で話すものだ。ジョンは大塚の感情の言葉を聞いているのだ。

　明日香は取り調べ担当刑事の言葉をそのままジョンに伝えた。

「マンションの一室が爆破され、警察官六人が死亡、多数の警察官が重軽傷を負った。爆発が起こった二十分後、あんたが現場で見物していたことは、防犯カメラの映像と写真で分かっている。反論があったら言ってくれ」

　刑事の問いに大塚は無言のままだ。

「すでに一時間以上、だんまりです。目を閉じて何かを考えているようにも見えます。アリバイを聞いても何も答えない。しかし、彼が偶然あそこにいたとは考えにくい。大塚が犯行に関係があることは間違いありません」

　池田の言葉を明日香がジョンに通訳する。ジョンが窓から身体を離した。

「あの男はこの爆発には関係ない。あんたらでアリバイを調べた方がいい」

「アリバイがあるのなら、自分で話すでしょう。やましいことがなければ」

「話したくないんだろ、警察なんかには。自分のアリバイがしっかりしていなければ、あんなに落ち着いていられない。自分の無実はいつでも証明できる自信があるんだ」

　ジョンが明日香に目を向けて言うと、池田に視線を移した。

「大塚の身元は調べたの」

　明日香がジョンの話を通訳した後、池田に聞いた。

「逮捕歴七回。二回は暴行と器物損壊。他は、公務執行妨害です。元学生運動のリーダーです。すべて一九七〇年代です」

「現在は？」

「無職。七十五歳の年金生活者。それまでは、清掃会社の従業員です」

「仲間に過激思想の者はいないの」

「付き合いは多いけど、彼自身は引退してます。なんせ、歳ですからね」

大塚の経歴をジョンに伝えると、彼は大塚に視線を向ける。

「あの身体と目を見ろ。まだ引退はしてないね。まず、大塚のアリバイを周辺連中から洗ってみろ」

明日香がジョンの言葉を池田に伝えると、分かりました、と言って出て行った。


夕方までに、渋谷のマンション爆破とその他の捜査結果がまとめられ、捜査会議で明日香とジョンに伝えられた。

「当たってました。当日、大塚は彼のアパート近くの飲み屋にいました。SNSで事件を知って、見に行ったようです。飲み屋の女将(おかみ)の娘と一緒に。娘から裏付けも取れています」

池田がジョンの方を見ながら、明日香に言う。

「東京で爆発した爆弾は、二件ともニューヨークで爆発したものと基本的に同じだ。ああいう爆弾を日本で作れるか」

ジョンが刑事たちに聞いた。

「日本人は手先が器用だから、練習すれば――」

「今、作れるかどうか聞いてる。アスカは、どう思う」

ジョンが池田から明日香に視線を移した。

「できないと思う」

もう五十年近く前、日本でも手製爆弾を用いた事件が何件か起こった。学生運動の延長で、過激派と言われていた集団の犯行だ。以後は爆弾を使った犯行は起こっていない。総理を狙った事件はあったが、手製爆弾は爆発しなかった。

「イスラム過激派が日本に潜入して、爆弾を作っている。そいつが今回の爆破事件の犯人だ。ただし、日本人グループがサポートしている」

「なぜ、そう思うの」

「日本語を話せるイスラム過激派は聞いたことがない」

「確かにね。あなたは、どうすればいいと思ってる？」

「まずは、東京中のモスクを調べろ。ひと月以内に日本に入国したアラブ人をリストアップして、しらみつぶしに調べるんだ」

「あなたに言われて、もうやってる」

「アラブ人をサポートしている日本人も探しているか。アラビア語か英語がしゃべれる日本人だ」

ジョンが明日香から刑事たちに視線を移す。

「やっていますが、漠然としすぎていて、なかなか見つかりません。もっと具体的な特徴が必要です」

「過去に過激派の事件を起こした者だ。大塚の周辺に怪しい者はいないのか。いなければ、もう一度調べ直せ」

明日香は刑事たちにジョンの言葉を告げた。

「過去の過激派の事件か。彼らはすでに七十歳を越えてる」

「過激派本人でなくてもいい。その周辺に怪しい者はいないか。過激派に通じる者はいないのか」

ジョンの声が次第に大きくなる。そろそろ、引き上げた方がいい。

「現在の日本で、アラブのテロリストと関係のありそうな過激派なんているとは思えない」

「アスカが戦ったテロリストがいるだろう。官邸を占拠した奴らを手引きしたのは、日本のテロリストだと聞いた」

筒井信雄（つついのぶお）だ。官邸がテロリストに襲撃されたとき、日本側の手引きをした男だ。彼は当時四十六歳、五十年近く前の学生運動の流れを引く組織、赤色戦線に属していた。彼の周辺を調べてみる必要もありそうだ。明日香はそれを刑事に告げた。

「昔はいたし、今もいる。でも、その力は弱まってる」

明日香は大塚のことを考えながら言った。彼は五十年以上前の学生時代を引きずりながら、社会の片隅（かたすみ）で生きてきたのだろう。彼のような人生を送る者が、日本にはまだいる。彼らは七十歳を越えているが、今も公安がマークしている。しかし、爆弾闘争を本気で考える者が今の日本にいるのだろうか。

「大塚は釈放して泳がせろ」

「一課もそのつもりよ。日米共通している。私の上司でもきっとそうする」

「犯罪捜査の基本は同じだ。犯人の心を読む作業だ」

ジョンは歳の割には古風な人間なのだろう。

「日本は犯罪抑止に力を注いでいる。武器が手に入りにくいのもその一つ」

「アメリカも見習うべきだと思う。だが、建国の歴史が違う。アメリカの独立はヨーロッパの列国から戦争で勝ち取ったものだからな。武器は自由と民主主義の象徴と考える者がいる」

「土地は原住民からは奪い取ったしね」

明日香が皮肉を込めた笑みを浮かべた。

「西部劇のファンか。俺もだ。今度一緒に、ＤＶＤを見ないか」

「あなたが大活躍して、事件が解決したらね」

明日香は笑みを消してジョンを見た。

「気を付けてよ。今度の元過激派は銃器を持っている恐れがある。彼らの背後にはイスラム過激派がついているんでしょ」

「だったら、俺にも銃をくれ」

「私の後ろか横にいて。私の役目は、人を警護すること」

明日香は再度笑みを浮かべた。

5

スーザンが珍しそうに部屋の中を見回している。

「あまりジロジロ見ないで。アメリカとは住宅事情が違うからね」

「きれいなので感心してるの。ビデオ通話で分かるのはほんの一部。あなたの性格だともっと個性的かと思ってた」

個性的とはどういう意味だ。明日香はそれ以上聞かなかった。見当はつくけれど。

「あなたが来るので片付けたのよ」

明日香は台所にある二つのゴミ袋に目をやった。

二人はコンビニで買ってきた弁当とビール、ワインをテーブルに並べた。

スーザンが、お菓子を含めてレジ袋二つ分の食料とアルコールを買ったのだ。

「捜査は行き詰まっているんでしょ。シークレットサービスの連中が言ってた。日本の警察は何をしてるんだって」

「日本には日本のやり方があるの。突然日本に来て、勝手なことを言わないように言って」

明日香は缶ビールを一口(ひとくち)飲んだ。

「総理が言っていたサプライズはなんだと思う」

スーザンが鮭(さけ)弁当を食べる手を止めて、話題を変えるように聞いてくる。

「私は知らないし、知ってても言わない。総理の口から出るまでは。あなたにもね」

「誰かのスピーチであることは確か。政治家ではなく、有名人でもない。調べたけど分からなかった。私たちと同じ、名もない一般人」

「マララさんの名を挙げた。でも、彼女は国連でのスピーチの前から有名だった。彼女が撃たれたのは衝撃的だった。当時、私は高校生。同じ世代の者として、同じ女性として何かをしなきゃと思った」

「私だって同じ。でも、サプライズって、新崎総理は何を考えてるのかしら。アメリカでは何も聞かなかった」

スーザンはしばらく考え込んでいたが、顔を上げて明日香を見た。

「アルフレッド大統領は、最初この会議への出席を拒(こば)んだらしい。やはり、危険だと思ったんでしょうね。副大統領のバーナード・ラッカムに説得されて、しぶしぶ承知したと聞いた」

「初めて聞く話。率先して行動を起こそうと世界の首脳に働きかけたと思っていた」

「それは表向きの話。誰も危険な場所に自分の身を置きたいとは思っていない」

そう、確かに危険な場所だ。一週間のうちに二件も爆破事件が起こり、二十人近くの命が奪われている。

「日本でもこれまでに似たようなテロはあったでしょ」

　スーザンが明日香を見ている。

「オウム事件ね。地下鉄の車内でサリンがまかれ、暗殺も行われた。他に、極左グループによる爆破事件もあった。いずれも昔の国内事件で主犯格は逮捕されている」

　一九九五年、地下鉄の丸ノ内線、日比谷線、千代田線の車内でサリンがまかれた。十四人が死亡、負傷者約六千三百人の大惨事となった。犯行はオウム真理教によって行われ、それ以外にも松本サリン事件では八人が死亡したほか、弁護士一家殺害など、多くの事件を起こしている。

　一九七〇年代には東アジア反日武装戦線を名乗るグループが、三菱重工業東京本社ビルに時限爆弾をしかけ、八人が死亡、三百七十六人が負傷する爆弾テロを起こしている。その後もいくつかの企業が狙われ、爆弾テロが行われた。この時、彼らは爆弾製造やテロ活動のやり方を書いた「腹腹時計」という冊子を出している。

「外国人が関係しているらしい犯行は初めてってわけか。ずいぶん、国際的になったものだ」

　スーザンが皮肉を込めて言う。

　明日香は言い返そうとする言葉を呑み込み、気持ちを静めるようにビールを飲み干した。

　多くの不明点はあるが、今も爆弾を持ったテログループが東京に潜んでいることは確かだ。しかし捜査は行き詰まり、誰もが焦り、イラついている。


　アブデルはため息をついて外に目をやった。

難民キャンプにあるこのテントには相変わらず埃っぽい空気がよどんでいる。子供たちの声が聞こえるが、笑い声とはほど遠い殺気すら感じる声だ。この状態がすでに二年以上続いている。頭がおかしくなりそうだ。何とかして、抜け出さなければならない。

再びパソコンに目を向けた。添付ファイルにあるのは女の顔写真だ。初めは誰だか分からなかった。数分見ていると一人の女にたどり着いた。思わず顔を近づけた。その変わりように驚いたのだ。無口で愛想の悪い女だった。しかし、今になって現れるとは。しかも、このような形で。

初めて会ったときは十三歳だった。自分は四十五歳。三番目の妻として迎えた。毎週会ったが、ベッドを共にするだけだった。誘拐してきた他の子供たちと共に、兵士として育てた。頭のいい子で、優秀な兵士として成長していると聞いていた。だが、二年目に子供が生まれた。二十歳になったとき、子供を連れてキャンプを脱走した。もう一度、写真を見た。整った顔つき、意志の強そうな口元。きつめの目でアブデルを見つめている。ヒジャーブは着けていない。突如、激しい怒りに襲われた。いや嫉妬かもしれない。二十八歳の美しい女に成長していた。ボランティア団体の支援で大学を卒業して、ヨーロッパにも出かけていると書いてある。現在は、少年兵の救済組織で働いているとあった。どうせ、自分のことは悪魔のように吹聴しているのだろう。必ず殺してやる。喉をかき切り地獄を見せてやる。

アブデルは腰の短剣に手をやった。

バーナード・ラッカム副大統領は、ホワイトハウスの自身の執務室に戻った。

あの老いぼれの下にあと何年いなければならないのか。一期で辞めると言っておきながら、再選に色気を出し始めた。大統領のあと三年の任期に、さらに四年。七年も待てない。話が違う。あの老いぼれは、中継ぎのはずではなかったか。あとひと押しすれば、自分が民主党大統領候補になっていたはずだが、一期待ってくれという泣き落としに折れて、副大統領候補として老いぼれを支持した。それが再選を目指すだと。私は待てない。

ラッカムはデスクの引き出しから、スマホを出した。世界中どこに電話しても安全なスマホだ。電話番号のメモリーを出し、一瞬考えてからタップした。

アルフレッド大統領は考え込んだ。

副大統領に再選の意思を話したのはまずかった。バーナードは隠そうとしていたが、顔色が変わった。約束では自分は三年後、引退して副大統領を後継者として推(お)すつもりだった。しかし、欲が出たのだ。三年後は七十八歳だ。現在の社会では、まだまだ現役だ。再選されれば、歴代最年長のアメリカ合衆国大統領として歴史に残るだけではなく、多くの変革を行うことができる。このテロ撲滅世界会議もその一つだ。世界の主要国が共通の意識を持って、テログループに対処する。そのためには、まずこの会議をアメリカ主導で成功させなければならない。日本の女性総理は自分が主役のつもりだろうが、現在まで世界のテログループと最前線で戦ってきたのは、自分が大統領であり、軍の最高司令官であるアメリカ合衆国だ。

出席する以上、何としても、アメリカの力を世界に見せつける。そのための手は打ってある。サプライズもその一つだ。

第三章　サプライズ

1

翌日、明日香（あすか）が官邸に行くと、横田（よこた）に呼ばれた。

「夏目（なつめ）にはしばらく、クイーンの警護から外（はず）れてもらう」

「アメリカのシークレットサービスとの連絡係に専念しろということですか」

思わず強い口調になった。ここ数日は様々なストレスが溜（た）まっている。

横田は考え込んでいたが、腹を決めたように明日香を見た。

「総理の指示だ。これ以上は私からは言えない」

「これからが危険なときです。一週間だけ、今のままではダメですか」

やっと何かが分かり始めたときなのに、他に何をしろと言うのか。

「我々はチームだ。一人の跳（は）ね上がりがチームワークを崩したら、取り返しがつかないことが起こる」

横田は〝跳ね上がり〟という言葉を使った。自分なりに全力を尽くしているつもりだが、明日香はそれ以上、何も言えなかった。

横田に背中を押されるように、総理執務室に向かう。

明日香を見た新崎が執務机から立ち上がった。

「待ってたのよ。これからすぐに行きたいところがある」

そう言うとコートを持って部屋を出て行く。明日香は慌てて後を追った。

「今日の予定はいいんですか」

「四谷に行くことになっている。でも、今から一時間は空白の時間。車は待機させてある」

エントランスに出ると、車が寄ってきた。

車は官邸を出ると、四谷方面に向かって走った。

「総理、私がなぜ――」

「ちょっと、行きたいところがあるの。大丈夫かしら」

新崎が明日香を遮り言う。

「ダメだと言っても、行くつもりですよね」

新崎は明日香を見てにこりと笑った。突然の予定変更は、今回に限ったことではない。

車は四ツ谷駅近くの病院の地下駐車場に入っていく。

新崎は濃紺のサングラスをかけマスクをした。明るい色のコートを着ると、ちょっと見ただけでは新崎だとは気づかない。

地下の駐車場からエレベーターに乗った。

「五階の入院患者用の階、特別病室よ」

廊下に出ると、数人の看護師が行き交っている。新崎は軽く会釈をしながら奥の部屋まで進んだ。誰も新崎だとは気づいていないようだ。

新崎はノックをして、返事を待たずドアを開けて入っていく。明日香はあとに続いた。

八畳ほどの個室だ。患者用のベッドと壁際に簡易ベッドとソファーがある。ベッドの横の椅子に女性が座っていた。

女性が振り返って立ち上がり、新崎に頭を下げる。黒い髪に彫りの深い顔立ち。アラブ系の女性だ。その表情には――すべての感情を失ったような暗い影がある。歳は――明日香より十歳近く年上か。

ベッドには少女が眠っていた。腕には点滴用のチューブが付いている。歳は十歳くらい。女性の娘か。

「彼女はマリナ・エゾトワ。トルコから来たの。こちらは、夏目明日香。私のボディーガード」

新崎は明日香と女性を交互に見て英語で言う。

「ベッドの少女はエリーゼ・エゾトワ。マリナの娘」

「サプライズというのは彼女のことですか」

明日香は小声で聞いた。

「そう。でも、まだ誰にも言わないで」

「発表はいつなんですか。いずれ、公にしなければならないでしょう」

「会議の当日よ。それまでは、極秘のまま」

「あと十日あります。それまで、この状態なんですか」

「だから、あなたを警護に付ける。彼女を公私共に護ってほしい」

新崎は明日香を見つめて、公私共に、を強調した。

「二人は十日前に来日した。エリーゼの手術のためにね。そのまま検査入院に入り、手術が終わったのは二日前。手術は十二時間に及んだ。昨日の夜、ＩＣＵからこの病室に移ることができた。来日してから、マリナは満足に寝てないはず」

新崎はエリーゼの手術について説明した。

胆道閉鎖症という病気で、生後二年目に判明し手術をした。胆汁の通り道である胆管が詰まって、肝臓内にたまり、黄疸を引き起こす。進行すると肝臓組織が破壊される胆汁性肝硬変症、さらに肝不全になる。そうなると治すことは不可能とされる。発生頻度は一万人に一人程度で、男児よりは女児に多い。さらに、脾臓にも合併症が見られる場合がある。

治療は胆管を腸管につないで胆汁を流出させる手術を行う。半数以上の患者は術後一年で回復が見られるが、長期間を過ぎてから合併症が起こることもある。エリーゼは合併症が起こった。再手術をしなければ肝硬変になる可能性が高い。しかしトルコでは困難な手術で、日本で行うことになった。

娘の難病と手術、彼女と会議との関係など、複雑な事情があることは確かだった。

「他国はマリナとエリーゼのことは知ってるんですか」

「一部の国はね」

これ以上は話せないという、新崎の口ぶりだった。一部の国とはおそらくアメリカだろう。

「ここにいる限りマリナは安全。この場所を知ってるのは限られた者だけ」

「これまで警護はどうしていたんですか」

「隣の部屋に警護官が二人常駐して、監視カメラで見ている。もちろん、プライバシーには最大限配慮してね。横田さんが手配してくれた。この部屋の中と廊下は、二十四時間体制で見張っている」

明日香は天井を見た。監視カメラが一台ついている。

しかし、彼女を狙っている者が、彼女がこの病院にいることを知れば必ず襲ってくる。殺害は、さほど難しいことではない。とにかく、ここを知られないことだ。

「彼女が会議でスピーチするんですね。そのことは、他の人たちは知っているんですか」

「公表はしていない。だからサプライズ」

新崎は無邪気に話しているが、テロリストが暗殺を決めれば、手段は選ばないはずだ。


十分ほど病室にいて、二人は外に出た。

「サプライズは分かりました。でも、彼女は会議で何を話すのですか。テロリストが、どうしても阻止したい内容であることは分かりますが」

車に乗り込むなり、明日香は新崎に聞いた。

「真実よ。ＮＩＳの真実。マリナの人生の真実。世界に向けてね。彼女が何を強要され、何をして生きてきたか。世界にはどれほどの数のマリナがいるか。私たちがいかに無知であり、無力であったか知らしめてくれる。ＮＩＳにとって、大きな打撃になるでしょうね。彼らは単なる犯罪者集団だと世界に知らしめることができる。彼らをかくまい援助する国は、犯罪者集団と同類ということになる」

新崎が強い口調で言って、さらに続けた。

「マリナは十三歳のとき、NISに誘拐され、キャンプに連れて行かれて戦闘員にされた。同時に結婚もね。体のいい人身売買。一夫多妻の国だから。もっと若い少女もいるそうよ。エリーゼはマリナが十五歳のときに産んだ子供。彼女は八年前、エリーゼを連れてイランに逃げ、トルコに渡った。親子で暮らしていたけど、子供が合併症を発症した。高度な手術を要する病気。それで、手術を受けるために日本に来た。その仲介人は私の信頼できる人」

明日香は言葉を失った。

マリナの感情を失ったような表情は、過酷な人生が刻まれているためなのか。

「会議後、彼女たちはどうなるんです。トルコには帰れないですよね」

「アメリカに行く。アルフレッド大統領が、亡命を承認してくれた」

「なぜ、日本じゃないんです」

「彼女がそう望んだ。言葉の問題ね。マリナは英語が話せる。それに、こういうことはアメリカの方が実績があるし、遥かに進んでいる」

「彼女はスピーチすることで命を狙われるんですね」

「イスラム過激派全員が敵になる。もちろん、NISもね。これから親子がアメリカに発つまで、あなたにも彼女たちの警護をお願いしたい」

「命令ならそうします」

「これは命令でもあるし、私からのお願いでもある。あの親子が無事に新しい生活を送れるように、日本にいる間、護ってもらいたいの」

この会議が終わると、彼女たちはアメリカに渡る。そこで、新しい人生を送ることになる。新崎は繰り返した。

「証人保護プログラムという制度ですか」

裁判で被告に不利な証言をした場合に、報復を免（まぬが）れるために名前や身分を変えて、まったく知らない土地で新しい人生を始めることだ。マリナたちにもそれが適用されるのだろう。彼女は、それほどＮＩＳにとって不利な証言をするのか。明日香は無意識のうちに頷（うなず）いていた。

新崎はカバンから封筒を出して、明日香に渡した。

帰りに、明日香は警視庁に寄った。

ジョンは相変わらずモニターの前に座り、防犯カメラの映像を見ていた。

「よく飽（あ）きないわね。これじゃ、カメラをもっと増やしたくなる」

中国では監視カメラとＡＩを組み合わせた顔認識システムが、動き始めている。そのためか犯罪は目に見えて減っているとの報告がある。

「未来の警察はＡＩが担（にな）うと言う奴もいる。顔認識がさらに進歩すれば、刑事は不用になる」

「それじゃ、アメリカ大統領はカメラが警護するのね」

明日香は皮肉を込めて言う。

「何かあったのか。顔がひきつってるぞ」

「いつもは、にやけているとでも言いたいの」

「今日は特別突っかかるな。アスカは顔に出るタイプだ。刑事は相手の表情も常に見てなきゃダメなのに」

「私は警護に専念する。あなたは早く犯人を捕まえて。その方がはるかに合理的よ」

「俺たちは必死だ。相手も必死だ。だから、ミスした方が負けだ」

私は自信がない。ミスを犯しそうだ、という言葉を呑み込んだ。

「警護に専念するのは正解かもしれないな。最後の砦だ。しかし、絶対に死ぬなよ。他人のために命まで落とす必要はない」

「あなたの言うこと、いつも矛盾してる。でも、正しいと思う」

証人保護プログラムについて聞こうと思って寄ったのだ。どれほど信頼がおけるものなのか。ＮＩＳの殺し屋から逃げ切れるものなのか。しかし、まず自分たちが、あの親子を護りきらなくてはならない。


マンションに帰って、明日香は新崎に渡された封筒からファイルを出した。

経歴書にハガキ大の写真が付いている。真面目腐った顔のマリナの目が、明日香を見詰めている。全体的に暗く、どこか悲しそうで挑戦的な眼差しだ。

生まれはイラク。十三歳のときに村を襲ったＮＩＳに連れ去られ、七年間で五度結婚している。同じ男の場合もあった。結婚といっても、宗教上の名目だけで、実質は売られたのだ。二十歳のときに五歳の娘を連れて、ＮＩＳのキャンプを逃げ出し、現在はトルコで暮らしている。娘と引き離されそうになったので、逃げたとある。おそらく、どちらかが売られそうになったのだろう。

娘に手術を受けさせるために来日し、日本で開催されるテロ撲滅世界会議でスピーチする。その後、親子でアメリカに亡命する。裏には様々な取引があったのだろう。

明日香はファイルを閉じて、新崎の言葉の意味を考えた。世界を動かすスピーチ。マリナは自分自身の運命を話す。そのために、命を狙われることになる。日本にいる間だけ護っても、アメリカに渡るとどうなるのか。様々な思いが脳裏(のうり)を流れていく。

テーブルに突っ伏して考えていると、いつの間にか眠ってしまった。


チャイムの音で目が覚めた。

スマホの時間を見ると、午前一時十二分。いつのまにか雨が降り始めている。

応答するとスーザンが立っている。オートロックを解除して待っていると、しばらくしてスーザンが飛び込んできた。

「ごめんね、こんな時間に。悪いとは思ったんだけど、ちょうど近くに来たから」

スーザンが明日香を見ている。まだブレザーとパンツ姿なので、ホッとした様子だった。

明日香は急いでバスタオルを持ってきてスーザンに渡した。

「どうしたの、こんな時間に。雨まで降ってるし」

「新聞記者にとっては二十四時間、勤務時間。夜だろうと雨だろうと世の中は動いてる」

顔が赤く、呼気にアルコールの臭(にお)いがする。

「飲食だって仕事の一部。人は気を許すと口が軽くなる。今までアメリカ大使館の人と飲んでたの」

スーザンは明日香の差し出す水を一気に飲んだ。コップをテーブルに置くと改まった表情になった。

「新崎総理が言った、サプライズは分かったの？」

「私の仕事とは関係ない」

「分かったのね。でも、教える必要はない。私もこれ以上は聞かない。会議までには突き止める。あなたとは別ルートを使ってね」

スーザンが早口で言う。

「でも、これだけは教えておいてあげる。すでに複数のNISのメンバーが日本に送り込まれている。それも、殺人部隊が。これって、会議を狙ってるのか、出席する各国要人を狙っているのか、あるいはサプライズの阻止を狙ってるのか分からない。それに彼らをサポートしている日本側の組織がある。今夜、私がつかんだ情報。たぶん、日本政府はまだ知らないと思う。アメリカ政府も、日本に教えるかどうか分からない」

明日香の脳裏に数時間前に見た母と娘の姿が浮かんだ。彼女たちを殺害するためにテロリストが複数、日本に送り込まれたのか。二人のことはまだ公にはなっていない。では、会議の阻止を狙って、送られてきたのか。

「アメリカ大使館の誰からの情報なの」

「それは言えない。本社でも、まだつかんでいない。でも、あなたには伝えたかった。あなたの命がかかってることだから」

「NISの殺人部隊がアメリカ大統領を狙っているということはないの」

「彼らの目的は分からない。会議中止か、外国の首脳たちか、それとも他のターゲットがあるのか」

スーザンは自問するように言うと、黙り込んで考えている。

「私、帰る。仕事しなきゃ」

突然、スーザンが思い出したように言って、頭に巻いていたバスタオルを明日香に返した。

「夜中の二時よ。泊まっていきなさい」

「ここは東京。深夜でも安全よ」

東京と安全という言葉に力を入れて言うと、明日香の手を振り切るようにして出て行った。

明日香はスーザンの靴音(くつおと)が聞こえなくなるまでドアの外まで出て見送った。

2

「会ってきたか」

翌朝、明日香が官邸に行くと横田が来て聞いた。

「マリナとエリーゼ。エゾトワ親子ですね。課長はすべてご存知だったんですか」

新崎は横田が二人の警備計画を立てたと言っていた。

「今日の午後から、彼女たちの警護だ。なぜ自分が、なんて聞くなよ。おまえが最適だと判断したからだ」

「女だし、総理に頼まれるとイヤだと言えないからですか」

「有能だからだ。母親が今度の会議でスピーチをすることが万が一公になれば、二人はＮＩＳの標的になる。他のテロ集団からも狙われる可能性が高い。二人を担当する警護官は責任もリスクも高くなる。おまえが最適だ」

明日香は反論できなかった。

「会議でサプライズがあるということはすでに漏(も)れている。幸いにもまだ、それが何かということまでは知られていない。分かればＮＩＳは必ず動き出す」

「もう動き出しています。今までに都内で起こった三度の爆発もＮＩＳの仕業でしょう。あれは忠告です。会議とサプライズに対する」

明日香は話しながら昨夜のスーザンの話を思い出していた。すでにＮＩＳの殺人部隊が、東京に送り込まれていると言っていた。

「危険なことは十分承知している。だから、最高の警護官を送ることにした。最善を尽くしてくれ」

「分かりました」

明日香は答えると、官邸を出た。


明日香は四ツ谷の駅前にある病院に行った。

エレベーターで五階に上がると、医師や看護師たちが行き交っている。ちょうど、午後の回診の時間だ。防犯カメラの位置を確かめながら、マリナの部屋に向かった。

マリナは昨日と同じように、ベッドの横に置いた椅子に座って、エリーゼを見ている。

「こんにちは」

マリナに英語で声をかけたが、返事はない。

明日香は壁際の椅子に腰を掛けて、二人を見ていた。新崎から聞いた話とファイルに書かれていた内容が脳裏に浮かんでくる。

「あなた、名前は？　いくつなの」

突然、マリナが振り向いて聞いてきた。

「私はアスカ・ナツメ。二十八歳。ひと月前になったばかり」

「私はマリナ・エゾトワ。この子はエリーゼ。私の娘。私も二十八歳。三か月前からね」

マリナは明日香の前に立つと右手を出した。明日香はその手を握った。妙に冷たい手だ。

「日本人は若く見えるって、本当なのね。私よりずっと年下だと思ってた。あなた、去年、官邸が襲撃されたとき、新崎総理を護った警護官だってね」

誰から聞いたのか尋ねたかったが、その言葉は呑み込んだ。

「あなた、強いんでしょ。大勢の男たちにも負けなかった。反対に奴らを殺した」

テロリストという言葉を使わず、男たちと言った。テロリストをかばいたいのか、男に憎悪を抱いているのか。

「強いとは思わない。ただ、必死だった」

「新崎総理とアメリカの記者を護ることに全力を尽くしたんでしょ」

「生き残るためによ。私も二人も」

「あなた、正直ね。一つお願いがある。連れてってほしいところがある」

マリナが明日香を見詰めている。

「日本に来て、一度も外に出ていない。空港からここまでは救急車。エリーゼと一緒にね」

何を考えている。自分の置かれている状況が分かっているのか。

「三十分でいい。新宿に行きたい」

黙っている明日香に畳み掛けるように言う。

「エリーゼはどうするの」

「薬で寝たばかり。五時間は起きない。その間は、看護師に見ててもらう」

マリナの目には、ある種、悲壮とも思えるものが感じられる。こういう目で見られたのは初めてだった。マリナは私と同じ世代だ。しかし、育ってきた社会はまったく別のものだ。

「やはりダメ。ハッキリは言えないけど、あなたはかなり危険な状況。あなたを外出なんかさせて何かあったら、私の責任になる」

マリナはため息をついて、ベッドの横の椅子に戻りエリーゼの顔を見ている。

若い看護師が入ってきて、エリーゼの点滴とバイタルのチェックを始めた。

「体温、脈拍、血圧、その他もすべて正常です。ずいぶんよくなってますよ」

優しそうな看護師が英語でマリナに説明した。

「私は電話をかけてくる。私が戻るまで誰も入れちゃダメよ」

看護師に言って明日香は病室を出た。

談話スペースで警護課に定時連絡をした。状況を話して病室に戻った。

病室に戻ると、マリナのセーターを着た看護師が椅子に座ってエリーゼを見ている。監視カメラからは死角になっている位置だ。隣室の警護官は何をしている。

「マリナはどこ」

明日香は看護師に近づき、耳元で囁(ささや)いた。

「身代わりになってくれって。止めたんですが、いきなり洗面所に連れ込まれて。どうしてもって頼まれました。話を聞いてると気の毒になって。一時間で戻ると約束しました」

「あなたはこのままでいて」

明日香は病室を飛び出した。

廊下の端を見ると、エレベーターのドアが閉まった。乗り込んでいったのは、白衣を着ているがマリナに違いなかった。

明日香は階段をかけ降りた。一階に着いて出入り口を見ると、スカーフを巻いて、トートバッグを持った女性が出て行く。マリナだ。

全力で走り、病院を出たところでマリナの腕をつかんだ。

「病室に戻って」

身体を近づけて低い声で言う。

「大声を出す。この人が私に乱暴をしようとしていると」

「何が望みなの？」

「私は自由。誰にも邪魔はさせない」

「それなら私が一緒に行く」

マリナが歩みを止めて明日香を見た。

「新宿に行きたい。一時間、いえ三十分で戻ってくる。約束する。病室にはエリーゼが待っている」

明日香は思わずマリナの顔を見つめた。表情のなかった顔に初めて彼女の意思を見た。今まで見たことのない、深い悲しみと壮絶ともいえる懇願の顔だ。

「私が付いていく。スカーフは取ってもらう。よけい目立つから。私のコートを着て」

明日香は早口で言うと、マリナのスカーフを取って、自分のコートを脱いでマリナの肩にかけた。身体つきはほぼ同じだ。

通りに出るとタクシーに乗った。

新宿駅前と、運転手に行き先を告げた後、マリナはしきりにメモを見ている。

「新宿のどこに行きたいの」

「サンリオの店」

「何しに行くの、そんな店に」

「エリーゼに手術を受けさせるとき、私は約束した。目が覚めたら、あなたの横にはキティがいると。あなた方にとっては、どうでもいい約束でしょ。でも、私とエリーゼにとってはすごく重要な約束なの」

マリナが明日香を見つめる目は、涙が出るほどに真剣そのものだ。

明日香は運転手にデパートに行くよう告げた。

デパートに着くと、おもちゃ売り場に向かった。

マリナは立ち止まって売り場を見ている。あまりの品数の多さに呆然としているのだ。

目的のキティはすぐに見つかった。五十センチほどのぬいぐるみだ。

「早く戻らなきゃ。エリーゼのそばにいなきゃ」

ホッとしたのか、低い声で呪文のように呟いている。

「もっとリラックスして。あなたには重要な役割があると聞いてる。スピーチまでにまだ九日ある。それまでに神経が参ってしまう」

デパートを出るとすぐにタクシーに乗った。

タクシーを降りると、明日香はマリナの腕をつかんで道路を渡った。

「なぜ、ここで降りるの。病院は二ブロック先のはず」

「しっかり見てるのね。あなた、狙われてるのよ。本来ならば、病院からは出さない。でも、出てしまった。これは、完全に私のミス」

明日香は病院に向かって早足で歩いた。

「下を向いて、できるだけ顔を隠して」

小声で言うとマリナの肩を抱いて引き寄せた。体調の悪い姉をかばって歩く、姉妹に見えるはずだ。何度か横道にそれ、尾行のないことを確かめながら病院に向かう。

病院に着くと、待合室を横切ってエレベーターまで歩いた。

「白衣は？」

マリナはバッグから白衣を出して着た。

病室に入ると、泣きそうな顔の看護師が立ち上がった。明日香は二人を洗面所に入れた。

「ごめんなさい。本当に悪かった。でも、すごく感謝している」

マリナの言葉に、看護師はやっと安心した顔になった。

「娘さんは大丈夫です。ずっと安定しています」

看護師は、私誰にも言いません、と小声で言うと出て行った。

マリナはエリーゼの顔を覗き込み、しばらくそのままでいた。

紙包みを開けてぬいぐるみを取り出し、エリーゼの横に置く。

「ずっと欲しがっていたのよ。あなたにはばかげた行為に見えるでしょ。でも私とエリーゼにとっては、とても大事なこと」

「十三歳でしょ。私はぬいぐるみよりゲーム機を欲しがってた」

「あなたは運がよかったのよ。日本のように豊かな国に生まれて。それに、なにより平和な国に生まれて」

　マリナの言葉は明日香の心に染み込んでいった。

「あなたの経歴を読んだ。何と言っていいか――」

「何も言わなくていい。エリーゼを護ってくれさえすれば。あなたはこの国で最高の警護官なんでしょ」

「いつも、全力を尽くしてる」

　マリナの顔が険しくなった。

「それじゃ、ダメ。必ずエリーゼを元気でアメリカに連れて行くと約束して」

　私が護るのはエリーゼではなく、あなた。明日香はその言葉を封印して頷いた。

3

　地下鉄の駅を出て、警視庁に向かって歩き始めたとき、明日香のスマホがポケットで震え始めた。

「マットですが、夏目明日香さんですか」

　明日香は、羽田で会ったアメリカのシークレットサービスの一人を思い出した。

「何か疑問点がありますか。警備に関して」

「会って話した方がいいとは思いませんか。私はどこでも行きますよ。東京を知りたいし」

「今、警視庁の近くです。あなたはどこですか」

「アメリカ大使館です。打ち合わせが終わり、各自でホテルに戻ることになっています」

二人は東京駅近くのホテルのラウンジで会う約束をした。

明日香がホテルに着くとマットはすでに来ていた。

「大統領が外遊するたびに、こんなに大掛かりな警備体制が敷かれるんですか」

明日香はテーブルに着くなり聞いた。

「アメリカ大統領はアメリカだけではなく、世界に影響を与える人ですからね。その人物に何かが起これば、世界が大混乱に陥ります。最悪、戦争もありえます」

「確かに、世界一の要人ね。世界一の警護が必要というわけですね」

「ただし、今回は特別と考えてください。いつもはこれほどピリピリはしていません。我々の神経がもちませんから」

マットが笑いながら言う。

「色んな情報が錯綜しているんです。CIA、NSAから多くの情報が入っています。最近はSNSからも。危険度レベル5、最高警備体制が敷かれています」

「会議では何か特別なことがあるの？　公式な会議の他に」

明日香はそれとなくマットに聞いた。

「会議自体が特別ですよ。世界中のテロリストを世界から締め出そうという会議だから」

マットは、サプライズについては知らないようだ。議長国である日本が独自にマリナを呼んだのか。それはあり得ない。アメリカに亡命が決まっているということは、当然大統領は知っている。

明日香はマットの胸の辺りに目をやった。拳銃は持っているのか。警護に当たるときは、軽機関銃を持っているシークレットサービスもいる。警護官の実習のとき、アメリカ大統領ロナルド・レーガンが撃たれた瞬間、周りのシークレットサービスが軽機関銃を構えた映像を見せられた。

　マットが突然、背広の前を開いた。

「武器は持ってないですよ。ここは日本だし、大統領はまだ来てませんから」

　笑いながら言う。

「誰かがあなたを襲ったらどうするの」

「誰も僕なんかに興味ないですよ。あるのは大統領だけです。それに、あなたは銃を持ってるんでしょ。僕が襲われたら護ってください」

　明日香を見詰めている。気持ちのいい笑顔だった。

「明日は仲間と一緒に会議の会場とホテルと、その間のルートを回ります。その上で、あなたたちと警護手順の手直しを相談したい」

　警視庁の警備体制を見直させる気だ。明日香の心に、マットに対する興味と共にライバル心が目覚めた。


　オマール・カラハンは椅子に座ったまま、両腕を上げて伸びをした。

　神経を集中し続けて硬（かた）くなっている身体に一気に血液が巡っていく。座り始めてすでに三時間が過ぎていた。

　デスクの上には電子回路、銅線、ハンダ付けの道具、様々な工具、そしてＣ４爆薬がある。それらは裁断され、接着され、組み合わされて一個の爆弾となる。

　日本に来てすでに一週間が過ぎている。その間、この湿ったカビ臭い部屋で爆弾を作り続けている。すでに六個を作った。この先、何個作ればいいのか。

「本当にマリナが来るのか」

オマールは声に出してみた。低い響きとなって聞こえるが、実感はない。

自分のもとを去って、すでに八年が過ぎている。自分のもとというのは正しくない。自分の主人のアブデル・サゥード様の三番目の妻なのだ。

マリナが娘と消えてから、時折り彼女の居場所を耳にした。シリア、サウジアラビア、クウェート、トルコ。アブデルはまだ、彼女に未練があるのか。だったら、子供を売るなどと言わなければよかった。マリナがあまりに子供の世話を焼くので、嫉妬から親子を引き離そうとしたのか。

「もう、日本の生活には慣れたか」

わずかにネイティブとは違う訛りのある英語が背後で聞こえた。振り返ると、アケミが立っている。

「日本に来て、この部屋を一歩も出てない。ここで爆弾を作っているだけだ。シリアの難民キャンプと同じだ」

オマールは不愛想に答えた。

「あんたの作る爆弾は世界一だって、みんな言ってる。正確で破壊力も大きい」

三発とも正確に爆発した。威力も計算した通りだ。

「あと、何個作ればいい」

「できるだけたくさん。余るということはない」

自分はなぜ、こんな子供のような連中のために爆弾を作り続ける必要があるのだ。自爆の指示があるものと思ってこの国に来たが、爆弾作りばかりだ。

　ここの奴らは、この国で何をしようとしている。テロ撲滅世界会議の阻止と報復と聞いているが、具体的なことは聞いていない。六本木で一回、渋谷で二回、計三回の爆発は、ウォーミングアップのようなものだ。現在作っているのは、数倍の破壊力を持っている。

「あんた、歳はいくつなの。アラブ人の歳は分からない」

「神の行為を行うのに歳は関係ないだろう」

「三十いってるよね。私の知ってるアラブ人はみんな髭を伸ばしてるから、歳食って見える。あんた、なんで髭を伸ばさないの」

「それも関係ない。僕はこの国に来て、おまえらを助けながら、命令を待てと言われた。だから、爆弾を作ってる」

「アリガトよ。感謝してる。その代わり、鈴元を見つけてきた。しかし六本木のコーヒーショップの爆破は最高だった。渋谷のアジトは残念だった。ああいうやり方もあるんだ」

　アケミは嬉々とした声で話した。

「本当に会議に合わせて二十か所、同時爆破を行うつもりか」

「あんたの腕にかかってる。あんたが作る爆弾をすべて我々が爆発させる」

　オマールは小さく頭を振った。クレイジーだ。神は賛同してくれない。

「おまえらの国はなんて国なんだ。町は活気があって、秩序もある。腹を減らすこともなく、体調が悪ければ病院にも行けると聞いている。みんな自由を楽しんでる。日本に来た最初の日に国会議事堂の前で、怒鳴っている男がいた。何を言ってるか聞いたら、首相の悪口を言っていると教えてくれた。拡声器を持って、一人でだぞ。頭のおかしい奴だろう。僕の国なら、即刻拘束（こうそく）されて首を切られる」

「もうすぐ、日本国民のすべてに我々の存在を気づかせる。最高のインパクトを持って。それまでは、放っておけばいい」

「国会の前で叫んでいた奴らを仲間にするのか。銃の撃ち方も知らない奴らだ」

「私だって、銃なんて触ったこともなかった。でもあんたらのおかげで――」

　アケミが声を上げて笑った。

「ところで、マリナって誰なの。あんた、独り言を言ってた。アラビア語なので意味は分からなかったけど、マリナだけは分かった。女の名前でしょ」

「関係ない。準備はできているのか。そろそろ場所を変わるんだろ。一か所に三日以上いるのはマズい」

「あんた、かなり慎重で純情だね。アラブのテロリストっていうと、平気で人の首を切り、自爆で殺しまくるので、かなりヤバいと思ってたけど」

　アケミは笑いながら部屋を出て行った。

　オマールは祈り用の絨毯（じゅうたん）、サッジャーダを出して、その上にひざまずいた。祈りの時間だ。コーランを唱えている間もマリナの顔が浮かんでくる。無事でよかったという思いと、何のためにここに来るのかという思いだ。祈りに集中しようとしたが、無理だった。

4

　スマホが鳴っている。

明日香は飛び起きた。二度目のコールが終わったところだ。ということはかなり疲れているのだ。いつもなら一度目が終わる前に起き上がる。

〈爆発があった。池袋と品川〉

刑事部捜査二課の富川だ。外勤が多く、警視庁にあまりいない明日香の貴重な情報源だ。

「死傷者は？」

〈死者ゼロ。負傷者、池袋二人、品川三人。爆発による直接の被害者というより、近くを歩いていて爆発に驚いて転んで頭を打ったとか、自転車で走ってて花壇に突っ込んだとかいうもの。いずれも軽傷だ〉

「爆発力は小さかったのね。六本木の模倣犯なの」

爆弾の爆発にしては被害が少なすぎる。殺傷力の小さなものか。

〈爆発力は今までと同じ程度。爆弾の詳細については調査中〉

「なんで被害がその程度で済んだの」

〈時間と場所だろうね。どちらも午前二時半ちょうど。場所は駅の構内〉

「なんで、そんな時間と場所なの。人なんていないでしょ」

〈犯人に聞いてくれよ。これも好意からの電話だぞ。警察学校同期としての〉

通話は切れた。あんた、こんな時間に何してるの。明日香はスマホに呟いた。

午前三時二十七分。迷ったが、ジョンの番号を押した。

〈アスカか。一人で淋しくなったか〉

二度目の呼び出し音が始まる前に声が返ってくる。

「都内で二つの爆弾が爆発した。場所は池袋と品川。どちらも死者なし。軽傷者が二人と三人」

　明日香は早口で言った。

〈俺のホテルに迎えに来てくれるか〉

　一瞬躊躇したが、分かったと答えた。

　着替えながら、何で私がここで動くのかと考えた。これは捜査一課の仕事だ。「要人を護るより、要人を狙う者を逮捕したほうが簡単でリスクが少ない」。ジョンの言葉だが、確かにその通りだと自分自身に言い聞かせながら服を着た。

　タクシーでホテル前に行くと、ジョンが立っている。ジョンを乗せて、品川に向かった。

　JRの駅前に近づくと、複数のパトカーと救急車が停まっている。

　午前四時を過ぎたところで人通りはほとんどない。規制線の前でタクシーを降りた。

　警察手帳を見せて、テープの中に入った。爆発が起きたのは、新幹線乗り場の改札だ。

「夏目か。なんの用だ」

　千葉捜査一課長が声をかけてきた。なんでおまえが事件を知っている、そういう顔で明日香を見ている。課長が現場に出るなど珍しい。それもこんな早朝に。

　明日香は目でジョンを指した。千葉はそれ以上何も言わず、パトカーの方に行った。

　ジョンは改札の前にしゃがんで、半分吹き飛んでいる自動改札機を見ている。

「駅には人がいなかったのか」

　ジョンが顔を上げて聞いた。

「この時間、いるのはホームレスだけ。そのホームレスも最近は少なくなった。これはもう一つの爆発があった池袋も同じ」

一時間ほどジョンに付き合って現場を調べた。明るくなるまでに数時間あるが、通勤、通学客が集まり始めた。始発が出る時間だが、安全確認のためにＪＲと京浜急行は昼までは運休すると張り紙を出して、職員が振り替え輸送の案内をしている。

明日香は、ジョンと二十四時間営業のコーヒーショップに入った。通りを隔てて品川駅が見える。

「今度の被害は物損だけで衝撃度は低い。前の三度の爆発が激しすぎたから、そう感じるだけなのか。しかし爆発は二か所で起こっている。これは何を意味してる」

ジョンが試すように明日香を見ている。明日香は答えることができなかった。

「二つの爆発の正確な時間が知りたい。分かるか」

明日香は池田に、二つの爆発の時間を知りたいとメールを送った。

五分もたたない間にメールの着信音がした。

「午前二時三十分と午前二時三十一分。一分は誤差の範囲でしょ。ほとんど同時じゃない」

明日香がジョンに伝えると、ジョンは考え込んでいる。

「爆弾は時限式だ。時間を設定して、二つの駅に置いてまわった。犯人は同じということか」

「誰にでも想像はつくね。でも、なんで誰もいない駅なんかに仕掛けたんだろ」

「日本ではその時間、駅には本当に誰もいないのか」

「シャッターがついていれば、時間まで駅の構内には入れない。地下鉄も閉まってる。時間と場所から考えると、人を傷つける気はなかったってことか」

「爆弾を見てみなきゃ分からないが、前の二つと同じだろう。わざわざ爆発させるだけとはな。犯人が平和主義者に転向したか」

「でも、世間は大騒ぎしてる。電車は始発から昼まで運休が決まった。通勤客は大混乱してる。ＪＲと京急は総動員で安全チェック。私たちは捜査で早朝から叩き起こされ、警備体制のさらなる強化と練り直しを強要される。これが日本の習慣」

　明日香のスマホに着信音がした。池田からのメールだ。

「鑑識は二つの駅の爆弾は同じものと判断した。六本木と渋谷とも同じ。だとすると、本当に犯人が平和主義者になったというわけ？」

「殺傷から脅しに変わったということか。いや、そんなことはあり得ない」

「あり得るんじゃないの。会議を中止しなきゃ、次は人が大勢いるところで爆発させるというメッセージ。いや脅し」

「日本的な考えだ。彼らはもっと単純だ。ドカンでだめなら、ドカンドカンだ」

「テロリストはすでに六本木と渋谷で爆発させている」

「何かをテストしているのかもしれない。さらに大規模なテロ計画を実行するために」

　ジョンは淡々とした口調で言うが、それが逆に現実味を感じさせる。明日香の全身を冷たいものが貫いた。

　気が付くとすでに七時になっている。一部の地下鉄は運転を再開したが、駅での混乱は続いていた。タクシーとバス乗り場には長い列ができている。

5

朝食を食べていくというジョンを残して、明日香は店を出た。

地下鉄を降りて首相官邸に向かって歩いた。マリナの所に行く前に官邸に寄ってほしいと新崎から電話があったのだ。

「テロ撲滅世界会議をやめろ。国民を殺す気か」

「テロ組織を日本に呼び込むな。会議反対」

拡声器を通した声が聞こえてくる。

官邸正面の交差点を見ると、二十人ほどのデモ隊が官邸に向かって声を上げていた。八時になったところだ。早朝デモというやつか。

信号を渡ろうとすると、デモ隊の中の中年女性がやってきた。

「あなた、警察の方ですか。そのバッジ」

「すいません、急いでいますので」

信号を見ると青から赤に切り替わった。ため息をついて前方を見つめた。

「あなた、ひょっとして去年、官邸が襲撃されたとき中にいた警護官じゃないですか。あなたに憧れて、うちの大学生の息子が警察官になると言って困っています」

困ると言われても何と答えていいのか分からない。戸惑っていると信号が青に変わった。

「ごめんなさい。急いでいますので」

明日香は頭を下げると交差点を渡り始めた。

そのとき、明日香を呼ぶ声がする。振り向くとスーザンが立っている。

「スーザン、あなたどうしたの」

「取材よ。今度の会議についての」

スーザンはデモ隊の方を見た。

「デモまで取材するの」

「当たり前よ。報道はすべてを平等に伝えるというのが原則。ある一つのことに対して、賛成する人がいれば、反対する人も必ずいる。私たちジャーナリストは二つの意見を平等に伝える。偏(かたよ)りなくね。一般の人は両方を知って、自分で判断を下す。これが民主主義。アメリカの正義の根幹よ」

スーザンのジャーナリズム論だ。話し始めると止まらない。

「今、急いでる。今晩、食事はどう。あなたの正義の取材が終わってから」

「私も話がある。あとで電話する。今は仕事中」

デモ隊を追って歩き始めたスーザンを、明日香は呼び止めた。

「池袋と品川のJRの改札で爆発があったのを知ってる?」

「別の記者が行ってる。その話も聞かせて」

スーザンはデモ隊を追って走って行った。

明日香はスーザンを見送ってから、交差点を渡って官邸に入った。


総理執務室に入ると、新崎がホッとした顔で寄ってきた。

「恐れていたことが始まった。テロ組織は脅迫(きようはく)している。会議を開催する気なら、今度は人が大勢いるところで爆発させるというメッセージでしょ」

「総理はどうするおつもりですか」

「すでに私の意思だけでは中止できない状況になっている」

明日香にソファーに座るように言って、自分も座った。

「私はこの会議は、どうしてもやりたい。いえ、やらなければならない。でも私の決定で、これ以上日本国民に死傷者を出したくない」

「では中止するつもりですか」

新崎は答えない。口では迷いを出しているが、すでに結論は出ているのだ。

しばらくして新崎は口を開いた。

「中止するわけにはいかない。あと数日で、日本に到着する元首たちも多くいます。テロには絶対に屈しないというメッセージは、世界に伝えなければなりません。私は日本の警察を信じています」

千葉たち捜査一課の刑事は、さらに焦りを募らせることになるだろう。


その日の夜、明日香はスーザンに会った。

スーザンがネットで調べて行きたいと言っていた居酒屋だ。彼女は今、日本酒に凝っている。

「あなた飲まないの」

「一杯だけね。それ以上は勧めないで」

「大丈夫。あなたの分も私が飲むから。大変ね、シークレットサービスも。でも最近、新崎総理の記者会見であなたを見ない。まさか、担当を外されたんじゃないでしょう」

「歳取ると忙しいのよ。あなただって同じでしょ」

「偉くなるとでしょ。昇進のお祝い、言ってなかった」

官邸が襲撃されてほぼ一年、内勤だった。その間に昇任試験を受けて巡査部長から警部補に昇格したのだ。

「ところで、サプライズについての発表はいつ解禁なの」

「解禁って――あなた、サプライズが何か知ってるの」

「必ず見つけ出すって言ったでしょ。ジャーナリストを甘く見ちゃ火傷する」

「どこまで知ってるの」

明日香の脳裏にマリナとエリーゼの姿が浮かんだ。昨日、マリナと新宿に出かけたのを見られたか。そんなはずはない。

「あなたが知ってる程度かな。いや、少し多いかもしれない」

スーザンは明日香を探るように見ながら話している。

明日香は困惑していた。他の記者ならはったりと決めつけて、適当にあしらう。しかし、スーザンは別だ。姉妹と同じか、それ以上の絆がある。

「本当に何も知らないの？　じゃ、どうやって警護するのよ」

「全力を尽くすだけ」

答えになっていない。スーザンの言葉通りだ。ほとんど何も知らない。知っているのは警護対象者の悲惨な経歴だけ。マリナの娘を思う気持ちが尋常でないことは感じる。それ以外は、彼女の口から何も聞いていない。何を考え、何を信条としているか。交友関係は――。それで、命を張れというのは虫がよすぎる。この人のためなら命を投げ出すとまではいかなくても、任務として仕方がないくらいは思いたい。

「NISは殺人部隊を送り込んだって」

スーザンが酔っぱらって明日香のマンションに来たとき言ったのだ。

「マリナ・エゾトワ。もちろん知ってるわね。あなた、警護してるんでしょ」

スーザンが明日香を見つめている。親友の目ではなくジャーナリストの目だ。それも特別有能な。

明日香は答えない。スーザンが肩の力を抜いた。

「答えなくていい。今の私はワシントン・ポストの記者じゃなくて、警護官、夏目明日香に命を救われた友人だからね。NISの殺人部隊がすでに日本に入国しているのは間違いない事実。目的が何であれ、あなたはかなり危険な立場なんだからね」

スーザンは身体を前向きに倒し、明日香の額に触れそうに近づき話している。

「NISの殺人部隊ってなんなの。調べてる時間がなかった」

明日香が聞くと、スーザンは呆れたというふうに両腕を広げた。

「言葉通りよ。人殺し専門の部隊。暗殺が主な任務。イスラム過激派は各グループがまとまっているようで、まとまっていない。いくつかの派閥の集合。ところが今回のテロ撲滅世界会議の阻止には、すべての組織、グループの意見が一致した。当然よね。自分たちを潰そうとしている会議を阻止するのは」

スーザンはさらに明日香に近づき、声を潜めた。

「今、彼女は病院にいるんでしょ、マリナ・エゾトワ」

「病院の名前は知ってるの」

「調べれば分かるけど。自粛してるの。マスコミが下手に動くと、NISにマリナの居所を知られる。そうなると結果は分かってる。その結果を無視できるほど私は強くない」

　これはスーザンの本音だろう。彼女は私より優しい。

　食事をして、二人は早めに居酒屋を出た。

「気を付けるのよ。マリナの命も自分の命も、同じようにただ一つ。かけがえのないもの」

　別れるとき、スーザンが明日香を見つめて言った。


　ホテルのラウンジの入り口に立った男が中を見回している。

　明日香は右手を上げた。

　背の高いブラウンの髪の男がテーブルに近づいてくる。アメリカのシークレットサービスのマット・カスバードだ。

「今日は何の用ですか」

　明日香はマットに聞いた。スーザンと別れてすぐ、会えないかと電話があったのだ。断りかけたが、新しい情報が聞けるかと思い直し、東京駅近くのホテルのラウンジで会う約束をした。

「特殊警護に付くかもしれません。今朝、ワシントンから連絡がありました」

「大統領の警護で、日本に来たのではないのですか」

「今回の会議にはサプライズがあることは知っていますね」

　マットの言葉に明日香は戸惑った。これはトップシークレットのはずだ。

「何ですか、それは」

明日香は逆に聞き返した。マットが困惑した表情を浮かべている。

「私に隠す必要はないですよ。アメリカ合衆国大統領は、自身が関係する問題のすべてを知っていなくてはならないのです。大統領を護るということは、大統領の周辺の者、全員を警護することです。そのためには、我々はすべてを知っておく必要があります」

「サプライズのこともですね」

「マリナ・エゾトワと娘のエリーゼについてもね」

マットは二人の名前を言って微笑んだ。

「近々、大統領から日本政府に正式に共同警護の話が行くと思います。そのときにはぜひ協力し合いましょう」

「なぜ私にそんな話をするのです」

「その方がお互いにやりやすいでしょう。我々は味方同士だ」

マットは明日香がマリナの警護を担当しているのを知っているのか。だとすると、横田が彼に話したのか。それは、考えにくかった。アメリカの情報収集能力の高さか、日本の機密に対する甘さか。

マットは自分がマリナの警護に関わることになると話した。

「我々はもっと連絡を取り合った方が良さそうだ」

二人は一時間ほど今後の警備について話し合った。マットは終始、紳士的だった。

マットと別れて、明日香は複雑な思いを抱きながら、帰宅のために地下鉄に乗った。

彼はマリナとエリーゼのことを知っていた。ならば、二人がいる病院も知っているのか。

新崎はアメリカ大統領も知っていると言っていた。スーザンも知っていた。これで極秘事項と言えるのか。イヤな予感がした。

6

ジョージ・アルフレッド、アメリカ大統領は執務机の椅子に座り込んだ。

この椅子の座り心地は最高だ。多くの者たちが、こだわるのは当然だ。自分も強く惹かれ、手離したくないと思い始めている。そのためには大金が動き、駆け引き、騙し合いが起こる。

「テロ撲滅世界会議か。もし、世界からテロリストを一掃できたら。それには、テロ組織をかくまい、支援する国家を世界が監視し、経済的、軍事的な圧力を加える。テロ組織への資金と武器供与がなくなり、首謀者をかくまう国がなくなれば、必然的にテロ集団は消滅する。その中心にアメリカが立つ。つまり、この私が立つのだ。これは歴史的、世界的にも大きな業績となる。二期目の大統領の椅子もついてくる」

大統領は呟いた。実際に声に出すと、現実味を帯びてくる。

最初はわざわざ命の危険を冒してまで、なぜ東洋の島国に行かねばならないのかと思ったが、完全に読み違えていた。国民は強いアメリカと同時に、安全なアメリカを求めている。

しかし、会議を成功させるためには、何としてもあの親子を護らなければならない。会議で世界に向けてスピーチし、その後アメリカへ、テロリストに命を狙われている亡命者として迎えられる。いや、証人保護プログラムだったか。承認はしたが、無理な話だ。あの二人がどこか田舎でひっそりと暮らすことなどできない。それよりも、私の再選キャンペーンの象徴として、ホワイトハウスの一員として迎えるべきだ。ポストなら何か適当なものを作ればいい。再選キャンペーンの際にはテロに打ち勝った強いアメリカの象徴として、常に私のそばにいてもらう。

大統領はファイルを開いて、マリナ・エゾトワを見た。何かに挑むような目、それでいてどこか悲しみを秘めている。意志の強さを象徴する引き締まった口元。きわめつけは経歴だ。壮絶ともいえる人生を送っている。私はこの親子を救った大統領だ。国民はこういう話に弱い。

しかしすでに、日本にはＮＩＳの殺人部隊が送り込まれていると報告があった。日本のＳＰがついているというが心もとない。私のシークレットサービスを警護に付けた方がいい。

大統領は秘書を呼んだ。

バーナード・ラッカム副大統領は落ち着きなく立ち上がった。

大統領が私を見つめるあの目は何を企(たくら)んでいるのだ。副大統領など単なる飾りにすぎない。リンカーン、アイゼンハワー、ケネディ……アメリカ国民なら、誰もが知っている大統領だ。しかし、副大統領を覚えているアメリカ国民は何人いる。たまたま何かの事件でアメリカ大統領になれた、運のいい副大統領だけだ。自分は運のいい副大統領になれるのか。

スマホを出してレッド・ウィドウの番号をタップした。

「この電話は大丈夫だ。盗聴も録音もされていない」

副大統領は前置きして話し始めた。

「問題なく進んでいるんだろうな」

〈すでに日本に送り込んでいる、と連絡がありました〉

「女の情報は伝えたか」

〈これは商取引ですから。金と情報の代わりに行動のバーター取引です。あなたは金と情報を与え、行動を受け取る。あとには何も残りません〉

「だから心配なんだ。私は形の見えないものは信用しない主義なんだ」

〈そう言われましても私の方は――〉

電話の相手は沈黙した。

「ただ確認したかっただけだ。行動の方は間違いないんだろうな。金と情報だけを取って、なしのつぶては困る」

〈その点は任せておいてください〉

ホッとした様子の声が返ってくる。

「私の情報は出てないだろうな」

〈ご安心ください。すべては私の所で止まっています〉

「それが高くつきそうだ。だが、万事うまくいけば、きみにも相応の見返りはあるはずだ。今後は進み具合をもっと詳細に知らせてほしい」

分かりましたという声を聞いて、電話を切った。

この女は油断ならない。自分の都合で情報を切り売りする女だ。あの馬鹿丁寧な英語はわざとだ。歳を隠すためか、身元を隠すためか。からかわれているのか、と思うことさえある。流ちょうだがネイティブではない。アメリカ政府の情報もかなり知っている。背後に大きな組織があるのだろう。ひょっとして、政府関係者か。私の情報は出ていないと言ったが、本当だろうな。それにしてもふざけた名前だ。レッド・ウィドウ、赤い未亡人か。すべては動き出した。もう後戻りはできない。副大統領は自分自身に言い聞かせた。

オマールは立ち上がった。

落ち着きなく部屋中を歩き回った。じっとしていられないのだ。何か胸騒ぎがする。この国に来て以来、心が休まったことなどない。いや、自国にいても常に何かに怯(おび)えて生きてきた。アッラーは自分に何を求めているのだ。

「誰かいないのか」

ドアの前で大声を出したが、物音ひとつ聞こえない。

今度はドアを叩いて叫んだ。足音が近づいてくる。

ドアが開き、アケミが入ってきた。背後に男が三人ついている。

「十分で荷物をまとめて。爆弾作りの工具と材料はすべて持っていく。もうここには戻ってこない。まとめれば彼らが運んでくれる。今までと同じ」

早口で言うと、壁にもたれてオマールを見ている。

オマールは慌ててテーブルの上を片付け、部屋の隅(すみ)の箱に入れた。箱は一メートル四方のものが三つある。すべてに爆弾作りの道具と材料が入っている。私物はトランク一つだ。それも中身は三分の二ほどしか入っていない。コーランと祈りのときに使うサッジャーダがあれば、世界中どこにでも行ける。

「新しい場所は遠いのか」

これまで三度部屋を変わったが、今度は様子が違う。

「知る必要はない」

相変わらず何も教えてくれない。オマールはベッドに座った。

「僕はこの国に何をしに来たんだ。ただ爆弾を作るためか。だったら、国に帰る」

三人の男がアケミを見ている。アケミの指示次第では力ずくで連れて行くつもりだ。

「安心していいよ。あんたは十分にアッラーの役に立っている。死ねば天国に行ける。でも、生きてたほうが役に立つ」

アケミがスマホを出した。

動画をオマールに見せた。最初の動画は駅の改札で爆発が起こり、自動改札機が吹っ飛んだ。次も同じように爆弾は駅で爆発している。

「これ、同じ時間の違う場所だ。同時に爆発している。時間は同じ時刻に設定した。あんたの爆弾の精度はすごく高く、威力もある」

「あんたらは試しただけなのか、僕の爆弾の精度を。すでに三度爆発させているだろ」

「すごく重要なこと。今度は実際に人が集まっている場所で爆発させる。三個同時にね。それで会議が中止にならなければ、次は四個同時にドカーン。それで彼らが言うことを聞かなければ、五個だ。いずれ、彼らも我々に従わざるを得ない」

「僕の仲間たちは到着したのか」

「これから会わせてあげる。だから素直に言うことを聞いて」

アケミがオマールに笑いかけた。美しいが、どこか恐怖を感じさせる女だ。オマールは立ち上がった。

前回同様、ビルの外に大型のバンが待っていた。

今度は目隠しはされなかった。目隠しなど意味がないということが分かったのだろう。地名を言われても分からないし、どこだろうが興味はなかった。町の看板を見ても人の声を聞いても、意味は分からない。どこに行っても同じ町だ。窓から見えるのは高いビルと車と人。東京にいるということが分かっていれば問題ない。自分が関心があるのはアッラーの言葉だけだ。

バンは一時間余り走って止まった。

部屋にはアラブ人が十人いた。五人はＮＩＳのメンバーで知っている。中でもラジャ・ファリードは、十二歳のとき、戦闘員として村から連れてこられたときから寝食を共にした、同じ歳で仲間であり家族だ。ラジャは一年前から狙撃兵（そげきへい）としてアフガンに送り込まれていた。

「いつここに来たんだ」

ラジャがそばに来て聞いた。

「もうひと月になる。自爆テロだと思ってたら、爆弾作りばかりやらされてる。この国の奴らは何を考えているのか分からない。アメリカ人でもヨーロッパ人でもなく、イスラム教徒でもない」

「俺は先週来た。この国でテロ撲滅世界会議が行われるが、それを阻止するためだ」

「会議は来週始まる。アブデル・サウード様からの指示はないのか」

「日本の同志と合流して会議を阻止しろと言われた。具体的な指示はいずれ届くはずだ」

オマールはラジャの耳元に顔を近づけた。

「マリナがこの国にいる。おまえは知ってるか」

「アメリカの手先になった女がいると聞いている。それがマリナらしい」

「なんでアメリカの手先なんだ。僕たちの仲間だぞ」

「仲間だった、だろ。あいつは仲間を裏切ってキャンプを逃げ出した」

「子供と引き離そうとしたからだ」

「サゥード様の言葉には従わなきゃならない。殺されて当然だ。会議では俺たちを非難するらしい。その阻止と報復と見せしめのために殺す」

「マリナがどこにいるか分かっているのか」

「病院だと言ってた。子供が病気らしい。アッラーの罰が当たったんだ」

アケミが入ってきた。長さ一メートルほどの長方形のバッグを提げている。

「こんにちは、皆さん。私たちは皆さんを歓迎します。先に到着しているオマール・カラハン同志は、我々に爆弾を提供してくれました。我々はそれを使い、すでに多くの敵対勢力をせん滅しました。これからは協力して、我々赤色戦線とＮＩＳの世界到来のために戦いましょう」

アケミがオマールたちをからかうように馬鹿丁寧に言うと、一人一人に視線を向けていく。

「今夜、我々は新たな戦闘に移る。あんたたちの中で、狙撃のうまい奴はいるか」

突然表情を変え、強い口調で言った。

「俺とこいつだ。俺たちはシリアの難民キャンプでスナイパーの訓練を受けた。俺たちは最強だった」

ラジャがオマールの肩を抱いて、押し出すようにして二人は一歩前に出た。

第四章　ターゲット

1

明日香（あすか）は病室にいた。

午後十一時過ぎ、明かりが落とされた病院内は静まり返っている。

今夜マリナ親子を警護する私服の女性警官との引き継ぎを終え、雑談をしていた。

「今日エリーゼは三百メートル歩いたのよ。明日は五百メートルに挑戦」

マリナが嬉しそうに告げた。

「ママの仕事が終わるころには自由に歩けるって。がんばればだけど」

ベッドに上半身を起こしたエリーゼが言う。

すでにリハビリに入って三日目だ。リハビリにも日本語の学習にも、積極的に取り組んでいるとマリナが話した。

窓のそばに行ったマリナがブラインドを開けた。

「だめ。ブラインドを閉じて。すぐに窓を離れて」

明日香が叫ぶと同時に、窓ガラスの割れる音がして、左上腕部に鋭い痛みを感じた。

反射的にマリナの身体に覆いかぶさるようにぶつかり、床に倒れ込んだ。

「みんな窓から離れて。伏せるのよ」

明日香は大声で叫んだ。手には拳銃が握られている。

ガラスが割れる音と共に壁に銃弾が穴を開ける。狙撃されている。相手はこの部屋を狙っている。

明日香の脳裏に病院周辺の建物の配置が浮かんでいた。銃弾の角度から狙撃手は病室よりやや高い位置だ。方角は——。条件に合う建物は——。すべて頭に入っている。

エリーゼの所に行こうと立ち上がりかけたマリナの腕をつかんで、床に引き倒した。

エリーゼはベッドに伏せて、怯えた目でマリナを見ている。

「エリーゼは私が護る。あなたはここにいて」

明日香はドアまで這って行き、ノブの横にある電気のスイッチを切った。

辺りは非常灯のみの薄い闇に包まれる。外からは何も見えないはずだ。その間にも銃弾が壁に当たる音が響く。

ベッドに行き、エリーゼを抱えてマリナの所に戻った。

明日香は隣室で監視カメラを見ている刑事をスマホで呼び出した。

〈今、そっちに行こうと——〉

「こっちは危険。緊急態勢を取って、部屋に誰も入れちゃだめよ」

〈了解。誰も――〉

声が途中で途切れ、低いが鋭い音がした。消音器を付けた拳銃の音だ。人が床に倒れる音とスマホが転がる音が聞こえる。

「テロリストが隣の部屋まで来てる。窓とドアから離れて。身体を低くしてるのよ」

エリーゼを抱き締めているマリナと、拳銃を構えている女性警護官に指示した。

明日香は横田に電話をした。

「狙撃されています。マリナ親子は無事。隣室も何者かに襲われました。至急応援をよこしてください」

ハウスに応援を送れ。急ぐんだ。全員拳銃を携帯しろ。横田の大声が聞こえる。ハウスとはマリナたちが入院している病院のことだ。

「狙撃は病室よりやや高い位置からです。正確でした。方角は、おそらく部屋から見て右寄りのビル。距離は三百メートルほど」

〈周辺を封鎖して、捜査に当たらせる。五分で到着する〉

「ドアの前に来たら合図をください。合図がない場合は撃ちます」

女性警護官を見ると頷いている。

明日香はスマホを通話状態にしたまま床に置き、拳銃を構え直した。いつでも撃てるように自分に言い聞かせる。

廊下の足音が近づき、ドアの前で止まった。マリナとエリーゼの怯えと緊張が伝わってくる。

「心配しないで。あなたとエリーゼは私が護る」

明日香はドアに向けた拳銃を握る手に力を入れた。

「ドアが開く気配がしたら撃つのよ。ためらっちゃダメ」

「分かっています」

女性警護官の声が震えている。

ドアノブを回そうとする音が聞こえた。

「撃って」

明日香の声と共に銃撃音が響いた。二発、三発、四発。

ほぼ同時にドアの向こうからも撃ち始めた。自動小銃だ。

パトカーのサイレンが聞こえてくる。銃声が消え、複数の靴音が遠ざかっていく。

〈病院に着いた。そっちに向かっている〉

床に置いたスマホから、横田の声が聞こえる。


マリナとエリーゼは窓のない部屋に移された。

「監視の刑事は重傷だが、何とか助かりそうだ」

新しい病室に入ってきた横田が、ホッとした表情で言った。胸を撃たれたが弾は肺をわずかに逸れて貫通していたそうだ。

「大丈夫か」

横田がマリナから明日香の左腕に目を移した。

狙撃の銃弾が左上腕部の下をかすったのだ。部屋を移動して、血に染まった服を見るまで気にならなかった。

「大げさなんです。かすっただけです」

医師には腕を首から吊るして固定したほうがいいと言われたが、明日香は断った。

弟の純次が知ったら、「姉ちゃん、また勲章が増えた」と言って、見たがるだろう。官邸が襲撃されたときは、左の二の腕と右肩を負傷した。その傷はまだときどき痛む。

「テロリストは荷物用のエレベーターを使って病院内に侵入した。防犯カメラはすべて壊されている。廊下に大量の血痕が残っていた。今、鑑識が調べている」

「狙撃と襲撃。二重に襲ってきた。用心深いテロリストです。よほどマリナにスピーチをさせたくないんでしょう」

「何でこの病院が分かったんだ。おまけに部屋まで。知っている者は限られている」

横田が吐き捨てるように言う。

「プロだからじゃないですか」

「我々だってプロだ」

敵はマリナの部屋を知っていた。狙撃銃を構えて三百メートル離れたビルから、チャンスを狙っていたのだ。自分たちが助かったのはラッキーだったのだ。

「マリナさんたちはどこかに移しますか」

「とりあえず、部屋を変えて警備を増やす。新しい病院を探したいが、難しいかもしれない」

引き受けてくれる病院があるかどうか。移送も危険だ。

「慌てない方がいいと思います。警備を強化する必要はありません。あとはマスコミ対策です。銃撃があったんです。すぐに騒ぎ始めます」

「テロ集団に襲われた。今度は病院だった。爆弾と同じだ。マリナ親子の話はしない。どこまで隠せるか」

横田がマリナ親子から視線を外し、息を吐いた。

「公にするのも一つの方法です。犯人を捜しやすくなる」

「総理が許可しない」

横田が即座に言う。マリナのスピーチはあくまでサプライズなのだ。

「すぐに官邸に行って、総理に説明しろ。マリナ親子は無事だと知らせてくれ。ここは大丈夫だ」

横田の表情と口調に、マリナが心細そうな顔で明日香を見ている。


「あなた、怪我をしたと聞いてる」

総理執務室に入ると、新崎が明日香のそばに駆け寄ってきた。

「しっかり生きてます。腕立て伏せもできます」

明日香は左腕を回した。肩が千切れそうな痛みを感じたが、笑みは浮かべたままだ。

「私のせいね。私が会議とサプライズにこだわってるから」

「悪いのはテロリストです。総理は正しいことをやってます。マリナ親子は無事で、警備の刑事も助かりました。テロリストは怪我をしています」

「有り難う。本当に感謝してる」

新崎が明日香の手を握った。

「情報が漏れています。テロリストはマリナの病院も病室も知ってました。今回のサプライズについて知っているのは誰ですか」

新崎が考え込んでいる。

「私と秘書官、官房長官。警備関係者も知ってる。横田さんにマリナ親子の警備を頼んだ。あとは横田さんの采配に任せてる」

「総理とマリナさんの間に入っている人は？　仲介人がいると仰ってましたよね」

「青山博美というNPO法人〈世界の子供プロジェクト〉の理事長が紹介してくれた。彼女は海外の子供支援をすでに十年以上やってる。少年兵救済にも取り組んでる。私の大学の先輩。私もお世話になっている信頼できる人」

「他に誰かいますか」

「アルフレッド大統領。彼には最初から相談している。言わないわけにいかないでしょ。会議が終わった後のマリナ親子の身元引受人だから」

明日香はマットの話を思い出していた。アメリカサイドからリークされた。大いに考えられることだ。

2

官邸から病院に戻る途中、明日香は警視庁に寄った。

深夜にもかかわらず、テロ対策関係の部署の捜査員たちは部屋にいた。

「青山博美、NPOの理事長。至急調べて。あと品川と池袋の爆破事件について分かったことを教えて」

池田を呼んで続けざまに言った。

「爆弾は前の三個と同じものでした。ただ、爆発力は大きくなっています。人がいれば大惨事でした。周辺の防犯カメラには爆弾を置く犯人が映っています。でも、人物の特定と足取りを追うのは難しそうです。防犯カメラに映ることを前提にして、計画を立てたのだろうって。マスクと帽子で顔を隠しています。爆弾を調べた科捜研の人が興味深いことを言ってました」

池田は持っていたファイルから数枚の写真を出した。爆弾の部品と破片が写っている。

「爆弾は簡単に作れる可能性があるって。今までに五個の爆弾が爆発していますが、基本的な部品はすべて同じです。プラモデルのように組み立てるだけ。爆弾の威力は一緒に入れる爆薬と殺傷力を高める釘などの量で調整できるそうです」

つまり、と言って明日香を見つめた。

「部品が大量にあれば、大量生産が可能だって。真似すれば誰でも作れる。マニュアルがあれば、ベルトコンベアに乗せて作ることができるって」

「やめてよ」

明日香は思わず声を出していた。

「それって、今後も起こるってこと」

「そうかも知れません。止めなきゃなりませんね」

池田が能天気な顔と声で言う。

「青山博美って人の情報は三十分以内に調べます」

池田はデスクに戻り、パソコンを立ち上げている。

きっかり三十分後、池田から電話があった。

〈青山博美、六十六歳。確かに総理の大学の先輩です。怪しいところはありません〉

それだけ言うと電話は切れた。明日香はため息をついた。

明日香はジョンのところに行って、分かっていることを話した。

病室が狙撃され、高性能の狙撃銃が使われたこと。さらに病室が襲撃され、自動小銃が使われ、刑事の一人が消音器つきの銃で撃たれたこと。そして池田に聞いた話などだ。

ジョンは何も言わず聞いている。明日香が話し終わってから、明日香の左腕に目をやった。

「撃たれたのか」

「大した傷じゃない」

「十センチ右だったら、大した傷になってる。最悪、俺は日本式の葬式を経験することになってた」

ジョンの目は、何を隠してる、と聞いている。

明日香はジョンを会議室に連れて行った。

これはトップシークレットだと前置きして、マリナ親子のことを話した。

「狙撃されたのは、マリナ親子の病室。同時に襲撃もされた」

「念が入ってるな。その女、そんなに重要人物なのか」

「彼女のスピーチは世界の一般の人たちに向けたもの。テロ組織の真の顔が明かされる」

ジョンが頷いている。

「あなたに話したのは、私の判断。後悔はさせないで。あなたの経験は最悪のケースの回避に役立つと思うから」

「賢い判断だ。しかし、日本じゃ武器は手に入らないんじゃなかったのか。ギャングでも刃物か、せいぜい拳銃だと言ってたな」

　ジョンが明日香を見つめ、低い声で言う。

「狙撃銃と自動小銃が使われたんだろ。病院の襲撃犯は日本人か。防犯カメラを調べれば分かるだろ」

「最初に病院の警備室が襲われて、防犯カメラがすべて壊されている」

「病院付近の防犯カメラはどうなってる」

「今、映像を取り寄せて調べてる。でも難しいだろうって。彼らはすべて計算して行動しているらしいから」

「それにしては狙撃手がお粗末だな。マリナという女を狙って、おまえの腕を撃った。距離は三百メートル。プロの狙撃手なら外さない距離だ。ラッキーだった」

「ＮＩＳのテロリストは自爆専門かと思ってた」

「殺し専門だ。襲ってきた奴らの情報はないのか」

「今のところ、防犯カメラの映像頼り」

　ジョンが明日香を見つめた。

「狙撃と襲撃。同じ組織なのか」

「そうじゃないの？　念には念を入れるってこと。二人はよほどの重要人物」

　ジョンが考え込んでいる。

「あなたの意見を聞かせて。ＮＩＳの殺し屋からマリナ親子を護る方法について」

「トップシークレットのリーク元を調べること。なぜ極秘のはずの病院がばれ、部屋まで知っていたか。そもそも、その親子の存在が極秘事項なんだろ」

「どうやって調べるの」

「俺は神さまじゃない。自分たちで考えろ」

「あなたならどうする。二人の安全を護るために」

「かっさらって、会議当日まで三人で隠れてる」

「マリナが拒否する。エリーゼはまだ治療が必要。病院以外は行かない」

「医者と看護師ごと消えるというのはどうだ」

「エリーゼの治療には、まだ設備がいる」

ジョンが大げさに両腕を広げて肩をすくめる。

「会議が始まるまでにまた襲ってくる。今回はアスカを甘く見て失敗した。相手はＮＩＳだ。金も人材もある。次は全力をあげて襲って来る。自爆テロ、爆弾、何でもアリだ。まず病院を移すことだ。絶対に悟られないように。病院の警護を増やすなんて言うな。自爆テロを防ぐのは難しい。被害が大きくなるだけだ。特にこの国ではな」

もっといい方法がある、と言って明日香を見ている。

「犯人逮捕だ。テロリストさえ排除すれば安全だ」

「じゃ、その安全な方を頑張ってよ」

明日香はジョンの肩を叩いた。


ジョンと別れた明日香は病院で横田と会って、ジョンの考えを話した。

「彼にマリナ親子の話をしたのか。大きな問題だ」

「責任は私が取ります」

「おまえの首なんて、なんの価値もない。この仕事を続けたければ、何としてもマリナ親子を無事にアメリカに送り出すことだ」

「彼女たちの病院を変えることはできますか」

「今、探している。あの病院も早く出て行ってくれと言ってるんだ。そうしないと他の患者を別の病院に移さなきゃならない」

「急がないと。必ずまた襲ってきます。今度は自爆テロかもしれない。目的を達成するまでは諦めません」

「公にすべきだと言ってたな」

「それも一つの方法じゃないかと思っただけです。でも――」

明日香は考え込んだ。

「テロリストは彼女たちが病院にいることを知っています。彼らは、マリナのスピーチをどうしても阻止したい。目的を達成するまでは、諦めません。スピーチを阻止し、会議を骨抜きにすればNISの力を誇示し、勢力拡大に利用できます」

「病院を要塞化しろというのか。他の患者はどうなる。集中治療室に入っている患者も、動けない患者もいる」

「マリナたちを移動させましょう」

明日香は強い意志を込めて言った。

カビで黒くなったコンクリート壁の地下室。この国の湿気は気分を滅入らせる。窓はなく、天井の蛍光灯が白っぽい光で辺りを照らしている。牢獄のようだ。

二十人近くのアラブ人と日本人がいた。大半が二十代から三十代の男たちだが、数人の女もいる。女はすべて日本人だ。大部分の者は苛立っているが、気力をなくしたように壁にもたれてうずくまっている者もいる。

オマールは膝を抱えて座り込み、時折り顔を上げて辺りを見回した。横にはやはり、膝を抱えたラジャが座っていた。すえた臭いが溜まり、重い空気が立ち込めている。

「おまえ、わざと外しただろ。たかが三百メートルだ。数秒だがブラインドが開いた。その距離であの明るさなら失敗するはずがない」

ラジャが声を潜めてオマールに言う。

「わざとじゃない。標的がマリナだとは知らなかった」

「知ってたはずだ。会議で話をするのはマリナだ。俺たちを非難するスピーチだ。アッラーを冒涜するんだ。死んで当然だ」

「だったらなぜ、僕に撃たせた。おまえが撃てばいいだろ。それもサゥード様の指示なのか」

オマールの声が大きくなった。

アケミから病室にいる女を撃てと指示された。これはアブデル・サゥードの指示だと言った。覚悟はしていたが、スコープの中にマリナの姿をとらえたときは、思っていた以上に動揺した。一瞬、引き金を引くのをためらった。彼女が顔を上げたとき、目が合った気がしたのだ。そんなはずはないが、引き金に触れていた指がこわばった。おそらく、無意識のうちに外したのだ。弾は部屋にいた女の腕に当たった。

「声を低くしろ。ここにいるのは俺たちだけじゃないんだ」

ラジャが押し殺した声で言う。

「構うもんか。日本の奴らにはアラビア語は分からない。あの女、僕らを信用してなかったのか。なぜ、病室を襲った」

「おまえが外したりするからだ」

「初めから、マリナたちを皆殺しにする気だった。子供を含めて」

突然ドアが開くと、アケミが七人の部下と入ってきた。部下たちは全員が大きなバッグを持っている。一人は腕に包帯をしていた。病院を襲ったとき、撃たれたと話していたのはこいつか。他の一人は腹を撃たれ、重傷だと聞いている。

アケミがオマールの前に来た。

オマールとラジャは立ち上がった。

「NISのスナイパーといっても大したことないね。我々の仲間にやらせればよかった」

アケミが二人に英語で言う。

「おまえたちだって失敗しただろ。自動小銃を乱射しただけで逃げ戻ってきた。おまえらが病室を襲うなんて聞いてなかったぞ」

ラジャが答える。

「保険よ。あんたらが失敗したときのために。我々は用心深いの」

「おまえらだって失敗したんだ。エラそうに言うな」

「あんたらが失敗したから、あんなに早くパトカーが来た。失敗しない距離だと言ったのは、あんたでしょ」

アケミの声が大きくなった。かなりイラついている。

「やめろ。僕たちは失敗したんだ。相手を甘く見すぎてた。部屋の中には三人の女とベッドに子供がいた。女の一人が指示を出していた」

一発目を外したとき、すぐに全員が視野から外れ、電気が消えた。警官が来るのも早かった。すべてあの女の判断だ。

「次は失敗は許されないからね。必ずしとめる」

アケミはテーブルの上にバッグを置くように指示した。

バッグの中には拳銃、自動小銃、手榴弾などの武器が入っている。弾薬もかなりの量がある。

「使い方は分かってるんでしょうね。すべてアメリカ製だけど。弾も十分にある」

ラジャが自動小銃を手に取った。

3

「本気でやる気か。こんな無謀な計画」

ジョンは地図に目を向けたまま、明日香と自分自身に問うように言った。

「他にいい方法はあるの？　誰かが内通してるのよ。このまま病院にいると、テロリストはまた襲ってくる。今度は自爆テロかもしれない。そうなると、必ず巻き添えの被害者が出る。あなたが言ったんでしょ」

目の前の地図には、移動ルートが赤線で示されている。明日香はマリナ親子の転院についてジョンに説明していた。

「行き先は陸上自衛隊、練馬駐屯地内の病院。警備は万全」

「内通者がいると、テロリストは移動のときに必ず襲ってくるぞ」

「テロリストが襲ってくることを前提に彼女たちを移す」

「誰かが死ぬぞ」

「誰も死なせない」

明日香は言い切った。考えた末に横田に提案した移動だった。他に有効な手はなかった。

「駐屯地に入ると襲撃は難しい。今度は全力で襲ってくる。何人のテロリストが日本に潜入していて、どんな武器を持っているか。俺たちにはまったく分かっていない」

「官邸が襲撃されたときは、テロリストは五十人余り、武器はＭＰ５やグロッグ22などの米軍の最新銃器、ＡＫ47、手榴弾、ロケット砲――山ほどあった」

「あれは米軍の傭兵部隊が絡んでいた。だからあれだけの武器が持ち込めた。ＮＩＳはどうやって武器を持ち込む」

「分からない。でも病院の狙撃にはバレットＭ82が使われていた。これって、かなり高性能なアメリカ製の狙撃銃なんでしょ。科捜研の人が言ってた」

「米軍の制式狙撃銃だ。そこらの暴力団では手に入らない」

「じゃ、米軍が絡んでるって言うの？　中東のテロリストが手に入れるのは難しいの？」

「イラクかアフガンの戦場に行けば落ちてるかもな。ブラックマーケットにはあるってことだ」

ジョンは再度、地図を覗き込んだ。明日香は説明を続けた。

「マリナとエリーゼは救急車。この二人は離れたがらない。救急車の前後を警視庁の覆面パトカーが護る。ＳＡＴも各パトカーに二人乗車。狙撃手と戦闘員。戦闘員は完全武装で自動小銃を携帯」

「厳重警備が分かっていて襲ってくるかな。彼らもバカじゃない」

自爆という手段もある、明日香は出かかった言葉を呑み込んだ。

「秘密裏に動く。警護は付けたくなかったけど、課長が許可してくれない」

「あたりまえだ。俺たちはどうする」

「パトカーのあとをバンで追う。テロリストが襲撃してきたら、救急車を逃がしてパトカーがテロリストを取り囲む」

「どうも、気に食わないな。芸がなさすぎる。テロリストも想定済みだろう」

「シンプル・イズ・ベター。新しい病院まで約一時間の行程。場所も時間も知っている者は限られてる。内通者のあぶり出しにも最適」

「俺もその一人か」

「だから常に私と一緒」

「いつやる」

「早ければ早いほどいい」

明日香は緊張で顔がひきつっているのが分かった。


翌日の午前二時、マリナとエリーゼの移送車列は病院を出発した。

出るときは救急車と明日香たちが乗ったバンのみ。覆面パトカーは病院を出て順次合流する。高速道路に入る前に、救急車の前後に覆面パトカーを二台ずつ配置する。異常事態が起これば、覆面パトカーが救急車の側面に回り込む。到着先の病院には警護官付きの病室が用意しである。それに何より、自衛隊駐屯地内だ。

十五分後、救急車と覆面パトカーの車列は高速道路に入った。その後を明日香たちが乗ったバンが走る。

深夜の高速道路は長距離輸送の大型トラックが多い。

「周りの車が増えたんじゃないの？」

高速道路に入って十分ほど走ったとき、明日香が言った。

「トラック、バン、乗用車。ここは東京、こういうもんじゃないですか」

助手席に座っている池田が振り向いて言う。明日香の横にはジョンが座っている。

そのとき、銃撃音が響いた。最前列を走っていた覆面パトカーが大きく左にそれ、高速道路の側壁をかすった後、右に揺れ、後続のパトカーに衝突する。二台のパトカーは高速道路をふさぐ形で止まった。

救急車はその背後にかろうじて止まっている。

〈狙撃されました。パトカーと救急車が狙撃〉

無線に声が流れた。

「高速道路を封鎖（ふうさ）。現在走っている車をすべて止めて」

明日香が無線に向かって、叫ぶように呼びかける。

明日香たちが乗ったバンは救急車の手前三十メートルの所に止まった。

救急車の前後左右には四台の覆面パトカーが取り囲むように止まっている。

銃撃戦が始まった。自動小銃の音が高速道路上で響き渡っている。

襲った者たちは戦闘に慣れていた。彼らは高速道路の街灯を破壊すると、一般車両を無差別に銃撃し始めた。辺りは大混乱に陥った。

「バンをもっと寄せて」

「ここでいい。走るぞ」

ジョンがバンのドアを開けて飛び出す。明日香があとに続いた。

救急車の前方に、黒の大型バンが二台止まっているのが見えた。銃撃はそのバンからだ。SATの隊員が防弾盾を持って銃撃に応戦していた。銃弾が盾に当たる甲高い音が響く。

轟音が聞こえた。救急車から炎が上がり、炎は見る間に大きくなる。

「ロケット弾だ。離れろ。爆発する」

ジョンが叫んで、明日香の腕をつかんで立ち止まった。その声を吹き飛ばすように爆発音が轟き、衝撃波が襲ってくる。ジョンが明日香を抱きかかえ、その場にうずくまった。救急車のガソリンに引火したのだ。

燃え上がる救急車の炎で昼間のように明るくなった。テロリストはその炎をめがけて撃ってくる。

明日香は拳銃を構えて、覆面パトカーの背後に走った。

銃撃戦は十五分余り続いた。

いつの間にか銃撃の音が消えている。前方に止まっていた二台の黒い大型バンは消えていた。あとには三人のテロリストの遺体が残されている。

目の前には車体の半分が焼けこげ、銃撃で穴だらけになった救急車と覆面パトカーがある。救急車の運転席にはハンドルを抱えた運転手の焼けた遺体があった。

パトカーと救急車のサイレンの音が聞こえてくる。

「失敗だったな」

　ジョンの低い声が聞こえた。

「危険なことは分かってた。でも、今の時点で最良だと判断して私が提案した」

　突然、ジョンが明日香の腕をつかんでバンまで連れて行った。

「何を隠してる」

　ジョンが明日香の胸元をつかんだ。

「何も隠してない」

　明日香はジョンの腕を振り払おうとしたが、さらに強く締め付けてくる。

「俺の目はごまかせないぞ。救急車から運び出した遺体は――」

「マリナとエリーゼは死んだ。救急車の運転手と二人に付き添っていた救急隊員を見たでしょ。二人を護れると思っていた。でも身体はずたずた。私が移送を主張したために犠牲者が出た。すべて私の責任」

　明日香がジョンを睨むように見て言う。声は興奮で震えている。

「救急隊員は重傷だが命は助かるそうだ」

「私の力が足らなかった。すべて私のせい」

　明日香がヒステリックに叫ぶ。ジョンが明日香の頬を殴った。

「落ち着け。俺の手を借りたければすべてを話せ。そうでなければ俺は降りる」

「あんただって、何か隠してる。あんたが私たちに力を貸してるのは、同僚の刑事が死んだってことだけなの？　それで日本にまで来て、命を懸けてテロリスト逮捕の手伝いをやるの」

明日香は激しく息をつきながら言った。

ジョンの腕から力が抜けた。しかしまだ放そうとはしない。

「殺されたのは同僚であり、俺の妹の亭主、義弟だ。二十九歳だぞ。生まれてくる子供の顔も見ないで死んでしまった。妹は二十五で未亡人になり、子供は三歳で父親を亡くした。腹の子は父親を見ることもない。俺は必ず敵(かたき)を討つと誓った。妹と姪(めい)っ子と腹の中の子供にな。テロの首謀者を殺す。これで納得したか」

「かたき討ち。目的は一緒ってわけね。必ず犯人を逮捕しましょ」

「アスカの仕事は犯人逮捕ではなく、要人警護じゃなかったのか」

「言い直す。警官として犯人逮捕に全力を尽くす」

明日香は流れそうになった涙を手のひらでぬぐった。

ジョンの腕から力が抜け、明日香の胸元から外れた。

4

明日香が官邸に行くと、マスコミが押しかけていた。

「ついて来てください」

声に振り向くと、新崎の秘書が立っている。

明日香は秘書に連れられて、荷物用エレベーターで五階に上がり、新崎の執務室に行った。

明日香を見た新崎が、両手を広げて駆け寄ってくる。

「一分だけ、私の好きにさせてね」

そう言うと明日香を強く抱き締めた。

秘書たちが驚いた顔で見ている。明日香は必死で涙をこらえていた。

新崎はもう一度明日香を見つめると、総理の顔に戻った。しかし、その顔は疲れと焦燥で別人のようにも見える。

「私は今、非常に大きな責任を感じている。救急車を運転していた警察官は、私が死なせた」

新崎が重い声を絞り出した。

「私が計画の立案者です。責任は私にあります」

明日香が、新崎の言葉を打ち消すように言う。

「分かりますか。あなたが無事なので、どんなに私がホッとしているか。でも、今は亡くなった山田優司巡査部長の冥福を祈り、重傷を負っている人たちが助かるように願いましょう」

横田が入ってきた。引きつった顔をしている。

「あと十分で記者会見が始まります」

「これから記者会見よ。詳細は横田さんが説明する」

「記者会見は総理抜きで警視庁でした方が――」

「マリナ親子のことが公になったのよ。初めから私が説明すべきだった」

新崎が横田の言葉を遮る。

「夏目、おまえも来い」

「行く必要はありません」

新崎が強い口調で言う。

「彼女は現場の責任者です。すでに記者たちは知っています。あとで叩かれるよりは――」

「私が許さない。全責任は私にあります」

新崎が部屋にいる者全員に視線を向けた。

「マスコミは生贄（いけにえ）を求めている。私だけでたくさん。あなたは運悪く作戦に失敗した警護官。あなたが一番気の毒な存在。責任者は私。分かってるわね」

後半は明日香に向かって言った。

「これを預かっていてちょうだい。私には必要ない」

新崎がハンカチを出して明日香の前に突き出した。

「私は絶対に涙を見せない」

明日香は黙ってハンカチを受け取った。


記者会見は一階の記者会見室で行われた。マスコミは五十人が集まっていた。百人近い申し込みがあったが、官邸側が調整したのだ。

明日香は新崎の指示で総理執務室でテレビを見ていた。

「まずマリナ・エゾトワという人物について説明してください」

今回の記者会見の幹事新聞社の記者が聞いた。

「テロ撲滅（ぼくめつ）世界会議で、自らの体験を話してくれることになっていました。テロ組織、NISがどれほど非道で残酷（ざんこく）な組織であるか。彼らの組織を資金援助し、潜伏（せんぷく）を容認する国がいかに狡猾（こうかつ）であるかを話すことになっていました。私たちは全世界で協力して、そうした組織を壊滅させていく義務があるのです。詳細はお配りしてある、ペーパーを見てください」

「その彼女が救急車で移送中に銃撃を受け、娘と共に亡くなりました。詳しく話してくれますか」

「その経緯についても資料に書いてあります。現在、捜査中です。警視庁で改めて会見を開きます」

横田が新崎に代わって発言した。新崎が横田の言葉に関係なく説明を続けた。

「私たちはマリナ親子については、会議の直前まで伏せておくつもりでした。しかし、テロ組織には、ばれていたようです。そのため銃撃を受け、マリナ親子は亡くなりました」

新崎は二人がいた病院が襲われ、病院を移る途中に襲撃されたことを話した。

「どんな人です。そのマリナ親子は」

「あなた方が調べた通りです。彼女の名前は、マリナ・エゾトワ氏です。子供思いの優しい母親です。そして勇敢でした。彼女は良い意味での兵士でした。同じような境遇の者たちのために立ち上がりました。テロ組織を抜け、その真実を世界に知らしめようとしたのです」

新崎はマリナの生い立ち、日本に来た理由、彼女の決意について話した。

明日香は新崎のハンカチを握りしめ、必死で涙をこらえた。

「救急車の運転手も亡くなりました。彼は病院の運転手ですか、それとも警察官ですか」

「危険な任務だったので警察官を使いました。彼の死に対しても責任を感じています」

新崎は立ち上がり一歩下がって頭を下げた。

「すべての責任は私にあります。いずれ、その責任は取るつもりです」

「責任を取るとはどういうことですか」

「言葉通りです。時間が限られています。次の質問をお願いします」

「犯人のテロリストたちは三人が死亡。他の者たちは現場から逃れたと聞いています。次の襲撃はあると思いますか。会議は迫っています」

横田がマイクを取った。

「その点については、現在捜査中です。話せないこともあります。警視庁として別に記者会見を開いて話したいと思います」

「総理、あなたはまだテロ撲滅世界会議を開くつもりですか」

新崎は記者に視線を向けた。

「亡くなった、マリナ親子、山田優司巡査部長のためにも会議は開き、成功させます」

「今まであった四か所の爆破事件、それらも会議を阻止しようとするテロリストたちの犯行と思われます。それについては――」

「時間です。記者会見はここまでとさせていただきます」

秘書がマイクを持って言った。

会見は予定の三十分で終了した。記者たちから複数の質問が上がったが、新崎はかまわず退出した。


警視庁で捜査会議が開かれていた。

最初の六本木(ろっぽんぎ)交差点爆破事件合同捜査本部が置かれた部屋だ。

以後起こった爆破事件、病院襲撃事件、そして首都高速道路襲撃事件は、すべてＮＩＳが関わるテロ事件と確定されたのだ。捜査員は倍に増員されている。

冒頭、今朝のテレビニュースが流された。

〈今日の午前二時三十分ごろ、首都高速５号線で銃撃戦がありました。狙撃とロケット弾により、救急車が止められ、救急車の運転手と移送中の女性と子供の死亡が確認されました。さらに銃撃戦により、警官二人が重傷、テロリスト三人が死亡しました。救急車に同乗していた救急隊員は重傷ですが、一命を取り留めた模様です〉

　女性アナウンサーが沈痛な表情でニュースを読み上げている。

　背後では、高速道路上で黒煙を上げる救急車と覆面パトカーが映っている。周りにはパトカーと救急車が十台以上止まっていた。近くのビルから望遠レンズで撮った映像だ。

「政府は来週のテロ撲滅世界会議で、特別スピーチを予定していたマリナ・エゾトワさんと娘の存在を明らかにしました。この救急車に乗っていた二人の女性です。エゾトワさんはＮＩＳの元少年兵、現在はその救済組織で働いています。彼女たち二人と、殉職した山田優司巡査部長に対して、黙とうをささげます」

　捜査本部の会議の冒頭に警視総監、堀田夏夫が事実説明をした後、事件解決を誓った。

　警視庁からも、改めてマリナ親子の存在が公に発表された。

　捜査会議は警視庁刑事部の関係部署を中心に内閣情報調査室、自衛隊情報本部の参加で行われた。今後は、国家を挙げてテロ防止に取り組むことになる。

「テロリストは自動小銃ばかりでなく、ロケット砲、手榴弾まで持っていました。どうやって日本に持ち込んだかは不明です」

　千葉捜査一課長が、テロリストが持っていた武器の写真画像を見せながら説明する。

「前日の夜、病院を襲ったテロリストと同じグループだと考えられます。だとすると、狙撃銃などさらなる武器の所有が推測されます」

「今までの自爆テロと同一犯とすると、今回はなぜ爆弾が使われなかったのですか」

「それを含めて、鑑識が押収武器と比較しています」

「使用された武器の種類と数から考えると、去年、官邸が襲撃されたときのグループと関係はないのですか。日本サイドは赤色戦線の議長、筒井信雄が関係しているということは考えられませんか」

「筒井はすでに死亡しています。残りの者も公安がマークしていますが、関わっている形跡はありません。現在、過去に爆弾闘争を行った者たちを調べています」

「渋谷の爆破事件で任意同行した大塚という男がいたでしょう。彼は逮捕歴七回。元過激派のメンバーです」

「七十五歳だろう。それにアリバイがあった」

「歳は関係ないです。後期高齢者ですが、歳より遥かに元気でした。あれは、身体を鍛えています。今回のアリバイはまだ調べていません」

急に部屋が騒々しくなった。

「可能性のありそうなものはすべて調べろ。調べ尽くすんだ」

堀田が大声を上げた。かなりイラついている。警察官がまた一人死んだのだ。


広くとられたマンションの窓からは海が見える。東京湾だと言っていた。その向こうは太平洋だ。朝と夕に陽の光でキラキラと輝く海は心に染みていった。こんな場所は初めてだった。いつも地面を這っていた気がする。

オマールはＮＩＳの仲間七人とテレビを見ていた。高速道路上で救急車が燃えていた。パトカーとかけつけた救急車の赤色灯が回り、サイレンが響いている。言葉は分からないが、起こっていることは分かった。

「救急車に乗っていたのはマリナと娘のエリーゼ。二人は殺された」

オマールは低い声を出した。

「マリナを殺すなんて。僕にはまだ信じられない。彼女は仲間だろ」

オマールは部屋中の者を見ながら大声を出した。

ラジャが呆れたような顔でオマールを見ている。

「嘘つけ。分かり切ってたことだろ。サゥード様を裏切り、ＮＩＳを逃げ出したんだ。今までよく生きてたと思うよ。サゥード様の情けだろ」

「彼が悪いんだ。マリナが逃げたのは、子供を売り払うなんて言うからだ。サゥード様にとっては、自分の子供でもあるんだろ。誰だって逃げ出すよ。おまえだって、昔は一緒に逃げようと僕に言ってたじゃないか」

「バカ、大声を出すな。ＮＩＳの奴らだっているんだ。サゥード様の耳に入ったら、ただじゃすまないぞ」

「僕たちの仕事は、テロ撲滅世界会議を阻止することじゃなかったのか。だから僕は爆弾を作った」

「それでいいんだ。俺たちはそれを会議場で爆発させる。世界中のメディアが見守る中でだ。アッラーの偉大さを思い知らせてやるんだ」

それさえも怪しい。赤色戦線と名乗る日本の奴らは、僕の爆弾を玩具のように使っている。あれは神聖なものだ。神の意志によってのみ使われなければならない。

オマールはマリナのことを思った。八年前のあの夜、自分もマリナたちと一緒に逃げるべきだったのだ。何度、後悔したことか。しかし、自分にはできなかった。神が恐ろしかったのか。いや、サゥード様が恐ろしかったのだ。ＮＩＳ自体が恐怖だった。

そのとき、アケミが部屋に入ってきた。

「目的は達成した。アラブ人の親子は死んだ」

アケミがオマールを見つめて言う。

オマールの目は憎しみに燃えている。

「何でそんな目で私を見る。あんたらの反逆者を始末してやったんだ。私も神の国に行く資格が与えられたのか」

笑みを浮かべて、オマールを睨んだ。

「おまえがマリナを殺したのか」

オマールが怒鳴った。

「何で殺した。会議の阻止とは関係ないだろ」

「マリナという女は、あんたらの神さまと組織の悪口を言ってるんだ。子供たちをさらってきて兵士にするクソ野郎だって。人を殺す恐怖を麻痺させるために、村に戻って、親や姉妹、親戚を殺させたって言ってたらしいよ。だから、サゥードはあの女と子供を殺してくれって」

笑いながら言う。

「今度の会議でもマリナが話す予定だった。ＮＩＳは悪魔の集団だって。だったら、その前に殺すしかないんじゃないの」

オマールはアケミを睨みつけた。その目は憎悪に溢れている。

「どうして娘まで殺したんだ」

「サゥードに頼まれたから。私たちは請け負った仕事をしただけ」

「目的はテロ撲滅世界会議阻止ではなかったのか」

「その通りよ。明日にでも会議の中止が発表される」

「もし、されなかったら。また、子供が乗っている救急車を襲撃して爆破するのか。それとも今度はスクールバスか」

「東京中の幼稚園、小学校、中学校など、複数に爆弾を仕掛けてやる。あんたの作った爆弾は正確で爆発の威力が大きい」

　アケミが嬉しそうに言う。オマールの背筋に冷たいものが流れた。


　明日香はマンションに帰ってきた。横田に着替えてくるように言われたのだ。ブレザーの肩が破れ、シャツにも泥と血がついていた。

「少し休め。一睡もしてないんだろ。このままだとミスをする」

　無意識のうちに頷いていた。何より少しの間、一人になりたかった。

　明日香のスマホが鳴っている。

　スーザンだ。これで十回以上、メールはそれ以上入っている。〈電話に出て〉〈メールして〉〈会って話したい〉しかし、誰とも話したくなかったのだ。特にスーザンとは。自分の弱さをさらけ出すことになる。

　マンションに入ろうとすると植え込みの陰に誰かが立っている。明日香は無意識のうちに腰の拳銃に手をやっていた。

「撃たないで。私よ」

スーザンが現れた。

「何で電話に出てくれないの。あなた、すごく怖い顔をしてる」

「今は、誰とも話したくない。私は――」

言葉が続かない。明日香の胸に今まで溜め込んでいたものが一気に溢れてくる。

スーザンの腕が伸びて、明日香の肩をつかむと引き寄せた。思わずスーザンの胸に顔をうずめた。優しく背中を抱き締める感触がする。すべてを話してしまいたい衝動が全身に湧き上がってくる。

明日香はスーザンに支えられ部屋に入った。

「これだけは伝えておかなきゃと思って」

スーザンは部屋に入るなり、明日香と向き合った。

「大統領の訪日が中止になるかもしれない。日本政府は知ってるの？」

明日香は顔を上げてスーザンを見た。

「少なくとも私は知らなかった。それって、暗殺を回避するためなの？　大統領の意思なの？それとも側近の意思なの？」

「名目は色々付けられるけど、本音はテロリストを恐れてるのよ。マリナ親子が襲撃されて殺されたでしょ。かなりショックだったみたい」

明日香には返す言葉がなかった。

「つまり、日本の警備体制を信じていないわけね」

マリナ親子は二度襲われた。襲撃は予想されていたが、二度とも十分な対応ができていない。テログループは一人も逮捕されていない。今も会議の中止を狙っているのだ。

「私が心配しているのは、アメリカ大統領がオンラインでしか出席しないとなると、その他の国の元首はどうするのかということ。下手をすると対面の会議ではなく、オンライン会議になるかもしれない」

「そんなことになると会議の意味がない。いえ、かえってマイナスになる。世界を引っ張ってる国がテロリストを恐れて、オンライン会議に切り替えたら」

「大統領は最初から日本に来ることは乗り気ではなかった。それを副大統領が説得して、来日を決意させた。大統領はマリナの亡命を許可して、自分の再選活動に利用するつもりだった。それがダメになった。だったら、あえて危険を冒す必要はない。これが私の見解ね」

「大統領の来日中止は決定事項なの」

明日香は聞いた。

「決定じゃないけど、大統領に近い筋からの情報。今ごろ、ホワイトハウスじゃ、大騒ぎでしょうね。今後の日米関係にも大きな影響を及ぼす」

「テロリストにも完全に舐められる。世界がテロに屈したと」

明日香は新崎のことを思った。新崎の思いを考えると心が締め付けられる。

5

二人はマンションを出て、スーザンは新聞社に戻り、明日香は官邸に向かった。

明日香は新崎に、アメリカ大統領が来日を躊躇していることを告げた。誰からの情報か、新崎も分かっているはずだ。

「私も迷っていた。アルフレッド大統領には、真実を伝えておかなければならない」

「会議開始のギリギリまで待てませんか」

「私だってそうしたい。でも、やはり隠しておくわけにはいかない。彼に来日してもらわなければならない」

新崎は受話器を取った。


アルフレッド大統領はすでに三十分も執務室の中を歩き回っていた。

「マリナ親子が死んだだと。日本のシークレットサービスは何をやっているんだ。これで、サプライズは消えてしまった。テロ撲滅世界会議の意義は半分以下、いやゼロ以下になってしまった。テロリストは何でもやれることを世界に証明した」

こうして呟いてみると、ますます腹が立ってきた。同時に恐怖も湧いてくる。テロリストたちが次に狙うのは誰だ。

「やはり行くべきではない。命の危険を冒して、アジアの島国まで出かけてなんの役に立つ」

やはり訪日は取りやめよう。オンラインで出席すれば十分だ。

「副大統領を呼んでくれ」

大統領は秘書に告げた。

十分もたたない間にラッカム副大統領が入ってきた。

大統領は東京での会議への欠席を告げた。

「今さら、欠席はまずいでしょう。ここは我慢して出席すべきです」

「私にどんなメリットがある。少年兵、いや少女兵のスピーチがあってこそ、この会議は世界に訴える力がある。その主役が殺されたとあれば、ますますテロリストを増長させるだけだ。そんなところに私が命の危険をさらしてまで、のこのこ出かけてどのようなメリットがあるというのだ」

「世界は大統領の出番を待っているのです。その少女の代わりに、大統領がスピーチすべきです」

「私がか――。やはりやめておこう。日本のシークレットサービスの目をかいくぐって、マリナ親子は襲撃され、殺害されたというではないか。そんなところにアメリカ大統領が行くことができるか」

「ものは考えようです。少女の死を悼むというのはどうでしょう。世界にテロリズムの悲劇を訴えようとした少女の死を悼むスピーチです」

大統領は考え込んでいたが、すぐに顔を上げた。

「やはりやめておこう。これ以上の死者は――」

デスクの電話が鳴り始めた。今回の会議のために設けた日本との直通電話だ。

電話をとった大統領は無言で聞いている。

「ここには私一人です。どうぞ、話してください」

大統領はそう言うと、一瞬動きを止めた。その顔に驚愕の表情が現れる。

副大統領が話しかけようとすると、左手を出して黙っているように合図する。

大統領はしばらく頷きながら聞いていた。

「分かりました」

かすれた声を出し、さらに何度か頷いた。

「なぜ、私にまで黙っていたのです。今後はすべての情報を共有し、我が国のシークレットサービスも警護に付けるようにさせていただきたい。異存はないでしょうね」

大統領は強い口調で言うと、受話器を戻した。

「何かあったのですか。かなり深刻な話のようでしたが」

「マリナ親子は生きている。移送したのはダミーのマネキンらしい。テロリストたちはまだ気付いていない。死んだと思われているようだ。これでテロリストたちも会議までは何もしないだろうと言っている。本当のサプライズになったわけだ」

大統領は副大統領に言った。

「至急、シークレットサービスにマリナ親子の警護に付くように指示してくれ」

大統領は入ってきた秘書に伝えた。


新崎は受話器を置いて、かすかに息を吐いた。

明日香が新崎を見詰めている。

「これでマリナ親子について知る者がかなり増えると思う。アメリカの秘密保持能力は知らない。アルフレッド大統領が口が堅いことを祈るだけね」

新崎が明日香に告げた。

「あなたには悪いと思ってる。でも、彼には話さざるを得なかった。マリナ親子は、会議が終わったら大統領と共にアメリカに発つ」

頭では理解していたが、やはり賛成はできなかった。二人のことは秘密にしておきたかった。しかし、これが政治だということも分かる。新崎は日本の総理大臣として、当然のことをしたのだ。

「でも、マリナ親子の移送と時間、移送ルートがテロリストにばれていた。これは重要なこと。どこから情報が漏れたのか分かったの」

「現在、調べています。警護課の動きを把握できる者です。それもかなり詳細に」

　マリナの動きを知りたい者は、我々と接していれば直接、あるいは間接的に知ることも可能だ。それは限られた者しかいない。

　ラッカム副大統領は執務室に戻ると、スマホを出して番号をタップした。

「きみたちはマリナ親子は死んだと言ってたが、まだ生きているらしい」

〈そんなはずはありません。救急車が襲撃されて、二人の遺体が運び出されたのを確認しています〉

「遺体を直接見たわけではないんだな。彼らもバカじゃないぞ」

〈すぐに確認を取ります〉

「私は約束通り情報は与えた。しかし、行動が返ってきていない。契約違反でないのか」

〈まだ終わってはいません。会議は六日後です。約束は必ず守ります〉

「大統領は予定通り会議に出席する。マリナ親子には大統領のシークレットサービスも付くことになった。大統領の警護もこれで最高レベルに引き上げられる。せいぜい頑張って、約束を果たしてくれ」

　副大統領は通話を切った。

　彼らは本当に行動できるのか。失敗したらどうなる。いや、問題はない。私の名前はどこにも出ていない。


明日香は警視庁の屋上にいた。東京の町が見渡せ、東京タワーと富士山がかすんで見える。横でジョンが同じように目を細めて町を見ている。

「捜査は行き詰まってる。テロリストはどうやって、マリナ親子の移送を知ったのか分からない。警護課の者におかしな動きをした者はいなかった」

「無意識のうちに誰かに話した者はいないのか。内通者は常に関係部署の動きに注意している。いつもと少しでも違う行動をすれば、すぐに感づかれる」

明日香は首を横に振った。

「マリナ親子が病院にいるのを知っていた者は多いのか」

「日本サイドは総理とその側近、横田課長と警護課の者たち。それと病院の一部のスタッフ。最小限の者よ。全員、身元は確か。移送することを知っている者は、それよりずっと少なくなる」

「いずれにしても、マリナ親子は死んだ。もう狙われることもない」

ジョンは何かを考えながら明日香を見ていたが、何も言わなかった。

「知ってるんでしょ。本当のことを」

明日香が唐突に言った。ジョンは無言で富士山を見ている。

「内通者をあぶり出すためと、標的が死んだら、もう襲ってこないから。あんただって、感づいてたんでしょ。でも、何も言わなかった」

「マリナ親子は今、どこにいるんだ。同じ病院か」

「それは言えない。そのために、警官が一人死んだ。重軽傷者が三人。すべて、私の責任」

「言ったはずだ。すべてテロリストの責任だ」

「私が計画を立てた。そして、失敗した」

「失敗じゃない。警察内に内通者がいることが明らかになった。それに、テロリストはマリナ親子が死んだものと思っている。アスカの言うように、もう襲ってはこない」

「それも確かじゃない。早く内通者を見つけないと、マリナ親子の生存が漏れる」

「マリナ親子の生存を知っているのは誰だ」

「総理と横田課長。それと、現在警護に付いている五人と、病院の関係者だけ」

「本当にそれだけか」

「警護課の者も何か感づいてるとは思う。あなたも今知った」

「なぜ、俺に話した」

「新崎総理がアルフレッド大統領にマリナ親子が生きていることを話した。二人の警護にアメリカのシークレットサービスも付くことになった。あなたにも知っててもらいたかった」

ジョンは考え込んでいる。

「テロリストもシークレットサービスの動きには注意している。気を付けた方がいいな」

ジョンが富士山に目を向けて呟く。

第五章　反撃

1

明日香(あすか)は病院に入ろうとしたとき、視線を感じて振り返った。

マットが立っている。

「ここですね、マリナ親子が入院している病院は」

「あなたですか。マリナ親子の警護に参加するアメリカのシークレットサービスというのは」

警視庁を出るとき、横田(よこた)に呼ばれてアメリカとの共同警護が決まったと告げられたのだ。新崎(しんざき)がアルフレッド大統領に、マリナ親子の生存を電話で話したときから予想していたことだ。

「大統領も慌(あわ)てていたそうです。会議の目玉が殺されたと告げられて。しかしそれがおとりだと分かって、日本にいる自分のシークレットサービスを警護に送るようにと指示がありました。今度は失敗は許されない」

「分かっています。しかし、テロリストは襲撃は成功したと思っています。マリナ親子はすでに死んだと」

「だといいのですが」

マットが意味深長な笑みを浮かべた。

「日本のSPも思い切ったことをする。敵の襲撃を見越した上での作戦でしょ。犠牲者が出ればリアリティも増します。敵も成功を信じる」

マットの口調には皮肉が混じっている。犠牲者という単語を強く発音した。計画の立案者が明日香であることを知っているのか。

「ここで私を待っていたのですか。目立つ行動はやめてください」

「共同警護であれば、すべての情報は共有したいと思いましてね。まずは病院の状況と立地を確認に来ました。日本の警備部は秘密が多すぎる」

「マリナ親子に関してはごくわずかの者しか知りません。二人は死んだことになっています。おそらく、アメリカ大使館は見張られています。それを――」

「だから私は一人で来ました。複数のアメリカのシークレットサービスが動くとテロリストも何かあると思うでしょう」

明日香は迷った。このままマットをマリナの部屋に連れて行くか。日米共同警護となれば拒むことはできない。

「あなたの上司、横田警部にも話は通してあります。連絡がいってませんか」

明日香は何も言わず病院内に入って行った。マットが後に続く。

マリナ親子は最上階の病室に移っていた。今まではなるべく目立たないように、一般の入院患者に溶け込むことを目指していた。しかし、事態は変わっている。

エレベーターを降りると、警護課のSPが五人体制で警護に付いている。テロリストに居場所を知られないのが最高の警護だが、そのためには警護の人数を減らさなければならない。警護の矛盾だ。

明日香はマットを他のSPとマリナ親子に紹介した。

マリナの顔にホッとした表情が現れる。アメリカの関わりを直接見て安心したのか。

マットは部屋の様子を見て回り、ブラインドの隙間から外を覗いた。

「どのビルからも狙撃は難しい部屋です」

明日香の言葉にマットが頷いて、マリナ親子に目を向けた。


部屋中にピリピリした空気が張り詰めていた。

窓からは東京湾の船の灯りがゆったりと移動しているのが見える。

部屋には五人の日本人とオマールとラジャがいた。日本人は救急車の襲撃に参加した者たちだ。あと三十分で日付が変わる時間だった。

アケミはパソコンの画面に目を近づけた。救急車は焼け焦げ、煙を上げている。マリナ親子の乗った救急車襲撃二十分後の映像だ。高速道路横の高層ビルの部屋から撮ったものだ。

煙を上げる救急車から形をなさないストレッチャーと遺体袋が運び出され、駆けつけた救急車に運び込まれた。その間、数十秒。この時点で二人は死んでいるはずだ。顔はカバーで覆われ、見えない。

「顔なんて分かりっこない。なんでこれがマリナ親子だと言える」

アケミの鋭い声が飛んだ。

「間違いなくマリナ親子だと言える確証はありません」

「病院を出るとき確かめたんだろ」

「言われた時間に出向いて見張っていたら、ストレッチャーに乗せられた女と、付き添いの女が出てきました。あれがターゲットの親子だと確認しました」

「顔は確かめなかったのか」

「確かめようがありませんでした。付き添いの女はマスクとメガネをかけ、頭にスカーフを巻いていました。そばまで行ってマスクをはぎ取れって言うんですか。女とストレッチャーの患者が乗り込んで出発しました。病院を出るとすぐに前後を覆面パトカーが囲みました。予定通り高速道路で襲うと、警官隊が撃ち返してきて、戦闘になりました」

「じゃあ、救急車に乗り込む女の顔を確かめた者はいないのか、遺体の確認は」

「あの状況です。とても彼女たちが生きているとは思えません。警察も女性二人の死亡を発表しています」

「だったら、アメリカサイドの情報が間違っているというのか。日本政府が意図的に流した偽情報じゃないのか」

　アケミは怒鳴るように言うと、横の壁を蹴りつけた。部屋は緊張で凍り付いている。

「マリナ親子は生きている。おまえらは何をやっているんだ」

「救急車から二人の遺体が運び出されるのを見ました。なぜあれが、マリナ親子と違うと言い切れるんですか」

「アメリカが嘘を言っているというのか」

「入れ替わるとしたら病院で――」

アケミが再度、壁を蹴った。鈍い音が部屋に伝わり、オマールの身体がびくりと反応した。

「まだ時間はあります。その間に何とかしましょう」

ラジャがアケミをなだめるように言う。

「これで失敗は三度目だ。一度目は狙撃で失敗した。襲撃も部屋にさえ入れなかった。救急車襲撃は、まんまと騙された。我々は日本のＳＰにコケにされている」

「いざとなれば当日、自爆ベストを着けて会議場に乗り込めば――」

「警備は日を追って厳重になっている。数日後には会場の二キロ以内に近づくこともできなくなる。まして会議場に入ることなど無理だ」

アケミは苛立った口調で言うと、パソコンのキーボードを叩いた。

ディスプレイに顔を近づけ、二十回以上見た救急車襲撃現場の映像をもう一度見始めた。

「止めて」

アケミはさらに顔を近づける。

「この女をズームアップして。パトカーの背後の車から出て何か叫んでる」

指さした女の顔が四角い輝線で囲まれ、ズームアップされていく。

「他の角度の女の映像はないの」

画面が変わり、女性の顔が現れた。意志の強そうな口元を引き締め、挑むような目で正面を見つめている。

「夏目明日香――」

アケミの口からかすれた声が漏れた。

「去年の官邸襲撃時に唯一生き残った女性ＳＰ、夏目明日香だ。こいつのおかげで官邸襲撃が失敗し、多くの仲間を失った。おまえらはＮＩＳの暗殺部隊として送り込まれたのだろう。しっかり、役目を果たしてもらおう」

アケミはオマールとラジャに視線を向けた。

オマールは思わず、目を逸らせた。

「狂っている」

部屋に戻るとオマールは低い声で呟いた。何もかも狂っている。あの女もマリナ殺害の指示を出したアブデル・サウード様も。そして自分自身もだ。

一時間前にアケミの部屋に呼ばれマリナの生存を聞かされたとき、心が軽くなるのを感じた。周りに悟られないように必死で意識を別の方向に向けていた。

自分はいったい何のためにこの東洋の国に来たんだ。我々を侮辱し、破滅に追いやる会議を中止させるためではなかったのか。それともマリナを殺すためか。アケミの言葉を聞くたびに浮かんだ疑問だ。

最初の半月間は、アケミに指示された爆弾作りに明け暮れていた。彼らはＣ４を大量に持っていた。米軍の高性能爆薬だ。あの様子では、自分が作るものより爆発力が大きく、さらに精巧な爆弾を隠し持っているに違いない。足のつかない爆弾がほしいのか。数が足らなかったのか。

「あの女、何を考えているか分からない」

そう言うと、ラジャがベッドに倒れ込んだ。

「そんなことはどうでもいい。俺たちのやることは決まっている」

オマールの声の響きには強い意志が込められている。


翌日、捜査会議が終わり、明日香たちは捜査一課に集まっていた。

テロリストの死体や武器を含め、多くの遺留物があるにもかかわらず、捜査は行き詰まっていた。捜査一課は、アラブ系を中心に外国人で怪しい人物はいないかローラー作戦を行っている。新宿、池袋を中心に、捜査範囲を徐々に拡大していった。多くの不法滞在者は見つかったが、テロリストに行き着く情報はなかった。明日香はジョンに頼まれて、通訳も兼ねて参加している。マリナの警護にマットが加わり時間的余裕ができ、ジョンの影響でテロリスト逮捕の重要性を感じ始めていたのだ。

「東京のNISは、よほどしっかりした組織なんだろうな。東京は狭い都市だ。何か足のつくものが出そうなのに、何も出ない」

ジョンが声を潜めて言う。

車二台に分乗したテロリストたちは、自動小銃とロケット弾で武装し、マリナ親子のおとりが乗る救急車を襲撃した。明日香が立案した作戦で、警官一人が殉職している。

「救急車の襲撃には自動小銃にロケット弾が使われた。手榴弾まであった。それも複数だ。これだけの武器がなんで日本にあるんだ。テロリストはどうやって日本に持ち込んだ」

千葉一課長が吐き捨てるように言う。

「テロリストは我々に戦争を仕掛けてきている。これ以上の犠牲者は出せない」

池田が部屋に入ってきて、明日香とジョンに気付き視線を向けてくる。

「救急車襲撃に使われた武器の分析結果が出ました。去年、官邸が襲撃されたときに使われた武器と同種類のものが多数あります」

「米軍のものなのか。今度の事件に米軍が関係しているというのか」

明日香は官邸襲撃事件の背景について説明した。

テロリストたちは、米軍の輸送機を利用して、アメリカから大量の最新武器を日本に持ち込んだ。その武器を赤色戦線の筒井が受け取り、事前に官邸内に運び込んで隠していたのだ。事件の背後に米軍と関係のある、民間軍事企業が関係していた。その軍事企業は米軍の訓練を請け負い、中東とアフガンの作戦には傭兵部隊として直接参加していた。

「その中にはカラシニコフはなかったのか」

「使われたのは、米軍使用武器の横流しですからね。ＭＰ５やグロッグ22。Ｍ２４９やスティンガーミサイルのような最新兵器が主です。ドローンや地対空ミサイル、Ｃ４を使った時限式爆弾もね。彼らは都内で時間差で爆破させて、住民の混乱を狙い、その隙に逃亡を企てていた。主要目的は金。主犯がアメリカの軍事企業でしたから。でも彼らなら、カラシニコフやＲＰＧなど簡単に手に入ります」

「今回、その軍事企業は関係してないのか」

「すでに解散しています。倒産と言うべきかもしれませんが、幹部の大半は死亡したか、刑務所に入っています」

池田がジョンの反応に驚いたように話した。

「テロリストは官邸を襲撃した奴らの生き残りだとでも言うの」

「米軍の輸送機を利用して運んだ武器類の残りを、どこかに隠しておいたという可能性はないのか。その中にはカラシニコフもあったかもしれない。武器についてはもっと調べてみる必要がある」

千葉が明日香とジョンから池田に視線を移した。

「官邸襲撃に加わった日本人としては、筒井信雄（のぶお）という過激派の生き残りがいた。彼が日本サイドの手引きをして、武器を受け取って官邸内に運び込んだ」

明日香は小声でジョンに話した。

「その男は死んだんだろ。仲間も徹底的に調べられているはずだ」

「誰かが、あの時の武器の残りを隠し持っていたのかもしれません。NISの戦闘員は、その武器を使っているということは考えられませんか」

明日香が千葉に言う。

「すぐに公安に連絡を取れ。筒井の仲間はいないか。武器はどこに保管してあったか調べるんだ。急げ」

千葉の言葉で捜査員たちは各自の持ち場に戻っていった。

明日香は経過をジョンに伝えた。

「筒井は、官邸襲撃のテロリストグループに加わった日本人のリーダーよ。テロリストから預かった武器を官邸内に運び込んでいる」

「そんなことができるのか。アメリカで言えば、ホワイトハウスにテロリストグループが武器を運び込むことだ」

「去年まではね。今、官邸は何倍も警備が厳しくなっている」

「米軍を通して日本に運び込まれた武器と、官邸で押収した武器との数合わせはできてるか」

明日香は答えることができなかった。どのくらいの武器が国内に運び込まれ、米軍基地から運び出されたか。米軍が関与していたので、正確な数字は発表されていないはずだ。

「筒井の仲間が余った武器をストックしていたことは十分に考えられる」

昨年の事件で、テロリストたちは東京都内で複数の爆発を起こしている。官邸周辺の住民は避難させていた。あのときの爆発物と銃器がまだ残っていると考えるべきか。

「自爆に使われた爆薬と、官邸占拠のときの爆薬が同じものかを調べろ」

ジョンが言って、自問するように続ける。

「なぜ、ＮＩＳから犯行声明が出ない。今までの世界のテロでは、必ず犯行声明を出している」

「今回の自爆犯は日本人よ」

「日本で誰かがＮＩＳを援助している。去年官邸が襲撃されたときも日本人テロリストがいた。彼らの仲間を洗い直して、組織の生き残りがいないか捜査しろ」

ジョンの声が重く響いた。

2

警視庁を出て、明日香はマリナ親子のいる病院に行った。

明日香の顔を見て、二人はホッとした表情を見せた。二人ともかなり怯えている。偽装移送で一人の警察官が犠牲になり、重傷者がいることも知っていた。スマホでＳＮＳを見たのだ。

夜まで二人の所ですごし、深夜に病院を出て、マンションに戻った。

マンションの入口でセキュリティに数字を打ち込んでいるとき、振り返った。何かいつもとは違う空気を感じたのだ。無意識のうちに特殊警棒を抜いていた。警棒を伸ばす前に叩き落とされる。同時に顔面に突き出された相手の腕を右腕で跳ね上げて、左足を頭めがけて蹴り上げていた。フードを被った黒い影。明日香より身長も体格も大きい。

足は空を切った。相手が身体を数センチ後ろに下げたのだ。身体のバランスを整える前に、相手の足が明日香の肩をとらえた。ずっしりと体重が乗った重い蹴りだ。倒れながら、明日香の脳裏に高見沢の顔が浮かんでいた。最初の一撃は右腕で受けて急所をかろうじて躱したが、次の反撃が遅かったのだ。〈バカ野郎。おまえが殺されてどうする〉。高見沢の怒鳴り声を聞きながら、明日香は地面に叩きつけられたが、何とか受け身の形をとり、ダメージを最小限にとどめた。即座に立ち上がり相手に向き直ろうとしたが、顔面に蹴りを受けて花壇に倒れた。

襟首をつかまれて花壇から引き出された。そのとき、振り向きざま腕に嚙みついた。歯が骨に当たる感触が伝わる。顔面を殴り付けられ、道路に叩き付けられた。

何度も全身を蹴られ、頭をかばって丸くなっていた。蹴りが収まり、薄く目を開けると、黒い影が腕を振り上げた。手にはナイフを持っている。

一瞬、フードの奥に目が見えた。その深い穴のような目は――。恐怖を感じた。殺される。叫ぼうとしたが、声が出ない。

「ポリース、警察官、人が殺される」

女性の甲高い声がして、同時に防犯ベルが鳴り響く。

明日香を襲った黒い影は一瞬音の方を見たが、身をひるがえして通りに飛び出していった。

「アスカ、大丈夫なの？」

スーザンが駆け寄ってきた。

「血が出てる。救急車を呼んだ方がいい」

「部屋に連れてって。こんなの大した怪我じゃない」

すべての蹴りから、かろうじて急所は外した。だが、あまりにも多く蹴られ、殴られすぎた。しかも、ほぼ一方的に。


部屋に入ると、明日香はベッドに倒れ込んだ。

「内出血してる。これってひどい青あざになる」

氷を持ってきたスーザンが、明日香の顔を覗き込んで言う。

「助かった。あなたのおかげよ」

「危機一髪だった。あの男、ナイフを持ってた」

「男じゃなくて、女」

女の顔を記憶から引き出そうとした。しかし、フードの中の顔は暗い影のようだ。

「嘘でしょ。すごく強かった。それに速い動き。あれが女なの」

「間違いない。空手を使ってた。実力的にはおそらく四段以上」

「あなただって強いんでしょ」

「私は三段。相手の方が強かった。あなたが来なかったら私は殺されてた」

最後はナイフを持って襲ってきた。殺すつもりだったのだ。なぜ最初からナイフで襲ってこなかったのか。私を甘く見ていたのか。それとも、ただ殺すのでは物足りなかったのか。

「命を狙われる心当たりはあるの」

明日香は答えることができなかった。警護官の仕事についてから、人は思いがけない者から命を狙われたり、傷付けられたりすることを知った。しかし、それは要人に限っている。なぜ自分が、という思いはある。

「ほんとに、いいタイミングで来てくれた。あなたは私の守護神ね」

明日香はできるだけ明るい声で繰り返した。自分より、スーザンの方がショックを受けていると思ったのだ。スーザンの顔は青ざめ、指先は細かく震えている。いつもの強気の言葉からは考えられない。意外と気が弱いところがあるのは知っていたが、今回は異常だ。暴力に対して自分が鈍感すぎるのか。いや、そうなろうと努めている。

気が付くと上着は泥だらけでシャツには血がにじんでいる。今は止まっているが、鼻血が出たのだ。洗濯機に入れようとした手を止めた。相手の右腕に噛みついたとき、血の味を感じた。この血は――。ビニール袋を出してシャツを入れた。

明日香は洗面所で顔を洗い、着替えた。

「で、何か用なの。こんな時間に来るなんて。電話をくれればよかったのに。いや、タイミングは最高だった。そのおかげで私は生きている」

自分も間違いなく興奮している。顔が青黒くはれ始めている。かなり痛むはずなのに、ほとんど感じない。

「確かめようと思ったの。マリナ親子が生きてるってこと」

一瞬の沈黙の後、スーザンが言う。

「もう伝わってるんだ。思ったより早かった」

新崎がアルフレッド大統領に話してから、いずれ漏れるだろうとは思っていたが、一日もたなかったとは。

「極秘事項だということは知っている。許可が出るまでは絶対に記事にもしないし、口外もしない。これは友達としてというより、記者として約束する」

明日香は迷った。スーザンには話すべきか。

「分かった。もう、あなたは何も言う必要はない」

突然、スーザンが言う。明日香の様子から、自分がつかんでいる情報が正しいことを確信したのだ。

「どこから漏れたの。ごく限られた者しか知らない。アメリカサイドは大統領の関係者だけのはず」

明日香の言葉に今度はスーザンが黙った。

マンションの呼び鈴が鳴った。モニターを見るとジョンが覗き込んでいる。

「私が呼んだ。警察に電話しようとしたら、あなたがしないようにって言うから。私一人では何もできない。そのとき、ジョンを思い出した。電話番号はあなたから聞いてた」

スーザンは明日香が着替えている間に電話したという。

ジョンは部屋に入ってくると、明日香の前に来てスキャンするように全身を見て、顔を覗き込んだ。

「見かけほどひどい傷じゃない。さすがだな。ひどくやられてるが、急所は外してる」

「昔の先生が良かったから」

明日香は高見沢を思い出していた。彼からは警視庁の道場で何度も殴られ、床に叩きつけられた。おかげで殴り合いにもひるむことはない。人間、急所さえやられなければ、最後の反撃はできる。それは盾になることだ。高見沢の口癖だ。

「寝てろ。もう少しで殺されるところだったそうじゃないか。相手はナイフを出したんだろ」

明日香は頷いてベッドに横になった。全身に痛みが広がり、意識が消えそうになる。何とか意思の力で消えそうになる意識を呼び戻そうとしたが、いつの間にか眠っていた。

気が付くと窓の外はかすかに明るい。ベッドに突っ伏してスーザンが眠っている。ジョンの姿はない。もう何も起こらないと判断して、帰ったのだろう。

全身の痛みはかなり引いていたが、鏡を見るのが怖かった。

3

六時にスーザンとマンションを出て、支局に向かうスーザンと別れ、明日香は警視庁に行き、横田に昨夜襲われたことを報告した。

「犯人は女でした。空手の心得があります」

血のついたシャツの入ったビニール袋を検査するように言って渡した。

「私の鼻血のほかに、暴漢の血液も付いているかもしれません。周辺の防犯カメラを調べてください。犯人が映っている可能性があります」

明日香は犯人の特徴を詳しく話した。

さらに、このことは新崎には言わないように頼んだ。横田は無言で頷いている。

ジョンが入って来て、傷の具合を聞いた。明日香は大丈夫と肩を回して見せたが、全身に痛みが走り、思わず顔をしかめそうになった。

そのとき、電話が鳴り始めた。

「全員、黙るんだ。聞いてろ」

受話器を握った横田が大声を出した。

「羽田空港で爆発だ。場所は国際線、第3ターミナル。自爆テロだ」

部屋中の音が消え、視線が集まる。横田が言葉を繰り返し始めた。全員に知らせるためだ。

「職務質問を拒否して逃げようとした。警官が取り囲んで逮捕しようとしたときに自爆した。逃げられないと観念して、スイッチを押したんだろう」

「あるいは警官が集まるのを待って自爆した」

明日香が通訳するとジョンが呟く。

「死傷者は？」

「警察官三人死亡。周辺にいた一般人十二人死亡確認。負傷は数十人。もっと増える可能性がある」

「目的は何ですか。警官と市民の殺傷か。それとも、今日羽田に着く誰かを狙ったのか」

自爆事件を起こし、テロ撲滅世界会議の中止を訴えたかっただけかもしれない。

明日香は思ったが、今回の爆発でさらに十五人の人が亡くなっている。おそらくもっと増える。新崎の心中を思うと心が重くなった。

「首脳たちの到着は明後日以降。ただし警護官や事務方はすでに到着している国も多い。死傷者はアメリカ人三人、韓国人一人、他はすべて日本人だ」

「テレビをつけろ。各局、緊急番組をやってる」

スマホを見ていた刑事が怒鳴る。

部屋中の捜査官がテレビに視線を向けた。

地上波のすべてのテレビ局が番組を変更して羽田の自爆事件を報道していた。空港は大混乱に陥っている。国内線、国際線共に全便が欠航になり、羽田着の便は他の空港に振り替えられていた。

すでに爆発時の映像を流している局もある。

トランクを引いたアラブ人らしき男が空港を歩いている。スーツにネクタイ、ビジネスマン風の男だ。警察官の数は通常の五倍と聞いている。確かに至る所に警察官の姿が見えた。その中の一人が男に近づいていく。男は立ち止まり、警察官の言葉を聞いている。男は右手をズボンのポケットに入れたままだ。おそらく起爆スイッチを握っているのだ。

警察官が何か言っている。ポケットから手を出すように言っているのか。男は睨むように見ている。警察官が数歩背後に下がった。その瞬間、視野が白煙に包まれる。爆弾が爆発したのだ。スマホで撮った映像で、偶然爆発現場が映っていたのだ。

「防犯カメラの映像は回収したか。居合わせた者がスマホで撮った写真もあるはずだ。SNSに注意しろ。すぐに色んな動画が出てくる。犯人の行動が映っているはずだ。仲間も一緒だったはずだ。顔写真を見つけて、仲間を探すんだ。時間がたつと逃げられる」

ジョンが早口で明日香に言う。

「興奮しないで。すでに一課がやっている。これは捜査一課の仕事なの」

「なんで羽田が狙われた」

「外国の要人たちが到着する。自爆テロの宣伝効果は高い」

「だったら、成田だろう。俺が着いたのは成田だ」

「成田は車でも一時間以上かかる。おそらく犯人は東京都内か近辺に潜伏している。だから羽田を狙った」

「ローラー作戦はどうなってる。東京のアラブ系住民を中心に調べてるんだろ」

「所轄の警察関係者を総動員して調べてるが、なんせ人が多すぎる」

明日香が何を言おうと、言い訳にしか聞こえない。


明日香は官邸に行った。

すでに横田が羽田での自爆事件の報告に来ていた。同時に、新崎の警護レベルを引き上げるためだ。新崎は前日会ったときより、さらにやつれて見えた。おそらくほとんど眠れてはいないのだろう。

「どうしたのその顔」

新崎が明日香に聞いてくる。化粧で多少は隠せたが、青あざができていることは分かる。

「ちょっとしたトラブルです。大人のケンカというところです」

今朝、横田に報告したとき、新崎には言わないでほしいと頼んである。

「私は後悔している。なぜこんな会議を日本で開こうなんて気になったのかしら」

新崎が苦渋の表情を浮かべている。

「総理がテロの恐ろしさを誰よりもよく知っているからです。このような蛮行で平和と民主主義が脅かされてはいけない。犠牲者が出てはいけないと感じているからです」

「この会議のために、すでに数十人の人たちが亡くなっている」

「そのような悲劇をなくすための会議です。あと少しで我々が勝ちます」

明日香は新崎を勇気づけるように言う。

横に立っている横田が二人を交互に見ている。

「トップレベルの非常事態に引き上げてください。もう、一人の犠牲者も出さないで」

新崎は懇願するように横田を見た。その視線を明日香に移してくる。

「テロリストはマリナ親子が生きていることをすでに知っています」

「スーザンからの情報ね。漏れたのはアメリカ大統領から。やはりあなたの忠告に従うべきだった」

「総理のせいではありません。大統領から漏れたのであれば、アメリカ側の責任です。総理も今後はさらなる注意が必要です」

総理の警護に戻してください。喉元（のどもと）まで出かかった言葉を呑（の）み込んだ。

「あなたはマリナ親子の警護に専念して」

新崎が明日香の気持ちを察したように肩を抱いた。


明日香は官邸を出て病院に行こうとしたが、羽田空港の自爆テロが頭から離れない。何か見落としていることがあるような気がする。

警視庁に戻ったが、一課の捜査員は電話番を残して出払っていた。

明日香はジョンと会議室に行った。パソコンでSNSを見るためだ。この手の事件で一番早く情報が出るのは、SNSだ。事件や災害が起こると同時に、居合わせた者がスマホで映像を撮り、自分のSNSにアップする。それを見た者が拡散する。その繰り返しで、リアルタイムでより衝撃的な映像が世界中に広がる。かつては集めるのに数日かかった情報も瞬時に集められる。だがその半面、過激な情報が多くなり、無意識のうちに捜査に先入観が入り込む。捜査に都合がいい面も悪い面も併せ持っている。この一年で明日香は色々と学んだ。

羽田での自爆事件も、国際線ターミナルの血の海に横たわる警察官や乗客の姿が多くアップされていた。中には、手足が千切れた遺体、切断された手足まで映っている。遺族や被害者を知る者にとっては耐えられないだろう。

「自爆犯の直前の足取りが分かりました」

部屋に入ってきた池田が二人に気付いて、やってきた。

「男は車で羽田空港まで来て、正面ドアから入っています」

防犯カメラの映像ですと言って、スマホを見せた。

黒の大型乗用車から男が降りてくる。車はそのまま走り去って行った。

「車のナンバーが映っていますが、該当（がいとう）する車はありませんでした。偽造ナンバーです」

男はトランクを引いて空港内に入り、中央の航空会社のカウンターに歩いていく。そのとき、警察官に声をかけられた。

「やはりテロリストはマリナが生きていることに気付いている。次の犯行が早すぎる。目的を達成していないからだ」

ジョンが男を見ながら言う。

「マリナ親子が死んでも会議を止めようとしない、日本政府に対するメッセージかもしれない。我々はまだまだテロを続けると」

「自爆テロは彼らにとっても犠牲者を伴う。それなりの準備と覚悟がいる」

「テロ組織にとって、自爆犯は使い捨てのコマにすぎないのでは。六本木（ろっぽんぎ）の爆発で死んだのは、ＮＩＳとは関係のない日本人」

「今回はアラブ系だった。防犯カメラに映っている。彼はアッラーが望んでいると確信してスイッチを押した」

明日香は警官を睨む男の目を思い出していた。その目の奥にあるのは憎しみに違いなかった。ではなぜ、日本人に対して憎しみを抱くのか。

ジョンが池田のスマホから目を離して大きな伸びをした。

「大塚という元過激派の爺さんがいただろう」

ジョンが思い出したように言った。「あの男、今どこにいる」

「彼は任意聴取が終わると同時に家に帰してる」

「尾行は？」

「一課か公安の領域。詳しいことはわからない。おかしなところがあるの？」

「日本の過去のテロ事件について調べてみた。この国のテロリストはインテリが多い。限られた階層の者たちだ。官邸襲撃事件も関わっていた日本人は大学中退の政治団体の者だろ。学生運動のリーダーだった大塚が関わっている可能性はかなり高い」

「大塚は、爆破事件の犯人じゃないと言ったのはあなたよ」

「爆弾運びは老人の仕事じゃないということだ。他にも関わり方はある」

「大塚の居場所を調べて」

明日香は池田に頼んだ。

「私は大塚と筒井信雄の接点について調べる」

明日香は、パソコンの前に座った。

過去の学生運動、過激派、様々な左翼運動の資料がデータ化されている。日本にはまだ一九七〇年代の左翼運動の生き残りはいるが、今はほぼ表には現れていない。

一時間後、池田から明日香に電話があった。

明日香はビデオ通話に切り替え、スピーカーにしてジョンと自分の前に置いた。

〈大塚が消えていました。大家立ち合いで部屋に入りましたが、前回行ったときから何も変わってませんでした。武器どころか、そういう関係の本もありません。おまけに数日、部屋に帰った様子はありませんでした〉

池田が声を潜めるように言う。

「本人がいなかったんだな。高速道路の襲撃時の写真か映像にはいないか」

〈野次馬（やじうま）も含めて調べましたが、大塚がいたとは聞いていません〉

「彼はもう帰ってこない」

ジョンが言い切った。

「なんで大塚が帰ってこないと分かるの」

「腹を決めたんだろ。おそらく今回のテロリストたちに合流した。男にはそういうことがあるんだ」

ジョンが真面目（まじめ）な顔をして言う。ジョンもまた腹をくくった言い方をしている。

「彼が出入りしていた場所で人と会っている様子はないか。彼のアリバイを証言した連中がいた居酒屋のようなところだ」

池田がタブレットを出して調べている。

〈多くはないですね。親戚とは縁を切っているようです。いや、切られたのかな〉

「都内で、過去とは関係のない人と場所だ」

〈居酒屋以外に碁会所（ごかいしょ）があります〉

池田がタブレットを操作している。

〈地図を送ります。アパートから徒歩十分の所です〉

池田の声で、ジョンが立ち上がった。

〈それと、もう一つ。筒井には山仲明美（やまなかあけみ）という妹がいました〉

ジョンが改めて座り直す。

「苗字が違うな」

〈母方の祖母に引き取られて、そこの娘として育てられています。山仲は母親の旧姓です〉

筒井のような者が家族にいると、往々にして起こることだ。公安に一度マークされると、何か事が起こるたびに容疑者として浮かび上がる。家族としてはたまったものではない。両親や家族の就職から、結婚にまで大きく影響する。

「住所、経歴、情報はないのか。写真は？」

〈そこまで調べる余裕はありません。今話したことで手一杯です〉

「大塚についてはもう少し調べてくれ。俺たちも何か分かったら連絡する」

ジョンがスマホに近づき池田に向かってウインクした。

4

オマールは辺りを見回した。

ほぼ二十メートルおきに二人組の制服警官が周囲を見張っている。路肩には警察車両の列が続いていた。全車両で百台近い。

オマールはアケミと霞が関付近を歩いていた。一時間ほど前、突然アケミに日本の政治の中枢を見に行こうと誘われたのだ。

高層ビルの間に国会議事堂の屋根が見える。ピラミッド型の屋根で、石造りのどっしりとした歴史を感じさせる建物だ。

「この国の警察は、やると決めたら徹底的にやるんだな。これじゃ爆弾や武器は持ち込めない」

オマールが英語で言う。自分はテロ撲滅世界会議阻止の自爆テロ要員としてこの国に来た。

「六十年前の経験があるからね。日本中で多くの学生が立ち上がった。この辺りにもデモの学生があふれ、国会にもなだれ込んだらしい。学生に死者が出たと聞いてる。安保反対。当時の敵はアメリカ。時代は変わった」

アケミが警官に目を向けたまま言う。

「でも見かけだけ。中身は退化している。警官たちは日本でテロが起こるとは考えてもいなかった。だから簡単に官邸が占拠され、元総理が狙撃されて命を落とし、都内で爆発が起こる」

アケミが一気に言ってオマールを見た。

「今週中には、この辺りはさらに警察官が増え、来週は立ち入り禁止になる。警備レベルは引き上げられる。元少年兵の女はまだ生きている。その女が会議でスピーチをするのを何としても阻止してほしい、とあんたのボスが言ってきた」

「なぜマリナの命を狙う。女を一人殺すことに何の意味がある。目的は会議の阻止だろう」

「それはあんたのボス、アブデル・サゥードに聞いて。私はあんたらの手伝いをするように頼まれただけ。ボランティアよ。無料ってわけじゃないけどね」

アケミがオマールを見て笑みを浮かべた。

「アブデル・サゥードの副官というアラブ人が来てる。名前はフセイン・アブデルカデル。舌を嚙みそうな名前」

アケミはメモを出して名前を読み上げた。

「よく知ってるんでしょ。あんたの名が出た」

「彼と話したのか。部隊の指揮官だ。彼は今どこにいる」

「彼があんたらの指揮を執る。私が彼とあんたらの面倒を見てあげる。この国じゃ、あんたらは一人でコンビニにも行けやしない」

アケミはオマールの問いには答えず言う。

「彼は何しに来たんだ。国際手配されている身だ」

「女を殺しに来たんじゃないの。あんたらがミスをしすぎるから」

笑いをこらえている顔は面白がっているのか。

「あんたは幸せだ。豊かな国に生まれて、飢えずに育った。僕の生まれて育った国は、飢え、貧困、暴力が日常の国だ。誰も他人のことなど考える余裕はなかった。僕にはなぜ、あんたが政府を憎んでいるか分からない。これ以上何を望むというんだ」

アケミの顔から笑みが消えた。

「人には様々な事情があるってことよ。その事情の中で生きている。幸福なんて言葉も、それぞれ人によって違う」

「僕たちは家族がいて、飢えることなく静かに暮らせればそれでいい。それが最大の幸福だ」

突然、アケミがオマールの腕に腕をからめ、身体を寄せた。化粧の匂いが鼻の中に広がる。

正面から三人の警察官が近づいてくる。

「堂々としてるのよ。あんたは何もしゃべらないで」

警察官が二人を取り囲んだ。

「ご協力願います。カバンの中を見せてください。写真入りの身分証明書はありますか」

アケミが運転免許証を見せ、オマールにパスポートを見せるように英語で言った。

「彼、アメリカ人。アラブ系なんでアメリカじゃ肩身の狭い思いをしている。実害も色々受けてる。でも日本でも同じだって嘆いてる。優しくしてやってね」

アケミが警官たちに言って、英語でオマールに説明した。

「すごい警戒ですね。彼も驚いている。一連の爆破事件と関係があるんですか」

「ご迷惑をかけています。気を付けてください」

警官たちはパスポートを見て、ボディチェックもしないで行ってしまった。

「自爆ベストを着けて潜入はできない。会議が始まるとこの辺りも交通規制されて通れない。迎賓館の会場内に入るときは、警備はより厳しく、チェック体制も厳格になっている」

アケミが警察官たちを目で追いながら言う。

「空港で自爆テロが起こったとテレビで見た。あんたが関係しているのか」

「自爆テロはあんたらの専門じゃないの。私の仲間に自分を爆弾で吹き飛ばそうという根性のある戦士、思想家、運動家、狂信者はいない」

「今回の作戦で他のイスラムのグループが関係しているということはあるのか」

「私は知らない。でも会議を潰したがっているイスラム過激派は多いんじゃないの」

アケミの言葉に嘘はなさそうだった。それでは、他のイスラム原理主義者のグループか。

「しかし、日本に爆弾を持ち込むのは難しい。起爆装置は作れるとしてもC４は手に入らない。あんたらだって、こんなに大量のC４と武器はどうやって手に入れたんだ。アメリカ製の自動小銃とカラシニコフとが混ざっている」

「我々はここで戦争ができるくらいの武器を持っている。東京を廃墟にしてやる」

アケミがオマールに挑むような視線を向けてくる。彼女が初めて自分の真意を表面に出したような気がした。

「右腕、怪我をしたのか」

オマールと腕を組んだとき、アケミがわずかに顔をしかめたのだ。

「犬に噛まれた。警察のメス犬に」

二人は一時間ほど霞が関と永田町周辺を歩いてマンションに帰った。


その日の夜、明日香は原宿のレストランでスーザンに会った。

昨夜の礼がしたかったのと、アメリカの情報が得たかったのだ。

「羽田の自爆テロは、アメリカはもとより世界でも大きく報じられている」

テーブルに着くなり、スーザンが明日香に身を寄せてくる。

「分かってる。空港は一番注意すべき場所。日本の信用は地に落ちた。もともと、そんなものはなかったのかもしれないけど」

明日香はいつになく神妙な面持ちで言う。

「三日後にはイギリスの首相とフランスの大統領が到着する。新崎総理は出迎えに行くつもり。空港ロビーは通らず、直接、滑走路にだけど」

「止めるべき。狙撃の格好のターゲットになる」

スーザンが言い切った。

「その翌日にはアルフレッド大統領が到着する。総理はやはり出迎えるつもり」

「大統領専用機、エア・フォース・ワンは、羽田には来ない」

スーザンが明日香を見つめている。

「まさか、来日が中止になったんじゃないでしょうね」

明日香は動きを止めてスーザンを見た。突然現実に引き戻され、新崎の顔が頭に浮かぶ。

「エア・フォース・ワンの到着は横田基地。名目は駐屯している兵士たちへの激励ね。それから都内に入る。マリーン・ワンでね。すでに運ばれてる。大統領専用車を使うのはホテルから会場に行くときだけ」

マリーン・ワンはアメリカ大統領専用ヘリコプターだ。

「日本の警備を信用してないってことなのね」

「大統領の細かい予定はぎりぎりまで公表されないのが普通。ケネディ、レーガンはアメリカ国内で撃たれた。二人とも行動が知られていた。もしものことがあるでしょ。犠牲者は大統領であっても、責任を取らされるのはシークレットサービス。みんな必死なのよ」

「耳が痛い。でも、確かにそうね」

「あなたも警護官。責任を取る側ね。大統領専用機が羽田に着こうが、横田基地に着こうが、シークレットサービスは日本側の警護は当てにしていない」

明日香はマットのことを思い浮かべていた。態度は丁寧で誠実そうだが、何を考えているのか分からないところがある。それだけの重責がある仕事なのだ。

「やはりオンライン会議にすべきだったのね」

「この半年間で世界中で自爆テロが頻発(ひんぱつ)した。犠牲者は百人以上。去年は日本でも官邸が占拠されて、多くの犠牲者が出た。そうしたテロを世界で協力して、なくすというのは意義のあること。世界の国はあまりに自分勝手。自国の利益に捉(とら)われすぎる。国際テロは一つのグループでは難しい。必ずどこかの国家の援助がある。その援助を断ち切ろうというのは絶対に必要なこと。私は新崎総理の決断を支持する」

スーザンは明日香を見つめ、強い意志を示している。

「私が間違ってた。私は全力を尽くして新崎総理を護(まも)る」

スーザンが明日香の手を握った。明日香はその手を強く握り返す。


オマールがアケミとマンションに帰ると、フセイン・アブデルカデルがいた。十年以上、身近で暮らした男だが、一瞬、誰だか分からなかった。顎髭(あごひげ)を剃(そ)り、髪も七三に分けている。シリアの難民キャンプにいたときとはまったくの別人になっていた。誰も同一人物とは思わないだろう。

「よくこの国に入れましたね」

「日本の空港には顔認証カメラがないところもある。人の目なんていくらでもごまかせる」

「到着したのは――」

オマールの脳裏に、テレビで見た羽田の爆発が蘇(よみがえ)った。空港中がパニックに陥っていた。

あのどさくさに紛れて入国したのだ。ということは、あの自爆テロはフセインを入国させるためなのか。あの爆発では二十人近い死者が出ている。ＮＩＳはそれほどまでして会議を中止させたいのか。いや、マリナを殺害したいのか。

「会場周辺はすごい警備よ。これじゃ、会場はおろか、半径二キロメートルにも近づけない」

アケミはフセインたちに向き直って言った。

「自爆ベストなんか着けてると必ず捕まるよ。ターゲットの数キロ手前でドカンってことになるね。ジハードには違いないんで、酒池肉林が待ってる天国行きのチケットは得られるかもしれないけど、会議の阻止は無理だね」

フセインがアケミの言葉の真偽を確かめるようにオマールを見た。オマールが頷き、アケミの後を続ける。

「会場以外で爆発させても会議は続けられます。被害を受けるのは民間人だけです。会議の意義がよけい際立つことになります。ＮＩＳの奴らは残虐だってことに」

「他に方法はないか」

フセインがアケミに聞いた。

「あんたたち、何がやりたい。マリナとかいう女を殺したがったり、会議を止めろと言ったり、今度は会議場での爆破テロだ。アメリカ大統領を殺害しろというのか」

「できないのか」

フセインがアケミに向き直った。

「そうは言っていない。でも、事件が起こるたびに警備は日々厳しくなっている。これも、あんたらのせいだ。この国はオリジナリティはないが、学習能力は残ってる」

「会場の中心で自爆テロをやる。映像は世界に流れる。ニューヨークの貿易センタービルと同じだ。世界は我々の力に震えあがるだろう」

アケミが、何を馬鹿げたことを言うという風に頭を振っている。

オマールはフセインを見た。貿易センタービルのテロは大量殺戮の象徴となり、アルカイダは世界を敵に回した。

アケミがリモコンを取ってテレビを付けた。ワイドショーでは連日、テロ撲滅世界会議の状況を報せている。会場周辺は警備車両が並び、警察官で溢れていた。人の流れは平常の半分近くに減っている。

「日本の警察を甘く見てるよ。会議期間中は会場の半径二キロメートル以内は立ち入り禁止。たとえ入れても、どうやって自爆ベストを着けて乗り込む。武器だって見つかれば即刻逮捕される。特にあんたらは、町を歩いているだけで職質をかけられる。分かってるだろ」

アケミが何を考えてるといった顔で言うと、視線をオマールに移す。

「車に爆薬を満載して突っ込むしかないね。カミカゼだ。でも、これも今の日本じゃ否定される。こんな自殺行為は、いくらもらっても絶対にやらないというのが普通の日本人。それ以前に、車止めで制限区域には入れない」

「内部の者を抱き込めないか」

「それはあんたらの領域じゃないの。今までの情報、かなり詳しくて正確だった。あんなの普通じゃ手に入らない。内通者がいるんだろ」

アケミがフセインを見ると、彼は考え込んでいた顔を上げた。

「東京に潜伏している仲間は何人いる」

「日本人が三十五人。ＮＩＳのメンバーは二十人ばかり。声をかければ合流しそうな奴が三十人だ。全部で八十人はいる」

「役立たずはいらない。命を懸けることのできる奴だけでいい」

「じゃあ、六十ってところ。武器は自動小銃と拳銃がそれぞれ五十丁以上ある。弾は二万千二十発。手榴弾もロケット弾もある。あとは敵から奪えばいい」

「それじゃ戦争だ。この国で戦争をやろうというのか」

オマールは思わず声を出した。

「あんた、どういうつもり。戦争をやりにこの国に来たんじゃないの」

アケミがオマールを睨む。国会周辺を二人で歩いたときの穏（おだ）やかさは微塵（みじん）もない。

「爆弾をもっと作れないの。東京中にばらまきたい」

「僕にはもう無理だ」

「俺が代わりにやる。今、何個できてる」

ラジャがオマールを押しのけた。

「十八個残ってる。東京中に爆弾を仕掛けて、六十分で三十個の爆弾を爆発させる。二分で一発、音楽に合わせた花火のようにね。会議どころじゃなくなる。警備の警察官も飛んでくる」

「俺が作ってやるよ。材料はあるんだろうな」

「十分すぎるくらいある。東京を廃墟にできるくらい」

「誰がセットする。都内の警備はかなり厳しいぞ。目ぼしい地点は警官だらけだ。外国人は近づけない」

「爆弾を運ぶ方法はいくらでもある。人間以外でも」

アケミがラジャを睨むように見た。

「去年は官邸を占拠した。しかし、詰めが甘かった。今年は東京を襲撃して、占拠する」

アケミが強い口調で言う。

「これは戦争。絶対に負けられない」

オマールの全身に悪寒に似たものが走った。この女は本気で戦争をする気か。あるいは、狂ってる。

「あんた、私が狂ってると思ってるんでしょ。正解。でも、不正解。あんたらとは違う。あの世なんて信じない。神さまもね。信じるのは自分だけ」

「計画変更だ。マリナを殺すのはあとだ。マリナと娘を連れて来い。マリナならチェックなしで会場に入れる」

黙って聞いていたフセインが口を開いた。

「無茶言うね。殺せと言ったり、さらってこいと言ったり。どっちもかなり難しい」

「マリナは拒むだろう。昔のマリナとは違う。洗脳されてる」

ラジャがオマールを見ながら言う。

「だから、娘のエリーゼも一緒に連れてくるんだ。マリナは娘のためなら、何でもする。自爆だってするだろう」

フセインが笑みを浮かべた。

5

明日香が警護課の部屋を出て病院に向かおうとしたとき、肩を叩かれた。振り向くと、いつもとは表情の違うジョンが立っている。

「ついて来てくれ」

ひとこと言うと、エレベーターに向かって歩き始める。

地下の駐車場に行くと池田が乗った覆面パトカーが止まっていた。明日香とジョンが乗り込むと車は走り始めた。

「どこに行くの。意味のない場所だと思ったら降りるから」

ジョンがタブレットを立ち上げて、地図を出すと指さした。

「大塚が出入りしていた碁会所です」

池田が前方を見たまま言う。彼は内偵を続けていたのか。

「何があるの」

「武器庫と思われます。すでに何もないかもしれませんが、それを調べるだけでも十分意義があります」

「だったらもっと人員が――」

「この騒ぎです。ほとんどが羽田の現場に出ています。推測じゃ動いてくれません」

「大塚は赤色戦線の元幹部だ。筒井とつながってるはずだ。彼は活動から離れて十年以上たっている。だから公安も油断していた。筒井が一年前の事件で使わなかった武器を隠し持っていたとすれば、大塚に預けている可能性が高い」

ジョンが説明した。この数日で事件の背景に関係のありそうなことをかなり調べている。

「でも大塚の部屋にはその痕跡もなかった」

「公安に記録のある男の部屋だ。何の痕跡もなくて当然だ」

ジョンが淡々と話した。

「大塚が出入りしていた碁会所にあるわけね」

車は新宿歌舞伎町(かぶきちょう)にさしかかった。午前零時を過ぎていたが、まだ人通りは絶えない。

明日香たちは車をコインパーキングに止めると、歩いて碁会所に向かった。

碁会所は歌舞伎町の裏通りにあった。雑居ビルの二階だ。通りから窓を見ると電気は消え、人がいるようには見えない。

明日香、ジョン、池田は細い階段を上がっていった。明日香の手には拳銃が握られている。

碁会所のドアの前に来た。

「動くな」

ドアのノブに手をかけた明日香の腕をジョンがつかむ。

「爆発物が仕掛けられているかもしれない。絶対に辺りのものに触るな。全員、吹っ飛ぶぞ」

背後にいる池田の緊張が明日香にも伝わってくる。

「ニューヨークでは時限式の爆発物だった。起動させて二十分後、十分に警官を引き寄せてからドカーンだ。ここをテロリストが捨てて二日はたってる。接触式の起爆装置だろうな。どこかに触るか開けるかしたら爆発する。不審なものがあればどこにも触らずに、まずこの部屋から出るんだ。次に爆発物処理班を呼べ」

ジョンは話しながら右手でドアノブを握り、明日香に下がるように合図をした。

「でも――」

ジョンが明日香を押す。明日香は押されるまま階段を数段降りた。

動きを止めていた池田もゆっくりと後退する。

ジョンがドアを開けたが、何も起こらない。

ジョンはドアの前に立って、何か呟きながら部屋の中を見回している。

明日香はジョンの横に行き、それを追った。小さなテーブルが十卓ばかり並べられ、上には碁盤と碁石の箱が置いてある。

階段に下がっていた池田がためらいながら戻ってきた。

「これからどうするの」

入り口に突っ立ったまま、部屋の中を見ているジョンに聞いた。

「何にも触るんじゃないぞ。接触式かテロリストによるリモートかだ。カメラはないか」

明日香は周囲を見回した。奥にもう一つドアがある。

「ここには何もないみたい。問題は奥の部屋ね。開けるのヤバくない？」

池田が大きく頷いて、明日香に同意した。

「爆発物処理班に連絡した方がいい」

「ニューヨーク市警じゃどうやるの」

「映画やテレビで見たことがあるだろ。ドアの隙間から入れたファイバーグラスカメラで中の様子を確かめる。安全だと判断したら、ドアを開けて入る」

ニューヨークじゃ爆発が起こった。それでジョンの義理の弟、アルが死んだ。明日香は心の中で呟いた。

ジョンは動きを止めたまま考え込んでいる。明日香が苛立つほどに慎重になっている。

「渋谷のマンションでは部屋に取り付けたカメラで、俺たちの行動を見張っていたんだ。今度はどうなのかな」

そう言うと急に力を抜いたように、無造作に部屋の中に入って行く。

「大丈夫なの」

「大塚は渋谷の爆発に純粋に驚いていた。おそらく知らなかったんだ。大塚はあのテロとは関係なかった」

「じゃ、なんでここに武器を隠していると思うのよ」

「大塚は筒井の大先輩なんだろ。筒井は大塚を信頼していた」

ジョンは部屋の奥に行き、ドアの前に立った。事務室と書かれたプレートがかかっている。

「爆発物処理班を呼んだ方が――」

明日香の言葉が終わる前にジョンがドアを開けた。

部屋の中にはデスクが一つあるだけで、他には何もない。

「遅かったな。すべてを運び出した後だ。合理的な男だ。無駄な殺人はしない。見つかって困るものが何もないから爆弾も仕掛けなかった」

ジョンがしゃがんで床を調べている。埃(ほこり)の様子をチェックしているのだ。わずかだが箱のようなものが積まれていた跡がついている。

「そんなに前じゃない。ここを武器の保管場所にして、出し入れをしていた」

「一年間、存在すら考えなかった」

明日香は部屋の中央に立って辺りを見回した。

「武器はどのくらいあったのかしら。この部屋いっぱいなんて言わないでね」

部屋の広さは十二畳ばかりある。

「米軍を使って運び込まれたものと、警察が官邸で押収したものとの差がここにあった」

ここにあったのがすべて武器だとすれば、かなり大量の武器だ。

「アメリカのシークレットサービスに頼め。彼らは軍ともパイプがあるはずだ。答えを出してくれる」

明日香の頭にマットの顔が浮かんだ。彼はマリナの所だ。


警視庁に帰り、捜査一課の千葉に碁会所のことを報告し、ジョンの言葉を伝えた。

千葉は直ちに捜査員と鑑識の者を送り込んだ。

明日香は警備部に戻り、横田の所に行った。

「マリナ親子の警護の人数を増やせませんか。二人が生きていることは、すでにテロリストに知られています。必ず会議が始まる前に襲ってきます」

「おまえが襲われたからか」

「この一連の爆破事件は彼らの警告です。会議は必ず阻止する」

「分かっている。だから警護対象者が増えている。来週からはさらに増える」

海外の要人たちが到着するのだ。

「うちとしても精一杯だ。外国の要人に何かあれば国際問題だ。日本の警護そのものが非難される。これ以上、人数を割くわけにはいかない」

「分かっていますが――」

「何かあれば、病院周辺の警備部隊が急行する。アメリカのシークレットサービスもいる」

横田の口調には皮肉も混じっていた。

アルフレッド大統領は何度も深く息を吸った。

パソコンのディスプレイには羽田空港での自爆テロの映像が映っている。

「日本の空港は使いません。エア・フォース・ワンは横田基地に着陸します。基地で在日米軍の兵士を激励して、マリーン・ワンで赤坂プレスセンターに向かいます」

シークレットサービスが説明する。

「基地に泊まるわけにはいかないのか」

「そういう前例はありません。会議一日目の夜は、各国の首脳たちとの夕食会を兼ねた懇談が予定されています」

「マリナ・エゾトワ氏とはいつ会うことになるのか」

大統領は補佐官に視線を向けた。

「会議当日です。彼女の世界に向けてのスピーチの後、共同声明が出される予定です。すでに共同声明の草案はできています。テロ支援国家への非難と経済制裁の強化です。かなりの反発が予想されますが、マリナ氏のスピーチはそれを跳ね返して、世界の賛同を得るでしょう。会議終了後、マリナ親子と共に日本を離れます。成功すれば、画期的なことです。テロ撲滅に大きな貢献をした大統領として歴史に残ります」

そして、再選が視野に入る。何としても、もう一期やりたい。これは個人的な野心ではなく、純粋にアメリカ合衆国のためだ。大統領は心の中で呟いた。

「テロリストはまだ捕まっていないのか。あの狭い都市で、日本の警察は何をやっている」

「日本は安全を売りにした国です。自爆テロなどには慣れていないのでしょう」

「去年は官邸が占拠されたが、何とか切り抜けている。今回はわが国のシークレットサービスも協力しているのではないのか」

「ＣＩＡのＮＩＳに関する情報も送っています。いずれにしても、会議中は半径二キロメートル以内は戒厳令状態です。関係者以外は近づけません」

暗に安全を強調しているのだ。官邸が簡単に占拠され、アメリカ国民も多数殺された国だぞ。思わず声に出しそうになったが我慢した。

「副大統領はどうしている」

「夕方にはシカゴの遊説先から戻ります。明日中に大統領に会いに来られます。大統領が外遊中の申し送りです」

申し送りか、イヤな言葉だ。現役大統領が死んだときに、政治空白を作らないためにか。不慮の死は世界には溢れている。しかしアメリカ合衆国大統領にはあってはならないことだ。そのために莫大な金と時間と人がつぎ込まれている。


ラッカム副大統領は電話を切った。

東京の警備は最高レベルに引き上げられた。と言っても、羽田空港では自爆テロが起きている。あの国の諜報機関はせいぜい国内のテロ活動に対処できる程度だ。去年も官邸が占拠された。アメリカでホワイトハウスがテロリストに占拠されるなどは、あり得ない。映画やテレビドラマの中だけの話だ。

サプライズの女はまだ無事だという。このまま会議が実行され、女がアメリカに来ると次期大統領選に強力な切り札となる。テロリストと断固戦った大統領、テロリストに誘拐(ゆうかい)された女性と子供を救った、強い大統領の象徴となる。

あと一期、あの爺さんの影ですごすなど耐えられない。

民主党内でアメリカ大統領の候補者を決めるとき、アルフレッドは私の自宅にお忍びで訪ねてきた。副大統領として起用するから出馬を一期待ってくれと頼みに来たのだ。

「ここは国の団結を国民にアピールすべきだ。きみが副大統領として私を支えると言ってくれれば、国民は必ず民主党を支持する。私は一期で引退する。もう歳(とし)だ。四年後には全面的にきみを応援する。大統領任期中もきみを前面に出すことを約束する。当分は二人三脚でやって行こう。きみは、今後の四年間を次期大統領選の準備期間と考えればいい」

そう言って頭を下げた。それがどうだ。約束を守ったのは最初の半年、いやひと月だけだ。後は私は蚊帳(かや)の外だ。大統領の椅子はよほど座り心地がいいに違いない。私は騙されたのだ。

ラッカムは拳(こぶし)を握り締め、重い息を吐いた。

6

東京湾に多数の明かりが見える。その一つ一つが巨大なタンカーであり、貨物船だ。荷下ろしのために湾内に停泊して、順番を待っている。

アケミの脳裏には様々な思いが流れていく。

半年前に十一年ぶりに日本に帰ってきた。ジェーン・ハヤカワとしてだ。アメリカに行って二年目に一万二千ドルで買った、新しい自分だ。ブローカーは、この出生証明書は本物だと言った。こんな古びた出生証明書一枚で、免許証も社会保障番号もパスポートも手に入れることができた。

　ジェーン・ハヤカワが何者かは知らない。しかし、一九八八年十二月二十四日、アリゾナの州立病院で生まれた日系アメリカ人であることは間違いない。今まで何も問題がなかったということは、実際に彼女がいて、自分と同じ目の色、髪の色、身長であることも間違いない。家族からの捜索願が出ていないということは、孤独な女だったのか。そのジェーンが今はどうしているのかも知らない。おそらくは――、アケミは頭を振ってその考えを振り払った。

　アケミは窓から離れ、振り返った。大塚がアケミを見ている。

「新宿の武器庫が捜索された。碁会所の前に大勢の警官が来ていると知らせが入った。きみに言われて、運び出しておいてよかった。きみには危険を予知する特別な才能があるようだ」

「それって、誉(ほ)め言葉として理解していいのかな」

「微妙なところだな」

　大塚が声を出さずに笑った。

「でも助かったよ、カラシニコフやＲＰＧが大量に残っていたんで。Ｃ４爆薬もね。官邸を襲撃した奴らは、旧式は使わなかったんだ。今度は半数がＮＩＳの奴らだからね。アラブのテロリストは旧式専門。頭の中までね。だからダメなんだ」

　アケミは部屋の隅に積まれた大量の箱に目を移した。二日前の夜、碁会所に置いていた武器をすべてこのマンションに運び込んだのだ。

「警察に碁会所が知られたってことは、おじさんに手が回ってるってことじゃないの。なにかヘマをしたの」

「いずれこうなるってことは分かってた。遅いくらいだ。筒井がよほどうまく武器を保管してくれたんだ」

米軍から受け取った武器を都内に分散して隠していたと聞いている。その一つが新宿の碁会所だ。大量の武器だったために、必要分を運び出しても、ほとんど手つかずで残った。官邸襲撃の数日前、筒井が会いに来て、すべてを託したのだ。

「筒井は死を覚悟していたのだろう。だから俺には何も話さなかった」

「私には挨拶の一つもなかった。兄さんが死を覚悟するなんて信じられない。しぶとくて強い人だと思ってた」

「思いやりだ。きみには平凡な人生を送ることを望んでいたんだ」

アケミは笑い出した。

「やめてよ。私の生活のどこが平凡なのよ。兄さんのために家族はバラバラ。身勝手で、無責任な人。昔の仲間はみんなそう」

アケミは大塚を見つめた。

「俺は自分の行動が果たして正しかったのか、疑問に思い始めた」

「なに深刻そうな顔をしてるのよ。おじさんには似合わない。大丈夫。兄さんやおじさんの志は私が継いであげるから」

アケミが笑いながら言う。

「筒井の本音はあの金を使って、きみが幸せに暮らすことを願っていたのかもしれないな」

「あのとき、おじさんも言ったでしょ。兄さんも、敵を討ってほしいと望むって。本来は自分がやるべきだがって。今まで国家権力によって、殺された仲間のためにも」

笑みを消した顔で、アケミは大塚を見つめた。

大塚はかすかに息を吐いて、アケミから視線を外した。

「時代は変わった。それで、筒井は日本を去る計画を立ててあの話に乗ったのかもしれない」

官邸占拠事件は、マスコミでさんざん騒ぎ立てられた。「時代錯誤(さくご)の思い上がり」「五十年前の亡霊」「終焉(しゅうえん)の人々」筒井と赤色戦線に向けられた言葉だ。

半年前、兄の死を聞いて、アケミは日本に帰ってきたのだ。ジェーン・ハヤカワというアメリカ人として。

帰国後三日目に、滞在していたホテルに大塚が突然現れた。昔はよく会っていた男だ。

「ちょっと付き合ってくれ」

新宿歌舞伎町の碁会所に連れて行かれた。そこで見せられたのが部屋いっぱいに積まれた木箱だ。中には銃と弾丸、手榴弾やロケット砲などが入っていた。

「筒井から預かったものだ。米軍使用の最新式のものから、テロ組織に出回っているカラシニコフ、RPG、C4爆薬も山ほどある」

「すごいね。戦争でも始めようというの」

「それはきみの方だろう。噂(うわさ)は色々聞いている。俺にはこれを使う組織も時間もない」

大塚はデスクの上にトランクを二つ置き、一つを開けてアケミの方に向ける。

「これは筒井と俺たちの仲間の血と汗、肉と骨だ。つまり命だ」

一つのトランクに一億円が入っていた。計二億円。

「赤色戦線が引き継いできた資金一億円と、筒井が官邸占拠を手助けすることの報酬(ほうしゅう)の一億円だ。俺が預かっていた。うまくいけば俺も一緒に外国に行こうと誘ってくれた。使ってくれ」

「赤色戦線の資金って――」

「代々受け継がれてきた金の残りだ。昔は色々あったからな」

「銀行強盗や、金持ちをゆすったんでしょ。私、色々調べた。一九七〇年代でしょ。色んな左翼セクトが様々なことをやった」

「本気で革命を考えてたからな。だから――」

大塚は言葉を濁した。

「そんな大切な金をなんで私に――」

「敵を討ちたいだろ。筒井もそれを望んでいる。本来は俺がやるべきだが、公安にはマークされているし、身体は鍛えているがこの歳だ。無理だと判断した。その代わり、百パーセント手助けする」

もう後戻りはできないと思った。赤色戦線の生き残りが十二人。大塚が集めてきた者が、三十人近くいた。合計で四十人余り。

「きみはNISと関係があるんだろ。今度の会議を狙ったテロ組織があると聞いた。それに日本のグループが合流すると。きみのグループなんだろ」

大塚はグループという言葉を使った。

「武器はともかく、なんでお金までくれるの。これだけあればどこにでも行けるでしょ」

「どこに行けというんだ」

大塚は淋しそうに笑った。

「俺が持ってるより、きみが持っている方が役に立つ」

大塚は死ぬ気だ。そのとき、アケミは感じた。

それから半年が過ぎている。


「大塚のおじさん、おじさんは何が望みなの」

アケミは改まった口調で聞いた。

大塚はしばらくうつむいて考えていたが、やがて顔を上げてアケミを見つめた。

「長く生きすぎたようだ。昔の仲間はみんな死んでしまった。残っているのは、無為(むい)に生きている私だけだ」

「何が言いたいの。おじさんには感謝している」

「私も仲間に加えてくれないか。できることは限られているが」

「もう、仲間だと思っている。武器もくれたし、お金もくれた」

「そう言ってくれると有り難いよ。しかし、何か足りない気がする。昔とは違うんだ」

「時代が変わってるということじゃないの。おじさんたちの時代から、もう五十年だよ」

「そうだな。半世紀だ。私も歳を取った。もう身体も思うようには動かない。足手まといなだけだな」

「そういう意味じゃない。私は――」

そのとき、男が入ってきた。

「準備が整いました」

興奮を隠せない声で言う。

アケミは東京湾に視線を向けた。光の塊がゆっくりと動いている。横浜港に向かう大型クルーズ船だ。

「さあ、戦争の開始だ。首都を襲撃する」

アケミは低い声で言った。

今ごろ、都内の各所に散っていった仲間たちが爆弾をセットしている。

「今日から会議の日まで地獄を見せてあげる。おじさんもしっかり見ててね」

テーブル上の自動小銃を構えて、沖合のタンカーを狙った。

引き金を引くと撃鉄の落ちる乾いた音が響いた。

第六章　首都襲撃

1

部屋中の電話がいっせいに鳴り始めた。

同時に複数の警護官がポケットに手を入れてスマホを取り出す。

部屋は騒音に溢れ、声が聞き取りにくくなった。各自の声が大きくなったのだ。

「全員、電話とスマホを切れ。すべてが同じ内容だ」

横田の声が響いた。部屋から声が消えて、視線が横田に集まる。

「午後五時十二分、銀座、赤坂、上野、四谷、新宿で爆発があった。かなり大きな爆発だ。死傷者が多数出ている。現在、最寄りの警察署が総動員して対応に当たっている。都内のすべての消防署から救急車も出ている」

横田が大きく息を吐いて、警護官たちを見回した。

「すでに捜査一課が手分けして現場に向かっている。警備部の任務は警護だ。警備体制をさらに強化するように」

「自爆テロですか」

「まだ分からない。現場は負傷者を病院に運ぶので精一杯だ。我々警護課は警護対象者の安全が最優先だ。彼らの状況を確認して、直ちに安全な場所に移動するように伝えろ」

横田が受話器を耳に当てたまま指示する。

誰かがテレビをつけた。どのチャンネルも都内の複数の場所で起こった爆発の様子を映していた。

コンビニの道路に面したガラスが粉々に吹き飛んで、崩れた店内が見えている。テロップに四ツ谷駅前の文字が流れる。店の中と前の路上に、複数の人が倒れているのが見えた。乗用車が電柱に衝突してボンネットから煙が出ている。

上野駅の爆発は改札を出たところで起きていた。駅舎の中央に、数十人が倒れていた。その周りに血溜まりのような赤黒い液体が光っている。起き上がろうともがいている者や動かない者たち。その中を数人の救急隊員が歩いている。

〈コンビニ、駅、レストラン、無差別爆破です。現場は負傷者で溢れています〉

〈早く負傷者を運び出せ。いつまで放っておくんだ〉

〈もう少し待ってください。他の爆発物が仕掛けられているかもしれません。捜査中です。重傷者を優先して運び出しています〉

怒鳴るような声が飛び交っていた。

映像は離れた場所から撮っている。警察の規制線は、現場からかなり離れたところに張られているのだ。

　映像が切り替わり、東京の都心が映し出された。高層ビルの連なりが見える。

〈スカイツリーからの映像です。他の取材で入っていたカメラからの現在の映像です。都内の複数の場所から煙が上がっています。爆発のあったところです。場所は――六か所、いや七か所以上です。あっ、炎が見えます。火事も起きている模様。あれは、新宿駅方面です。東京が襲撃されています〉

　女性アナウンサーの興奮した声が聞こえる。

「上野で二度目の爆発が起こりました。赤坂で二つ目の爆弾発見。現在、起爆装置の解除作業を行っています」

　受話器を持った捜査官が大声を出した。

　明日香（あすか）を呼ぶ声が聞こえる。声の方を見ると、受話器を耳に当てた横田の視線と合った。

「新宿西口広場で爆発があった。夏目（なつめ）は新宿駅に行って、ジョンについてくれ。これは千葉（ちば）のたっての頼みだ」

「マリナ親子はどうなるんですか」

「彼女たちには警視庁の警護官と共に、アメリカのシークレットサービスがついてる。千葉はそうとう動揺して、焦（あせ）っている。起こることが予想されていて、起こってしまった爆発だ」

　警備部の不備もあるんじゃないですか。明日香は言葉を呑（の）み込んだ。横田も十分に分かっている。頭では分かっていて警備計画を立ててはいるが、立て続けにいろんなことが起こりすぎている。こういう結果になるのは、経験がないからだろう。日本で、イスラム過激派のテロがあると宣言されても、それに対応できる現場の警察官がどれだけいるのか。警備をやりすぎれば、それはそれでまた叩かれる。

「マリナ親子の警護はお願いします。最高の警護は犯人逮捕ですよね」

明日香は自分に言い聞かせるように言うと、横田に頭を下げた。


明日香はパトカーで新宿駅に向かった。

何台もの救急車とパトカーが、サイレンを流しながらすれ違う。

パトカーから見える都内の風景は明らかに尋常ではない。道路は建物から飛び出してきた人々で溢れていた。困惑し、怯えた表情で行き交う緊急車両を見ている。町が凶器と化しているのだ。テレビで見た吹き上がる炎と煙、爆発の光景が瞼に焼き付いていた。

新宿西口広場は騒然としていた。呻き声と泣き声が満ち、火薬の臭いが流れてくる。時折り、助けを求める叫び声が上がる。広場には、百人を越える負傷者が横たわっていた。黒く広がる染みは血か。その中を救急隊員が歩き回っている。

「多くの救急隊員を入れるな。アメリカから来た刑事の指示です。第二の爆発物が仕掛けられている可能性がある。上野と同じだと言っています」

広場の入り口に立っている制服警官が言った。確かに、爆発物処理班が慎重に辺りを調べている。

「そのアメリカから来た刑事はどこにいるの」

制服警官はロータリーに視線を向けた。数台の警察車両が止まり、周りを制服警官が取り囲むように立っている。

明日香が近づくと、一台からジョンが出てきた。

「ここの奴らは、何を聞いても答えてくれない。英語が分からないのか、答えたくないのか。俺にはここの奴らが何を考えているのか分からない」

　ジョンが憤慨した口調で言う。

「両方よ。現場の警察官には、あなたは怪しい外国人にしか見えない。でも、二度目の爆発には注意してる」

「俺の警告を無視して広場に入ろうとしたとき、上野で二度目の爆発があったと報告が入った。とたんに怯え始めた」

「ほぼ同時に七か所で爆発が起こっている。銀座、赤坂、上野、四谷、新宿、その他よ。会議が行われる迎賓館を取り囲む場所での爆発。迎賓館には簡単に近づけないから周辺を狙った」

　明日香は来る途中で仕入れた情報を話した。

「間違いない。これから、もっと増えるぞ。自爆テロなのか、それとも爆弾テロか」

「今のところ聞いていない。三か所は置かれていた爆弾が爆発したのを特定した。二か所からは第二の爆弾が発見されている。おそらく、七か所すべてに第二の爆弾が仕掛けられている。まだ見つけられていないだけ」

「第二の爆弾を発見するまでは現場に多くの人を入れないように。第三の爆弾にも気を付けろ。今度の爆弾テロは、前とは違っている。奴らの宣戦布告だ。とことんやってやるという」

　三十分を過ぎたころから救助活動が本格的になった。デイパックに入った二つ目の爆弾が発見され、爆発の八分前に解除された。三つ目の爆弾は今のところ見つかっていない。

　明日香はジョンに連れられ、警視庁のバンに入った。

　中には複数のパソコンが並んでいる。その中の一台の前にジョンが座った。

マウスでクリックすると、新宿西口広場の映像が流れ始めた。広場には人が行き交っている。おそらくは数百人はいる。その中の一人が突然走り始めた。人をかき分けるようにして東口の方に走って行く。その男に警備員が怒鳴っている。

「このキャリーバッグ、あんたのだろ」

白煙が上がった。爆発だ。いっせいに広場から逃れようと、人々が同心円状に逃げ出している。その後には数十人が折り重なって倒れていた。

「自爆テロじゃない。時限装置付きの爆弾だ。セットして数分以内に爆発するものだ」

「爆弾のスイッチを入れて、自分は逃げ出す。爆発までの時間が短いのは、爆弾だと分かっても解除されないようにね」

「周りの者に逃げ出す時間を与えない効果もある。容赦のない奴らだ」

ジョンは映像を男が逃げ出す前に戻した。

「犯人はこの男だ。引いていたキャリーバッグの中に手を入れている。起爆装置のスイッチを入れているんだ。男はキャリーバッグを置いたまま走り出した。爆発までの時間は二分。二分あれば、東口まで走れる。もし爆弾だと気づいても、二分じゃどうすることもできない。その結果がこれだ」

ディスプレイは、白煙の中に数十人が倒れている映像を映し出している。

「かなり乱暴ね。今までとはまったく違ってる」

「いよいよ無差別テロを始めた。威勢のいいように見えるが、彼らもかなり焦ってる」

「なぜ、分かるの」

「効果を考えずにやってる。爆発の規模に対して被害が少ない。やり方が雑だ」

「そんなことない。死者も負傷者も二桁(ふたけた)以上出てる」

「テロリストはもっと多数の死傷者を望んでたはずだ。だから危険を冒(おか)してまで人混みを狙った。防犯カメラも気にしていない。姿を見られても構わないってことだ。しかし、身元の特定は困難だ。おそらく変装しているだろうし。国民に不安を与え、何としても会議を中止させたいんだ」

「また同時テロが起こるのかしら」

「この状況を、今都心にいる人々に伝えてくれ。おかしな状況を目にしたら、すぐにその場を離れることだ。繁華街には近づかないのがベストだ」

明日香はジョンの言葉を指揮官に伝えた。

「他の爆発現場の防犯カメラも至急調べてください。映像を集めれば爆発前後の犯人の動きも分かります。逃走に使った車が分かれば後を追えます」

明日香のスマホが鳴り出した。タップすると同時に千葉の声が飛び込んでくる。

〈池袋で銃撃戦だ。自爆ベストを着けた外国人が駅前のマクドナルドに立てこもっている。ジョンと行ってくれ〉

「自爆ベストって――まだ被害はないのですか」

〈状況が分からない。だから、ジョンを連れて行ってアドバイスしてくれ。現場には知らせてある〉

明日香はジョンを連れて指示されたパトカーに走った。

池田がパトカーの横に立っている。

「千葉一課長が一緒に行けって」

ここ数日、池田を含めて三人でいる時間が長くなっている。池田が一緒の方が都合がいいと判断したのか。だったら横田の言葉通り、千葉一課長はかなり焦っている。いつもは、人の考慮などしない人だ。

明日香とジョンが乗り込むと、池田が助手席に座り、池袋の現場に向かうよう運転席の警官に告げた。

「立てこもり犯は三人です。一人が自爆ベストを着けています」

池田が状況を説明する。

「あとの二人は見張りだな。自爆犯が逃げ出したり、投降なんかしないようにと」

「そんなことあるんですか」

「彼らだって人間だ。恐怖はある」

「そうですよね。バラバラにはなりたくない」

池田が顔をしかめた。今までの爆破でさんざん遺体を見てきたのだ。

「見張りがなんで一緒に立てこもってるの。一緒に自爆するつもりなの」

「自爆犯が怖気づいてスイッチを押さなかったのか。起爆装置が働かなかったのか。警備の者に見つかったか。トラブルが起こったんだ。そのうちに、周りの者が異常に気づいて騒ぎ出した。それで、銃をぶっぱなしたんだろ」

ジョンが怒りを込めて言う。

2

パトカーは池袋に着いた。

駅前広場の前、マクドナルドを中心に数台のパトカーが止まり、警察官が取り囲んでいた。その周りにマスコミと野次馬（やじうま）が集まっている。その数は数百人を超えている。

明日香たちは指揮車に行った。一課の班長が指揮を執（と）っている。

店は道路に面した窓のブラインドが下ろされ、静まり返っている。ジョンが横の警察官から双眼鏡を取った。

「自爆ベストを着けたテロリストは二階だ。大多数の客が二階に集められている。一階にテロリストが一人と数人の客。もう一人は二階か」

双眼鏡で見ながらジョンが呟（つぶや）く。

「テロリストに動きが見えます。人質を移動させています。一階の客を二階に上げています」

「犯人たちは何か要求しているのですか」

明日香はジョンの言葉を訳した。

「今のところは沈黙を守っている」

「人質は何人ですか」

「客が男女合わせて五十人近いって言われている。子供も多い。赤ちゃん連れのお母さんや、妊婦もいるという情報もある」

「狙撃（そげき）班はどこにいる」

ジョンが辺りを見ながら聞いた。

班長がパトカーのボンネットに周辺の地図を広げ、指さしていく。三人の狙撃手がテロリストを狙っている。

「犯人はおそらく二階に二人。一階に一人だ。できるだけ早く確認したい」

「了解。確認でき次第、報せる」

班長は捜査員たちに指示した。様々な方向から内部の様子をうかがうのだ。

「テロリストが持っている武器は」

「たぶん拳銃だ」

「自動小銃は持っていなかったんだな」

ジョンが確認するように言う。

「私は見なかった」

「手榴弾くらいは持っていると考えろ」

「上の指示は彼らを刺激するなだ。完全に包囲していると、投降を呼びかけてみる」

明日香は班長の言葉をジョンに伝えた。

「テロリストは初めから死ぬ気だ。神の国に行くために自爆するんだ。投降なんてするはずないだろ。今は警官隊が突入してくるのを待っている。突入と同時に自爆するつもりだ」

「説得しかないということか」

班長の言葉にジョンが大げさにため息をついた。

「どうやって説得するつもりなんだ」

「警官を全員後退させろ」

「やめろ。警官隊が突入しないと分かれば、店の客たちを道連れにするだけだ」

「どうすればいいんだ」

「二階のテロリストを見えるところにおびき出して、二人同時に射殺だ。人質の犠牲を最小限にするにはこれしかない。射殺のタイミングがずれれば、自爆の恐れがある。手榴弾でも持っていれば、爆発させることだってある。無傷で解決しようなんてしょせん無理なんだ」

ジョンの言葉に班長は考え込んでいる。

「時間がかかりすぎると、警官の道連れを諦めて自爆するぞ」

タブレットを持った捜査員が来て、班長に画像を見せた。

班長が画面を明日香たちに向ける。

「三人のうち一人の身元が判明した。名前はアブル・サビィ。フランスでの無差別テロの黒幕の一人だ。ＮＩＳの戦闘員で、国際指名手配されている」

写真の男は髭面にアフガンストールを巻いている。

明日香のスマホが鳴り始めた。新崎だ。

〈あなた、池袋の現場にいるんでしょ。横田さんから聞いた〉

「人質は必ず救出します。死者は出しません。総理が言いたいことはそのことですね」

〈今回のテロ事件ですでに数十人の死者が出ています。すべて私の責任です。もうこれ以上の死者を出すことには耐えられません〉

「分かっています。ここでは必ず死者なしで人質を救出します」

横で池田が必死でジョンに通訳をしている。

〈約束して。人質だけじゃなくて、あなたも絶対に死なないこと〉

明日香が答える前に電話は切れた。

「分かっています」

明日香は送話口に向かって言った。

「人質に死者を出さないなんて、どんな魔法を使うというんだ。この場合のやり方は決まっているんだ。テロリストが疲れて動きが鈍くなったときに、狙撃で射殺すると同時に突入する」

「そんなやり方だと必ず死者が出る」

「だから、最小限に抑えるという表現をするんだ。テロリストは必ずしとめる」

明日香は答えることができない。ジョンが続けた。

「まず、二階の自爆ベストを着ている男と見張り役のここを同時に撃つ」

ジョンが人差し指で頭を指した。

「うまくいけば即死。同時に突入して、一階のテロリストを制圧する」

「タイミングが狂ったら」

「ドカンだ」

ジョンは突然表情を引き締めた。

「見張りの一人が自爆犯の自爆スイッチを取ろうとする。やはりここだ」

頭を指さした。

「三人目が取ろうとしたら、分かってるな。だから、テロリストを見えるところにおびき出して最初の狙撃だ」

「雑すぎる。必ず人質に死傷者が出る」

「だから最小限に止めるんだ」

「私は死者をゼロにしたい」

ジョンが明日香を見つめて肩をすくめた。

一時間が過ぎたが、テロリスト側にも警察側にも動く気配はなかった。

「このままだとテロリストの消耗の方が早い。いずれ自爆を図る」

ジョンが他人事のように言う。

「ＳＡＴの狙撃手の手はずは整ってるの？」

「いつでも撃てる態勢です。ただし、三人同時に、は分かりません」

明日香は拳銃を出して装塡を確かめてから、銃口を上にして構えた。

池田のイヤホンを取って、ジョンの耳に差し込んだ。

「私がテロリストを見えるところに誘い出す。位置を確かめて、三人を同時に撃てるタイミングを教えてあげて」

池田とジョンに伝えると、返事を待たずに明日香は両手を上げてパトカーの背後から出て行く。右手には拳銃を持っている。

「私と交換で人質を何人か解放してくれる？　妊婦も子供もいるんでしょ」

明日香は英語で話しながら店に近づいていく。

「あなたたち、聞いてるの」

テロリストたちからの反応はない。

〈ここから二階の一人は完全に見える。あとの二人はどうなっているか〉

ジョンの声が聞こえる。

明日香は路上に向けて拳銃を発射した。一発、二発、三発……。

八発撃って、拳銃から弾倉を抜いた。

「この銃はＳＩＧ ＳＡＵＥＲ Ｐ２３０。私が支給されている銃。弾は八発しか入らない。あなたたち知ってるでしょ」

明日香は拳銃を路上に投げた。

「これで武器は持ってない」

〈二階のノッポの男をキャッチ。ブラインドを上げて覗(のぞ)いています。いつでも撃てます〉

〈自爆ベストの男もオーケーです〉

狙撃手の声が聞こえる。

〈一階で銃を振り回している男は人質の陰です。もう少し窓際に誘導して〉

「一階の人、私が武器を持ってないことを確認して。こんな状態、うんざりでしょ。私もよ」

明日香は両腕を高く上げて身体を回転させた。

一階に動きがあった。人質が左右に動き、男が現れる。

〈ファイアー〉

ジョンの鋭い声が響いた。

銃声が轟(とどろ)く。銃声は同時で、弾のターゲットは三人のテロリストだ。

明日香は無意識のうちに地面に伏せていた。

一瞬の静寂の後、店の中で悲鳴が上がり、入り口のドアが開けられると、客たちが飛び出してくる。

明日香は立ち上がった。ジョンと池田が駆け寄ってくる。

「テロリスト三人、即死だ。何も考える時間はなかったはずだ」

ジョンが自分の頭を人差し指で叩きながら言う。

「奇跡的ね。SATのスナイパーはいい腕をしている」

「アスカがテロリストを窓際に誘導したおかげだ」

ジョンが呆(あき)れたというふうに肩をすくめた。

その日、都内の十か所で爆発が起こった。半数には時間差で爆発するように、近くに別の爆弾が仕掛けられていた。懸命な捜索の結果、都内の三か所で新たな爆弾が発見され、起爆装置が取り外(はず)された。

3

会議までいよいよあと三日になった。

会場の迎賓館赤坂離宮を中心に、過去最高の三万人の警察官が動員、配置され、都心は警視庁によって戒厳令が敷かれたようだった。コインロッカーは使用禁止の封印がされ、マンホールにも点検済みのステッカーが貼られている。皇居の堀は警視庁のボートで警戒されていた。

都心に入る幹線道路には複数の検問所が設けられ、車の長い列ができている。通過の際には身分証明書と用件を詳しく調べられる。マスコミは、十分に一度の割合で警察官に止められると文句を言っていた。会議当日は周辺の交通は遮断される。

明日香は自宅のマンションを出て、ジョンと合流して警視庁に向かった。

神奈川、千葉、埼玉など近隣県の名前が書かれたパトカーと、頻繁にすれ違った。

国会、首相官邸、議員会館、各省庁の合同庁舎周辺には機動隊の輸送車が列を作り停まっている。

明日香とジョンも二度検問で停められたが、明日香が身分証を見せると通してくれた。それでも、ジョンに対しては好奇と不審の入り混じった目を向けてくる。

「警視庁始まって以来の大警備体制が取られていると、警備部長が言っていた」

「どうやって自爆犯は会議場に入るんだ」

ジョンが盾と警杖を持って立っている機動隊員の列に目を向けたまま呟く。

「変な言い方しないでよ。テロリストが入ってくることが前提じゃない。我々は侵入を阻止するために警備をやってる」

「NISの奴らは、会議阻止のために、今まで騒ぎまくってきたんだ。自爆、爆弾、狙撃、立てこもり。絶対にこのまま終わりはしない。何かをやってくる」

「あなたは、どっちの味方なの。テロリストに検問を破って、入ってきてほしいの？」

明日香はそう言いながらも不安は隠せない。日本の警備の歴史上、想像もしなかったことが起こっている。六本木から始まった、何か所にも及ぶ爆破事件、病院での狙撃と襲撃、高速道路での銃撃戦は警視庁始まって以来だ。どれ一つとして事前に防ぐことができなかった。これでは、会議中止を求める世論やデモ隊に対して、何も反論はできない。

新崎の疲れ切り、苦渋に満ちた表情を思い出すと心が痛んだ。


明日香が警備の配置図を広げた。

「アリ一匹入れないというのは真実だな」

ジョンが配置図を見ながら言う。

「横田課長はまだ心配している。テロリストはどこから来るのか分からない。どんな武器を持ってるか、男か女か、日本人かアラブ人か。すべて分からない」

「分かっていることはある」

「テロリストは命がけで襲ってくるってことね」

明日香の言葉にジョンが頷く。

「この国では今まで自爆ベストを使ったテロはなかったな。池袋で阻止できたのは奇跡的だ」

「それだけはラッキーだった。あんたのおかげ」

「アスカが阻止した。拳銃をぶっぱなしながら出て行くとは、テロリストも驚いただろ」

「あれしかなかった。三人全員の注意を私に向けたかった」

このことは新崎には内緒だ、と横田には言ってある。

「高速道路でダミーのマリナ親子を襲ったテロリストの身元は分かったか。ＮＩＳの戦闘員と、あとは日本人だった」

「死者の身元はまだ捜査中」

「おそらく無理だ。彼らからは何も出てこない」

「それはアメリカでの話でしょ。ここは日本よ」

「一人は仲間に撃たれたんだろ」

「あれだけの銃撃戦よ。誤射があっても当然」

「口封じだ。後ろから頭を撃たれてる。胸と腹を警官が撃って、最後の一発はテロリスト側からの銃弾。連れて逃げるのは無理だと判断したんだ。彼らは覚悟を決めてる。特にＮＩＳの戦闘員にとっては聖戦だ。異教徒を殺して、死ぬために日本に来た」

ジョンは平然と言うが、明日香にとっては違和感のある言葉だった。神のために死ぬなど考えられない。

明日香は官邸に行くために、新崎担当の女性警護官と警視庁を出た。

官邸前の通りで明日香は立ち止まった。

「なんなのアレは」

「見ての通り。テロ撲滅世界会議反対のデモです」

百人近い男女が手書きのプラカードを持って集まっている。かなり高齢の人から、子供連れの女性までいた。

「これ以上の死者を出すな。総理はテロリストの先導者か」

「会議自体がテロだ。即刻中止を」

「テロリスト政府を解散しろ。日本に平和を取り戻せ」

首相官邸に向かって、スピーカーで怒鳴っている。その周りをマスコミが取り囲んでいた。

「こうしたデモが日本中で行われているそうです」

「総理は知っているの」

「何もおっしゃいません。でもおそらく……」

女性警護官が言葉を濁した。新崎が知らないことはあり得ない。どんな思いで聞いているのだろう。明日香は足を速めた。


明日香の姿を見た新崎が駆け寄ってくる。

会うたびにさらにやつれ、疲れているように見える。

「私は間違っていたのかもしれない。会議は日本でやるべきではなかった。私は多くの国民を殺した」

「殺したのはテロリストたちです。彼らは世界に挑戦しています。日本だけが逃れることはできません」

それが国際協調です。国家の義務でもあります。明日香はその言葉を呑み込んだ。自分以上に新崎自身が分かっているはずだ。

「彼らがここまでやるとは思わなかった。やはり日本は国際的に――」

新崎は言葉を探すように目を天井に泳がせた。目に涙が溜まっている。

「記者会見の時間です。あとでテレビの収録があります」

秘書の声に新崎は無言で頷いた。

「あと少しの踏ん張りです。テロリストは世界を敵に回します。彼らを支援する国はなくなります。断固とした決意を示すべきです」

明日香は新崎を力づけるように言った。新崎の顔から一瞬、力が抜けた。

「弱みを見せるなというの？　私はそれほど強くない」

「だったら、国民の前には出るべきではありません。今の状況では何を言っても聞いてはくれません」

「でも、説明は必要。闇の中に置かれることが一番惨めで辛いこと」

新崎が顔を上げて言い切った。口では弱音を吐いているが、芯の強い人だ。

官邸を出て、警視庁に戻った。池田から、見てもらいたいものがあると、電話が入ったのだ。

明日香を見た池田が近づいてきて、スマホを目の前に突き出した。

「昨日の爆発現場で撮った動画です。集まってきた野次馬の中に知ってる顔はありませんか。ジョンさんが明日香さんに聞けと」

明日香は顔を近づけた。

「特に女性に注意するようにと。明日香さんを襲ったのは女だと言ってたでしょ」

明日香はスクロールして大きさを変えながら見ていった。

「あまりに多すぎる。でも私のパソコンにも送って。大きな画面で見てみる」

「こっちも見てください。大塚、筒井などの親族、友人、その他関係がありそうな者の写真です」

スマホの画面を明日香に向けて、次々に写真をスクロールしていく。

「止めて」

明日香が声を出した。ブルーのセーターにジーンズ姿の女性だ。明るい笑顔を向けている。

明日香は必死で思い出そうとしていた。雰囲気に覚えがあるように感じたのだ。

「誰なの、この人は」

「見覚えあるんですか、山仲明美（やまなかあけみ）。筒井信雄（のぶお）の妹です」

「筒井と接点はあったの」

「彼女は今、日本にはいません。だから今回はノーマークです」

「だったらなんで写真がここにあるのよ」

「公安のファイルにありました。その写真も十年以上前のものです」

池田は筒井の写真を出したが、それも三年前のものだ。

明日香は一年前、官邸で見た筒井の顔を思い出そうとした。疲れた表情をした無精髭の男だった。時折り鋭い目つきを周囲に投げかけ、日本人の人質を見る目には憎しみすら感じた。官邸に集まっていた日本人たちは全員がエリートだ。自分との違いを感じたのか。

明日香はもう一度、山仲明美の写真を出した。

「知ってるんですか」

池田が意外そうな表情を浮かべている。明日香は答えず、写真を見つめた。

しかし、この写真の表情はあまりに違いすぎる。確かにこの目だが女の目は憎しみに燃えていた。

「彼女は現在、三十四歳。これは二十歳ごろの写真ですが、瞳と耳の形は変えようがないと言います。でも今は、カラーコンタクトもあるし、耳だって整形できるとは思いませんか。ピアスの孔だって開けられるし、デカいのを付ければ形も変わる」

「この写真、私のスマホに転送して。山仲明美の最近の状況を調べて」

「了解です。けっこう可愛い女性ですね。今でも美人で通ります」

池田はスマホの写真を見ながら部屋を出て行った。

池田が警備部に来たのは、三十分後だった。

「山仲明美のデータを送りました。筒井が二十一歳で初めて逮捕された二年後に、家を出ています。十歳のとき、大阪の親戚の家に預けられました。旧家ですから、色々あったんでしょうね。母方の実家は建設業で、手広くやってます。現在は筒井のおじさんが社長です」

池田は筒井の母親の実家と、会社のビルの写真をタブレットに出した。実家は日本家屋のどっしりとした構えだ。

「大学まで日本にいましたが、卒業と同時にアメリカに行っています。あの写真は、そのころのものですね。以後、十年以上帰国していません。公安って怖いですね。親族のデータまで取ってるんです」

「何をしてるの。アメリカで」

「分かりません。パスポートはとっくに切れていますが、更新はしていません」

「公安の力も外国にまでは通じないか。居所は分からないの」

「逮捕歴、補導歴なし。記録にあるのは十一年前に日本を出てるってことだけです。その後の足取りは追えませんでした。警察沙汰になることもなく、普通の人生を送ってるということです」

「行方をくらませているってことね」

明日香はわざと言い直した。

「公安がただ追いかけていないだけかも。日本にいないので、捜査対象から外した」

「山仲明美についてはもっと分からないの？　兄の信雄との関係なんか」

池田はタブレットを操作して写真を出すと、明日香に見せた。レストランでの家族写真だ。ジョンが覗き込んでくる。

「筒井の大学合格祝いです。年の差はありますが、仲は良かったみたいです。家族で食事に行ったり、旅行なんかもしてたみたいです。これは信雄の資料からの推測です」

池田はタブレットを見ながら話した。

「おかしくなったのは、信雄が本格的に学生運動に走ってからです。かなり借金もあって、親が肩代わりしてたみたいです。要するに宗教みたいなものじゃないですか。宗教二世の逆バージョン。三度目に逮捕されたとき、勘当したみたいです」

「勘当って、今どきどんなことになるの？」

明日香の言葉に池田は助けを求めるようにジョンに視線を移したが、ジョンは肩をすくめている。

「家には戻れないでしょうね。ちょっと待ってください」

池田はスマホを出してメモを見ている。

明日香は池田の言葉をジョンに説明した。

「明美は信雄と仲が良くて、信雄が勘当されてからも度々、内緒で遊びに行ってたようです。一緒に写っている写真もあります。心底、楽しそうな顔をしています」

ほらこれ、と言ってタブレットをスクロールして写真を出した。筒井の下宿なのだろうか。

二人で顔を寄せ、明美は指でVサインを作っている。

「明美は学生運動に走ったことはないの」

「逮捕歴はありません。でもこの当時、明美は妊娠しています。大学三年のとき」

「まさか信雄の――」

「違います。信雄の先輩の運動家ですね。子供は結局、堕ろしているようです。それで親戚のうちからも出て、大学を出た年にアメリカに行っています」

「それでも公安は目を付けなかったの」

「若者の暴走というか、当時の流行というか。時代でしょうね」

池田の能天気な推測だ。

「それで、今はどうしてる」

「言ったでしょ。不明です。少なくとも、日本に帰国した記録はありません」

「アメリカにいるってこと」

明日香がジョンに視線を向けると、知らないというふうに肩をすくめた。


その日の夜、明日香はスーザンに会った。

官邸が占拠されたときの日本人を率いていた筒井信雄とその妹の明美について話した。

「あなたを襲った女がその明美じゃないかというの」

「分からない。ハッキリ顔を見たわけじゃないし、写真も十五年以上前のものしかない。ただ、日本からアメリカに渡ったことまでしか分かっていない」

「もし、本人がアメリカに入国してそのままアメリカにいるか、誰かになりすましてるなら、調べようがない。でも、正式な身分証明書がないと免許証も社会保障番号も取れないから、まともには働けない。普通の会社には勤められない。ただ生きているだけになる」

「普通の会社でなかったら」

スーザンは考え込んでいる。

「お金とツテがあるなら、他人の出生証明書を手に入れて、免許証も社会保障番号も手に入れることができる。つまり別人になるってこと。日本じゃ難しいでしょうね。戸籍制度がキッチリした国だから」

「それって、出生証明書の本物の持ち主がいるってことでしょ。本人はどうなるの」

「当然、反論できない状態でしょうね。つまり死んでるってこと」

「殺されてるってこともあるでしょ」

「そういう組織があるってことは事実らしい。アメリカだけじゃなくて、ヨーロッパにもあるだろうし、アジアだって中東だって」

アメリカではよくあることなのだろう。密入国や偽造パスポートでの入国か。ビザが切れてそのまま滞在している者も多いのだろう。

「偽造であってもアメリカのパスポートが手に入れば、世界中好きな国に行ける。お金があれば、選択肢が広がる国」

「中東にも行けるってこと」

明日香はあえて聞いた。

「確かめる方法はない。スマホさえあれば世界中、どことでも話せる時代よ。お互い顔を見ながらね。明美が兄の信雄と連絡を取り合っていても、通信に安全なスマホさえ使えば楽勝」

「ＦＢＩやＣＩＡでも分からないの」

「日本人までマークしているとは思えない。気になるなら、聞いてみればいい。政府を通せば断れない」

「すべてはお金次第ってことか」

明日香はため息をついた。

「日本は平和すぎるの。島国だったのが幸いしたのね」

「筒井信雄はアメリカの民間軍事会社と手を組んでた。アメリカにいる妹が関係してもおかしくない」

「その山仲明美が日本に戻って、今回のテロ活動に関係しているというの？」

「可能性はゼロじゃない。テロリストが筒井信雄の残した武器を使っているなら、可能性はかなり高い」

明日香の言葉にスーザンが考え込んでいる。

4

〈今からでも遅くはない。会議は即刻中止すべき〉

〈政府はテロリストを煽っている。日本は話し合い路線を〉

〈世界のテロリストが集結か。日本を戦場にするな〉

「テロ撲滅世界会議」の開催は、連日新聞をにぎわせ、テレビのワイドショーの格好の餌食となった。各チャンネルは特番を組んで、様々な分野の専門家と称する人を招いて放送している。

〈都内の各所で爆弾テロが相次いでいます。都民の皆さんは冷静な行動をお願いします。警視庁は犯人逮捕に全力を挙げています〉

都知事の異例の声明が出されたが、さほどの効果はなかった。むしろ近隣の県から、人が集まる現象も報告された。爆発の現場撮影と見学、ＳＮＳには次の爆破地点を予想する書き込みも多い。一九七〇年代の学生運動と同じ、怖いもの見たさの群集心理と分析する専門家もいた。行動規制を求める声も上がっていたが、テロ組織の思うつぼだと反対する声も多かった。

国会と首相官邸前の道路にはここ数日、数百人規模のデモ隊が押し寄せている。

明日香は、ジョンや池田と警視庁警護課の部屋でテレビを見ていた。

「行動規制を強化すべきだ。この状況で警備なんて、どうやってやれというんだ。デモには文化人や有名人が多く参加し、マスコミが何かあればと張りついている」

明日香の背後で声が聞こえた。

「野党議員まで見かける。下手に拘束なんてしようものなら、大騒ぎになる。警備に出ている機動隊の隊員や警官は完全にビビってる」

振り向くと、十歳以上年上のベテラン警護官が憤慨した顔で立っている。

ワイドショーでは、デモの規制や警備の厳重さを言論の弾圧と捉えているコメンテーターが多い。デモの参加者や見物の者たちも、スマホを構えて警備の警察官を撮影している。デモの様子は、数分後にはＳＮＳにアップされて拡散していく。

「これじゃ、警備の機動隊員も気分が引いてしまうよな。テロリストの思うつぼだ」

池田が吐き捨てるように言う。

「史上最強の警備体制か。確かにそのくらいやる必要がある」

すでに都内で起こった爆発は、最初の六本木や駅などでのものを含めると二十件近くになっているはずだ。死者は五十人を超し、怪我人は三百人を上回っている。それに対して、捜査の進展はほとんどない。

「完全にテロリストに舐められてる。日本の警察は何もできない無能集団だと」

「世界の爆弾テロの規模から考えるとどうってことない」

ジョンが吐き捨てるように言う。

「スリランカ連続爆破事件は、死者は二百五十九人、負傷者は五百人以上。エジプトのモスク襲撃は、死者三百人以上、負傷者百二十人以上。ニューヨークの貿易センタービルでは三千人近くが亡くなった。日本人だって犠牲になってる。ここだけで日本の数十倍の死者が出た」

ジョンが淡々とした口調で続けた。

「しかし、これほど爆破が続いているのも珍しい。テロリストによほど強い意志があるのか、日本の警察が甘いのか」

「そういう言い方はやめて。日本には日本の事情がある」

明日香は強い口調で言うと、目をテレビに戻した。

〈戦場と化した日本。かつてのように世界一平和な日本に戻るのはいつでしょうか。果たして戻れるのでしょうか〉

〈総理の責任。なぜ、このような会議を日本で開く必要があるのか〉

コメンテーターがしきりに政府と新崎を非難している。

明日香の脳裏に、やつれて青ざめた顔の新崎の姿が浮かんだ。

「これ以上の犠牲者は何としても食い止めなくては」

明日香は低い声を出した。


明日香は昼前に警視庁を出て、マリナ親子が入院している病院に向かった。

病室の前で立ち止まった。中からマリナの英語の声が聞こえる。

「私たちは生まれながらに同じ権利を持っている。それは大きな間違いです。私が生きてきた国では、私たち女性には権利などありませんでした。朝暗いうちから起き、食事の用意をし、戦闘の訓練を強要されました。人を殺す訓練です。初めて会った男と結婚させられることも日常です。その同じ手で、身体で、心で子供を育てました。自由とは何でしょうか。意思とは何でしょうか。それは――」

会議でのスピーチの練習をしているのだ。

「私は十三歳でキャンプに連れてこられ、結婚という名目で、三度売買されました。人として扱われたことはありません。単なる性の対象として買われたのです。男たちは、半年もすれば飽きて、私は他の兵士に売られました」

マリナの声は震えている。

「そして、子供ができ、その子供とも――」

そのとき、肩を叩かれた。振り向くと中年の女性看護師が微笑んでいる。

「入るんでしょ。マリナさん、あなたを待ってましたよ」

看護師はエリーゼのバイタルの定期検診に来たのだ。

明日香が部屋に入ると、マリナは慌てた様子で手に持っていた原稿をポケットに入れ、手の甲で涙をぬぐった。エリーゼはベッドで静かな寝息を立てている。

「あなたには感謝している」

マリナが明日香を見つめている。その目をエリーゼに移した。エリーゼが眠っている間にスピーチの練習をしているのだ。やはりあのような過酷な内容は、自分の子供には聞かれたくないのだろう。

「よく寝てるわね。起こすの可哀そう。もうほぼ健康体。先生はいつでも退院できるって。三十分後にまた来るわ」

看護師はそう言うと出て行った。

明日香はベッドに近づき、エリーゼの顔を覗き込んだ。子供らしくふっくらとした顔つき、軽く閉じられた瞼からは長いまつ毛が覗き、鼻筋が通っている。意志の強そうな口元と顎はマリナに似ている。明日香は父親を想像しようとして、あわててその思いを振り払った。

「可愛い子ね。それに勇気がある」

「そう。賢いしね。私の希望、私のすべて」

マリナの顔に笑みが浮かんだ。

「エリーゼは医者になりたいんですって。小児科医。子供を救いたいって言ってる。この国の医者と看護師には感謝している」

エリーゼの話をするとき、マリナの表情が緩（ゆる）み、年相応の女性の顔を見せることがある。それに、と言って口元をほころばせた。

「マットになついている。男の人が珍しいのよ。父親を知らずに育ったから」

「そういう年ごろなのよ。彼はハンサムだし、礼儀正しいし」

「彼はあなたに気があるんじゃないの。よくあなたのことを聞いてくる」

「どんなこと」

「友達関係とか、勤務時間とか。家はどこか、一人で住んでいるのか。それに何が好きかってことなんか。普通の仕事仲間じゃ聞かないでしょ」

「シークレットサービスよ。すべてを把握しておきたいんじゃないの」

明日香は何げなく答えた。しかし、どこか違和感を覚える。仕事中、警護官の頭と視野には常に警護対象が入っている。対象者に対する他人の視線を第一に考える。他のことには極力興味を向けない。向けるとその分、注意が散漫になる。少なくとも明日香は、高見沢（たかみざわ）にそう教え込まれていた。

しかしマットは常に何かを探るような視線を周囲に向けている。明日香に対する視線も例外ではない。アメリカと日本の要人警護の違いかもしれない。犯罪の多いアメリカでは、日本のような受け身の警護より、もっと積極的な警護が求められているのか。

「あなたはマットをどう思ってるの。エリーゼのライバルになりそうなの」

「仕事仲間よ。ミスが許されない仕事のね。他のことを考えるゆとりはない」

そして、ライバルでもある。声を出さずに思った。

「会議で話すスピーチ、練習してたの？　前に聞いたのとはかなり違っている。ごめん、立ち聞きしたわけじゃない。あなたの声が聞こえたの」

マリナが明日香の顔を見つめた。

「方向転換よ。初めはＮＩＳの実体について話そうと思っていた。テロリスト、イスラム原理主義者たちは、自分たちの意に反するものを容赦なく殺し、破壊する。一部の国は彼らをかくまい、資金を提供している。でも、そんなこと世界の人たちはすでに知ってる。私は私自身について話すことにした」

マリナは息を吐いて明日香を見すえた。

しばらく何かを考えていたが、やがてゆっくりと立ち上がり、明日香に背を向けた。

無言でセーターを脱ぎ、シャツを脱いだ。背中に斜めに幅十センチほどの火傷の痕が、肩甲骨から腰まで走っている。

「誘拐されて二年目、結婚が決まった夜、キャンプを逃げ出した。数時間で捕まって連れ戻された。そのときの結果がこれ」

その他にも無数の肉の引きつれがある。ムチで叩かれた痕だという。

「私がＮＩＳにいた日々を話すつもり。何を思い、何を信じ、何を頼りに生きてきたか」

マリナは唇を強く噛んだ。明日香はセーターを取ってその肩にかけた。

「そして、今がどれほど幸せか」

視線をエリーゼに向けた。目には涙が浮かんでいる。

「それがいい。今の幸せを手に入れるためにあなたが歩んだ道を話すだけで、世界は心を打たれる」

明日香は心底そう思った。自分の悩みなど、目の前に立っている同じ歳の女性の苦悩の足元にも及ばない。

「今、この国は大変なことになってるんでしょ」

マリナが涙をぬぐい、明日香を見つめている。

「すべて私のせいでしょ。私がスピーチをするせいで、NISの幹部たちが怒り狂っていると聞いている」

「すべてはこれ以上、テロの被害を出さないため。あなたの言葉で世界を変えようと総理は思っている。あなたは迷う必要はない」

「でも――」

マリナは言い淀んでいる。

「あなたとエリーゼは私が護る」

「そうじゃない。この国で多くのテロが起きて、新崎総理は窮地に立たされているんでしょ。彼女は何も悪くない。ただ、エリーゼと私にチャンスをくれただけ」

「総理は逆だと思っている。あなたたちが世界にチャンスをくれると。テロリストは会議の開催と、あなたのスピーチを恐れている。自分たちの行為が世界に公表されようとしているんだもの」

明日香は一語一語、マリナの反応を見ながら話した。

「あなたは事実を淡々と話せばいい。それが新崎総理が望んでいること」

「有り難う。私はこの国と新崎総理には感謝している。そしてあなたにも。長くて一年の命と言われていたエリーゼもすっかり元気になっている。もう普通に歩けるし、痛みや倦怠感もない。いつでも退院できるとドクターも言っている」

マリナはエリーゼを見ながら話した。エリーゼが時折り、笑みを浮かべている。楽しい夢を見ているのか。

「私は必ず恩返しをする。私が会議で話すことによって、少しでも世界が良くなり、子供たちが銃を持つことがなくなれば、恩返しの一部ができたと思う」

いつのまにか、エリーゼが目を覚まして、明日香とマリナの方を見ていた。

5

警備部の会議室には半田部長を中心に五人の幹部と現場の警護官が五人集まっていた。様々な視点を入れておきたいという部長の言葉で、ジョンとマットも明日香の両隣に座っていた。

正面の大型ディスプレイに迎賓館赤坂離宮周辺の地図が映し出されている。

「会議前日の午後八時から、会場周辺二キロにわたって車両は関係車両以外は立ち入り禁止になります」

警備課長が説明を始めた。

「住人はどうなるんですか。あの辺りには一般企業も多くあります」

「あらかじめ、行動自粛の了解を取っています。会議の警備にあたる警察官は、計三万人。その内、一万五千人が会場周辺警備に動員されます。その他の一万五千人は周辺道路と各駅に配置します」

「各国の要人が泊まるホテルの警備はどうなってる」

ジョンが明日香に聞いてくる。

「静かにして。すぐに説明が始まる」

「各ホテルは日本側の警護官と各国首脳のＳＰが合同で警備します。すでに打ち合わせは各々でやっています」

明日香がジョンとマットに通訳した。その言葉を聞きながら、二人はあらかじめ配られていた資料を見ている。資料には、警護官の配置についても詳細に書いてある。

「会場内の警備の具体的なことについては分からないのか。ホテル警備のように、スナイパーの位置や会場内の警護官の配置などだ」

マットが明日香に聞いてくる。明日香は手を上げてマットの言葉を伝えた。

「これは極秘事項だということを忘れないように」

と前置きして、半田に指示された担当者がしゃべり始めた。

「周辺ビルの屋上や会場内に待機するスナイパーは十五人。警視庁と自衛隊の混合チームです」

「自衛隊はまずいんじゃないか。マスコミに漏れると騒がれる。警視庁だけで対応できなかったのか」

ホワイトハウスの執務室では、アルフレッド大統領とラッカム副大統領がソファーに向き合って座っていた。

一時間にも及ぶ申し送りがすんだところだった。

「少し二人だけで話させてくれないか」

大統領が補佐官と職員に言って、二人だけにしてもらったのだ。

「何とも大げさな儀式なんだな」

大統領はため息と共に言った。

「そうですな。まるで大統領が戦地にでも行くようです」

「大統領緊急対応カバン」、通称「フットボール」についての説明があったのだ。核爆弾の発射装置で、大統領の外遊のときにはそのブリーフケースを持った軍人がついていく。外遊中に大統領が死亡したり、職務が続けられなくなると直ちに副大統領が大統領に昇格する。宣誓式の後はすべての大統領権限を継承することになり、核のボタンも引き継ぐ。

「まさにその通りだ。私は単身テロの現場に行ってくるんだ。ここ数日、爆破事件が続いている。私は現在、世界で最も危険な場所に行こうとしている。きみはそうは思っていないようだが」

「そんなことはあり得ません。警備は万全です。あなたは無事に祖国に戻られます」

この男はニュースを見ているのか、と大統領は思った。今、東京には世界のテロリストが集結している。私はその中に放り込まれようとしている。しかし、この危機を乗り切れば、再選が視野に入る。マリナとエリーゼ親子を大統領専用機で連れて帰れば、テロに打ち勝ち、世界に平和をもたらした大統領となる。

「あと十分でマリーン・ワンが離陸します。急いでください」

同行する大統領補佐官が入ってきて告げた。

「私は必ず帰ってくる」

大統領は副大統領に向かって、右手を上げた。

私の執務室から出て行くようにという合図だ。

その瞬間、副大統領がわずかに眉根を寄せたのを大統領は見逃さなかった。この男は間違いなく、次を狙っている。そうでなければ、政治家になり、副大統領にまで上り詰めてはこない。


自分の執務室に戻ったラッカム副大統領は窓の前に立った。

中庭の芝生ではマリーン・ワンが離陸準備を整え、大統領を待っている。数十人のマスコミが、大統領の出発を見守っていた。

その前を大統領が歩いていく。フラッシュが光り、カメラのシャッター音が聞こえてきそうだった。突然、言いようのない怒りが全身を貫いた。大統領執務室から出て行くように合図したあの態度、あの声、あの視線。鋭く全身に突き刺さった。まるで犬でも追い払うようだった。私は騙されたのだ。このままいくら待っていても、大統領の椅子は手に入らない。行動を起こさなくては。目指す椅子まであと一つだ。

――今度あなたが帰ってくるときは、私がアンドルーズ空軍基地で迎えることになる。新大統領として、棺に入ったあなたを。

副大統領は声に出さずに言うと、スマホを出して番号をタップすると耳に当てた。

6

眼下には陽の光を浴びた東京湾が広がっている。

陽が沈むにつれて空は赤味を増し、血を流したように変化していく。この風景だけは気に入っている。何度見ても飽きない。

アケミは数回瞬きして振り返ると、大塚が自分を見つめていた。

「テロリストグループは焦ってる。この会議がまとまれば、テロ支援国家はテロ組織を追い出さざるを得ない」

「アラブのテロ組織と赤色戦線は違う。なんでテロ組織を助ける」

「欧米からすれば同じようなものよ。日本にとってもね。どちらもやたらに爆弾を爆発させて、銃を乱射する、非人道的グループ。この世から消えてほしいと願ってる」

アケミが笑みを浮かべながら言う。

「それで、なぜきみはテロ組織に味方しているんだ」

「味方……、そうなるのかな。少なくとも、今のところは。でも、ただでは動いていない。彼らには私たちが必要なのよ。日本語を話し、日本の習慣を知り、政府を憎んでいる人間が」

「金をもらっているのか」

「ただで動く組織なんてあるの？　資金がなきゃ何もできない。それに武器もね。兄さんには感謝しなきゃ」

「正直に言う。俺はきみに武器と金を渡したことを後悔している」

「今ごろ、何を言い出すの。私に連絡を取ったときから、こうなることは分かってたでしょ」

大塚は答えず、無言でアケミを見つめている。

「いったい何がしたいんだ」

「まず、兄さんの敵が取りたい。それに、日本人を驚かせたい」

「もう、十分に驚いてる。これだけのことをやったんだから」

「もっと驚かせてやる。世界は日本人だけじゃないってこと、色んな考え方を持った国があり、民族がいるってことを思い知らせてやる」

「それが何になるというんだ」

「兄さんを単なる犯罪者にしたくない。兄さんは革命家だった。国と国民の幸せを願ってた」

「否定はしないが――」

大塚は軽いため息をついた。

そのときドアが開き、フセインが入ってきた。大塚を見て視線をアケミに移した。

「彼は大丈夫。兄から預かった武器を隠しておいて、私たちに渡してくれた」

「まだ女は生きている。どういうことだ」

フセインが声を低くして言う。

「手違いがあったことは認めるけど、まだ会議は始まってさえいない。私たちは必ず約束を守る。女を殺す」

「できなかったら」

「文句が多いんだよ。そんなに疑うのなら、あんたらだけでやったら。私たちがせっかく手伝うと言ってるんだから、任せなさいよ」

アケミの強気な態度と声に、男の苛立ちが増す。

日本は特殊な国なんだ。欧米人、アラブ人は日本には溶け込めない。あんたらはどんなに変装しても異邦人なんだ。いつも、アケミが言っていることだ。

「このままでは、車に爆薬を積んで突っ込むしかない」

「それって自爆だろ。人間爆弾ミサイル。誰がやるの？」

「我々はそのためにやってきた。ジハードだ」

「そんなんじゃ十メートルも走れやしない。検問を突破しても、他の車にぶつかるか、車止めで阻止されて、目標からは何キロも離れたところで自爆だね。場所によっては何十人かは道連れにできる。それで満足ならやればいい。私は止めないよ。協力だってする。面白くなってきた」

フセインが驚いた顔でアケミを見ている。

「計画はあるのか」

「ないこともない。あんたらが私の言うことを聞くならね」

アケミのスマホが鳴り始めた。

画面を見て、大塚に視線を向けると一人で部屋を出た。

〈まだいい結果は聞いていない〉

英語の声が聞こえる。

「こちらも色々忙しくて」

〈大統領がホワイトハウスを出た。あと一時間もすればアンドルーズ空軍基地を出発する。もう、帰ってくることはないんだろうな。生きてという意味だ〉

「お金の振り込みは済みましたか。まだ金額が動いてはいないようです」

〈半額といっても大金だ。成功するという確約がほしい〉

「そんなのできっこないですよ。観客席を作るから、直接見てみたらどうですか」

〈今日中に振り込む。必ず約束は守ってもらう〉

電話は切れた。この男は誰だ。

ここ数か月、何度も話したが身元が分かるような手がかりはなかった。衛星電話も発信元をたどれないものだ。よほど用心しているのだ。それなりの知恵も権力もあるのだろう。

「さあ行くよ。準備が整った。今までは予行演習。本格的な首都襲撃、東京大戦争だ」

部屋に戻ると、アケミがフセインと大塚に向かって言った。

第七章　誘拐

1

明日香はジョンと池田と警護課の部屋にいた。二日後に迫った会議の警護の打ち合わせに参加していた。ここ数日、ジョンと池田は、明日香について警護課にいることが多い。

「全員、静かにしろ」

受話器を取った警護官の一人が大声を出した。

部屋からは声が消え、視線がその警護官に集中する。

「市ヶ谷、防衛省前の道路でトラックが爆発した。爆発はかなり大きなもので死傷者は多数」

部屋の空気が凍り付いた。全員が前回の連続爆破事件を思い浮かべたのだ。

部屋中の電話が鳴り始めた。これも前回と同じだ。

「受話器を外して、電話を切れ。各自の携帯電話にかかってくる電話にだけ対応しろ」

横田の声が終わらないうちに、彼のポケットでスマホが鳴り始める。

しばらく、「はい」と「分かりました」を何回か繰り返して、電話を切った。

「警視総監からだ。今後、各国の要人が到着する。明日にはアメリカのアルフレッド大統領が横田基地に到着する。夜にはヘリで赤坂プレスセンターに向かい、車でホテルに入る。気を引き締めて警備に入れということだ。絶対に失敗があってはならない」

スマホを耳に当てていた職員が大声を上げ始めた。

「トラックの爆発は、靖国通りの曙橋付近、東へ数百メートル行けば市ヶ谷の防衛省前。他にも外堀通り、四ツ谷駅手前で乗用車の爆発があった。赤坂迎賓館を狙ったものだろう。内堀通りの祝田橋でも爆発。いずれも検問所を突破してから爆発している。車を使った自爆テロだ。死傷者の数は不明。都内の救急車はすべて出動。近県からの応援も要請しています」

内堀通りの爆発は、あと数分走れば首相官邸前に出る場所だ。テロリストは明らかに官邸に突っ込むつもりだったのだ。その他の車も迎賓館、国会議事堂に通じる幹線道路だ。

「現場には捜査一課と所轄の捜査員が行っている。我々は各自の担当要人の安否を確認。各国大使館との連絡確認と交通手段と宿泊地を再チェックしろ。今回の爆発で、移動ルートの変更を含めて安全確認をとること。絶対に不備があってはならない」

横田が怒鳴るように指示を出した。

明日香は病院と官邸の警護官に電話をした。すでにトラックを使った自爆テロの報告は入っていた。

マリナはエリーゼのリハビリの準備をしていた。新崎は官邸に詰めている刑事部と公安部、警備部との合同会議に入っているという。

　すぐに車による自爆テロの状況が明らかになってきた。

　普通に走ってきたトラックが検問で停められそうになると、急にスピードを上げて歩道や対向車線に突っ込んで走っていった。検問所を突破した後、連絡がいった次の検問所では機動隊の車両を停めてバリケードを作っていたが、そこに突っ込んで自爆している。できる限りターゲットに近づいて爆破スイッチを押しているようだ。

「市ヶ谷の自爆テロの報告です。道路には直径十メートル近い穴が開き、周りにいた機動隊員の二十三人が死亡。数はもっと増える。負傷者は無数だそうだ。近くのビルのガラスが割れ、住民の負傷者多数。東京はメチャメチャになってる」

「内堀通りの祝田橋も同様です。首相官邸から一・七キロまで迫っています」

「総理は、新崎総理は無事ですか」

　無意識のうちに明日香は声を出していた。

「爆発は官邸から離れている。官邸に被害はない」

　明日香の脳裏には新崎の苦悩の表情が浮かんだ。

「テレビに注目しろ。四ツ谷駅の実況中継だ。中継に来ていたテレビクルーに突っ込んだ。中継車三台と関係者の車五台が大破し炎上した。それでも、中継は続けている」

　辺りには壊れた車の残骸と部品が散乱している。その中をカメラを担いだテレビクルーが撮影していた。顔は煤にまみれ、額から血を流している。救急隊員と機動隊員が負傷者を探し出して応急手当をしていた。今回は、二度目の爆発を用心する余裕がないほど悲惨な状況だ。

「今までの爆発とは違っている。車を使ったイスラム過激派の自爆テロだ」

パソコンでユーチューブ映像を見ているジョンが言った。

「無差別大量殺戮という点では同じ」

「全体の流れだ。段階を踏んでる。まず自爆テロ。同時、複数爆破。そして自動車爆弾だ」

「だんだんひどくなってる。テロリストは東京を火の海にする気だ」

「日本政府が会議の中止を受け入れないので、エスカレートしていった」

新崎には聞かせたくない言葉だ。しかし、新崎はそんなことは承知している。だから、責任を感じて苦しんでいるのだ。

「次はミサイルかロケット弾でも撃ち込んでくるか」

ジョンが低い声で言ったが、明日香の心に鋭く突き刺さった。あながち冗談にも聞こえなかったのだ。しかし、あれだけの爆発物が日本国内によくあったものだ。

「爆発物の成分を調べろ。外国で作られた爆発物か、国内で作られたものか。おそらく国内だ。あれだけの爆発物は海外からは運び込めない。米軍のルートがなければ無理だ。三か所とも車ということは、かなりの量の爆発物だ」

明日香の思いを察したようにジョンが大声を出している。

三十分ほどで爆発物の分析結果が出た。

「トラックには二百リットルのドラム缶に入った〈サタンの母〉が積載されていた」

池田が、それは何だ、という顔でジョンと明日香を見た。

「TATPよ。ISも使ってた爆薬。一キロもあれば、国会議事堂でも爆破できる。それが今回はドラム缶二本分」

TATPは過酸化アセトンのことで、過酸化水素水、アセトン、硫酸、塩酸、硝酸を組み合わせて作る。ただし過酸化水素水は濃縮させる必要がある。これらを、分量を正確に混ぜ合わせればいい。パリ同時多発テロでも使われ、多数の死傷者を出した。

「完全な自爆テロだ。ＮＩＳのメンバーがいる。ただし乾燥させればほんの少しの摩擦で爆発してしまうし、液体であっても低温に保たなければやはり爆発する。そもそも混ぜ合わせる時点で発火するおそれが高いため、それなりの知識やノウハウがなければ製造できない代物(しろもの)ではある」

ジョンが言った。爆発物にはかなり詳しいのだ。

「どれも普通に手に入るもの。農協、園芸店、ホームセンター、至急入手ルートを調べて」

明日香が池田に言う。池田は捜査一課に走り出した。

「どうかしたか」

デスクに座って目を閉じていた明日香にジョンが聞いてくる。

「テロリストは、なんでこんな無駄なことをやってるの。目的は会議の中止でしょ」

「無駄じゃないだろ。彼らは成果を上げている。恐怖だ。国民だけじゃなく、警察にも恐怖を植え付けた。おまえたちも例外なく殺してやる、そういう強力なメッセージだ」

「でも目的を達していない。彼らの目的は会議の中止とマリナの殺害。どちらもまだできていない。検問を考えると、迎賓館や首相官邸、防衛省にたどり着けないことは分かってる。それでも自爆を決行した」

急に明日香は胸騒ぎを感じた。その不安は全身に広がる。

明日香は慌(あわ)ててスマホを出して、マリナを警護している警護官を呼んだ。呼び出し音は鳴っているが、出ない。

明日香は警護課を出て、駐車場に走った。ちょうど戻ってきたパトカーの警官に警察手帳を見せて、停めた。強引に乗り込むと、病院に行くように指示する。

途中でスマホが鳴り始めた。

〈エリーゼさんが行方不明です〉

マリナに付いている警護官からだ。

「マリナじゃなくて、エリーゼなのね」

念を押すと、そうだと答える。

「今、そっちに向かっている。あなたは絶対にマリナから離れないで」

スマホに向かって、怒鳴るような声を出した。

〈エリーゼがリハビリ室から――〉

「何が起こったかは着いてから聞く。あなたはマリナのそばに行って。必ずマリナを護るのよ」

それだけ言うと、電話を切った。

運転している警察官がしきりに、バックミラーを覗き込んでいる。

2

病院は大混乱に陥っていた。

明日香が中に入ろうとすると、飛び出してくる人たちに阻まれて身動きが取れなくなる。

何とか病院内に入ったが、突き飛ばされそうな勢いで人が行き交っている。

横を走って行く看護師の腕をつかまえ、警察だと名乗った。

「何が起こったの」

「火事の警報が鳴って、煙が立ち込めてスプリンクラーが作動しました」

「火事はどこで起こったの」

「病院内の複数の場所です。煙が立ち込め、大混乱になりました。火の方はすぐ消し止めたらしいけど、まだ煙が――」

確かに空気に煙が混じっている。しかし、それも薄れていく。

明日香は急いでエリーゼの病室に向かった。

ドアの前で大声で名前を名乗ってから病室に入った。部屋の中には拳銃を構えた女性警護官がいた。

マリナがベッドに座っている。顔は青ざめ、全身が小刻みに震えていた。明日香はマリナの横に座り、肩を抱いた。

ドアが開き、もう一人の女性警護官が飛び込んできた。明日香を見て、ホッとした表情を浮かべた。

「病院の中を調べてました。エリーゼさんは発見できません」

「また鬼ごっこじゃないでしょうね」

自由に歩けるようになったころ、エリーゼは鬼ごっこと言って、看護師から隠れたことがあったのだ。このときは、小児病棟で子供たちと遊んでいた。病室に戻ったエリーゼは、マリナにひどく叱られた。自分たちは、周りの人を困らせたり、悲しませることを絶対にしてはならない。涙を流しながら、十三歳の少女に説いたのだ。

「彼女は自分の立場も我々が探していることも知っています。だから――」

警護官の声が震えた。エリーゼが二度と周りの者を困らせたり、悲しませることはしないと信じているのだ。だからエリーゼの身に何かが起こったことは間違いない。

「エリーゼを最後に見たのは」

「私と一緒にリハビリ室にいました。マリナさんのスマホに看護師から、医師が話があるのでナースステーションに来てほしいと電話がありました。二人がリハビリ室を出てしばらく経ったとき、火災報知機が鳴り始めました。廊下には煙が広がっていて、スプリンクラーが作動して、エリーゼさんはトレーナーが車椅子に乗せてリハビリ室を出たんです。すぐに追いかけましたが、人混みで見失ってしまって――」

警護官は言葉を詰まらせた。もう一人の警護官が話し始めた。

「病院内は大混乱に陥りました。患者を避難させるのに廊下は動きが取れなくなって。エリーゼさんがいないのに気づいたのは、マリナさんと二人でリハビリ室に戻った、十五分後です」

警護官は同意を求めるようにマリナを見た。

「私が目を離したのが悪かった。すべて私のせい」

マリナが悲鳴のような声を上げた。

「トレーナーはどうしたの。エリーゼと一緒だったんでしょ」

「階段の下に倒れていました。頭を打っていて重傷です。人混みに押されて車椅子を離してしまったと、悔やんでいます」

すべてはテロリストが仕組んだのだろう。マリナを呼び出し、エリーゼから遠ざけた。火事で火災報知器を鳴らし、煙幕を張ってスプリンクラーを作動させた。病院内が大混乱に陥った隙に、エリーゼを連れ去った。マリナには警護官が複数ついているので、近づくのは難しいと考えたのだ。

「あなたたちはマリナのそばにいて。何があっても離れちゃだめよ」

明日香は言い残すと部屋を出て、横田に連絡し、地下一階にある警備室に向かった。そこのモニターで病院内のすべての防犯カメラを見ることができる。

エレベーターを降りて立ち止まった。何かがおかしい。

拳銃を構えたまま、明日香は警備室に入った。警備員が椅子に座ったままデスクに突っ伏している。頸動脈に指をあてたが、すでに脈拍はない。背中の左側に血が滲んでいる。背後から銃で撃たれたのだ。

防犯カメラのディスクはすべて抜き取られている。

テロリストは病院の防犯システムを知り尽くしている。同時に、警視庁の警備体制についても。内通者がいる。明日香は確信した。

明日香は病室に戻った。

ベッドに座って頭を垂れていたマリナが、顔を上げて明日香を見つめた。頰には涙の痕が付いている。

明日香はそばに行って、再度マリナの肩を抱いた。

「私の責任。エリーゼを連れて行かれた」

マリナが低い声を出した。

「あなたのせいじゃない。護りきれなかった私の責任」

「私が殺した。私が日本での手術のことを言い出さなければ、あと数か月は生きることができた」

「バカなことは言わないで。エリーゼはまだ死んではいない」

テロリストが狙っているのはマリナだ。エリーゼを連れ去るということは、必ずマリナに接触してくる。

スマホを出して番号をタップした。

「ジョン、今どこにいるの」

〈警視庁の会議室だ〉

「あなたの力を借りたい。すぐに病院に来て。エリーゼが誘拐(ゆうかい)された」

ジョンが答える前に明日香は電話を切った。誘拐、という言葉を使ったことを後悔した。マリナが明日香を見つめている。


二十分後、明日香とジョン、池田は病院のエリーゼの病室にいた。

ジョンは池田を連れてきた。明日香の声から、ただならぬ様子を感じ取ったのだ。

「テロリストは病院内で火災報知器を鳴らし、スプリンクラーを作動させて、大混乱の隙にリハビリ室からエリーゼを連れ去った。そうなんだな」

「病院の警備の話だと、病院内の複数の場所にアルコールがまかれて火がつけられた。おまけに煙幕まで張られた。マリナがエリーゼから離れた直後に。その後は大混乱が起こった」

「アルコールなら、どこでも手に入る。ここは病院だ」

「消毒用アルコールなら、どこでも手に入る。ここは病院だ」

「リハビリはいつもの時間なのか」

「そう。ただし、いつもマリナが付き添っている。二人の警護官も。最初にマリナのスマホに看護師から電話があった。医師が話があるから、ナースステーションに来るようにと」

「マリナはおかしいとは思わなかったのか。用があるなら病室に直接来るだろう」

「怖かったらしい。病状に関して、エリーゼに内緒の話かと思って。マリナは慌ててナースステーションに行った」

「マリナはその後、あの調子か」

ジョンがマリナを見て聞いた。

「ずっと泣いてる。自分の責任だって」

「誰かから連絡はあったか」

ジョンが声を潜めた。テロリストからの電話を言っているのだ。

「注意はしている。必ず何らかの連絡があるはず。マリナに直接ね。テロリストの狙いはマリナなんだから」

明日香は確信を持って言った。テロリストの目的は、マリナに会議でスピーチをさせないことだ。そのためにエリーゼを誘拐した。必ず接触してくる。

「エリーゼのスマホはどうなってる」

「追跡装置はつけてる。盗聴もしてる。でも、病院内で電源が切られている。だから位置情報もつかめない」

今度は明日香が声を低くした。

「テロリストが気付いて切ったか、壊したか。私は前者だと思う。いずれ使うことを考えて」

「何かあれば俺に知らせろ」

明日香はマリナに向き直った。

「会議でのスピーチはどうするの」

「やらなきゃならない。でも、今は何も考えられない」

マリナは下を向いたまま消え入るような声で言う。必死で自分の心をコントロールしようとしているのが感じられる。

「あなたには正直に言う。辛いことだろうけど。テロリストは病院の警備員を殺し、防犯カメラを壊した。ディスクもすべて奪っていった。病院の駐車場から道路に出る道、そこから幹線道路に続く道の防犯カメラも壊されている。今のところ、犯人の手がかりはゼロ」

「誰も防犯カメラの異常に気付かなかったのか。警視庁の捜査員は全員、自動車爆弾に注意が向いてたってことか。テロリストはそれを狙って、一連の事件を起こした」

ジョンが確信を込めて言い切った。

「防犯カメラの捜索範囲を広げて。何かあったら、至急私に連絡をちょうだい」

明日香は池田に言う。

「病院から出た車両を見つけなきゃ。各検問所に連絡して。車の中を徹底的に調べること。トランクの中も。絶対に都心から出さないように」

明日香の言葉に、池田が慌ててスマホを出して連絡を取った。

明日香が病院に到着してすでに一時間が経過したが、手がかりはなかった。

「テロリストはエリーゼをどこに運んだ」

時計を見ながらジョンがイラついた様子で呟く。

「少なくとも検問には引っかかっていない。いったい、どこに消えたというの」

「落ち着いてください。現在、都内にいる警察官、三万人がエリーゼを探してる。必ず見つかります」

池田がマリナと明日香を慰めるように言う。

「見つからないということは、それなりの方法で移動しているということだ」

ジョンがテーブルに広げられた地図を見ている。

「この状況で自由に動ける車は、消防車や救急車、警察などの緊急車両。捜査対象をもっと広げて」

池田がスマホで、明日香の言葉を捜査一課に伝えている。

「今まで探しても見つからないということは、すでに警戒エリアからは出ている」

ジョンが落ち着いた口調で言う。

「どうしたら見つけることができる」

「無理だ。今はマリナの警護に全力を尽くせ。相手からの連絡を待つしかない。彼らはマリナではなくエリーゼを連れて行った。マリナに接触するより簡単だからだ。エリーゼをエサにしてマリナを殺す。テロリストのやり方だ」

ジョンが突き放すように言う。

「やめてよ、そんな言い方。殺すとは決まっていない」

「いずれにしても連絡を待つしかない」

死んだと思わせたマリナが生きていて、病院にいることを知っていた。さらに、エリーゼの予定まで知っている者は誰だ。

突然、言い知れない不安が明日香の中で膨れ上がってくる。同時に去年の官邸襲撃事件のことがフラッシュバックのように脳裏に浮かぶ。銃撃と血しぶき。悲鳴が上がり、爆発音が轟く。

「一年前も多くの人が死んだ。すべて、私のせい。これ以上耐えられない」

押し殺した震える声が喉元から溢れ、涙が流れ始めた。

「落ち着くんだ。冷静になれ」

ジョンが明日香の腕をつかみ、引き寄せる。

「銃を撃ち、爆発を起こしているのはテロリストだ。アスカ、おまえは人々を彼らから護ろうと努力している。あと少しだ。数日ですべては終わる。結果はアスカの責任じゃない。おまえはただ全力を尽くせ」

ジョンの言葉で、たかぶっていた神経が次第に静まっていく。

明日香は深く息を吸って吐き出した。

「もう大丈夫そうだな。さっきは死にそうな顔をしていた」

「早くこの状況から抜け出したい。私は何をすればいい」

「考えるんだ。何かがおかしい。テロリストは俺たちの先手、先手を打ってくる」

ジョンが声を低くして明日香の目を覗き込んだ。

「情報が漏れている。内通者がいるってこと。それはホワイトハウスの――」

「海の向こうじゃない。そいつは、俺たちが交わした言葉を聞き、俺たちが見ているものを見ている」

ジョンが明日香の言葉を遮った。

「そんなこと、あり得ない」

「あり得ないことが起きてるんだ。考えてみる価値はある」

ジョンが明日香を見つめている。明日香は思わず目を逸らせていた。

常に心の片隅に貼りついていたことだ。膨れ上がってくるものを必死で閉じ込めようとしていた。

「冷静に考えるんだ。おまえの仲間だ」

ジョンが明日香を見つめた。

「まず、テロリストたちはこの病院にマリナたちがいることを知っていて、狙撃し、襲ってきた」

「その前にマリナがスピーチをすることも知っていた。これも極秘だった」

「マリナに関する極秘情報はテロリストに筒抜けということか。これで説明がつく」

ジョンが呟いて考え込んだ。

3

時間だけが過ぎていった。

病院内部は落ち着きを取り戻していたが、マリナの部屋の空気は重く暗い。マリナは鎮静剤を打たれ、ベッドで目を閉じていた。

検問では怪しい車は見つかっていない。

「何でもいい。今までで気にかかっていることはないか」

ジョンが明日香に聞いた。半分は落ち着かせようとしてだ。

「いろんなことが起こりすぎている。気になることばかりよ」

「だからこそ、落ち着くんだ。見落としはないか。考え違いはないか。相手からのサインはなかったか」

「マンション前で襲われたとき、女はナイフを持っていたが殴(なぐ)りかかってきた。今までのテロリストのやり方だと、面倒なことはやらないですぐにナイフで殺しているはず。おかしいと思っていた」

明日香はジョンに促(うなが)されるままに、心に引っかかっていたことを話した。

「おそらく、おまえが夏目(なつめ)明日香だと確かめたかったんだ」

「それとも、強い恨(うら)みがあった。すぐに殺してしまうより、私の怯(おび)える顔が見たかった」

明日香は冗談ぽく言ったが、あの瞬間、異常さを感じた。あのフードの奥の目は憎しみに満ちていた。私を凝視して、私の中に何かを見つけようとしていたのかもしれない。夏目明日香とはどんな女なのかを。

「そいつの家族か仲間の復讐(ふくしゅう)、ということは大(おお)いにありうる。去年、官邸では多くのテロリストを殺しただろう」

「もう少し、ましな言い方もあるでしょ。何も好きで――」

途中で言葉が途切れた。なぜか全身に溜(た)まっていたもやもやしたものが急に濃さを増し、全身に溢れ出してくる。動悸(どうき)が激しくなり、息が詰まる。思わず涙が流れそうになり、視線を外した。

あのときは、かなりの人数のテロリストを殺害した。命を奪ったのだ。何かのインタビューで聞かれたが、正確な数字は不明ということにしてある。実際は――。

事件の直後は、ベッドに横になったときや、椅子に座って息を吐いたときに、何人だろうと考えることがあった。いや、一年たった今でもフッと脳裏に浮かぶ。最初の一人に記憶を巻き戻して、その後のことを考え始める。しかし、三人目で思考を停止させる。自分はそれ以上は殺していない。テロリストに向かって銃弾を発射したが、殺したと言い切れるのか。テロリストの死を確かめてはいない。彼らは息を吹き返し、傷口を押さえて歩き出す。そして、今ごろは――。自分にそう言い聞かせる。

「悪かったよ。ここは日本で、俺が相手をしてるのは、日本の警護官だったな」

明日香の様子を見て、ジョンは戸惑った声を出した。

「アメリカの警官だって、職務上とはいえ、人を殺すと悩む者もいるでしょ。私もその一人」

ジョンを見上げた明日香の目には涙はない。

「敵を一人殺したら、十人の味方を救った。十人の敵を倒したら、百人の善人を救った。さらに彼らには家族がいる。家族が受ける悲しみを消した。そう考えるんだ」

テロリストにも家族がいる、明日香はその言葉を呑み込んだ。

「あなた、意外と優しいんだ。気休めだとしても救われる」

「俺がセラピーで言われた言葉だ。だが心配しているのは、その女は必ずまたあんたを襲ってくるということだ」

ジョンは深刻な表情をしている。

「拳銃はいつも身に着けているようにしろ。今度は相手も殴り合いじゃない。最初から銃かナイフで襲ってくる。撃たれる前に、刺される前に銃の引き金を引くんだ。絶対に躊躇するな。路上に転がるのはおまえじゃない。その女だ」

ジョンが明日香を鼓舞するように言う。

明日香は女の顔を頭に刻みつけている。フードの奥の目には確かに殺意があった。狂気に似た執拗な殺意だ。今思い出せば、ということだが。

「特徴はよく覚えている。明日、似顔絵を作ってみる」

明日香は自分を納得させるように言う。しかし顔というより、その目の中に感じた強い殺意が心に突き刺さっている。

「大塚という男も気にかかっている。官邸を襲撃したときの日本サイドのリーダー、筒井と接点があった。筒井は大量の武器を大塚に預けていた。これって、かなりの信頼関係があるということ」

あの碁会所の奥の部屋には、大量の武器が隠されていた。その武器をなぜテロリストたちが使っているのか。明日香の脳裏をさらに疑問が満たしていく。

金のために、預かっていた武器を売ったのか。その相手がアラブのテロリストだった。しかし日本で取引をするなら、間に入った者がいるに違いない。それがあの女か。明日香の脳裏を様々な思いが走り抜けていく。

「俺も大塚の動向を知りたい。爆弾に関係しているかどうかは分からないが、テロリストについて、知っているのは間違いない」

ジョンが何十時間分もの防犯カメラの映像を見続けて鈴元を追い詰め、見つけた男だ。特別な根拠はない。刑事の勘と言うべきものだろう。

明日香は思わず笑おうとしたが、顔は引きつっただけだった。

「何かおかしいのか」

ジョンが真面目な顔で聞いてくる。

「内通者を見つけることが先決。さっきあなたは私の仲間だと言ったでしょ。時間がない。マリナやエリーゼの動きを知っていて、それをテロリストに知らせた者は誰か」

明日香は自問するように言うと、スマホを出した。

エリーゼ・エゾトワは目を開けた。闇が取り囲んでいる。夜、いや頭に何かを被せられているのだ。

必死で全身を探った。だが、その言葉は正確ではない。手を動かそうとしたが、それは意識の上でしかなかった。すぐに自分の状況に気づいた。実際は両手を拘束され、床に転がされていた。絨毯の上だ。ここはどこだ。

必死で思い出そうと記憶をたどると、徐々に自分の状況が理解できてきた。

病院のリハビリ室で、トレーニングを受けていた。ママと警護官が二人、私の担当トレーナーの五人がいた。ママがポケットからスマホを出して耳に当てる。ママの顔色が変わり、

「少しの間だけ待っててね。すぐに戻って来るから」

「大丈夫。もう子供じゃないし、身体の方も問題ない」

ママは私に笑いかけて出て行った。一人の警護官が後に続いた。

それから一、二分で、火災報知器が鳴り始めたのだ。火事だ、という声も聞こえた。トレーナーがファイアーだと教えてくれた。

エリーゼの警護官はリハビリ室に留まるように言ったが、すぐにトレーナーに車椅子に乗せ

られ、エレベーターの方に急いだ。しかし廊下は患者で溢れ、人混みに囲まれて身動きが取れなくなり、警護官の姿も見えなくなった。それからのことは覚えていない。いや、突然首筋に鋭い痛みを感じた。記憶として引き出せたのはここまでだ。あれは——。

ここはどこだ。精一杯に目を開けても光は見えない。昼か夜かもわからない。

「助けて。誰かいないの。ここはどこなの」

声を出したが、かすれた響きのようなものだった。全身にしびれに似た感覚が残っている。聞き耳を立てたが何も聞こえない。

時間の感覚がまったくない。十分経ったのか、一時間たったのか。

「ママ……」

呟いてみたが何の反応もない。

ドアが開く音がして、数人の足音がした。

「この女が裏切り者の娘か」

男の声が聞こえた。訛りの強い英語だった。おそらくアラブ系の男だ。

「まだ十三歳だ。ひどいことはするな」

別の男の声がする。若い男の声だ。前の男ほどひどくはないが、やはり同じ訛りのある英語だ。

二人は同じ言語が話せるはずなのに、英語で話をしている。

「娘をさらってきてどうするんだ。スピーチをするのは母親の方だ」

「あんた、どこまで鈍いんだ。私は子供を産んだことはないけど、母親の気持ちは分かる。子供のためなら、何でもする」

今度は女の声だ。ネイティブではないが、比較的聞きやすい英語だ。国籍の違う者たちがいる。共通言語は英語だ。

「子供を預かっているから、何もしゃべるなと言うつもりか」

「いや、大いにしゃべってもらう。世界の首脳たちの前で。何をしゃべるかが問題だが」

彼らが話しているのは母親、マリナのことだ。

「どういうことだ。マリナをしゃべらせないために娘を連れてきたのではないのか」

「私が直接頼むつもりだ。会議に出て、好きなだけスピーチをしてください。そうお願いするんだ。丁寧にね」

若い男の質問に女が答えた。その声には薄笑いを含んだ響きがある。

「しかし、あんたらムスリムの気持ちは分からない。分かりたくもないけど」

足音が近づいてくる。数人いる中では一番軽い響きだ。おそらく女だろう。

立ち止まると同時に、背中に衝撃を受けた。胃がせり上がり、すっぱいものがこみ上げてくる。必死に吐くのをこらえた。腹を蹴(け)られていたら、手術痕が破れてどうなっていたか分からない。

「気が付いているんだろ。スタンガンの電気ショックなんて一時的なもんだ」

女の声と共に、さらに背中を蹴られた。

「やめて。私は手術をした後なのよ」

エリーゼは耐え切れず声を上げた。

返事の代わりにもう一度、同じところに衝撃が走った。

今度は低い呻(うめ)き声を上げただけで、何も言わなかった。

「母親を恨め。おまえのために母親は仲間を売るんだ」

男の声が聞こえる。最初に聞いた訛りの強い声。

「何を言ってるの。私には分からない」

「母親が何のためにこの国に来たのか聞いてないのか」

「私の手術をするため。私はひどい病気だったのよ。ママがそれを治してくれるって」

「仲間をこの国とアメリカに売り渡してな」

仲間という言葉がエリーゼの心に響いた。この人たちは何のことを言っている。

「私をママの所に返して」

エリーゼは叫んだが反応はない。いや、笑い声と共に背中に衝撃が走った。

スマホが鳴り始めた。沈黙が続いた後、ドアが開き、女が出て行く気配がする。


部屋に戻ったアケミは無言で電話を聞いていた。

〈詳細を連絡してって言ってるでしょ〉

「殺せと言ったり、生かしておけと言ったり。面倒臭いのよ。一貫性ゼロ。ブレないのは、テロ組織だけ。自爆テロなんて最たるもの。自分の身体を吹っ飛ばすんだもの。ドッカーン」

〈知恵がなさすぎるのよ。私はあなたのことを心配してるの〉

「分かってるけど、子供じゃないよ」

あんたの、という言葉をかろうじて封じ込めた。

〈準備はできてるの〉

「エリーゼ・エゾトワ、娘は連れてきている」

〈母親の手はずの方は〉

「それも大丈夫」

〈すぐに次の行動に移って。時間がない〉

「もう電話はしてこないでね。こっちから連絡する」

返事を待たず、アケミは電話を切った。スマホを持って佇んでいる女の姿が浮かんだ。なぜ私に親切にする。いったい、何を望み、何を考えている。この計画は私が始めたものだが、いつの間にか女が入り込んでいた。金持ちで地位のあるアメリカ人なのは確かだが。そして——。


ドアが開き赤色戦線の部下たちが入ってきた。

「行くよ。次は少々面倒だからね」

アケミは部下たちを押しのけて部屋を出て行った。


部屋は静まり返っていた。

エリーゼは全身の神経を研ぎ澄ました。数人の足音が出て行ったが、誰かいる。静かな息遣いが聞こえ、視線を感じる。不思議と今までのように空気に刺々しさがない。

「誰かいるんでしょ。あなたたちは何のためにこんなことをするの」

問いかけたが、沈黙が続いている。しかし、やはり視線を感じる。

「おまえがマリナの娘、エリーゼか」

突然、声がした。

「ママを知ってるの」

「昔、同じキャンプにいた。仲間だった」

「ママは昔のことは話してくれない。子供のころの話を聞こうとしたら、目に涙をためて黙ってしまった。だからそれ以降、私から昔の話をしたことはない」

沈黙が続いているが、やはり視線を感じる。声の主が自分を見つめているのだ。

突然、首に手がかかった。

「やめて。何をするの」

エリーゼはその手から逃れようと身体の位置を変え、相手を蹴り上げようとしたとき、目の前が明るい光に溢れた。袋が取られたのだ。

「声を出すな。僕はあんたの敵じゃない」

必死で目の焦点を合わせた。闇から光へ、徐々に形となって浮き上がる。自分を覗き込んでいるのはアラブ系の男だ。目を見開いて自分を見つめている。思ったより若い男だ。

「僕はオマール・カラハン。この名前を聞いたことはないか」

エリーゼは首を振った。明らかに男の落胆した様子が分かった。

「きみのママについてはよく知ってる。友達だったんだ」

「信じない。ママの友達が、なんで私にこんなひどいことをするの」

エリーゼは目の前の男を見つめた。エリーゼが知っているアラブ系の男のような髭はなく、その目には厳しさの中にどこか優しさが感じられる。しかし驚いたのは瞳の奥の寂しさだった。

すぐに袋が被せられた。

「マリナとうり二つだ。初めて会ったのは、十三歳だった。きみと同じ歳だった」

「袋を取ってよ。なんでまた被せるの」

「きみは何も見ていないんだ。ずっと袋を被せられていた。解放されても、僕のことは何も知らないって言うんだ」

　オマールの声が返ってくる。

「あなたバカなの。名前を言ったでしょ。あなたの顔もしっかり見たからね」

「嘘をつくな。光が眩しくて眼をつむっていた」

　多少慌てた声が返ってくる。

「窓の外は海だった。小さな船がたくさん浮かんでいた。ここ、かなり高い所でしょ」

「袋を取ったことは誰にも言うな。殺されるぞ」

「言わなくても、殺されるんでしょ」

　思わず出た言葉だったが、突然、恐怖が沸き上がってくる。

「僕が殺させない」

「あなた、誰なの」

「袋を取ったことは言うな。命令だ。きみが僕の顔を見たことが知られたら、きみは殺される」

　オマールが繰り返して言うと出て行った。


　オマールは部屋を出ると、壁にもたれかかった。そのままズルズルと床に座り込んだ。今まで感じたことのない疲労感に襲われ、全身から力が抜けていく。エリーゼを見たとき、目の前にマリナがいると思った。十五年前に引き戻された。

名前を言って何を期待したのか。マリナは娘に自分のことを話していないのだ。

やはりあのころのことは、夢だったんだ。マリナの存在は、地獄の中でただ一つの希望、救い、よりどころだった。

しかし、あの娘の顔は――。村からさらわれ、山のキャンプに連れてこられたときのマリナそのものだった。

最初の一週間、十三歳のマリナは泣いてばかりだった。そのたびに、兵士に殴られた。あるとき、泣き出そうとしたマリナの口を手でふさぎ抱き締めた。全身が震えていた。

「泣くな。また殴られるだけだ。おまえは僕が護ってやる」

耳元で言うとマリナの震えは引いていき、無言で頷(うなず)いた。

オマールは、そのときのことを思い出しながら、焦点の合わない目を空中にさ迷わせた。

4

明日香は警護課の部屋で、ジョンと池田の三人で捜査一課の連絡を待っていた。

現在、捜査一課は都内のアラブ系外国人をしらみつぶしに調べている。エリーゼが消えてから、すでに十時間余りが過ぎている。

明日香が池田に何度目かの視線を向けた。捜査一課は何をしている。

「現在、都内には三万人ほどムスリムが居住しています。そのほとんどが二十三区内に集中しています。これを全部調べるとなると――」

「時間がない。捜査範囲を絞(しぼ)るべき」

「俺もそう思う。ひと月以内に日本に入国したアラブ系の男だ。ビジネスで来ている者、家族がいる者は省け。学生ビザの者、観光客を重点的に調べろ。年齢は二十代から四十代」

明日香の言葉にジョンが続ける。

「我々、捜査一課もそうしています。それにしても対象の人数が――」

「モスクは調べているか。ひと月以内に新たに祈りに来た者をリストアップしろ」

池田の言葉をジョンが遮った。

「やってます。しかしここ数年で、モスクの数も全国で大小合わせると百以上に増えています。東京を中心に」

モスクは単に礼拝するだけの場所ではなく、ムスリム同士の交流や教育の場などさまざまな役割を担（にな）っている。当然、テロリストもジハードの前には身を清めに行っているはずだ。

「俺たちも行ってみるか。ただ、待っているだけじゃ、らちが明かない」

ジョンが明日香を見た。

「テロリストは小さなモスクは目立つから避けるだろう。むしろ、大きい方がいい」

ジョンはスマホを出して検索を始めた。

「最大のモスクは代々木上原（よよぎうえはら）にある〈東京ジャーミイ・ディヤーナト・トルコ文化センター〉です。ただ、そのほとんどの信者は、インドネシア、マレーシア、バングラデシュの人です。アジアの東寄りの国々が大部分を占めます。アラブ諸国からやってきた人々は六千人ほどです。先週、調べました。異常なしです」

池田がジョンのスマホを覗き込んで言う。

「前身は東京回教学院で、東京モスク、代々木モスクなどとも呼ばれる大規模モスクです。

〈ジャーミイ〉とは、トルコ語では金曜礼拝を含む一日五回の礼拝が行われる大規模なモスクを表します。〈人の集まる場所〉を意味するアラビア語が語源となっています」

池田がよどみなく説明した。

「よく知ってるな。だが、知ってるだけじゃ意味がない。実際に見てみるんだ。俺たちはあんたらとは見方が違う」

歩き始めたジョンの腕を池田がつかんだ。

「待ってください。すでに捜査一課が張り込んでいるんです。これ、極秘事項です。内部の者にも言うなって、口止めされています。下手（へた）なことをすると、すべてが水の泡です」

明日香とジョンは顔を見合わせた。


明日香は悩んだ末、スーザンに電話をした。三十分後に、新橋（しんばし）駅近くのコーヒーショップで待ち合わせた。

スーザンは明日香と一緒に入ってきたジョンと池田を見て驚いた様子だった。

「どうしたの。急に呼び出したりして。声も変だったし」

スーザンが聞いてくる。

「エリーゼがさらわれた。もう知っているかもしれないけど」

明日香の言葉にスーザンの顔色が変わった。

「私たちは政府内に内通者がいると考えている。あなたの意見を聞きたくて」

明日香はスーザンに顔を寄せて囁（ささや）いた。

「あなたはマリナの存在も、高速道路での襲撃の後、彼女たちが生きていることも知っていた」

「私を疑っている訳じゃないでしょうね」

「それは絶対に違う。協力してもらいたいの」

明日香はスーザンを見つめた。

「なぜ、あなたはマリナ親子が生きていると知ったの」

「それは言えないって言ったでしょ。記者として、取材源は明かせない」

スーザンはいつになく真剣な表情で言う。

「人の命がかかっていても」

「辛いことを言わないで。言ってしまうと、記者として仕事ができなくなる。それほど大事なことなの。取材源の守秘義務は」

明日香はそれ以上聞けなかった。スーザンの苦悩は十分に分かっているつもりだ。

「もうよせ。アメリカに情報が筒抜けになっていると分かっただけでも、俺たちに分がある」

ジョンが口を出した。

「分かった。私が悪かった」

「マリナ親子が生きていると知っている者は、限られていると言ってたな」

ジョンが明日香に聞く。

「総理周辺の数人と、直接警護をしている七人の警護官だけ」

「医者も看護師も知っているだろ。あれだけ警護官が貼りついていれば」

「おまけに共同警護をしているアメリカのシークレットサービスまでね。マットは大統領から
シークレットサービスのチーフに指示があったと言ってた。当然、大統領から日本政府に依頼

があったはず」

「ホワイトハウスの大統領周辺の者は、マリナ親子の生存を知っていると考えた方がいい」

「大統領の側近にテロリストと内通している者がいると考えていいの」

「そうだと、今までのことも説明が付きやすい」

スーザンが考え込んでいる。やがて顔を上げて、ジョンに視線を向けた。

「私が聞いたのはホワイトハウスの関係者だけど、アメリカ政府の者でテロリストと通じている者がいるとは思わない」

「たまたま不注意に漏らしたことをテロリストが聞いたというのか。それも機密に対する意識が低すぎるとは思わないか」

ジョンがスーザンを見つめて言う。スーザンは黙ったままだ。心当たりがあるのか。

「ところで、山仲明美（やまなかあけみ）はどうなった。筒井の妹で、アスカを襲った女だ」

ジョンが思い出したように明日香を見た。

今まで考えようとして、目先の問題でじっくり考える時間がなかった。

「私もそれが知りたい。私にも聞いてきたでしょ。その女性のこと」

スーザンが明日香を凝視している。

「まだ彼女と決まったわけじゃない。私が勝手に感じてるだけ。テロリストの線も捨て切れない。マリナを警護していることを知ってて、マリナに手が出せないから私に目を向けた」

「テロリストはそんな感情的なことはしない。目的は会議の中止とマリナの殺害。アスカの殺害じゃない。襲ったのは、個人的な恨みを持つ者だ」

「私は普通の警察官とは違う。犯人逮捕もしたことがない。警護課で要人警護に徹していた。

それまではデスクワークが中心だった。実際に警護していた対象者が襲われたのは、去年の官邸襲撃が初めて」

「普通の警官はプロに命を狙われるなんて、よほどのことがない限りない」

「よほどのことというのは、去年の官邸襲撃でしょ」

三人の目が明日香に集中している。

「やはり、そのルートを詳しく調べるべきだ。キーワードは山仲明美」

「筒井、大塚のルートも、もっと調べろ。赤色戦線のアジトは他に残っていないのか。関係者の家、マンション、会社があればその関係だ」

途中から池田がスマホを出して、ジョンの言葉を訳して捜査一課に伝えている。

「それより、エリーゼの救出よ。一課からの報告はないの。モスクと共に、防犯カメラの映像も調べているんでしょ」

池田はこれからジョンを連れて都の交通管制センターに行き、幹線道路の車を調べるという。病院からのエリーゼの足取りが分かるかもしれない。

ジョンと池田、スーザンと別れて、明日香は警視庁に戻った。

警護課に行き、横田に会った。

「会議が近づくと、テロリストの攻撃はますます激しくなります。病院を戦場にしたくはありません」

明日香は横田に言った。

「私も総理に進言した。首相公邸にマリナを連れてくるようにとのことだ。テロリストも、まさか公邸にいるとは思わないだろう」

「油断はできません。誰にも話さずに連れて行くことは可能でしょうか。その後、世界会議でスピーチを済ませるまで秘密ということにはできませんか」

「難しいだろう。警備の問題がある。いくら官邸敷地内とはいえ、警備体制は必要だ」

首相公邸は官邸の敷地内にある、新崎が家族と住む居住部分だ。官邸と同レベルの警備が行われている。

「分かりました。病院よりは安全です」

「それは嫌みか」

「そうです」

「問題はマリナ自身だ。彼女は病院でエリーゼを待つつもりだ。警護官からの報告を聞いた」

「私が説得します。移動は早い方がいいです。前は情報が漏れてて、高速道路で襲撃されました。今度も――」

「すでに用意はできている。新崎総理が手配した」

「まさか、彼らに――」

「仕方がないだろ。アメリカサイドに黙って移動させるわけにはいかない。シークレットサービスはすでに動き出している」

明日にはアメリカのアルフレッド大統領が日本に到着する。それまでに、マリナを安全な場所に移し、エリーゼを救い出さなければならない。明日香の全身を重苦しいものが包み、締め付けてくる。それを振り払うように、全身に力を込めた。

バーナード・ラッカム副大統領は、歩みを止めて腕時計を見た。

今ごろアルフレッド大統領は、メリーランド州、アンドルーズ空軍基地に到着して、エア・フォース・ワンのタラップを上がっているころだろう。

これで、三日後には自分が大統領だ。これほど早く、「副」が取れるとは思わなかった。これもすべて、あの老いぼれが欲を出し、私を騙した報いだ。彼にもう一期与えるなど、アメリカを、いや世界を滅ぼすだけだ。私はアメリカ合衆国を救うのだ。今後は、世界に頼らずとも自国の力で国家を護る。たかがテロリストだ。

「私にはその力と情熱がある」

副大統領は自らを鼓舞するように呟き、拳を強く握りしめた。

しかし、彼らは確実に彼を始末できるのか。もし失敗したとしたら――。自分に飛び火することはない。何度も言い聞かせてきた言葉だが、心の底には不安の火種がくすぶっている。このまま火が消えることを願うだけだ。

5

明日香はマリナのいる病院に戻った。

病院の警備体制は倍に増強されている。しかし、明日香の心を常に重苦しい影が覆っている。

病室に入ると、明日香はマリナの前に行き、言った。

「総理が、あなたをここから官邸に移すことを決めた。ここにいるよりずっと安全なはず」

「いやよ。私はどこにも行かない。エリーゼは必ずここに帰ってくる。私がいなければあの子はどんな思いをするか」

　声を殺して泣き始めた。気丈な女性だと思っていたが、彼女も子供を持つ親なのだ。

　明日香はマリナの横に座った。小刻みに震える細い身体がある。

「私が必ず連れ戻す。約束する。信じてほしい」

　明日香はマリナを抱き締めた。

「ここは危険なの。平気で病院に火をつけるやつらよ。町中で爆弾を爆発させ、コンビニで人質を取って、無差別発砲をする。今度は何をするか分からない。爆弾でも仕掛けられたら、他の患者さんに被害が出る」

　マリナは答えない。

「あなたがいないと分かれば、テロリストも病院を襲ってこない。警護官にはここに残ってもらう。エリーゼが帰ってきたら、保護して必ずあなたの元に送り届ける。約束する」

　数秒の間があったが、マリナが小さく頷いた。

　ジョンと池田が交通管制センターから戻ってきた。明日香は二人を病室の外に連れ出した。

「マリナの前では言葉に気を付けて。しょぼくれた顔はしないこと。やっと、ここを出ることを承知してくれた」

「どこに連れて行く」

「マリナは首相公邸で会議まで待機する。病院では他の患者と病院スタッフに危険がおよぶ」

「初めからそうすべきだった」

「交通管制センターでは収穫はあったの」

「まったく情報はナシです。テロリストは都内を知り尽くしています。病院から幹線道路への防犯カメラはほとんどチェックしました。成果はナシです」

池田が疲れ切った表情で言う。

時間と、病院という出発点が決まっている。周辺道路を前後三十分にわたってくまなく調べたという。

「怪しい車は多いが、決定的なものはナシだ」

「病院からの移動は救急車が一番」

「その時間帯では五台の救急車の通過を確認しましたが、すべて白でした」

池田がタブレットを立ち上げて示した。

「途中まで何らかの方法で移動して、車に乗り換えるということはないの」

「それも考えた。病院を出る宅配のカート、洗濯屋のカート、弁当屋の配達。目が痛くなるほど見たが、すべて白だ。この日本旅行で俺の目はガタガタだ」

「捜査一課の報告を待てばいい。彼らはベテランだから、頼りにしていいと言ったのは誰よ」

「早く移動した方がいい。マリナまで誘拐されると、どの国も日本を信用しなくなる。特に警察をな」

話しながらジョンの目は何かを考えている。

「どうやってマリナを官邸まで連れて行く。彼らは必ず狙ってくる」

「この情報まで漏れてるようなことを言わないで」

「そう考えた方がいいだろう」

「マットがアメリカ大使の車を用意してくれる。完全防弾仕様の車。大統領の車ほどではないけど。護衛車は前後に一台ずつ。計三台で出発する」

「少なくないか。現在の東京の状況では」

「アメリカ側のシークレットサービスの提案よ。目立たない方がいいってわけ。十分に目立っているんだけどね。私は戦車でも出したいんだけど。今回はアメリカサイドの力が上。マリナは会議初日にスピーチを行い、終わった時点で身柄はアメリカサイドに引き渡される。そのままアメリカ大使館に行き、亡命の手続きを取る。それまでに私たちはエリーゼを救出して、アメリカ大使館に連れて行かなければならない」

「いつ実行する」

明日香は時計を見た。

「一時間後。マットが到着すればすぐにでも。官邸の受け入れ体制は整ってる」

明日香は二人に向かって人差し指を唇に当て、マリナには黙っているように合図を送って部屋に入って行く。


ちょうど一時間後、マットのチームが病院の裏口に到着した。

「これがアメリカ大使の車か」

ジョンは珍しそうに車の周りを見て回り、車体を叩いている。単に見ているのではなく、防弾性能を確かめているのだ。

「確かに頑丈そうだな。自動小銃程度ではビクともしそうにない。ＲＰＧでも直撃を受けなければ大丈夫だ。あんたはこれに乗るのか」

「そのつもりだけど、マットが指揮を執る。乗せてくれるかどうか。彼らはアメリカのシークレットサービスで固めたいらしい。日本の警護官なんて信用してない。せいぜい弾避け」

「それが本来の仕事だろう」

「最後のね。その前にやることは山ほどある」

明日香はジョンの言葉を受け流した。

「しかし、思い切った手を使うんだな。今の東京では、かなり危険だぞ。これで何かが起こると、我々の中に敵がいることが明白になる。それもごく近くにだ」

「マリナを移動させるのは知られても、外部の者には移動手段もルートも分からないはず。内通者はかなり絞られる」

「おまえが付いてるのがマリナの乗った車ということか」

「彼らもそう考えるはず。だからアメリカ大使館から車を二台出してもらった」

「どちらも防弾仕様か」

「先頭車とマリナが乗る車ね。私は真ん中の車。マリナが最後尾の車。これがマットの作戦」

ジョンが深い息をついた。

「テロリストは中央の車を狙うというわけか。一番ヤバいだろう」

「自分の心配をして。あなたは私と一緒なんだから」

ジョンが大げさに肩をすくめた。しかし恐れている風には見えない。むしろ楽しんでいる。わずかだが明日香の心は軽くなった。

ジョンが明日香を見た。

「高速道路の銃撃戦では、ＲＰＧや自動小銃、手榴弾まで出てきた。爆弾の同時テロかと思っていたら、トラック爆弾だ。現在の東京は戦場だ」

「私が心配しているのは、内通者がいるのなら誰かってこと。私たちに近い者なら、計画も全部知ってる。そのつもりでかからなきゃ、マリナは護れない」

「アメリカのシークレットサービス主導で連れて行くってことは、アスカの責任を離れたんだろ」

「私はマリナを護る。マリナと約束した」

明日香は迷わず言い切った。


マリナが乗り込むと同時に車列は出発した。

明日香とは別の車に乗ることにマリナが抵抗したが、何とか説得した。官邸までの移動時間は約三十分。

病院の敷地を出ると同時に、先頭の車がスピードを上げる。その車を追って、明日香たちの車も都内を疾走した。

明日香は後ろの車を目で追った。

都心から人と車が消えている。数年前のパンデミックで人が消えたことがあったが、それとは違っていた。異様な空気が都心を支配している。緊張と不気味さ、そしてさらなる恐怖を含んだものだ。

〈海ほたるで、爆弾を積んだトラックが爆発しました。死者は現在二十八人。さらに増えるとの模様〉

〈レインボーブリッジで爆発。爆弾が積まれた二機の大型ドローンが線路に激突。爆発しました。車両は東京湾に落下〉

無線に報告が次々入ってくる。テロは東京中で続いているのだ。

「トラックの次はドローンか。テロリストはやりたい放題だな」

ジョンが呟いている。

「現在、時速九十キロ。制限速度は五十キロよ」

「狙撃されるよりいい。この車は防弾仕様じゃないんだろ」

ジョンは身体を低くして窓の外のビルを見ている。スナイパーを探しているのか。

車列は高速道路に入った。走っている車はまばらだ。

「伏せて」

明日香の声と同時に、右横を走っていた大型バンがぶつかってきた。車体が大きく揺れ、高速道路の路肩に入り側壁にぶつかる。激しい衝突音と金属音が響く。

「また来るぞ」

一度離れたバンが、再びぶつかってくる。銃撃音と共に、弾が車体に当たる音がする。

「ブレーキ。路肩に寄せて、止めて」

明日香の声で車は止まった。前方を見るとバンはそのまま走り去っていく。

「マリナの車はどこ？」

振り返ると車が消えている。背後にマリナの乗った防弾車両が走っていたはずだ。

前方二百メートルほどの所に、横転した先頭車が見える。すぐに炎を上げ始めた。

明日香が車から出ようとした。

ジョンが明日香の腕をつかんで引き戻すのと同時に、高速道路の側壁に銃弾の痕が走った。

「スナイパーだ。あのビルの屋上だ」

ジョンの視線の先に黒い影が見える。

明日香はスマホを出して、写真を撮って横田に送った。

「この近くのビルに、警視庁のスナイパーもいるはず」

明日香の言葉が終わらない間に、ビルの屋上に見えた黒い影が消えている。

「マリナの車はどこなの」

「俺たちは一つ前の出口を通りすぎる手前で襲われた。それを見て、高速を降りたのかもしれない。俺たちを追い抜いてはいかなかった」

「車にはGPSがついている。本部ではすべて把握している」

明日香は再度スマホを出した。

〈何が起こってる。マリナの車両は高速を降りて走ってる。おまえの車両はどこにいる〉

横田の声が聞こえる。

「バンに襲われた。マリナの車両はどこだ」

ジョンが横から英語で怒鳴った。

〈今、GPSが消えた。高速道路の監視カメラの映像も届かない〉

「GPSが消えてるってどういうことですか」

〈周囲の電波が強すぎるんだ。妨害電波が出ているのかもしれない〉

「おそらく、私たちの車が襲撃されているのを見て、前の出口で降りたんです。その周辺の監視カメラで探してください。捉（とら）えたら場所を教えてください」

明日香は横田の返事を待たず、スマホを切った。

「バックして前の出口に戻って。二百メートルほど後ろだった。マリナたちの車はそこで高速道路を降りた」

車はハザードランプを点灯し、サイレンを鳴らしながらバックで移動して、通りすぎた出口に向かった。

ジョンがカーナビを指した。輝点が現れ移動している。

「マリナたちの車よ。急いで。出口を出て右折して」

ＧＰＳの点滅が消えた。

「クソッ、何なんだこれは。あの道を行くと、どこに行く」

「皇居の方かしら。スピードを上げて。追い付くのよ」

車の屋根に銃弾の当たる音が響く。明日香は思わず頭を低くした。

「スナイパーだ。都内中、テロリストだらけということか。マリナたちの車も銃撃されているのか」

輝点が再度現れ、数秒後に消える。

「アメリカ大使館の方向。マットは大使館に避難するつもりよ」

「スピードを上げろ」

ジョンの声で車は速度を増した。

五分ほど走ると、カーナビに輝点が現れた。マリナが乗っている車だ。

「あと少しで追い付く。スピードを上げて。待って、アメリカ大使館を通り越した」

カーナビの輝点はアメリカ大使館の手前でスピードを落とし、また再び上げ始めた。

「本部に報告して警察車両を向かわせる」

「ダメだ。マリナの身が危なくなる。腕利きのシークレットサービスが二人も乗っている。あいつらが護ってくれる」

「もし、彼らが内通者だったら、マリナの身が危ない。彼らの目的はマリナにスピーチをさせないこと」

明日香は自分に言い聞かせるように低い声で言う。

輝点は数分ごとの点滅を繰り返しながら、官邸の周りを走っている。

「何なの。スナイパーを避けながら走ってるの。東京タワーを回って、元の場所に戻った」

「スピードを上げた。追い付くんだ」

追い付きそうになると輝点が消え、見失うと現れる。マリナの乗った車は明日香たちの車をからかうように走っている。

「消えた。どこに行ったんだ。完全にGPSをコントロールされてるって感じだ」

ジョンがカーナビの画面を叩きながら言う。

東京タワーを右に見ながら走っていると、前方に黒のセダンが見えた。スモークが入っているが中が影になって見える。霞が関方面に向けて走っている。

「あの黒い車。大使館の車よ。後部座席に三人。助手席にも乗ってる。間違いない」

車は明日香たちの車を振り切るように急激にスピードを上げた。

「絶対に見失うな」

十分ほど走ると、カーナビからも輝点が消えた。走りながら待ったが、もう現れそうにない。

「何が起こっているんだ」

ジョンが吐き捨てるように言う。

「テロリストのスナイパーは一番効果的な場所で襲撃してきた。後をつけてきたんじゃなくて、待ち伏せしていたんだ」

「これで、内通者がいるってことは決まり。それも私たちのごく近くに」

明日香はジョンを見た。

「マリナはどこに連れて行かれた」

ジョンの言葉で明日香はスマホを出した。

そのとき、スマホが鳴り始めた。

〈急いで帰ってこい〉

横田の声だ。

「マリナを見失いました。私のミス――」

〈マリナもマットも官邸にいる。公邸の方だ。至急戻ってくるんだ〉

横田の押し殺した声が聞こえてくる。

6

明日香とジョンは首相官邸まで車を走らせた。

首相公邸は官邸の敷地内にある。去年、官邸が襲撃されたとき、一部が破壊されたが修理は終わっている。

二人が首相公邸に行くと、横田が待っていた。横に立っているのはマットだ。

「新崎総理は現在、会議中だ。終わり次第、こっちに来られる。マリナは医務室だ」

「無事なんですか。怪我(けが)は――」

「マリナは無事だ。シークレットサービスが護ってくれた」

「申し訳ありませんでした。高速道路上でバンによる襲撃とスナイパーにも狙撃されました」

明日香は二人に向かって頭を下げた。横でジョンが不満そうに見ている。

「町中、テロリストだらけだ。どこから現れるか分からなかった。彼らは死を恐れないから、何をやるか分からない。我々も逃げるのが精一杯だった」

説明するマットの額(ひたい)から血が出ている。

「銃を出すためにシートベルトを外(はず)したとき、金具が当たった。気にするな」

明日香の視線に気づいて言う。

「前二台の車が襲撃されたので、我々は高速道路を降りた。なかなか官邸に近寄れなかった。官邸に通じる道路にも、テロリストのスナイパーが配置されているかもしれない。しばらく都内を走るしかなかった」

「無事に官邸に避難することができた。あとは会議までここにいればいい」

横田がマットと明日香たちをねぎらうように言う。

「マリナに会わせてください。病院を出るときから、かなり怯えてました」

「彼女は医師の診察を受けている」

「無事じゃないんですか」

明日香の顔色が変わり、マットを見た。

「車の中ではしばらく気を失っていた。かなり乱暴な運転だったので頭を打った」

マットが自分の額の傷を指して言う。

「現在、治療中だ。頭の打撲は大したことはない」

明日香はマットに向き直った。

「あなたの適切な判断に感謝します。あのまま私たちの車についてきたら、前回と同じ銃撃戦に巻き込まれていました。マリナがどうなったか分かりません」

「我々は役目を果たしただけだ。きみたちもよくやった。敵の目をごまかすことができた」

マットが手を差し出してくる。明日香はその手を握った。

シークレットサービスのチームは帰って行った。ジョンが複雑な表情で見ている。

「マリナに会えますか」

横田は、明日香とジョンを公邸内の医務室に連れて行った。

マリナは生気のない顔でベッドに座っている。明日香を見ると突然、大粒の涙を流し始めた。

明日香は横に座ってマリナを抱き締めた。

「大丈夫。あなたは強い人。何事にも負けずに立ち向かう人」

「明日香の乗った車に、バンが突っ込んでいったのが見えた。突然、車が大きく揺れて、身体が倒れた。それからの記憶がない」

「急ブレーキで前の座席に頭をぶつけたんだ。それで意識が飛んでしまった。疲れと心労も関係してるんだろうな」

中年の医師が明日香に向かって言う。

「急ハンドルを切って、高速道路を降りた。気を失っているだけなので放っておいたと、マットは言っている」

医師の言葉に加えるように横田が説明する。

マリナは見たところ外傷はなさそうだった。

「今のところ、バイタルに異常はありません。興奮していたので鎮静剤を打っておきました。

かなり落ち着いています。あとは休んでください」

医師はもう一度、カルテとマリナに視線を移すと言った。

看護師に支えられて、マリナは新崎が用意していた部屋に行った。


明日香とジョンは官邸を出た。

しばらく歩いて、やっと開いているコーヒーショップを見つけて入った。

「休憩はアルコールに勝る。俺の国の言い伝えだ」そう言って、ジョンが強引に誘ったのだ。

客はほとんどおらず、カウンターで店員たちが話している。

二人は窓際の席に座って通りを見ながらコーヒーを飲んだ。

「いったい何なんだ。何が起こっている」

ジョンは自分自身に問いかけるように呟いている。

「素直に喜びなさいよ。マリナは無事なんだから」

「三十分の空白か」

明日香の言葉を無視して、ジョンが時計を見て言う。

「空白って何なのよ。テロリストの攻撃からマリナたちは逃げていた。アメリカのシークレットサービスがマリナを護ってくれた。空白どころかぎっちり詰まった時間だった」

明日香の言葉に反応もせず、ジョンの目は通りを見ている。

「本番はこれから。何とかしてエリーゼを取り返さなきゃ、マリナが会議の演壇に立てるかどうか分からない。あんなにエリーゼを大事にしてきたのよ」

「まだテロリストから連絡がないのか。テロリストは何を狙ってる。マリナのスピーチの中止か。それともさらにその上か」

「その上って、何のこと」

「会場ごと吹っ飛ばすというのはどうだ。アメリカがよくやってきたことだ。ターゲットを見つけると、無人機で攻撃する。大物テロリストは、この方法で複数やられてる。今度はテロリストの宣戦布告だ」

オサマ・ビン・ラディンがそうだ。アルカイダの指導者、9・11の首謀者だ。最近では、やはりアルカイダの指導者、アイマン・アル・ザワヒリ容疑者がミサイル攻撃で殺害された。

「会議当日は東京上空は飛行禁止地域になる。ヘリ、戦闘機、もちろんドローンも撃ち落とす。これはアメリカ政府と合意を取って、横田基地の軍用機もその対象に入っている」

「具体的にはどうするんだ」

「上空を飛行する航空機はすべて撃ち落とす。そのために、自衛隊の地対空ミサイル部隊が投入されている。複数箇所にね」

「そんな話、俺にしてもいいのか」

「あなたは味方でしょ。味方には手の内を見せておいた方が動きやすい」

「有り難いね。その大いなる信頼。その分、責任重大ってことか」

ジョンが明日香に向かって親指を立て、ウインクした。

「現在の東京はテロリストだらけってことか。警察官は何をしてるんだ。これだけいるのに」

ジョンが辺りを見回している。通りにも店内にも、人はほとんどいない。東京を中心にして爆弾騒ぎは続いている。爆弾騒ぎで、多くの企業が会議が終わるまで休みにして、出歩くのを自粛(じしゅく)しているのだ。

通りで目につくのは、数十メートルおきに並んでいる警察官だけだ。ジョンは彼らを凝視している。

「外部から狙うのは難しい。だったら、内部からだ」

「会場には武器や爆弾は持ち込めない。金属探知機、ボディチェックで徹底的に調べられる」

明日香の話を聞きながら通りを見ていたジョンの動きが止まった。

突然立ち上がり、明日香の腕をつかんだ。

「すぐに官邸に戻りたい。緊急だ」

「官邸に入るのはそんなに簡単じゃない。特にあなたのようなアメリカ人にとっては」

「アスカがいれば大丈夫だろ。急ぐんだ。アスカはマリナも総理も護りたいんだろ」

強引に明日香を立たせて店を出ると、官邸に向かって急ぎ足で歩いた。

「中南米の麻薬カルテルがよく使う手だ。体内に麻薬を埋め込んで運ぶ。数キロ体重が増えても誰も気に留めないからな。国境を越えたら組織のアジトで腹を裂いて麻薬を取り出す」

「麻薬が爆弾に変わることもあるってこと」

「近くで誰かが起爆スイッチを入れると、ドカンってことだ」

ジョンの足が速くなった。明日香も小走りでついていく。


明日香とジョンはマリナの部屋に入った。

ジョンがマリナの前に行き、ガウンの前をはだける。

マリナのストレートが顔面に入るのと、襟首(えりくび)をつかまれ引き戻されるのがほぼ同時だった。

「どきなさいよ。私が調べる」

ジョンは我に返ったようにマリナから離れた。

「腹か背中に手術痕はないか、しっかり調べろ。医者の言葉など信用するな」

「私に何かあったの」

マリナが青ざめた顔で聞いてくる。

「何も心配ない。あなたの安全は必ず私が護ると言ったでしょ。これはあなたを助けるため。約三十分、あなたは記憶がないんでしょ」

明日香はなだめるようにしゃべりながら、マリナの身体を調べた。小麦色の肌が、健康的で清々(すがすが)しかった。そのため、背中に大きく走る火傷(やけど)と無数に付いたムチ打ちの痕は、よけい痛々しく悲惨だった。ジョンの目にも入ったらしく、途中からドアの方を向いている。明日香はマリナの全身を調べた。

「麻薬カルテルは腹を切って、麻薬の包みを埋め込んで縫うんでしょ。爆弾の大きさはどの位なの」

「自爆だけだったら数センチですむんじゃないか。被害を大きくしたきゃ――。死なない程度だ。俺だって見たわけじゃない。国境警備隊の従兄(いとこ)が話してくれた。だが、三十分程度だと大きな傷じゃない。数センチというのはないか。マリナ自身にも関わることだ。一センチの傷跡も見逃すな。最近の医学は驚異的だ。内視鏡だと――」

「少し黙っててよ。私だって、何をやればいいか分かってる」

明日香は強い口調で言った。

「傷跡はない。新しいのはってことだけど」

「だったら女性の――」

ジョンが言葉を濁した。

「そっちも調べた。彼女の体内には何もない」

明日香はマリナの肩にガウンをかけながら言った。

「レントゲン、できればCTスキャンを撮りたい。それまでは、アメリカ大統領だけじゃなく、日本の総理に会うことも避けた方がいい」

「やめて。マリナの気持ちにもなってよ。何も覚えてないのよ。それを勝手に」

「命が懸かってるんだ。一番の被害者はマリナだ。もし爆発すれば周りの者もだ」

殴りかかりそうな勢いで言う。ジョンのこれほど真剣な表情は初めてだった。

明日香は横田にすぐに来てくれるよう連絡した。

「ジョンはマリナの身体を徹底的に調べるべきだと言っています。爆弾が埋め込まれた可能性があると」

「空白の三十分間か。確かに問題はあるな。しかしマットは頭を打って意識がなかったと言っている。医師の診断でも間違いない」

「確かに頭を打っています。でも、気絶させる方法はいくつもあります。麻酔薬の注射、スタンガン、手刀だって気絶させることができる」

「エックス線撮影をやってくれ。ただし、我々以外はどこにも漏らさず、極秘で行う」

横田がきっぱりとした口調で言った。

「人間爆弾か。しかし、起爆装置はどうする。プラスチックであっても、エックス線で写るはずだ。ただし、前の病院はダメだ。内通者がそこにいればすべてがアウトだ。私の弟は都民総合病院の内科医だ。彼の所に救急搬送患者として連れて行く。それでいいか」

「有り難うございます」

明日香は頭を下げた。横でジョンも頭を下げている。

マリナを、背格好の似ている女性警護官として連れ出すことにした。女性大臣付きの警護官だ。官邸を出ると池田が運転する警視庁の車で、横田の弟が勤務する都民総合病院に救急患者として搬送する。


一時間後には、明日香はジョンと池田と一緒に病院にいた。

横田の弟はすべて承知しているらしく、彼はすぐに全身のレントゲン写真を撮るように手配してくれた。

「体内に異物の痕跡はありませんね。手術痕もね。古い傷以外に新しいものはありません」

横田の弟はレントゲン写真を見ながら説明した。

「胃とか子宮内に異物はないですか。ナイロン袋に入った液体はどうです」

ジョンが身を乗り出してレントゲン写真を見ている。

「この女性にはないようです。ナイロン袋はレントゲンにも写るんですがね」

「マリナの体内はきれいなものだというわけですね」

「レントゲン写真で見る限りはね。誰なんです、この娘は。それに、何を探しているんですか。まさか、麻薬ってことはありませんよね。兄に頼まれた患者だし。僕はただ、興味本位で聞いてるだけですが」

「だったら、何も聞かない、何も言わないことです。お兄さんに迷惑がかかる」

「兄のキャリアが傷つくということですか。だったら、何も聞きません」

おとなしく引き下がった。横田とは正反対の性格のようだ。

病院を出るとそのまま官邸に戻った。

「マリナはどうしてる」

「眠ってる。睡眠薬を飲ませた。ここだと、ぐっすり眠っても大丈夫でしょ」

マリナの部屋から出てきた明日香は、ジョンに答えた。

まさか官邸、その中でも公邸にまでテロリストが入り込むとは思えない。しかし、去年は五十人以上の外国人、日本人のテロリストが武器を持って入り込み、官邸内で多くの死者を出している。これでも、世界では少ない方だとジョンは受け流したが、明日香の気持ちを考えての発言かもしれない。


アルフレッド大統領は窓に額を寄せた。山裾（やますそ）が円錐（えんすい）形になだらかに広がっている。

「あれが富士山か。確かに美しいな。総理を含め、国民が自慢するわけだ」

下院議員のとき、一度来日したことがある。あのときは大した感動もなかった。末広がりの安定した山だと思った記憶がある。二日後に迫った会議は不安だが、美しい山だと感じられるのは、心に余裕があるからか。

「あと十分ほどで横田基地に到着です」

秘書が来て告げると、到着後のスケジュールを読み上げた。

「予定より一時間遅れています。基地での滞在時間は二時間ほどです。まず基地司令官に挨（あい）拶（さつ）、その後、米軍兵士へ励ましの言葉をかけてもらいます。これは三十分ほどです。とにかく、滞在時間さえ厳守していただければ。その後、都心のホテルに向かいます」

「ヘリだと聞いているが、撃ち落とされることはないだろうな」

「日本は最高レベルの警備体制を敷いています」

「そんな言葉は信用できない。ここ一週間で自爆テロ、自動車爆弾、自動小銃の乱射、ドローン爆弾など、テロリストは何でもありの集団かと思うほどのテロが二十件近く起こっている。真摯に対処しなければならない事態だ」

「ホテルはワンフロアすべてを押さえています。わが国で貸し切りです。ホテルから迎賓館赤坂離宮までは、大統領専用車で十分余りと聞いています」

「ホテルはどこだ」

「ホテルオークラ東京です。レーガン元大統領をはじめ、歴代米国大統領三人が宿泊しています。近年ではオバマ大統領も宿泊しています。今まで何事も起こってはいません」

「アメリカ大使館か横田基地に宿泊というわけにはいかないのか」

「隣がアメリカ合衆国大使館です。アメリカ大使公邸も隣接しています。つまり、海兵隊が駐住しています。何かあればいつでも出動できます」

　再度、眼下を眺めた。高層ビルが林立する中に、緑の森もチラホラ見えている。

　エア・フォース・ワンはゆっくりと高度を下げ始めた。

第八章　合衆国大統領

1

住宅地の中にぽっかり空いた穴のような場所が見える。アメリカ空軍横田(よこた)基地だ。

横田基地は、新宿(しんじゅく)副都心から西へ約三十キロの場所にある。

複数の市や町にまたがるアメリカ空軍基地だ。アラスカから中東までのアメリカ軍を統制する拠点で、第五空軍司令部が置かれ、在日米軍司令官がいる。基地内には軍人約五千人、軍属・家族五千人に加え、通訳や掃除などの仕事を行う日本人従業員二千人、あわせて一万二千人がいる。アメリカ大統領の日本訪問時には、大統領専用機の待機場所として使われる。

「さほど大きな基地でもないな。過去にここに来た大統領はいるのか」

窓から基地を見ていたアルフレッド大統領は呟(つぶや)いた。

「初めて基地を訪れたのはドナルド・トランプ大統領で、以後バイデン大統領も訪問しています」

　シークレットサービスのジャクソンが言った。

「私が基地を訪問する三番目の大統領ということか。兵士たちを慰問した後はどうする」

「基地からマリーン・ワンで赤坂プレスセンターに行き、ホテルオークラ東京に専用車で向かいます。ヘリの飛行時間は約三十分です。そこからホテルまで十分ほどです」

「煩わしいな。基地内に泊まることはできないのか」

「前に申し上げたように、基地は大統領の宿泊施設ではありません」

「ホテルの隣はアメリカ大使館だろ。だったら、ホテルより大使館の方が落ち着く」

　警備もしっかりしているだろう、という言葉を呑み込んだ。

「新崎総理からホテルでお会いしたいと連絡が来ました。大統領が羽田ではなく横田基地に到着されるので」

「サプライズについて話したいのだろう。仕方がないな。ところでマリナ・エゾトワはどんな女性だ」

　ジャクソンがファイルを差し出した。

　生真面目そうな、少し硬い表情の女性が、挑むような視線を向けている。その表情の中には複雑な感情、怒り、憎しみ、憐れみ……負の感情が渦巻いていることは確かだ。

　大統領は思わずファイルを閉じた。その視線に射貫かれるような気がしたのだ。

「現在、彼女はどこにいる。スピーチの前に会っておきたい」

「官邸の敷地内にある首相公邸にいると連絡が入っています。予定には入っておりませんが」

「ホテルは近いのだろう。連れてきてもらえないか」

「連絡してみます」

外見も経歴も、インパクトのある女性だった。再選を狙うには絶好のパートナーだ。今後の遊説に連れて行けば、多くの大衆が集まる。自分は彼女を残虐なテロリストから救い出すナイトだ。まずは友好関係を作っておかなければ。

「日本のテロとテロリストの状況はどうなっている」

大統領は聞いた。

「無差別テロが続いているようです。誰かを狙ってというより、まさに無差別です。警備の手薄なところを狙って、テロリストを送り込んでいます。自爆し、爆弾を仕掛け、狙撃を行っています。テロ撲滅世界会議阻止の最後のあがきとでもいうべきものでしょう。テロリストもかなりの覚悟で向かってきていると、現地のシークレットサービスからの報告がありました。この会議でテロ撲滅の宣言を行えば、世界のテロリストはかなりのダメージを受けます。資金源を断たれ、行き場を失うグループも出てきます」

「移動とホテルの警護は万全だろうな。日本の警護は当てにするな。アメリカ主導でやれ」

「分かっています」

重い振動が伝わってくる。横田基地に着陸したのだ。

明日香は公邸の応接室で、新崎と向き合って座っていた。

「マリナは眠っています。これで良かったのかしら。ここ十日ほどずっと自問しています」

新崎は額に手を当てて、沈痛な表情で話している。顔色も悪く、身体全体から疲れがにじみ出ているように感じる。

官邸には、相当数の非難の電話やメールが来ているらしい。中には殺人予告に近いものもあるようだ。しかし、一番新崎の心を悩ませているのは、テロで亡くなったり傷を負った者の家族からの言葉だ。

「総理の決断は必ず評価されるときが来ます。一部の過激思想で人権が無視され、平然とテロが行われ、世界が壊れていくことは、断じて容認できません」

これは明日香の本心だった。特に今回は新崎の近くにいて、国のトップにいる者の苦しみ、迷い、一市民としては考えたこともない政治的決断の困難さと複雑さが、十分すぎるほど分かった。

「エリーゼはまだ見つからないの。すでに半日以上が経過している。地震と誘拐(ゆうかい)は最初の二十四時間が勝負だと聞いたことがあります」

「申し訳ありません。捜査一課と協力して捜査しているのですが」

「子供の重病を治すためにマリナはやって来た。いうなれば取り引き。でも、そのために子供を亡くすことになれば、私はどう責任を取ればいいか分からない」

母親の気持ち——私には分からないのかもしれない。新崎がふと漏(も)らした言葉だ。だが、そうは思わない。新崎は、人の痛みが十分に分かる指導者だ。

ノックと共にドアが開き、秘書が入ってきた。

「アルフレッド大統領が横田基地に到着されました。数時間、基地で過ごし、在日米兵を慰問される予定です。夕方にはマリーン・ワンで赤坂プレスセンターまで飛び、大統領専用車でホテルに入られる予定です」

新崎は頷(うなず)きながら聞いていた。

「お会いしたいという伝言は伝えてくれましたか」

「返事はまだです」

「どうしても会っておきたい。私がホテルまでまいります。もう一度、大統領に連絡を入れてください」

「テレビ電話でも話せます。この時期の外出は、危険ですし――」

「私がホテルまで行きます。テロリストを恐れていると思われたくはありません」

新崎は、各国の首脳には直接会って挨拶(あいさつ)をしている。

「会議の意義は、テロリストたちに、私たちはあなた方を恐れない、という意思表示をすることです。そのためにも私は、直接大統領にお会いしたい」

「私が総理の警護に付きます」

明日香は無意識のうちに言っていた。

「私は大丈夫。あなたはジョンと一緒にエリーゼを探して、必ずマリナのもとに連れ戻して」

新崎が明日香を見つめている。明日香は頷かざるを得なかった。


明日香に会うためにジョンが公邸に来た。二人は合流して警視庁に行くことになっている。そのまえに、マリナの部屋に向かった。これはジョンの強い要望だった。彼は再度、マリナの様子を見たいというのだ。

部屋の前で、明日香はジョンの腕をつかんで立ち止まった。

中からマリナの声が聞こえてくる。

〈私は決して、特別な人間ではありません。娘を愛する二十八歳の母親です。でも、特別な環境で育ちました。私の育った日常では、殺せ、敵は皆殺しにしろと教えられました。たとえ、親や兄弟、姉妹であっても。それは神の望みであり、私たちの使命だと。私たちの目的は

――〉

「総理はマリナは寝ていると言ってたんだろ」

ジョンが声を潜めて言う。明日香は黙るように合図した。

〈私が東京にいる間にも多くのテロが起こり、罪のない多くの人たちが亡くなりました。また、傷を負った人も多いと聞いています。私が何をしようと、その方たちの悲しみ、苦しみは取り除くことはできません。こういう悲劇はもう、終わりにしたいのです。犠牲になった人たちと同様、私も犠牲を払う決心をしました。その犠牲は私にとって、決して軽いものではありません〉

明日香はジョンと共にドアを離れた。

「私も犠牲を払うことを決心しました、というのはどういう意味だ」

ジョンの呟きが聞こえる。

マリナはやる気だ。たとえ、エリーゼが犠牲になっても、世界に向けてテロリストの非道さ、自分の過去を話す気だ。何としても、エリーゼを探し出して救出しなければ。明日香は強く思った。ジョンも同じらしく、明日香に頷くと、マリナに会うことなく部屋から離れた。

二人は警視庁に行った。捜査一課では二十四時間体制でエリーゼの捜索を行っている。同時に、明日から始まる会場警備もやっているのだ。

明日香とジョンが去ってから、新崎が乗った車は官邸を出た。遠くで爆発音が聞こえる。

「あの爆発はどこなの」

「六本木付近だと思われます。死傷者が出た場合には直ちに連絡が入ることになっています。何もないということは、人的被害はないということです。建物やインフラ施設にはかなりの被害が出ていますが」

新崎は視線を窓の外に移した。人の姿はほとんどない。ふっと脳裏にパンデミックのときの町の風景が蘇ってくる。テロによって、すでに数百人の死傷者が出ている。今日になって、無差別テロがさらに激しくなっていると聞いた。この車も狙われているに違いない。

「警備に立っている警察官は大丈夫なの」

「ヘルメットをかぶることを義務付けています。防弾盾を持ち、防弾ベストも着ています」

「そんなこと、テロリストのスナイパーも知ってるでしょ」

新崎は暗に、護られていない箇所もあると言いたかったのだ。

警護官は空を見上げた。視野に入るだけで五機のドローンが飛んでいる。

「悪かったわね。あなたたちも全力を尽くしている」

車は霊南坂に入って行く。

ホテルの周りには機動隊員がほぼ五メートルおきに立っている。威圧の意味もあるのだろうが、かえって不安を感じさせる。

「ホテルオークラ東京周辺、異常なし。クイーンは五分後に到着予定」

警護官が無線で連絡している。

ホテルに到着すると、新崎は大統領が押さえている最上階のスイートルームの応接室に通された。

「大統領のホテル到着が遅れています。挨拶は明日の方がいいかと」

大統領の秘書官の一人がやってきて告げた。

「私は大丈夫です。ここでも仕事はできますから」

「まだ横田基地にいるようです。確かに、あそこは安全ですからね。五千人の兵士に囲まれている」

無線で話していた警護官が、皮肉を込めて告げた。


「会議の日程をもう一度、説明してくれ」

ジョンが英語版のスケジュール表を見ながら言う。

明日香とジョンは、池田と共に捜査一課の会議室でエリーゼの情報を待っていた。

「何点か変更がある。会議はテロの混乱もふまえて、朝早くからの開始になった。午前七時からスタートし、第一日目の最初に新崎総理がスピーチする。会議の意義と世界情勢。去年の官邸占拠の状況を交えて、世界はテロから抜け出す時期に来ていることを述べる。次に各国の首脳たちのスピーチ。その間に各国のテロ対策関係の官僚が、各国が提案しているテロ撲滅案の取りまとめをする。おおむねの了承はすでに得られていると聞いている。その後は夕食会の予定だったけど、スケジュールを早めて昼食会を兼ねた会談になった」

「マリナのスピーチはどこに入る」

「初日の各国首脳のスピーチの後を予定している。当初、新崎総理はマリナのスピーチを最初に持ってきたかったのだけど、反対されて変更した。インパクトのある内容だから、自分たちのスピーチがかすむと思ったのでしょう。議論の末、インパクトは薄れるけど、もめるよりはいいと判断したみたい。でも、マリナの体調を考えるとラッキーだった」

「それまでにエリーゼを探し出して、連れ戻すことはできるか」

「マリナとの約束。捜査一課が全力で探している」

明日香は苛立ちを抑え込んで言った。ジョンは考え込んだままだ。

「本音を言ってよ。こういう場合、アメリカじゃどうするの」

「――すでにエリーゼは救出して保護している。きみは安心してスピーチをしてくれ」

ジョンは明日香を見つめ、平然と言った。

「マリナを騙せというの。私にはできない」

「今までに多くの者が犠牲になっている。今、マリナがスピーチをしないと、彼らの犠牲はどうなる。こういうのを犬死というんだろ」

「彼女はスピーチする覚悟はできている」

「そんなもの、現実の前では砂みたいなもんだ。テロリストがエリーゼを餌にちょっと揺すれば、簡単に崩れ落ちる。彼女はスピーチを拒み、テロリストの高笑いが聞こえることになるだろう」

明日香はジョンから目を逸らせた。きっと、彼の言葉は正しい。

「テロリストはどうやって、マリナと連絡を取るつもり」

「我々と近い者の中に内通者はいる。そいつを通してか、すでに指示を受けているか。俺の勘は当たっている」

ジョンは明日香を睨むように見て言う。

「当日は私がマリナに付く。新崎総理には私が話す」

「マリナのスマホはチェックしているか」

ジョンが明日香から池田に目を移して聞いた。

「かかってくる電話はすべて、我々も受信できるようにしてある」

「隠語でやり取りということはないか。あらかじめ、単語の意味を決めておくこともできる」

「あなた、マリナを疑ってるの」

「誰も信じるなと言っただろ。わずかの隙で、重要人物が死に、世界が変わる。我々はさんざん経験してきたはずだ」

そう言われると、明日香には返す言葉がない。

2

新崎はタブレットから顔を上げた。大統領を待ち始めて、すでに一時間が過ぎている。

廊下が騒がしくなり、話し声も聞こえる。ドアの前に立っているシークレットサービスの顔に緊張が現れている。

ドアが開き数人の男たちが入ってきた。中央にいるのはアルフレッド大統領だ。

「大統領、今回は私の頼みを聞いて、会議に賛同をいただいて感謝しています」

新崎は謝辞を述べた。

「これが契機となって、世界からテロリストを締め出すことができれば、かつてない成果と言えます。二十世紀以来、幾多のテロで多くの犠牲者が出ています。9・11に代表されるイスラム過激派による大量殺戮、さらに去年は日本の官邸も大きな被害を出しました。G7が一体となって、テロリズムと戦うことに意義があるのです。我々は絶対に負けはしない。共に戦いましょう」

アルフレッド大統領は話しながら新崎に手を差し出した。

二人は明日の会議の進行について話し合い、確認し合った。

「ミズ・マリナのスピーチは、全世界にリアルタイムで流します。マリナ自身の強い希望です。彼女自身の歴史であり、テロの無意味さ、テロリストの残虐性を世界に訴えるでしょう」

新崎はマリナのスピーチの重要性を強調した。

「会議に先立ち、私は国民にマリナ親子が生きていることを公表して、国民を偽っていたことを謝りたいと思っています」

無言で聞いていた大統領が、顔を上げて新崎を見た。

「それには反対です。サプライズはサプライズだから強いインパクトを与えます。今日中にマリナに会うことはできませんか。世界一勇敢で、影響力を持つ女性に一秒でも早く会いたくなりました。ほんの三十分程度でいい。難しいのは承知していますが。彼女は現在、官邸にいると聞いています」

「危険すぎます。すでに三度、テロリストに襲われています。これ以上危険にさらしたくはありません」

「しかし、あなたは官邸から何事もなくここに来られた。実は、明日のスピーチについて少し聞いておきたいことがある。それとも、あなたはスピーチの内容をご存じですかな」

大統領が強引に新崎の顔を覗き込んでくる。

「聞いてはいません。私はマリナには自由に話してもらいたい。それが一番世界に訴えるスピーチになると信じています」

　大統領は考え込んでいる。

「分かりました。しかし、マリナ親子の生存は、彼女のスピーチまでサプライズにしておきましょう。すべて私の責任ということで」

　大統領が笑みを浮かべて言う。

「それでは失礼します。明日、お会いしましょう」

　新崎は丁寧に頭を下げると、ホテルをあとにした。

　車に乗り込むと、急に動悸が速くなった。

　私のしたことは間違ってはいなかったのか。意味あることだったのか。すでに数百人の死傷者が出ている。こんなことは、戦後初めてだ。もし、私が「テロ撲滅世界会議」の開催など望まなかったら、この犠牲者は出なかったのではないか。日本として、もっと他のやり方があったのではないか。いや、すでに日本は世界とつながっている。我が国だけが、テロと無関係ではいられない。事実、去年は官邸が襲撃されてやはり百人に近い人命が失われた。さらに、マリナと同様の人生を強いられている子供たちは何万人もいる。彼らの人生も救うことができる。私のしようとしていることは正しい。

　新崎は激しく頭を振った。自分の行動を懸命に正当化しようとする自分に気付いたのだ。

　シークレットサービスのマット・カスバードは車のタイヤを蹴り上げた。防弾仕様のタイヤは硬く、壁を蹴ったかのようだ。

「これからマリナ・エゾトワをホテルに連れてこいだと。大統領は何を考えてる。現在の東京がどれだけ危険なのか分からないのか。副大統領が見限るのももっともだ」

吐き捨てるように言った。

首相公邸から帰ろうとしていたところだった。上司から大統領の指示だと電話があったのだ。

「急ぎましょう。大した距離ではありません」

相棒の若いシークレットサービスが答える。何があっても、大統領の命令は絶対なのだ。

「新崎総理はバカじゃない。絶対に拒否するぞ。それに、我々は常に狙われてるってことを認識しているのか。官邸を出た段階で自動小銃とＲＰＧの標的になる。ホテルまでは近くても限りなく遠い道なんだ」

マットは呟いた。

「新崎総理は大統領と会っての帰りです。総理がいないうちに、大統領命令だと言って連れ出すのが一番です。今、マリナ・エゾトワの警護を担当しているのは、我々です」

「分かってる。今、ルートを考えてる」

マットは苛立ちを抑えて言った。だが、副大統領はこのことを知っているのか。マリナの身に何かあれば――。

「ＮＩＳの奴らは絶対に狙ってくる。何としてもマリナの命は護り抜くんだ。そうでなければ、今までの努力が水の泡になる」

マットは力を込めて言った。

五分後、マットは公邸の客室の前にいた。

中からはマリナの声が聞こえてくる。スピーチの練習をしているのだ。内容は極力聞かないようにしていたが、イヤでも耳に入ってくる。細いが力強い声だ。確かに人々の心を打つだろう。ＮＩＳにとっては存続を危うくする敵。大統領にとっては再選に向けての救世主だ。

ノックをして、返事を待たずにドアを開けた。

マリナが驚いた顔でマットを見ている。こういう行動をとったのは初めてだったのだ。

「出かける用意をしてください」

「エリーゼが見つかったの」

「まだです。アルフレッド大統領が会いたいと言っています」

「新崎総理は知っているのですか」

「総理は今、大統領に会っています。あなたは今日中に亡命の手続きを済ませて、以後は我々、シークレットサービスの保護下に入ります」

言葉は丁寧だが、マットの言い方は有無を言わせないものだ。

「大統領とは明日会えるでしょ。今夜はゆっくり休みたい」

「スピーチについて聞きたいそうです。アドバイスができるかもしれないと言っています」

「明日香はどうしたの。私は明日香と一緒に行きたい」

「彼女はエリーゼを探しています。あなたは明日のスピーチのみに集中するようにと。これは、大統領の望みでもあり、亡命の条件です」

マリナはまだ躊躇している。

「急ぎましょう。そんなに長い時間じゃありません。一時間で戻ってきます」

マットはマリナを促した。

マリナは公邸前に待っていたアメリカ大使館の車に乗った。

「これも防弾仕様なんですか」

「大使館の車です。前後を二台で護衛します。前の車にもシークレットサービスが乗っています。安心してください。急ぎましょう。早く帰ってきたいんでしょ」

マットが苛立ちを隠せない口調で言う。マリナは黙るしかなかった。

「明日、スピーチが終わったらあなたは公邸には戻らず、アメリカ大使館に行きます。会議が終わり次第、大統領と共に大統領専用車で赤坂プレスセンターのヘリポートに向かう。そこから横田空軍基地に飛び、エア・フォース・ワンでアメリカ合衆国に向かいます」

車が走り始めたとき、マットが言った。

「エリーゼはどうなるの。私はエリーゼと一緒でなければアメリカには行かない」

「それまでに必ず見つけて連れ戻します」

マットが確信を込めて言う。マリナはそれ以上言えなかった。

通りにはほとんど車は走っていない。

陽が沈みかけている。赤い粒子が空気に交じり、ビルと空を朱色に染め上げている。町中に血が流れているようだ。マリナは思わず身体を硬くした。

「心配ありません。この辺りのビルは、シークレットサービスと警視庁の警官が調べ尽くしています。安全です。首都は警官だらけです」

「あなた方はＮＩＳの本当の怖さを知らない。本気になれば、必ず目的を達成する。手段は選ばない。今の目的は私を殺すこと」

「しかし、あなたはまだ生きています。現在のところ、我々の勝ちです」

マリナは軽く息を吐いた。この人は何も分かっていない。

突然、銃声がかすかに聞こえた。

前方を行く車が、激しい揺れと急ブレーキの音と共に止まった。

マリナの乗った車も、大きく左に流れ、ガードレールに激突する。

「襲撃だ、襲撃。敵は五百メートル先のビルの屋上。スナイパーだ」

無線から声が聞こえる。

前方に止まった車からシークレットサービスが降りて、反撃を始めた。

鋭い音と共にフロントガラスに複数の弾痕(だんこん)ができた。狙撃されている。

「早く出せ。ここから離れるんだ」

「エンジンがかからない。ここにいると危ない。降りて、前の車まで走れ。俺が援護する」

マットの叫びに運転手が答える。

運転手が車を降りた。ドアの陰に隠れ、スナイパーの潜むビルに向けて自動小銃を撃ち始めた。

マットがマリナのシートベルトを外(はず)すと、ドアを開けて道路に出た。

「車を降りろ。向こうの車に移るんだ」

マリナが車を降りたとき、マットの身体が揺れてマリナにぶつかってくる。

「身体を低くしろ。スナイパーは五百メートル先のビルだ」

マットがマリナの腕をつかんで道路に引き倒した。同時に、ドアに数発の弾痕が走った。

「撃ち返せ。その隙に車に走る」

肩から血を流しているマットが運転手に叫んだ。

「やめて。射撃は正確。道路に飛び出したとたんに狙撃される」

マリナの言葉が終わらないうちに、前のドアの背後で応戦していた運転手がのけ反るように倒れた。喉から血が噴き出し、見る間に表情が変わる。血が喉に詰まり、呼吸ができないのだ。

マリナは瞬きもせずに見つめている。運転手はすぐに動かなくなった。

「喉を狙うスナイパーがどこにいる。撃ち損じたんだ」

「喉の方が苦しむ。生き延びても声が出せない。一発でしとめるより苦しませたいのよ。彼は狙って撃ってる」

「スナイパーを知ってるのか」

マリナは答えず、目を細めて銃弾の飛んできたビルを見ている。

スナイパーはラジャだ。彼に違いない。ラジャが送り込まれているということは、NISは本気だ。私を殺して、会議をぶち壊す気だ。そして――。

マリナは運転手が持っていた自動小銃を拾い上げた。

「よせ。当たりっこない」

マットの言葉を無視して、自動小銃の照準をビルの屋上の影に合わせた。

ラジャであれば、首を打ち抜くために引き金を引く瞬間、わずかだか身体を乗り出す。その瞬間を狙えばいい。

「行って。車まで走る予定だったんでしょ。私を信じて」

一瞬躊躇したように見えたが、マットが飛び出した。

ビルの屋上に人影が現れた。マリナは指先に力を籠めた。銃声が轟くと共にマットが倒れる。マリナの銃からほぼ同時に三発が発射された。

ビルの屋上に見えた人影の頭が揺れ、身体がのけ反るように倒れた。

辺りには静けさが漂っている。マリナは銃を投げ捨て、マットに駆け寄ると腕をつかんで車の方に走った。

車の後部座席にマットを押し込むと、運転席でハンドルに突っ伏しているシークレットサービスを道路に下ろし、ドアを閉めた。道路には喉から血を流した二人のシークレットサービスが倒れている。

再び銃声が聞こえ始めた。複数の場所からだ。

スマホを出してタップした。

「銃撃されてる。マットが撃たれた。助けに来て」

〈どこなの。あなた、公邸じゃないの〉

明日香の声が返ってくる。

「場所はこのスマホから分かるでしょ。マットとアメリカ大使館に行く途中だった」

銃撃が激しくなっている。車に近づいてくるテロリストの姿も見える。

マリナはスマホを通話中にしたまま助手席に置いた。自動小銃を捨ててきたのはミスだったか。いや、もう二度と銃は握らないと誓ったはずだ。なのに――。

「この車は防弾仕様だ。このままここにいた方がいい」

背後からマットの声が聞こえる。だが大した防弾仕様でもないし、敵がＲＰＧを持っていればアウトだ。

「電話したのは、日本の女警護官だろ。彼女は優秀だ。すぐに救出に来る」

爆発音が響いた。ＲＰＧだ。ボンネットが吹き飛び、炎を上げる。車体が傾いている。タイヤが吹き飛んだのか。

「狙いが外れた。今度はもっと正確に狙ってくる」

「ダッシュボードを見ろ。予備の拳銃が入っている」

マリナは銃を取り出すと、マットに差し出した。

「きみが持ってろ。かなりの腕だった」

「私はもう銃を持ちたくない。だから会議でスピーチをする気になった。スナイパーを撃ったのは間違いだった」

マットは何か言おうとしたが、何も言わず受け取った。

敵の姿が見えた。ＲＰＧを持った男が砲身をマリナたちの車に向ける。

辺りが轟音と煙に包まれた。爆風に飛ばされた小石が車体に当たり、乾いた音を響かせる。

「ドローン爆弾よ。明日香が応援を呼んでくれた」

マリナがホッとした表情で呟いた。爆弾を積んだドローンがカメラで標的を捜し、テロリストに突っ込んだのだ。警視庁のテロ対策の秘密兵器だ。

上空を見ると二機のドローンが標的を探して飛んでいる。

〈マリナ、大丈夫なの。あと五分でそっちに到着する〉

助手席に置いたスマホから明日香の声が聞こえる。

3

新崎が官邸に戻り、執務室に戻ろうとエレベーターの方に歩き始めたとき、待ち構えていたマスコミが取り囲んだ。会議に対する特例措置として、官邸内に小規模なプレスセンターを置いたのだ。

「アルフレッド大統領とは何をお話しになりましたか。会われていたのでしょう」

「お出迎えしただけです。すべての話は会議が始まってからです」

「聞くところによると、今回の会議には特別なゲストが呼ばれているとか。それは高速道路の銃撃戦で亡くなったという親子ですか？　彼女たちは生きているのですか？　テロリストの脅しはあるのですか？」

「誰に聞いたのですか。私たちはテロリストとは取り引きはもちろん、話し合いは一切しません。これは、どのテロリストグループでも同じです」

新崎は記者を睨みつけて言い切った。

その背後にスーザンの姿を見つけた。スーザンが新崎を見つめている。去年と同じ、何かを訴えかけるような目をしている。

「総理、急ぎましょう。明日の準備があります」

秘書が寄ってきて小声で話しかける。

頷いて歩き始めたが、マスコミも一団となってついてくる。

「現在の東京で起こっている、連続テロ。これらはすべて、明日からの会議の中止を狙ったものであることは明らかです。それに対する――」

一人の記者の言葉で新崎は立ち止まり、大きく息を吸ってマスコミを見回した。

「六百七十二人、あなた方はこの数を知っていますか」

新崎は記者の一人一人の顔に視線を向けて言った。記者たちは何も答えない。

「今年になって世界で起こったテロの犠牲者です。私はこの数を決して他人事、外国の出来事と捉えることができませんでした。日本での死者は八十二人です。負傷者を入れると数十倍に膨れ上がります」

「去年のトラウマですか。それを乗り越えるためにあなたは無謀な――」

後列から声が上がった。

「去年の出来事に強く触発されたのは事実です。しかし、トラウマではありません。国のトップとしての義務と、世界との連帯です。この会議で、世界の人たちに対して、テロリストやテログループの残虐性、非道さを強く訴えたいのです」

「日本がこういう事態になることは想定内だったのですか」

新崎は答えず歩き始めた。

「会議はテロリストに狙われていると聞いています。それに対する対策と責任は」

新崎の歩みの速度が落ちたが、立ち止まることはなかった。

執務室には行かず公邸に戻った。ドアが閉まると全身から力が抜けていく。その場に座り込みたい衝動にかられたが、逆に背筋を伸ばして胸を張った。自分はこうして生きてきた。

「マリナはどうしてるの」

気を取り直して秘書に聞いた。

「ご一緒ではないのですか。アメリカ大統領に呼ばれて、マットさんと出かけられました」

「すぐに確かめて。私はそんな話は聞いていません」

新崎の脳裏に、スピーチの前に会っておきたい、という大統領の言葉が浮かんだ。

マットが、大統領の指示でマリナを連れ出したのか。

「夏目警護官から何か連絡はなかったの」

新崎は警護官に聞いた。

「私は存じません。任務中は対象に集中するために、必要な情報以外は入れません」

「不要な情報か」

新崎は呟いた。ひと一人の生死が不要な情報だというのか。この世の中はある意味、狂っている。少しでもそれを正すことは意義あること。新崎は自分に言い聞かせるように頭の中で反芻した。

「大統領がマリナさんに会いたいと言ったのは間違いないようです」

スマホを持って入ってきた秘書が告げた。

「一人にして。警視庁から情報が入ったら、直ちに私に伝えてちょうだい」

そう言い残して自室に入って行った。

新崎はスマホを出した。明日香の番号を出して指を置いた。だが、押すことができない。時計を見ると午後五時半。会議開始まで、あと十四時間もない。

エリーゼが救出されたという報告はまだない。

そのとき、スマホが鳴り始めた。明日香からだ。新崎は通話ボタンをタップした。


明日香はマットの前に立った。マットは官邸の医師に手当をされている。

二人は官邸の医務室にいた。横にジョンが立っている。

「なぜマリナを連れ出したりしたの」

「大統領命令だ。今日のうちに亡命手続きをしておくようにと。そのためには大使館に連れて行く必要がある。文句があれば大統領に言ってくれ」

「新崎総理の許可は取ったの」

「知らない。僕らはアメリカ大統領の命令で動いている。きみが総理の指示で動いているのと同じだ。問われれば意見は言うが、決めるのは大統領だ」

確かにその通りだ。明日香はマットの左肩に目を移した。止血用パッドが貼られている。マットがマリナを護るために負傷し、そして無事に公邸に連れ戻した。

「弾は貫通している。ラッキーだった。いや、アンラッキーかな。四インチ右なら心臓だ。そこなら防弾ベストで止まっている」

明日香は去年、左胸を撃たれたときのことを思い出した。弾は防弾ベストで止まったが、肋骨が折れて、全治二か月と診断された。二週間目にはリハビリに入り、ひと月後には退院していた。

明日香は姿勢を正した。

「有り難う。今度もマリナを護ってくれて」

明日香はマットに頭を下げた。

「僕は自分の仕事をしただけだ」

「でも、二度とマリナを公邸から連れ出さないで。亡命の手続きなら大統領権限で何とかなるはず」

「僕もそう思う。上司を通して大統領に聞いてみる」

大統領権限でマリナ親子を難民に認定することなど簡単なはずだ。

会議が終われば、アルフレッド大統領がエア・フォース・ワンでマリナ親子をアメリカに連れて帰ると、新崎は言っていた。ただしこれは、極秘事項に入る。

「きみたちはエリーゼの発見と救出に全力を尽くしてくれ」

マットは言い残すと官邸を出て行った。


明日香とジョンは、マットの乗った車が官邸を出て行くのを見ていた。

「何を考えてるの。まさか同じことじゃないでしょうね」

「あのシークレットサービスの野郎が、マリナの心をつかんだということだ。ひょっとしたらアスカの心も」

「根拠はあるの。やはり刑事の勘というやつじゃないでしょうね」

「マットがマリナの盾になった」

ジョンが呟くように言って続ける。

「だが、死ななかった」

「四インチ右なら心臓を撃ち抜かれていた」

「防弾ベストを着てるだろ。違うか」

「どこまで疑り深いの。ニューヨーク市警の刑事は全員、あなたのような人なの」

「生き残っている者はね」

ジョンが悪びれる様子もなく答える。

「マリナはどこだ」

「部屋よ。もう寝てるはず。明日は会議が始まる」

マリナが一人になりたいと言ったのだ。かなり疲れている様子だった。事情はマットに聞けばいいと判断したのだ。

「マリナの様子がおかしい」

「どうおかしいんだ」

「何かを考え込んでる」

「エリーゼのことだろ。それとも、マットに何かを吹き込まれたか」

「もう時間がない。どうしたら、エリーゼを救出できるの」

ジョンも答えることができない。


マリナはベッドに座っていた。マットが送ってきた写真を見た。額に銃弾の痕のある男の写真だ。マリナが射殺したNISのスナイパーだと言った。すでにテロリストの身元を調べ始めているのだ。

もう十年以上会っていないが、ラジャに違いなかった。キャンプでは五年近く一緒に暮らした。射撃のうまい少年だった。NISのスナイパーになっていると聞いたことがある。オマールと同じ歳で、現在は二十九歳だ。

ラジャがいるということはオマールも必ずいる。彼のことは考えない、とキャンプを出るときに誓った。そしてその誓いは守っている。

アブデル・サウードはマリナ殺害のために、ラジャとオマールを送り込んだのだ。アブデルは知っているのだろうか、あのことを。マリナを売ると言ったからには、知っている可能性は十分に考えられる。だとすると、エリーゼはすでに死んでいるかもしれない。

マリナの胸に抑えようのない寂寥感が押し寄せてくる。エリーゼは私のすべてだった。なぜあの娘が死ななければならない。もし何かあったなら、すべて私のせいだ。

オマールは耳を澄ませた。廊下が騒がしい。

そっとドアを開けると、ＮＩＳの兵士と赤色戦線の戦士が慌（あわ）てた様子で行き交っている。全員が自動小銃で武装し、ＲＰＧを持っている者もいた。

オマールはまだ二十代前半と思える男を呼び止めた。彼もＮＩＳの兵士だ。

「何か起こってるのか」

「これから起こすんだ。あんたもモスクに行くのか」

兵士はモスクに集合して、戦うことを話した。

「そんな話は聞いていない」

「そういえばラジャっていただろ。あんたの友達だ」

「そうだけど、何かあったのか」

「死んだ。額を撃ち抜かれて即死だ。スナイパーとして送られてたんだけど、溜池山王（ためいけさんのう）の交差点で銃撃戦があって、そのときやられたらしい」

オマールは呆然（ぼうぜん）と男の話を聞いていた。ラジャとは少年時代からずっと一緒だった。強がってはいたが、本当は気の弱い奴だ。それを隠すために、わざと派手なことをやりたがった。オマールが何度か失敗のしりぬぐいをしたこともある。

「誰にやられたか分からないか」

「シークレットサービスのスナイパーだと言ってた。女だ。日本の官邸からアメリカ大使館に移動途中の車を襲ったらしいが、反撃されて撃たれた。駆（か）けつけた仲間もドローン爆弾でやられたらしい。ドローン爆弾には気を付けろと通達があった」

元気出せよ、と男はオマールの肩を叩いて出口に向かった。

ラジャが死んだ。オマールは声を出さずに言った。ラジャの笑い声や怒鳴り声が響いてくる。いつも死を覚悟してはいるが、身近の者が死ぬとショックは隠しきれない。

死ぬのは怖くない。もっと苦しみの少ない別の世界に行くだけだと信じている。だが、マリナに会えなくなると思うと寂しかった。もう一度会いたい。あの体温を感じ、声を聞きたい。

オマールはエリーゼを閉じ込めている部屋に行った。エリーゼは首を垂れて眠っているように見えた。隅のテーブルに持ち物が置かれている。スマホを取って電源を入れた。暗証番号は――。エリーゼの誕生日を入れたが、やり直しの表示が出る。マリナの誕生日を入れると、スマホは開いた。

4

捜査一課の部屋に入った明日香とジョンは、異様な雰囲気を感じた。

極度の緊張と興奮、そして殺気の入り混じった空気に満ちている。

「今、呼びに行こうと思っていました」

二人に気づいた池田が近づいてきて声を潜めて告げる。彼の顔も強ばっている。

「潜入捜査官から、モスクに首都圏のムスリムが集合していると情報がありました」

「モスクに集まって何をやるの」

「沐浴するためだ。神に受け入れてもらえるように、身体と魂を清める。それから、何かをやるつもりだ。死を覚悟しているなら自爆テロだ。何人集まっている」

「現在、三十人以上。もっと来ると言っています。全員がテロリストじゃないでしょうが」

「会議の阻止に全力をかけているんだ。これだけの人数を投入している。彼らの心のよりどころは、これは聖戦であるということだ。神のために死ぬ。だから、身を清め、死に臨む。その儀式を行うところがモスクだ」

ジョンが吐き捨てるように言う。

「代々木上原のモスクか」

「違います。三田の近くにある中堅のモスクです。二年前にアラブ人の貿易商が建てたもので、かなりの数のムスリムが属しています」

「私たちも行く。何と言われようとも」

明日香の声が大きくなった。

「そんなにケンカ腰にならないでください。千葉一課長が二人を連れて来いと言っています。明日香さんとジョンさんです」

三人が話している間にも、捜査一課には様々な部署の者たちの出入りがある。警視庁が総力を挙げてエリーゼの救出を行うためだ。

「防弾ベストを忘れるな」

千葉が明日香の所に来て言う。

「ジョンにも支給できませんか」

明日香は千葉に聞いた。

「用意してある。ただし、拳銃はだめだ」

念を押すように言う。

「分かっています。彼にはアドバイスだけを頼みます」

「十分後に出発だ。先頭は我々捜査一課。現場では指揮権はＳＡＴと共有する。我々の情報と彼らの行動力の総力戦だ」

千葉はそう言うが、内心はそうは思っていないはずだ。

捜査一課だけでも十分にやれる。しかし、今回の事件を見ていると、警察内部も時代に合っていないところが各所に見られた。遅れているのは国際化への対応と情報収集力だ。

「出発だ。駐車場でＳＡＴの部隊と合流して、モスクに向かう。絶対にミスはするな」

千葉一課長の声が部屋中に響き、捜査員が部屋を出て行く。

明日香とジョンと池田は、慌ててあとを追った。

捜査一課の捜査員は、車七台に分乗して警視庁を出た。その後に大型バン三台に乗ったＳＡＴの隊員が続く。

現場はすでに所轄の刑事と制服警官によって包囲されていた。

ジョンがその様子を見て眉根を寄せた。

尖塔のある美しい外観が、閑静な住宅街で大きな存在感を放っている。

一般的なモスクは、回廊に囲まれた四角形の広い中庭と礼拝堂を持っている。しかし都内では、近年急激に増え始めたムスリムに対して、十分な土地の入手が困難なので、単なる祈りの場としてのモスクもある。ここはその中間というところか。

「これもモスクなんですかね」

「昔の工場跡地だ。これからもっとモスクらしくなる」

辺りに人影は見られず、ひっそりとしている。

三十分後、警視庁刑事部捜査第一課、SAT、明日香たちの総勢四十人ほどが、モスクから百メートルほど離れて駐車したバンにいた。

すでに潜入している捜査官からの連絡を待っているのだ。

「人の出入りはあるようです。このまま突入したらどうですか」

「モスクは神聖な場所だ。一階は男女共用。二階は女性専用だ。なるべく反感を買わないように配慮しろ」

ジョンの言葉を現場の指揮官に伝えた。

「イスラム教は偶像崇拝が禁止されている。像や祭壇のようなものはない。すべてはコーランの中に集約されている。同時にここは祈りの場であり、神聖な場所だ。くれぐれもそれを忘れるな。極力発砲は避けるように」

ジョンはさらに説明を続けた。

「すべての礼拝は聖地メッカのカーバ神殿に向かって行われる。これも頭に叩き込んでおけ。最後にもう一つだ。このモスクに祈りに来ているのはテロリストばかりじゃない。一般のイスラム教徒もいる。彼らは普通の市民だ。後悔するようなことはするな」

「どうやって見分けるんです」

池田が聞いたが、ジョンは無視した。

「エリーゼ救出を第一に考えて。絶対に救出するのよ」

明日香は声を潜めて何度目かの念押しをした。

了解の合図が返ってくる。しかし、何人の隊員がその言葉を真剣に受け止めているのか。

「突入する際には、爆発物に気を付けろ。彼らは爆破のプロだ。一つをクリアしても、常に二つ目の罠があると考えろ。さらにその次もあるかもしれない」

辺りは静まり返っている。ジョンの動きが止まった。しきりに辺りを気にしている。

「何かまずいことがあるの」

「静かすぎる。テロリストは警官隊に気づいていて、おそらく待ち構えている。ここにテロリストがいればの話だが」

池田が、明日香とジョンに黙るように合図を送ってきた。指揮官の指示を伝えているのだ。

周りの道路に人影は見えない。この静けさは何だ。ジョンの言葉は正しい。おそらくテロリストたちは、すでに感づいているだろう。

「これからSATが突入準備に入る。我々は指揮車で状況を見守る」

千葉が明日香たちに告げた。


モスクの見える道路に大型バンを移動した。バンには作戦本部が置かれている。中には十台のモニターが設置され、SATと捜査一課の各部隊の様子がリアルタイムで送られてくる。

「気を付けろ。モスクに近づくだけでドカンじゃたまらないからな」

ジョンが、モスクに目を向けたまま呟いている。

「投降を呼びかけてからの突入が常套手段だが、彼らはすでに感づいていると思っていいか」

千葉が英語で言ってジョンを見た。

「当然だ。こっちに引き付けておいて、裏で突入を試みる。それしかないだろ」

「だが、なんかおかしい。静かすぎる」

「モスクってお寺や神社みたいなものでしょ。そこで信者が銃撃戦なんてしますか」

池田が場違いな質問をしてくる。

「バカ言わないで。今までだって、アフガニスタンじゃ、金曜の礼拝中だったモスクでＩＳが自爆攻撃を行って、五十人以上の死者、百人以上の負傷者が出ている。中世の十字軍だって、教会の指示で戦争をやった。日本だって、平安時代から僧兵がいたでしょ。お坊さんが刀や槍（やり）、弓矢を持って権力者に逆らったり、お寺に籠（こも）って戦争をやった。宗教って怖いのよ」

「今度もそうだって言うんですか」

「そう。相手は命を懸（か）けてくる。こっちも、覚悟を決めなきゃ撃たれるだけ」

ジョンがモニターに顔を近づけ、黙るように合図した。一つのモニターを指さす。

ＳＡＴの第一班がアーチ状の入り口の前に着いた。そこまで人の姿はなかった。

アーチの向こうは花壇になっていて、十メートルほど奥にドアが見える。ドアが開き男が出てきた。

男が歩いてくる。トーブを着ている。首から足まである長袖の白い服だ。手には何も持っていない。

「ＳＡＴを下がらせろ。急ぐんだ」

突然、ジョンが叫んだ。男は歩みを止めることなくＳＡＴに近づいていく。

「テロリストだ。自爆テロだ。男の手首を見ろ。コードが出ている」

「罠だ。あの男は自爆ベストを着けている」

千葉がバンを飛び出して、叫びながらＳＡＴの方に走る。

男がＳＡＴに向かって走り出した。

「撃て。男を撃つんだ。男を止めろ」

ジョンが叫ぶが、ＳＡＴから発砲はない。躊躇っているのか。

「アッラー、アクバル」

叫び声と共に、凄まじい轟音と黒煙が立ち上った。その間に炎が上がる。

「撤退だ。全班、モスクから離れろ」

ジョンの叫び声と同時に、モスクの何か所かで爆発音が響いてくる。

モニター画面の三か所で同様の爆発音が轟き、モニター画面には黒煙と炎が上がった。地面に人が倒れているのが見える。ＳＡＴの隊員だ。

〈救急車を呼べ。怪我人を運び出すんだ。第五班、私と一緒に来てくれ〉

モニターから千葉の声が聞こえてくる。

「全員、広場から出るんだ。次の爆発が起こる。死傷者の救助で人が集まったところで次の爆発を起こす。奴らのやり方だ」

ジョンの叫びに反して人が集まってくる。

「全員、モスクの外に出ろ。次の爆発が起こる」

その直後、モスクの中で爆発と銃撃が同時に起こった。

複数あるドアが弾かれるように開き、信者たちが飛び出してくる。その信者たちに向けて、トーブを着た三人の男たちが無差別に銃撃を始めた。

モスクの敷地の外へ一度撤退していたＳＡＴが、再度投入された。

銃撃戦が始まった。モスクの内部に取り残された人が、逃げ場を求めて中庭を突っ走ろうとするが、銃撃されて倒れる。テロリストたちは人種も男女も大人も子供もかまわず、動くものに対して発砲した。

モスクの外でも銃声が響いた。周辺のビルから狙撃が始まったのだ。爆発音も聞こえてくる。悲鳴と叫び声と銃声が入り混じる。その間にも爆発音が響いた。

バンに銃弾が当たる音が響く。道路に停められた車も銃撃を受けているのだ。道路の角に止められていた車にロケット弾が当たった。轟音と共に煙が上がり、爆発する。ガソリンに引火したのだ。

「モスクの右手にあるビルの屋上だ。スナイパーがいる」

ジョンがモニター画面の一つを指さす。

「ここもRPGでやられる。スナイパーを倒すんだ」

バンの中にいた捜査官も、半数が銃を持って外に出た。

「エリーゼを救出するのよ。二階にある女性の礼拝場所にいるはず」

明日香は一瞬考えたが、自分の拳銃をジョンに渡した。

「私が持っているより役に立つ気がする。後悔はさせないでね」

「お前はどうする」

「私は弾避(たまよ)けなんでしょ」

「俺が護ってやるよ」

ジョンは拳銃を受け取り、バンから飛び出していく。明日香と池田が続いた。

銃撃戦は三十分余り続いた。

マリナはベッドに横になり、闇を見つめていた。闇の中にエリーゼの顔が見える。その顔が大きくゆがんだ。

枕元に置いたスマホが鳴り始めた。画面にはエリーゼの名前が出ている。

「エリーゼなの。あなたなんでしょ。返事をして」

受話口からは、かすかな息使いが感じられるだけだ。

「そばに誰かいるの。怪我をしてるの？　何か言って」

祈るような気持ちで言うが、沈黙が続いている。

「あなた、誰なの。これはエリーゼのスマホよ。エリーゼを出して。私の娘よ。何でも言うことを聞くから。お願い」

電話は唐突に切れた。

5

「なんでエリーゼはモスクにいないの。あなたは、モスクだと言ったでしょ」

明日香は大声でジョンに怒鳴った。

女性の礼拝場所はもとより、モスクの中を徹底的に調べたが、エリーゼの姿はなかった。

「夏目警護官、落ち着いてください。まだ時間はあります」

池田が明日香の肩をつかんで落ち着かせようとした。

ジョンは今までに見たことがないような、殺気だった目で辺りを見回している。

「大塚（おおつか）は追っているのか。赤色戦線のじいさんだ」

ジョンが唐突に聞いてきた。

「三日前までは。以後、行方不明になっています」

「それまでに出入りしたところで不審なところはないか。あるいは、今までよく行っていたところで、最近は近寄りもしないところだ」

ジョンが池田を見て、視線を明日香に移す。

「テロリストは寄せ集めだ。ＮＩＳと赤色戦線の生き残りだ。その二つが、あるときは協力して、それ以外ではお互いの目的と利益で動いている」

「目的って何なの」

「俺が知るか。逮捕してから聞け」

ジョンが吐き捨てるように言う。

確かにジョンの言う通りだ。一貫性に欠けるところがある。テロリストの目的はマリナのスピーチの阻止。だとすれば、彼女はすでに死んだことになっている。では、赤色戦線の目的は何だ。

「みんな黙って」

スマホを耳に当てていた池田が大声を上げた。

「エリーゼのスマホの電源が入ったそうです。捜査本部からです」

そう言うとスピーカーにして車のボンネットの上に置いた。女性警官の声が聞こえる。

〈五分前、一分ばかりつながりました。相手はマリナです〉

「何を話したの。エリーゼのスマホの通話は捜査本部も受信しているんでしょ」

〈相手は無言でした。ただ、送話口に誰かいるのは分かりました。マリナがエリーゼかと聞いても答えませんでした〉

「周りの音は拾ってないんですか。わずかな音でもそこの状況が分かることもある」

〈おそらく部屋の中です。何も拾えませんでした。ただ、場所は分かりました〉

「どこです。早く言ってください」

〈豊洲(とよす)です。もう、救出班が向かっています。でも、そこにエリーゼがいるとは限らない。誰かが捨てられてたスマホを拾って、電源を入れただけかもしれない〉

「私は会議までにエリーゼを取り戻すとマリナに約束しました。私も行きます」

明日香がスマホに向かって言う。

〈分かりました。救出班には、あなた方も行くことを報(しら)せておきます〉

「時間がない」

明日香は覆面パトカーの運転席に乗り込むと、赤色灯を出して屋根に付けた。ジョンと池田が続いて乗ってくる。

運転しながら明日香はスマホを出し、スピーカーにして横に置く。

「スーザン、あなたは明日、会議の取材でしょ」

〈そう。今赤坂迎賓館(げいひんかん)のマスコミ控室で打ち合わせ。会議場に入れるのは二十人だけ〉

「もちろん、あなたは入れるんでしょ」

〈当然よ。ある意味、歴史的瞬間。世界が一つになってテロと戦う宣言の日。ジャーナリストならどんな手を使っても立ち会いたい〉

「頼みたいことがある。私のメッセージをマリナに伝えて。あるいは新崎総理に」

〈エリーゼの救出に向かってるのね〉

「必ず救出する」

明日香は返事を待たず電話を切った。

マリナは強く目を閉じた。

闇の中に影のようなものが見える。エリーゼに違いなかった。そのエリーゼの影が次第に薄れていく。代わりにマットの顔が現れる。数時間前に助けてくれた。その前もマットは私と一緒だった。

必死で車の中でのことを思い出そうとしていた。

明日香たちは、私の体内に爆弾が埋め込まれたようなことを言っていた。レントゲン写真には異常はなかった。しかし、ジョンというニューヨーク市警の刑事は信じていないようだ。私を引き裂いてでも、爆弾を見つけ出そうとしていた。私だってそうしてほしい。いったい自分は何なのだ。

もう一度自分で身体中を見てみたが、傷もなく違和感もない。何度も息を深く吸って吐きだしたが、変わったことはまったくない。

明日は、G7の首脳たちの前で、世界に向けてスピーチをする。何十回も書き換え、何百回も練習したスピーチの原稿は、この部屋に到着したときに破棄した。私は私の言葉で自分の人生について話す。人の頭部に向けて銃の引き金を引き、その弾は相手の脳ミソを吹き飛ばし、心臓の動きを止めた。しかし、最高の撃ち方は殺すことではない。「最も効果的な傷を与えろ。生かさず、殺さず。敵の荷物になるようにするんだ」ゲリラの射撃訓練の教官の言葉だ。それが私の人生だった。しかし、私はエリーゼという宝を得た。それも私の人生だ。

私の体験と思いを述べることは、世界の数万人の少年兵の言葉に代わるはずだ。それは世界の人々に響き、心を揺さぶる。テロのない世界に一歩近づく。

「エリーゼ」

声に出して呟くと、涙が流れ始めた。その細い流れは頰を伝っていく。

私はどうなってもいい。どうかエリーゼを助けて。マリナは声に出さずに祈った。

頭が朦朧として、ベッドに倒れ込んだ。鎮静剤が効き始めたのだ。


明日香たちが乗った覆面パトカーは豊洲に入った。

「あと数分で現場です。まずいですよ。まずは住民の避難が先じゃないですか」

「何時だと思ってるの。みんな寝入ってる。こんな時間に起こされるとパニックが起こる。犯人たちにも気付かれないように、静かに行動するのよ」

明日香の言葉には答えず、池田はタブレットを見始めた。

「あれがそうです。本部から連絡があった建て替え前のビル。半月後には解体が始まります」

通りを曲がったとき、池田がタブレットの衛星写真を見せながら言った。

「SATはすでに待機しています。捜査一課の者もあと十分で到着します」

池田が時計を見ながら言う。今回の作戦は警視庁挙げての総力戦だ。

明日香たちはSATチームが待機している所に行った。作戦本部となる大型バンと隊員輸送用のバンが、闇の中に十台近く駐車している。

明日香は指揮車のバンに入っていった。横田はすでに到着していた。

車内に十台近く並んだモニターには、ビル周辺が映し出されている。前方に小学校の校舎ほどの工場跡が見える。

「エリーゼのスマホの電源が入ったのは、この建物です。今も電波が出ています」

デスクの上にはビルの見取り図が置かれている。ビルは五階建てで、地下が三階まである。一階部分は広いスペースが取られていて、イベント会場にもなっていた。

「ここがテロリストたちの本拠地というわけか。しかし、あまりに無防備だとは思わないか」

横田が明日香たちを見て、そばに来ると英語で言った。ジョンの意見を求めているのだ。

「スマホの電源を入れたままにしておくとは、見つけてくれと言っているようなものだ。罠が仕掛けてあるのは明らかだ。覚悟して行け」

「かといって、様子を見ているだけの時間はありません。マリナのスピーチが始まる前までにエリーゼを救い出したい」

すでに午前五時を回っている。あと二時間で会議が始まる。それまでにエリーゼを救出しなければならない。

「焦（あせ）って失敗すれば、相手の思うつぼだ。見極めが難しい」

時間との闘いであることは十分に承知しているのだ。

「今から十分後に突入する。各自、装備を点検しろ。相手は容赦（ようしゃ）なく撃ってくる。死を恐れないテロリストだ。すでに都内で八十二人の犠牲者が出ている」

明日香は指揮車を出てスマホを出した。一通のメールを送り、電話番号をタップした。

早朝にもかかわらず、すぐにつながる。

「あなたに頼みがある」

明日香はスーザンにこれからエリーゼの救出作戦が始まることを告げた。

〈私の役割は何？〉

「会議場で何かあったら連絡してほしい」

「何かって何なの。変なことを言わないでよ」

「私にも分からない。ただちょっと気にかかって」

一瞬の間があった。現実に引き戻された瞬間だ。

〈直ちに伝えるようにする〉

「あなたを信頼してる。エリーゼは必ず救出する」

明日香は電話を切った。他のバンから完全武装のＳＡＴの隊員たちが降りてくる。

指揮車から横田が出てきた。

「これから突入する。ただし、テロリスト逮捕よりエリーゼの救出を優先する。テロリストたちはあとで必ず逮捕する」

明日香は拳銃を出した。

ジョンが手を出したが、明日香は知らん顔をした。

「今回はナシか。今度は俺の盾になってくれるのか」

ジョンは言いながら背後に手を回すと、ベルトから拳銃を抜き出した。モスクの戦闘のとき、テロリストの拳銃を奪ったのだ。

「マリナのスピーチは、あと三時間ほどで始まります」

スマホで話していた池田が言う。

「行くわよ」

明日香は拳銃の弾倉(だんそう)をチェックして構えると歩き始めた。

ジョンと池田が両脇に並んだ。

第九章　会議

1

マリナは空を見上げた。青く澄み渡り、見ていると吸い込まれそうだ。

様々な思いが脳裏に湧き上がる。幸せだった村での生活と両親の愛、ＮＩＳに連れ去られてからの戦闘訓練と繰り返される結婚と称する人身売買と暴力。恐怖にも似た重苦しい感情が湧き上がり、動悸が激しくなる。思わず目を閉じて、その恐怖と記憶を振り払った。

「アスカ――」と呟き、辺りを見回したが、明日香の姿はない。

〈エリーゼを救出に行く。私は私の役割を果たす。あなたはあなたの役割を果たして。必ず約束を守る〉スマホに届いていた明日香からのメールだ。送信時間は午前五時十分。

「必ず約束を守る」声に出してみた。この国に来て、もう何十回も聞いた言葉だが、今日は新鮮に感じられた。明日香なら必ず約束を果たしてくれる。根拠はないが、そう感じた。

「顔色が悪い。大丈夫ですか」

マット・カスバードが周囲を見回しながら言う。初めは胡散臭い男と感じたが、意外と頼りになる男かもしれない。昨日は自分が傷つきながら、盾となって護ってくれた。

「エリーゼの情報はないの」

「アスカに任せなさい。彼女は信頼できる警護官だ」

マットの言葉にマリナは頷いた。

「出発の時間です。今日は僕があなたを護る」

マットが力強く言う。

「官邸からアメリカ大使館の車で会議会場の迎賓館赤坂離宮まで行きます。回り道をするので所用時間は約三十分。車を降りるときは要注意です。私の陰、懐に入るようにしてください。スナイパーの恐ろしさは、私以上に知っているでしょう。会場内に入れば、狙撃の危険は軽減される」

マットの言葉遣いが職業的なものに変わっている。彼も優秀なシークレットサービスなのだ。

「会場入り口では、空港のセキュリティチェック以上の保安検査が行われます。これは全員です。まず高性能な金属探知機を通ります。最近は心臓のペースメーカー、骨折や骨の矯正用に体内に金属が入っている人も多いので、その確認が必要です。体内にＩＣチップが入れられているかどうかも調べられます。怪しい者は直ちに拘束され、別室で調べられます。手荷物も同様です」

マットが説明しながら歩き出した。マリナは並んでついていく。

首相公邸の外にはアメリカ国旗を付けた黒のセダンが待っている。マリナたちが乗り込むと走り出した。

昨日とコースを変えて会場の迎賓館赤坂離宮に向かった。鮫ケ橋坂に入ると、迎賓館が見え始めた。通りは通行止めになっていて、制服警官と機動隊隊員が数メートルおきに並んでいる。こうした中でも時折り、銃撃音や爆発音が響いてくる。現在首都・東京は無法地帯となっている。

アメリカ大使館の車は身分証を見せるだけで、迎賓館赤坂離宮に入って行った。

マリナは車を降りるとマットとシークレットサービスに囲まれて会場に入った。マットがぴったりと寄り添って歩いていく。

金属探知機を通り抜けるとボディスキャナーによる検査を受けた。特に念入りに調べるよう、ジョンの伝言が入っている。

「会議場には大型の円形テーブルがあって、G7の首脳たちが座ります。円形テーブルの前に演壇があり、あなたはそこでしゃべることになる」

「控室はどこなの」

早く一人になりたかった。もう一度話すべきことをチェックしておきたい。今さらやめることはできない。エリーゼ、ママのことを許してほしい。あなたに何があっても、ママはあなたから離れない。マリナはその思いを強く、自分に刻み込んだ。

「ありません。現在、首脳たちのスピーチが行われています。一人十分で一時間十分。その後があなたの番です」

マリナはスマホを出したが、誰からのメールも届いていない。

「新崎総理とは話せないの」

「話せます。各国の首脳たちとも。ただしそれは、スピーチの後です。三十分間のスピーチの後、質疑応答です。あなたの思いを伝えればいい。今はスピーチのことのみを考えてください。あなたを世界に紹介するのは、アルフレッド大統領です。大統領はあなたの亡命を受け入れました」

私を招待して、エリーゼの手術の手配をしてくれたのは新崎だ。私は新崎のそばにいたい。

しかし、口には出せなかった。

身体中が緊張で硬くなっている。それ以上に心を締め付けるのは、エリーゼのことだ。彼女は私以上の恐怖と孤独を味わっている。

「もっと肩の力を抜いて。あなたはここまで生き抜いてきた。あと少しです。それが終わればアメリカで新しい人生が始まる」

「エリーゼはどうなるのです」

「アスカを含め、日本の警察が全力で救出のために動いています。スピーチと質疑応答が終わると、各国の首脳たちとの昼食会です。これは世界に対するアピールです。我慢してくださ い」

明日香は反対したと言ったが、やはり昼食会はあるのだ。

「その後、私がアメリカ大使館にお連れします。あなたはアメリカに亡命が認められ、以後大使館を出る必要はありません。明日、会議が終わり次第、大統領と一緒に横田基地に向かい、エア・フォース・ワンでアメリカのアンドルーズ空軍基地に向けて発ちます」

昨日は大統領に会えなかった。しかし、その方が良かったのかもしれない。何となくそういう気がした。

会場からは拍手が聞こえる。カナダ首相のスピーチが終わったのだ。

「あなたの出番は次の次。二十分後、フランス大統領の後です」

マリナは頷いた。緊張で脂汗が流れる。

「洗面所に行きましょう。ひどい汗です。化粧を直した方がいい」

「有り難う。そうしたい」

かすれた声を出して歩き始めた。


救出班は十人ずつの二組に分かれ、第一班は正面出入り口、第二班は裏口に向かった。

明日香たちは正面から入り、階段を上っていった。最上階の五階まで行き、各部屋を調べながら降りて行くのだ。第二班は一階から上に向かう。テロリストがいれば、第二班と挟み撃ちができる。

建物内は静まり返っている。その静けさが不気味だった。

「爆弾に注意しろ。テロリストは爆弾に精通している」

ジョンの押し殺した声が聞こえる。

下で爆発音が響いた。第二班が罠に引っかかったのか。隊員たちに緊張が走った。

「一階ロビーに爆発物が仕掛けられていました。死傷者は不明」

池田が小声で言う。イヤホンで指揮車からの情報を受けているのだ。

「足元に気を付けろ。階段の壁と手すりには触れるな。巻き添えはご免だからな」

明日香はジョンの言葉をそのまま他の隊員たちに伝えた。

「三階です。今もエリーゼのスマホは電源が入ったままです」

池田が言う。

「罠じゃないのか。彼らがこんなドジを犯すとは」

背後から声が聞こえる。

「黙って。今さらガタガタ言わないで。他に手がかりはないのよ。罠だと分かっていれば、それは罠じゃない。想定内のトラブル」

明日香が鋭い口調で言う。

「スマホの電波はこの階の一室から出ています。部屋の特定はできません。一部屋ずつ調べるしかありません」

「窓があったでしょ。ドローンで調べられないの」

「本部に問い合わせてみます」

今の爆発で、テロリストは建物に誰かが忍び込んだのは分かったはずだ。しかし、この静けさはなんだ。エリーゼはここにはいないのか。明日香の脳裏には様々な状況が浮かんでくる。時計を見ると六時過ぎだ。会議が始まるまでに一時間を切っている。

誰もいないのを確かめながら明日香たちは廊下を歩いた。

一番近くのドアの前に着いた。明日香がドアを開けようとするのをジョンが制した。

「さっさと調べてよ。時間がないのよ」

「俺だって必死だ。さっきの爆発の状況を知りたい」

ジョンが拳銃を構えて言う。明日香は時計を見た。マリナはすでに会場の迎賓館に到着している。スピーチは各国首脳の後と聞いている。時間がない。

「池田が爆発の状況を問い合わせている。指揮車の返事を待った方がいい」

ジョンの言葉を無視して、明日香はドアに体当たりをした。ドンと大きな音と共にドアが開く。

「エリーゼはいるの？　いたら返事をして。私は明日香。あなたを助け出すために来た」

英語で大声を出しながら部屋の中に飛び込んだ。ブラインドが下りている部屋は、外の光も通さない。明日香たちのライトの明かりだけだ。


三階、非常階段の横の部屋に、アケミと七人の部下がいた。デスクにはノートパソコンが三台置かれ、それぞれのディスプレイの画面が四分割されて建物内外の映像を映していた。

「でも、あいつらに、よくここが分かったね。昨日、マンションから移動したばかりなのに」

「やつら、女のスマホの位置情報を追ってる。誰かがスマホの電源を入れた」

無線機の前の男がヘッドホンを外(はず)して言う。警察無線を傍受(ぼうじゅ)しているのだ。

「女のスマホは取り上げてる。誰が持っているんだ。そろそろ時間だ。女を連れて来い」

スマホを見てアケミが言うと、数人の男が部屋を出て行った。

「ここも移動したほうがいいんじゃないですか」

「どこに行けというの。どうせ、この周囲も警察が取り囲んでいる」

アケミの腹をくくった声が返ってくる。


マリナが女子トイレに入ろうとすると、マットがその腕をつかんだ。

若いシークレットサービスがトイレの入り口に立つ。

「彼と待っていてください」

マットが女子トイレに入って行く。ドアの開閉の音がする。一つ一つのドアを開けて異常がないか調べているのだ。

「オーケー、入ってもいい。奥に入ってくれ」

出てきたマットが言う。

マリナは言われたとおりに奥の個室に入った。便器のふたを開けると、裏にテープでスマホとビニール袋が張り付けてある。袋に入っているのは長さ一センチほどのカプセルだ。触ると弾力性はあるが中に金属が入っている。

スマホのスイッチを入れると、映像が流れた。無意識のうちに口を押さえ、悲鳴を呑み込んだ。目は釘付けになり、動悸が激しくなる。両手両足を結束バンドで椅子に縛り付けられ、口に粘着テープが貼られたエリーゼが映っている。カメラに向かって必死で何かを訴えている。

映像が切れ、「カプセルを飲め」の文字が現れ、数秒で消えた。

マリナはカプセルを眺めた。やや小さめのよくある医薬品のカプセルだ。エリーゼの恐怖に引きつった顔が脳裏に焼き付いている。鼓動が全身に響いてくる。長い時間が流れたと思ったが、実際は一分にも満たなかった。「必ず約束を守る」明日香の声が心に響いた。エリーゼはカプセルをトイレに捨てた。

トイレを出るとマットが立っている。動悸がさらに激しくなった。

「顔色が悪い。もっと気分を楽にして」

慇懃な口調で言うとマリナの顔を覗き込んでくる。

「私は大丈夫」

思わず顔を背けて平静を装ったが、出た声は震えている。

マットはトイレを覗いてから、マリナが持っているスマホに目を止めた。

ポケットからピルケースを出して、カプセルを飲んだ。

「これを飲んで。気分が楽になります」

もう一つをマリナに差し出した。

「私はいい。薬に頼りたくはない。一人になりたい。あなたは出て行って」

「飲んだほうがいいです。私も重要な仕事の前にはこれを飲みます」

マットがマリナの腕をつかんだ。振り払おうとしたが、強い力だ。

「いいと言ったでしょ。離して」

声が大きくなったが、マットは動じる気配はない。

腕を離すと、マットがスマホを出してマリナの方に向けた。

「叫ばない方がいい。入り口に立っているシークレットサービスは僕の部下だ。すべてを承知している」

「あなたは――」

マットはマリナの髪をつかむと、顔をスマホに向けた。

「リアルタイムの映像です。僕の言うことを聞いた方がいい。これを飲まないと娘が苦しむことになります。あなたの何百倍もです」

「エリーゼ、あなたなのね」

マリナがスマホに向かって呼びかけた。画面に映っているのはエリーゼだ。前と同様、椅子に縛り付けられ、口には粘着テープが貼られている。画面に腕が出てきて、テープが乱暴に剝がされた。

「死んだと思ってたのか。そうだろうな。おまえの仲間のやり方だと」

マットの言葉使いが変わっている。

「飲めばエリーゼは――」

「生きて返してやる」

「確証は」

「僕たちはあんたの仲間とは違う」

「仲間じゃない。ＮＩＳは私の敵」

「さっさと飲め」

マリナは顔を背けた。その顔の前にマットがスマホを突き出す。

「母親に見捨てられた可哀そうな娘だ。まず耳を切り取れ。次に指だ。一本一本、時間をかけてやれ。いや、先に目をくりぬくか。母親のせいで一生闇の中で生きることになる」

マットがスマホに向かって、押し殺した声で言う。画面にナイフを持った手が現れた。

ナイフが耳にかかった。エリーゼが何か叫んでいる。消音になっているので何を言っているのかは分からないが、顔は恐怖に歪み、目に涙を浮かべている。ナイフから逃れようと必死で、縛られた身体を動かしている。

マリナの頭は真っ白になって、何も考えることができない。

「必ずエリーゼを生きて返して」

マリナは、マットの手から奪うようにカプセルを取って飲み込んだ。多少硬めのゼラチン質のカプセルが喉を通りすぎる。画面からナイフが消え、悲鳴を上げていたエリーゼの身体が前のめりに倒れた。気を失ったのか。十三歳の少女には過酷すぎる。

「私は何をすればいい」

「何もしなくていい。ただ娘のことだけを考えてろ。よけいなことは言わず、流れに任せればいい。僕の言ったことは忘れろ。すべてはエリーゼを生かすためだ。エリーゼの生死はおまえにかかっている」

　マリナは無意識のうちに頷いていた。エリーゼの名前を聞くたびに身体が震え、恐怖におののく幼い顔が浮かぶ。頭の中はエリーゼのことだけだった。


　急に辺りが明るくなった。被せられていた袋が取られたのだ。エリーゼは思わず閉じた目をゆっくりと開けたが、直ぐには像を結ばない。

　まだ恐怖が抜けきっていない。肌にはナイフの冷たく鋭利な感触が残っている。痛みがあるのは、肌が傷ついているからか。スマホから聞こえたのはマットの声だ。隣りにいたのは――ママだ。ママは何を指示されたのだ。私を殺すと脅して、意に反することをやらされる。

「外に日本の警察がいる。どこかに隠れていて、他の奴らがいなくなってから警察に助けを求めろ。必ず助けてくれる」

　男の声と同時に、手足の結束バンドが切られた。

　しばらくして、横に立っている男の顔が鮮明になってきた。前に一瞬だけ見た男だ。あれから何度か思い出そうとしていたがダメだった。しかし今、突然浮かんだのだ。

「あなた、やっぱり見たことがある」

　エリーゼは男を見つめた。男は慌てて顔を逸らした。

「ママの知り合いでしょ。ママが一度だけ、写真を見せてくれた」

「違う。僕は殉教者だ。きみたちの敵だ」

「だったら、何で私を逃がしてくれるの」

「黙って行け。僕の気が変わらないうちに」

男はエリーゼの腕をつかんで立たせた。

そのとき突然ドアが開き、銃を持った赤色戦線の男たちが入ってきた。

部下たちが、結束バンドで後ろ手に縛ったオマールとエリーゼを連れて戻ってきた。

「やっぱりあんたか。女のスマホのスイッチを入れたのは。あんたらはどういう関係なのよ」

アケミがオマールとエリーゼを交互に見つめていたが、突然笑い出した。

「ひょっとして、あんたらは親子なの。そうなのか。確かによく似てるよ。その強情そうな目。しぶとそうな口元」

「違う。エリーゼはアブデル・サウード様の娘だ。NISの幹部だ」

「もうどうでもいいことだ。目的は達してる。その娘に用はない」

アケミはデスクに置いていた拳銃を取った。

「その娘を殺すと、あんたは必ず報復を受けるぞ」

「マリナという女、あんたとシリアのキャンプにいたんだろ。ラジャから聞いたよ。あんたらできてたんだって。だから病院で女を狙撃したとき、わざと外したんだって」

アケミがオマールの言葉を無視して言う。

「サウード様は世界中に支援者と部下を持っている。狙った相手は必ず殺す」

「アラブのテロリストなんて怖くはないよ。どうせ、援助してくれる国も行き場もなくなる。テロリストなんて古いんだよ」

アケミが銃をエリーゼに向けた。

「さあ、あんたはどうする。自分の娘だろ。助けないのか」

エリーゼの悲鳴が上がり、銃声が響いた。

2

部屋の隅には胸と腹から血を流したオマールがうずくまっていた。その横でエリーゼが気を失っている。アケミが銃の引き金を引く一瞬前にオマールがエリーゼの前に飛び出し、銃弾を受けたのだ。

「敵です。SATが裏口から入ってきます」

同じ部屋にいるテロリストたちの視線は、右端のディスプレイに集まった。

防弾盾を持った先頭の二人のSATが、裏口からロビーに入ってくる。その後に、バッテリング・ラムを持った隊員が続く。ドアを打ち破る道具だ。

轟音（ごうおん）と共に白煙が上がり周囲が見えなくなった。裏口からロビーに入るところに仕掛けた爆弾が爆発したのだ。隊員たちが動揺している姿がディスプレイの画面に現れた。床には数人の隊員が倒れている。

「日本の警察は学習能力に欠けるな。爆弾のトラップに簡単に引っかかる」

一番若い男が言う。まだ二十代後半だろう。

「実戦経験が足りない。だから臨機応変な対応ができない。この国の警察は文章化して学ばないと身につかないんだ」

「あんたらだって、面と向かって相手を撃てるかどうか」

アケミが言って部下たちを見回した。

「問題はこれからよ。私たちはかなりヤバい状況。通りにはカメラは付けてないの？　きっと警察で埋まってる」

「今日付ける予定でした。建物の外と内部はカバーできているのですが。ただし、爆弾の方は半径三百メートルにわたってすでにセット済みです。スイッチを押せば順次爆発します」

「私もいよいよ本物のレッド・ウィドウか。赤色戦線の赤い未亡人」

アケミは息を吐いた。

モニターには二組のSATが映っている。各組、十人ほどの部隊だ。裏口からロビーに入る場所には数人の隊員が倒れている。トラップの爆発に巻き込まれた者たちだ。

「ここにいる仲間は何人なの」

「赤色戦線の兵士十五人ほどです。我々以外は各階にいます。NISも数人は残っていますが、大半は会議阻止で出ています」

「やはりヤバい状況か。相手は数倍いるよ。大事なのは数じゃないけどね」

言葉とは逆に、慌てている様子はない。

爆発音が響いた。今度は二階の部屋のドアが吹き飛んで、煙が廊下まで流れ出している。

自動小銃の銃声が響き、手榴弾の爆発音が聞こえた。二階に潜んでいた赤色戦線の兵士が反撃を開始したのだ。右を狙え、敵は複数いる。RPGを持って来い。時折り声が混じる。爆発音と共に壁が崩れ、廊下は白煙と飛び散った瓦礫で見えなくなった。ＳＡＴが白煙の中から現れた。廊下には複数の遺体が見える。

「彼らの目的の一つは、女の救出です。取引はできないんですか」

「相手は日本の警察よ。こんな所で、どんな取引をするというの。金をバラまいても拾うかどうか」

爆発音が響いた。下の階からだ。モニターには銃撃戦の様子が映し出されている。

「仕方がないね。我々の役目は済んだし、解散するか」

アケミが部下たちを見回した。そして、デスクの上にトランクを置いた。

「ここに一億円ある。これを分けよう。それにあと現金一億円と暗号資産が七百万ドル。これだけあれば、またどこかで楽しくやれる。こんなにしぶとくて面倒な国からはさっさと逃げるべき。みんな、防弾ベストは着けたね。弾は十分にある」

アケミは薄笑いを浮かべている。部下たちは互いに頷き合った。

「さあ、ショウの始まりよ。思う存分暴れてちょうだい。ただし、私が撃たれたら必ず運び出すこと。日本の警察に渡さないこと」

必ず生きて帰るように、アニーは言った。どうなるか分からない。でも、もう一度会いたい。

「敵だ。散らばれ」

廊下で日本語の声がする。廊下の端までＳＡＴが迫っている。

「反撃して。容赦はいらない。何人殺してもいい。私たちはアラブのテロリストなんだから」

アケミが言うと、男が無線機に繰り返す。

銃撃の音が激しくなった。廊下に煙幕が広がり始めた。敵がカメラに気づいたのだ。

明日香はドアの横に身体を付けて耳を澄ませた。かすかに話し声が聞こえる。横にいるジョンとSATに合図を送った。

バッテリング・ラムでドアを打ち破ると同時に、銃を構えて飛び込む。

「動かないで。銃を捨てなさい」

銃を向けて怒鳴るように言う。部屋には十人近い男女がいた。

もう一度明日香が怒鳴ると、男たちは指示を求めるように女を見ている。

「あんた、警護官の夏目明日香だろ」

女が聞いた。

「山仲明美。あなたなのね」

「名前を知ってるってことは、私が筒井信雄の妹だと知ってるんでしょ」

「彼は――」

「あんたが殺した。だから私があんたを――」

明日香は女が銃口を向けるのを見た。同時に銃声が轟く。一発、二発。

女が背後に跳ね飛ばされる。気が付くと銃を構えたジョンが横に立っている。SATの隊員も銃を構えて入ってきた。

「銃を捨てるんだ。俺は容赦なく撃つ」

英語で言ってジョンが他の男たちに銃を向けた。男たちはお互いに視線を交わすと銃を捨てた。

「やっぱり俺は人の盾にはなれないね。こいつは本気であんたを撃つ気だったぞ」

「分かってる。でも――」

明日香は床に仰向けに倒れ、動かないアケミを見ていた。ジョンの銃弾は二発とも胸に当たっている。

明日香はエリーゼに駆け寄って抱き起こした。数回頬を叩くと目を開け、明日香に抱き着いてくる。傷はなさそうだった。

「おまえらは何を狙っている？　エリーゼを拉致して会議を阻止するだけではないだろう。何を狙ってるんだ」

ジョンが男たちに怒鳴った。男たちは無言で横たわるアケミを見ている。

ジョンが辺りを見回している。

「どうかしたの」

「何かおかしい。こいつら、いやに落ち着き払っている」

遠くで爆発音が聞こえた。パソコンの前に座っていた男の顔に笑みが浮かんだ。

「俺たちはこの国を破壊する。まずは東京。首都を瓦礫の山にする。会議などどうでもいい」

次の爆発音が響いた。数十秒ごとに爆発音が続き、徐々に近づいてくる。

「全員、ここから出るんだ。急げ」

ジョンが叫んで明日香とエリーゼを立たせた。

「こいつら、どうします」

池田がジョンに聞く。

「放っておけ。自分の命の方が大事だろ」

男たちを拘束しようとしているＳＡＴ隊員の襟首をつかみ、ドアの方に突き飛ばした。

「この人も助けてあげて」

エリーゼの視線の先に、アラブ系の男が倒れている。

「私をかばって撃たれた。ママの知り合いみたい」

「分かった。早くここから出るのよ」

明日香は池田に目配せすると、男を支えて立たせた。

ジョンがエリーゼを抱き上げると部屋を飛び出していく。一瞬躊躇したが、明日香は池田とジョンに続いた。

「周辺の建物に爆弾が仕掛けられている。ここにもだ」

ジョンの声と同時に次々と爆発音が響き、近づいてくる。ロビーに降りたとき、通りから爆発音が聞こえ、向かいの建物が崩れ落ちるのが見えた。

ロビーから外に飛び出すと同時に空気が震え、窓ガラスが吹き飛んだ。爆風で身体が飛び、大地が揺れた。建物の外壁が崩れ始めている。

3

通りは大混乱に陥っていた。轟音を立てながら周りの建物が次々に爆破され、崩れていく。

警察車両の半分が瓦礫に埋もれていた。周りでは血と砂埃にまみれた警官たちがそれを呆然と見ている。

明日香は男を車の横に降ろした。

「この人が助けてくれた。アケミという女の人が私を撃とうとしたら、この人が代わりに撃たれた」

エリーゼの口から、低いがハッキリとした声が聞こえた。

明日香は男の横に行って傷を調べた。

「弾は肺と腹部に命中している。どちらも出血がひどい。弾はまだ体内。早く止血しないと」

横に立っているジョンが首を横に振った。もう、助からないということか。

男はなぜエリーゼを助けようとした。その男をアケミは撃った。仲間ではないのか。様々な疑問が湧き上がってくる。

男が激しくせき込んだ。そのたびに鮮血が噴き出してくる。脈はかなり弱く間隔が長い。

明日香は男の身体を抱き起こした。呼吸はかなり楽になったはずだ。男が何か言いたそうに口を動かした。

「何が言いたいの。あなたはエリーゼを救ってくれた。彼女が話してくれた」

「マリナの体内には――」

男が激しく咳をして言葉が聞き取れない。

「体内がどうかしたの」

「――爆薬が仕掛けられている。それを爆発させる」

男の細い声が明日香の耳に伝わる。やはり、という思いと、我々はすでに調べたという思いが交錯する。

「この男をお願い」

池田に向かって叫ぶと、明日香はスマホを出して番号をタップした。
呼び出し音が鳴ると同時に通話ボタンが押される。
「エリーゼを救出しました。マリナを首脳たちに近づけないでください。彼女の身体には
――」
明日香は怒鳴るような声を出した。最後まで言わないうちに、スマホが床に打ち付けられる
高い音が聞こえる。
「何か起こりましたか。新崎総理」
明日香は叫んだが、返事はない。爆発音が聞こえると同時に悲鳴が上がり、騒然(そうぜん)とした物音
と叫び声が聞こえてくる。
明日香はスマホを耳に当てたまま車の方に走り始めた。

マリナは新崎に先導されて歩いた。背後に手を伸ばせば届く距離についているのはマット
だ。エリーゼのことだけを考えるんだ。マットの言葉が耳の奥に残っている。
「今回の会議のスペシャルゲスト、マリナ・エゾトワさんです」
新崎の声が響いた。
会場は静まり返っている。部屋の中の限られた者しか、何のことだか分からないのだ。マリ
ナ自身と各国の首脳たちの安全のためということで、彼女が生きていることは伏せられてい
た。知っているのは、新崎とアルフレッド大統領など限られた者だけだ。
新崎がマリナの経歴を読み上げる。その内容に、会場は重苦しい静けさに支配された。
拍手が聞こえ始めた。単調で寂しいリズムだ。マリナの横に立つ新崎が拍手しているのだ。

アルフレッド大統領が新崎に続いた。すぐに会場は拍手に包まれていく。

新崎が席に戻ると、アルフレッド大統領が立ち上がる。

マリナはマットに背中を押された。前に出ろということか。

「顔が引きつってるぞ。笑顔を見せて自然にふるまえ」

震える足に力を込めてマリナは一歩前に出た。マットの囁き(ささや)が耳の奥に響いている。

「大統領と握手をするんだ。次にスピーチをしろ。予定通りの行動を取るんだ。娘のことだけを考えろ。世界中がおまえを見ている。エリーゼもだ」

アルフレッド大統領が笑いながら近づいてくる。マリナは大統領に向かって歩いた。

演壇に一番近い席に新崎が座り、マリナを見つめている。新崎がスマホを出して、視線をマリナに向けたまま耳に当てる。

マリナは立ち止まった。新崎がスマホを落とすのが見えたのだ。

新崎が立ち上がり、二人に向かって駆け寄ってくる。エリーゼが死んだ？　マリナの心に浮かんだ。

マリナは新崎の声に顔を上げた。目の前には握手を求め、手を伸ばしてくる大統領の姿がある。

「エリーゼが救出された。明日香から連絡が入った」

新崎は確かにそう言った。マリナの顔にわずかに笑みが浮かんだ。

そのとき、背中を押された。マットは――。

新崎はマリナと大統領の間に飛び込んだ。その瞬間、マリナの姿が消えた。

アルフレッド大統領を突き飛ばすと同時に、右半身に車に追突されたような強い衝撃を感じ、背後に飛ばされた。背中から床に叩きつけられるが何も感じない。何が起こったのかも分からない。全身の感覚がない。

マリナのいた方に目を向けたが何も見えず、赤い視野が広がっているだけだ。

「マリナ、エリーゼが救出された。明日香から連絡が入った」

叫んだつもりだったが、声になっているのか分からなかった。おそらく呻き声が出ただけだ。

何が起こった。爆発音と血しぶきが広がるのが同時だった。大統領を突き飛ばすと、マリナを抱きかかえようとした。しかし、自分が弾き飛ばされて、床に倒れた。倒れたまま大統領に視線を向けたが、男たちに囲まれて見えない。数秒後シークレットサービスが大統領を抱きかかえ、演壇のすそから出て行くのが見えた。

舞台にはマリナが倒れている。周りには血にまみれた服と内臓が飛び散っていた。

それを見ながら新崎は横たわっている自分に気が付いた。会場内は騒然としている。

「マリナ、あなたは――」

声を出しかけたが、すぐに意識は消えていった。

〈何が起こったのでしょう。突如、爆発が起こりました。会場は騒然としています。安全であることが絶対条件である会場で大きな爆発が起こりました。爆発現場には、アルフレッド大統領と新崎総理が倒れています〉

テレビ画面には騒然とした会場の風景が映し出されている。

〈自爆テロの模様です。スペシャルゲストと紹介された、もと少女兵士が自爆した模様です〉

興奮した声が続いている。

ラッカム副大統領は姿勢を正した。目でテレビ画面を追いながら口の中で呟いていた。

「大統領は勇敢でした。テロの舞台となった日本に、未来の平和を築くために乗り込んだのです。そして、自爆テロという憎むべき蛮行によって、命を落とされました。私はアルフレッド大統領の志を継ぎます。平和な世界の到来のために」

副大統領はフッと息をついた。顔には笑みが浮かんでいる。大統領就任演説では終始、悲しそうな顔をしていなければならない。学生時代、恋人に逃げられたとき以来か。あの女は、別れた男が大統領になるとは夢にも思っていなかったのだろう。この私自身でさえ、当時は思ってもみなかったのだ。

ドアがノックされる。声を出す前にドアが開き、秘書の一人が入ってきた。

「大統領が襲われました。一人死亡、一人重体という情報が入っています」

「それで私に何の用だ」

「直ちにホワイトハウスに行かれた方がいいかと」

「そうだった。国家の非常事態だ。緊急会議が開かれる」

議長は私だ、という言葉を呑み込んだ。

デスクのスマホが鳴り始めた。

4

明日香は病院に駆け込んだ。

病院内は騒然としていた。厳戒態勢が敷かれ、数十人の警察官が入り口付近に立っている。明日香は警察手帳を見せながら小走りに歩いた。視線が集中する。明日香と目が合った五、六歳の男の子が、驚いて母親の背後に隠れた。顔は引きつり、目は血走っているに違いない。それほどまでに自分は取り乱しているのか。

明日香は足を止めた。テレビの周りに人が集まっている。

〈テロ撲滅世界会議で爆発が起こりました。スピーチをするために招待されていたマリナ・エゾトワ容疑者が自爆テロを行ったようです。テロリストは会議に出席した首脳たちを巻き込んだ自爆テロを試みたようですが、失敗したようです。アルフレッド大統領と握手するときに身体に仕掛けていた爆弾を爆発させましたが、アルフレッド大統領は無事です。新崎総理が自らを犠牲にして大統領を救いました。大統領とテロリストの間に入ったのです。しかし自身が重傷を負った模様です。現在、都内の病院で手術が行われています。総理の働きは――〉

通りに張られた規制線の前で、女性レポーターが興奮した声で話している。背後には迎賓館赤坂離宮が見えている。

明日香は歩みを速めて通りすぎ、エレベーターに乗った。

池田から報告を受けたＩＣＵのある階でエレベーターを降りた。

廊下には十人近い警察官が立っている。

明日香は、警察手帳を見せて廊下を小走りに走った。

ＩＣＵの前には、政府関係者、警視庁、警察庁の幹部が集まっていた。

明日香は横田の前に行った。

「何とか命は取り留めた。今、手術室からＩＣＵに移されたところだ」

明日香の全身から力が抜けていく。思わず、その場に座り込みそうになった。命は取り留めた。しかし、横田の顔は深刻そのものだ。横田は明日香の腕をつかんで非常階段の前に連れて行った。

「右足と右腕の切断、腹部の臓器の損傷だ。現在は応急措置ですませてある。総理の強い希望だ。一度意識が戻ったとき、担当医師と政権幹部を呼んで言ったそうだ。会議の進行を見届けたいのだろう」

明日香には言葉がなかった。横田は明日香の理解を確かめるように見た。

「まだあるんですか」

「右目は失明だ。マリナの服のボタンが刺さった。身体の右側の機能がダメージを受けた。アルフレッド大統領がマリナを抱き締めようとしたとき、新崎総理が二人の間に飛び込んでいったんだ。爆発と同時だった。自分が盾になって、大統領を救った」

横田が詳細を説明した。

「マリナの体内に仕掛けられていた爆弾が爆発したのですね」

明日香は、新崎との通話で聞こえた音を思い出した。明日香の言葉で、新崎はアルフレッド大統領を護るために二人の間に入って、爆発をまともに受けたのだ。新崎が死ぬことがあれば、自分のせいだ。いや、マリナも死んだ。頭が混乱してくる。

「申し訳ありません。総理を護り切れなくて。マリナまで――」

明日香は横田に頭を下げた。

「おまえの責任じゃない。爆発は大きなものではなかった。他の首脳は護られた」

ジョンの言葉通り、あの空白の三十分間でマリナの体内に液体爆薬が仕掛けられていた。レントゲンでは見つけられないほど胃の内部になじんだ袋に、水溶性の爆薬が入っていたのだ。

「爆発はどうやって――」

「カプセルに入った起爆装置を飲んでいたらしい。おそらくカプセル状のものだ。それを外部から操作したのだろう。現在、詳しく捜査中だ」

横田が説明した。起爆装置はレントゲン写真には写っていなかった。会場入口の金属探知機も反応を示さなかったのなら、会場内で体内に入ったものだ。

「テロリストは世界に向けて宣戦布告した。テロリストの非道さを訴えるマリナを殺すのが目的だった。新崎総理は重傷だが、命は取り留めた」

横田は自分自身に言い聞かせるように呟いている。

「爆薬の量は発見されないように、多くは入れられなかったのだろう。だから新崎総理の命は助かった。被害は最小限に抑えられた。もちろん、マリナは――」

横田の声が途切れると、スマホを出して明日香に向けた。腹部が血に染まり、不自然に曲がったマリナの遺体が演壇の中央に横たわっている。

「テロリストはどこかで起爆装置を操作した。そんなに遠くではないはずです」

「出席者は各国の首脳とその随行員だ。身元はしっかりしている」

「私たちはそれを確かめたわけじゃない」

横田は明日香の言葉を肯定も否定もしない。

「マリナの遺体とは会ったのか」

「これから警察病院へ行くつもりです。エリーゼを連れて」

「今、彼女はどこにいる」

「警視庁で保護しています。健康チェックもかねて」

ジョンと池田が付いている。現在、最も安全なところだ。

「エリーゼには会わせない方がいいのでは。遺体の状況は見ただろう」

「やはり会わせたい。マリナは娘を護って死んだのです。お母さんはあなたを愛していた。あなたを護ろうとした。テロリストに殺されたけれど、負けたんじゃない。エリーゼには分かってほしい」

テレビで見たリポーターの言葉を思い出していた。マリナが自爆テロを行ったと言っていた。

「それは酷だろう」

「でも、現実です」

今まで堪えていたが、明日香の頬を涙が伝った。無性に辛く、切なかった。自分は無力だ。護るべき人を護れなかった。

「いつでも会えるように、警察病院へは私から伝えておく」

そのとき、部屋から医師が出てきた。

「総理の意識が戻りました。夏目明日香さんはいますか」

明日香が手を上げると医師が前に来た。

「総理がどうしても会いたいそうです。私は反対したんですが。会えなければ自分が探しに行くと」

明日香は白衣を羽織り、マスクをしてＩＣＵの中に入った。

新崎が何か言いたそうに明日香を見つめている。

明日香が医師を見ると、かすかに頷いた。

新崎に近づき口元に耳を寄せた。

「マリナは――何が起こったの」

明日香は躊躇した。現在の新崎に話すべきなのか。

「マリナの体内に爆弾が仕掛けられていました。それが爆発しました」

「マリナは――死んだのね」

明日香がうなずく。

新崎の顔がゆがみ、息遣いが乱れた。医師が明日香を押しのけて、新崎の様子を見ている。

新崎は目を閉じて動かない。しばらくそうしていると息遣いが整ってくる。

「エリーゼは」

「無事に救い出しました。現在、警視庁で、医師の診察を受けています」

「怪我（けが）をしてたの」

「少なくとも、三十時間は拘束されていましたから」

「母親が死んだことは」

「まだ知らせていません。でも、次に会うときには話します。今後のことがありますから」

「マリナの意思を尊重しましょう。マリナはスピーチ後、アメリカ大使館に移り、会議終了後はアルフレッド大統領と一緒に、エア・フォース・ワンでアメリカに行く手はずだった。エリーゼと一緒に。彼女、英語もうまいし、頭もいい。アメリカでも十分にやっていける」

明日香に、というより、自分自身に言って聞かせるような声と口調だ。

「亡命後はＦＢＩの証人保護プログラムに入る予定でした。でも、エリーゼ一人だと難しいと思います」

「私が責任をもって対処します」

新崎は目を閉じた。何かを考えているように動かなかったが、やがて目を開けた。

「会議はどうなっているの」

「首脳たちが相談していると聞いています」

明日香は新崎を見つめて言った。

「あなたに頼むのはお門違いだけど、会議は最後まで続けて。それがマリナやテロで死んでいった人たちへの義務です」

新崎は言い終わると苦しそうに息を吐いて、明日香を見つめている。明日香は強い意志を込めて頷いた。

「分かりました。全力を尽くします」

「それではダメ。必ず約束を果たすと言って」

懇願するような目で明日香を見ている。

「必ず約束を守ります」

「エリーゼに会いたい」

新崎の口から細い声が漏れた。

「会って、マリナのことを謝りたい。あなたは一人ではないことを伝えたい」

「エリーゼも分かっています。総理は安静にして、早く傷を治してください」

「謝罪は私の使命。私が会議の提案をしなければ、こんな悲劇を生むことはなかった」

「エリーゼは半年の余命宣告を受けていました。日本での手術はマリナの希望でもありました」

「半月の間を親子ですごせた。私がそれを引き裂いた」

「マリナは感謝していると思います。エリーゼがマリナの分の人生も生きます」

明日香の言葉を聞いて、新崎は目を閉じた。

明日香は言いながらも、マリナとの約束は果たして守れたのだろうかと自問自答した。たしかにエリーゼを助け出したが、マリナは爆死してしまった。その上、マリナ自身が自爆犯として容疑をかけられている。


ラッカム副大統領は机の脚を蹴飛ばした。角に当たり、しびれるような痛みが走った。

緊急閣僚会議が終わって、執務室に戻ったばかりだった。

会議の議長はアルフレッド大統領だった。日本からのオンライン会議で、大統領は爆発から逃れたことを強調した。

〈私はこのテロ撲滅世界会議が開かれたことを誇りに思っています。日本の総理が重傷を負ったが、命に別状はない。これで世界にテロリストの実体を晒すことができた。彼らは非道で情け容赦のない集団だ。今後、我々はテロリストに対して容赦しない。テロリストをかくまい、

資金を提供している国に対しても容赦なく制裁を加える。これはこの会議に集まった国の総意です〉

大統領が強い口調で言う。その顔は次の大統領選への出馬の意欲に満ちている。

飛び散った血で顔を染めたアルフレッド大統領の写真をテレビで見たばかりだった。彼は目を見開いて前方を見ている。その表情に強い決意と勇敢さを感じさせる写真だ。次期大統領選アドバイザーの助言が大きく影響しているに違いない。全米の主だった新聞の明日の一面はこの写真だろう。

「彼は生きている。血を浴びたマヌケ面か、血に染まりながらもテロ撲滅を誓う強い大統領か。国民はどちらと取るか」

ラッカムは呟いた。「重傷を負った日本の総理」は、何とか命を取り留める模様だと、東京の部下が伝えてきた。

「重傷を負われた新崎総理の志を継ぐことを誓います」

なんだあの言い方は。日本に行くことをさんざん渋っていたのではないのか、大統領は。心にもないことをしゃあしゃあと言う男だ。しかし、国民は強く誠実な大統領と見るだろう。奴らはこの程度のこともできないのか。大統領が死ぬか、職務遂行不可能な程度の怪我を負えばいい――。そう思っていたが、これでは再選の後押しをしただけではないか。

ポケットでスマホが鳴っている。シークレットサービスの追跡不可能の番号だ。

ラッカムは消音にしてポケットにしまった。すべては私の知らないことだ。しばらく考えていたが、レッド・ウィドウの番号をタップした。

呼び出し音が鳴り始めた。いつもは五回以内に聞こえる声が、十回をすぎても聞こえない。

ラッカムは、鳴り続ける音を聞きながら全身の力が抜けていくのを感じていた。

5

事件の一時間後、別室で開かれた会議では、「テロ撲滅世界会議」の中止か継続かが話し合われた。議長国である日本の新崎が瀕死(ひんし)の重傷を負い、新崎と会議について連絡を取り合っていたアルフレッド大統領が、議長を務めることになった。

「会議を中止すればテロリストに屈したことになる。もう結論は出ています。自爆犯を送り込んでまで、会議を阻止しようとするテロリストを放置することは認められません。断固とした態度をとるべきです」

「新崎総理については非常に残念です。しかし、この機会に一気にテロ集団を撲滅できるとは思えません。さらなる詳細を決めるために、改めて会議を開くというのはどうでしょう」

「そんな悠長(ゆうちょう)なことをいっている場合じゃない。新崎総理のためにも、ここで宣言を採択すべきです」

「なぜテロリストがもぐり込んだ。あの女はテロリストの一味ではないのですか」

突然声が上がり、部屋を沈黙が支配した。

「この会議は早急すぎた。もっと根回しをやってからの方が良かった。新崎総理は先走りすぎたのです」

「これ以上の死傷者を出すのは避けるべきです。私たちにはさらに話し合う時間が必要です」

首脳たちが勝手に話し始めた。

結局、一度ホテルに帰って休息をとり、冷静になって今度はオンラインで話し合おうということで、各自、自国の警護官たちに護られ、ホテルに帰って行った。

明日香は横田と一緒に警視庁に戻った。

エリーゼに会いに行くという明日香を横田が呼び止めた。

「新崎総理は右半身の機能を失った。おそらく日本の総理は続けられない」

「そんなことはありません。ご自分の治療を応急処置にとどめたのは、この会議を成功させるためです。総理としての務めを果たすためです」

明日香はムキになって言い返した。横田が意外そうな顔で明日香を見ている。

「それを決めるのは総理と国民の意思です」

新崎ならきっと復帰することができる。その意思は必ずあるはずだ。

明日香が会議室に行くと、ジョンが一人で考え込んでいる。

ジョンを見ると急に弱気になり、込み上げてくる涙を必死で堪えた。

「私たちは負けた。マリナは死に、新崎総理は重傷を負った。私たちはテロを防ぐことができなかった。それは世界に配信された。会議はメチャメチャ」

「これからどうなるんだ。この会議は」

「今、参加首脳たちが話し合っている。これ以上の悲劇は起こしたくないと言っているらしい。おそらく会議は中止」

「アスカのいう通り、テロリストに負けたってわけか」

ジョンが皮肉交じりの声で言って続けた。

「テロリストも失敗した。彼らはG7の首脳たちを誰一人として殺すことはできなかった。新崎総理は重傷だが死ななかった。これは重要なことだ。必ず復帰する」

ジョンが明日香の肩を叩いた。半分以上、明日香を力づけるつもりで言っているのだ。

「エリーゼがアスカに会いたいと待ってるぞ」

「一緒に来て。私一人で会う自信はない」

二人はエリーゼが休んでいる部屋に行った。エリーゼはかなり落ち着いていた。

「オマールが死んだ。私を助けてくれたママの友達」

エリーゼは、明日香の顔を直視してハッキリとした口調で言った。

「ママの所に行く」

立ち上がったエリーゼの目には涙が浮かんでいる。

「今はダメだ」

「一緒に行きましょ。私もまだ会っていない。でも、ママはもう死んでしまったの」

ジョンの言葉を無視して、明日香はエリーゼの手を握り、抱き締めた。

「スマホで見た。だから最後のママと会いたい」

会場から全世界に配信していたのだ。現在、世界に流れているのは修正された映像だ。マリナの遺体は削除されている。しかし、最初の映像がユーチューブで拡散されている。

「マリナは勇敢だった。テロリストは残酷(ざんこく)で狡猾(こうかつ)だ。俺たちは必ず――」

「私もマリナに会いたい。いえ、会わなければならない。もう検視も終わっていると思う」

明日香がジョンの言葉を遮(さえぎ)った。

「いいのか。そんなことを言って」

ジョンが明日香の耳元で囁く。エリーゼが無言で二人を見ている。明日香の声も低くなった。

「二人を会わせるべき。私たちは現実から目を逸らせるべきではない」

「何が起こったか分かってるだろ。マリナの身体は――」

腹部がズタズタになっている、という言葉を呑み込んだ。

「でも今会わせるべき。会わなければ、後で後悔する」

明日香は池田の言葉を反芻した。マリナは腹部に水溶性の爆薬を仕掛けられていた。腹部が吹き飛んで、身体が二つに千切れる寸前だったと聞いている。顔は――。

エリーゼを連れて警察病院に行った。マリナの身体はまだ検視の途中だ。体内の液体爆弾や、会場内で飲まされたらしい起爆装置について徹底的に調べられる。本来ならば遺族であっても会うことはできないが、遺族の便宜を図るように、という横田の伝言が伝えられていた。

室内はひんやりとした空気に消毒薬の臭いが漂っていた。

「ママ――」

マリナに近づこうとしたエリーゼの腕を明日香がつかむ。

「ダメ。触らないで。あなたは自分の知っているママの顔を目と心に焼き付けなさい。ママはあなたと世界の子供たちを護ろうとして、テロリストに殺された」

涙が溢れてきた。ＮＩＳはここまで残虐になれるのか。

明日香はジョンと池田と共に、エリーゼを連れて官邸敷地内の公邸に戻った。

エリーゼを部屋に連れて行き、ベッドに入るのを確認した。

警護官の控室でテレビを見ていた。

〈マリナ・エゾトワというテロリストが自爆テロを行い、G7の首脳たちを殺害して会議を阻止しようとしました。幸い爆発力は小さく、新崎総理のみが負傷しました。命は取り留めましたが重傷です。今後の会議の行方はまったくの不透明です〉

女性リポーターが淡々とした口調で原稿を読み上げている。容疑者からテロリストと報道が変わっている。明日香はテレビを消した。

「マリナがテロリストの一味だと思われている。会議場で自爆テロを起こし、会議を阻止したと言っている」

「結果的にはそうなったか。NISはそこまで考えていたんでしょうかね」

「何を言い出すのよ、あなたまで」

明日香は池田を睨んだ。

「つじつまは合ってる。マリナは殉教したわけだ」

「冗談でもそんなことは言わないで。エリーゼが聞いたら——」

ドアの横にエリーゼが立っている。

明日香と視線が合うと、無言で部屋に戻っていった。

しばらく気まずい沈黙が続いた後、ジョンが口を開いた。

「マリナが自爆テロを起こすなんて、絶対にありえない」

「当たり前でしょ。いくらエリーゼが誘拐されて、脅されようとも」

これは間違いない。たとえ、エリーゼが殺されようとも、マリナは自ら起爆スイッチを押すことはない。マリナの身に何が起こったのだ。

「このままだとマリナは自爆犯にされてしまう。どこでマリナの体内に爆薬を仕掛け、誰がそれを爆破させたのか。必ず起爆スイッチを押した者がいるはずだ。それを見つけるのが第一だ」

ジョンが、自分自身を鼓舞するように言う。

「これから何が起こるんですかね」

池田がジョンの興奮した言葉を聞いて、誰にともなく呟いた。

第十章　スピーチ

1

〈我々が現在行っている聖戦は、日本の首都に広がっている。我々を弾圧しようとする会議は、神の忠実なしもべである戦士による自爆テロという報(むく)いを受けた。悪魔の手先である日本の総理は、生死の境をさ迷っている。たとえ生き延びたとしても、復帰困難なダメージを与えた。今後は、その苦しみを背負って生きなければならない。世界の指導者と称する異教徒に告げる。恐れ、おののけ。我々に敵対する限り、アッラーの力により同様の罰が与えられるだろう〉

夕方になって、ＮＩＳによる犯行声明が出された。

明日香(あすか)はエリーゼを連れて、ジョンと池田と共に病院に行った。新崎(しんざき)からどうしてもエリーゼに会いたいと連絡があったのだ。

ベッドに横たわる新崎は、顔の半分に包帯がまかれ、身体中に点滴チューブとバイタル測定用のコードがつながれていた。

応急手術の麻酔から目覚めたとき、医師に痛み止めに鎮痛剤を打つと言われたが、拒否しているると聞いている。意識をより鮮明に保つためだ。

「私があなたのママを殺した」

新崎がエリーゼを見つめて言う。エリーゼは無言で新崎の言葉を聞いている。

「私が会議を開かなかったら、マリナにスピーチを頼まなかったら、マリナは死ぬことはなかった」

「ママは私を助けようとした。私がいなければママは死ななかった」

「テロリストがいなければ、マリナは死ななかった。マリナが死んだのも総理が重傷を負ったのも、テロリストのせいです。だから、私たちは世界からテロリストを一掃しなければならない」

明日香が言い切った。

背後にジョンと池田(いけだ)が固まったように立っている。新崎の強い頼みで、二人も入室を許されたのだ。

「僕も夏目(なつめ)警部補に賛成です。僕たちの敵はテロリストです。あと一歩で、世界は大きく動きます。テロリストの居場所と資金源を断つことができます。総理は頑張ってください」

新崎に会うからと緊張で硬くなっていた池田が、突然言った。

「なんとか会議を再開させなければ――」

新崎の呟くような声が聞こえた。

身体が動かない。目の前が真っ赤に染まり、喉に流れ込む空気も血のように赤く苦い。

「誰か助けて――」必死に声を出すが返事はなく、全身が締め付けられるような圧迫感を感じる。やがて、すべての細胞が赤い粒子になり溶け出していく。「マリナ、エリーゼ……」かすれた声が出た。

「しっかりしろ。うなされてたぞ」

目を開けるとジョンが覗き込んでいる。

「少し休め。昨日から寝てないんだろ」

あなたも一緒でしょ、という言葉も喉に引っかかって出てこない。

明日香は全身の力を集中して、勢いをつけて立ち上がった。

病院から、池田の運転する覆面パトカーで、エリーゼとジョンと共に首相公邸に戻ってきていた。公邸は警護官の数を増やして、エリーゼの受け入れ態勢を整えたのだ。

「会議はどうなってるんですか」

明日香は新崎の秘書に聞いた。

「調整中です。現在、全首脳は各自のホテルか大使館に戻って、今後の対応を話し合っています。今日中には結論を出さなければなりません」

「中止ということはありうるの？　事務方では、すでに共同宣言の準備に入っていたんでしょ」

「そうですが、今回はマリナさんのスピーチが終わって、世界の反応を見てから共同宣言でどこまで踏み込むかを決める予定でした。マスコミの論調は芳(かんば)しくありません。マリナさんはテロリストの一員で、各国の首脳を狙って自爆テロを実行したと言っているメディアもあります」

明日香はジョンに視線を向けた。今までの事情を知る者にとっては、ショックだった。

「アメリカのメディアもそういう見方が強い。その他の国も情報待ちだと聞いている。中止の風向きが強い」

マリナの自爆テロ説が有力になると、新崎の立場は最悪になる。日本はテロリストを会議に呼び込んだ、危機意識ゼロの国として世界から非難される。

「何としても、真実を明らかにしなければ」

「何をすればいいんですか」

池田が真剣な表情で聞いてくる。

明日香はスマホを出して、スーザンを呼び出した。

「今、どこなの」

〈私は会議場の近くのホテル。会議場からは追い出された。現在、日本の警察が入って調べている。現場検証というやつ〉

「会議はどうなるの。スーザンなら、何か知ってるんじゃないの」

〈私もあなたに聞こうと思ってた。新崎総理の容体もね〉

「プレス発表されてるでしょ。命に別状はないけれど、重体だって」

〈私が総理に会うことはできないの〉

「無理よ、絶対に。アメリカ大統領の病状は極秘事項でしょ。それと同じ」

〈そんなに重体なの。あなたは会ったのでしょ。詳しく教えて。記者としてじゃなく、一人の友人として知りたい。新崎総理が助かり、復帰できることを心底願っている〉

スーザンの言葉に偽りはないだろう。彼女は、さらに続けた。

〈今、新崎総理とマリナはすごく微妙な立場なの。各国首脳の一部と多くのマスコミは、新崎総理がテロリストを招き入れたと思っている。マリナの立場をもっと明確にしておくべきだった。だから私を総理に――〉

「また、連絡する」

スーザンが何か言いかけたが、明日香は通話を切った。

ジョンと池田にスーザンの言葉を伝えた。

「会議を続けてほしい、これが新崎総理の願いであり、テロリストへの返答。こんなことが二度とあってはならない。マリナの死を無駄にしないでって」

「各国首脳の意思は固まっているんだろ。どうするつもりだ」

「彼らに直接、頼むしかない。どうやってかは分からないけど」

「アルフレッド大統領を動かすのが一番だ。だが、もっとも難しいことだ。彼は最初、会議に反対していたし、臆病だからな」

ジョンの言葉で、「大統領は会議に乗り気ではない」とスーザンが言っていたのを思い出した。考え込んでいたジョンが顔を上げた。

「マリナの腹の写真を見たか。人の頭大の穴があき、内臓がほとんどなかった」

「だから新崎総理が生死をさまよっている。私がついていれば――」

「アスカがいても怪我人が一人増えただけだ。あれだけの爆薬じゃ大量殺戮はできない。せいぜい数メートル四方の者が犠牲になるだけだ」

「新崎総理が犠牲になった」

「死にはしなかった。足と手が吹っ飛んだだけだ」

「そういう言い方はしないで。総理は必ず元気になる」

「総理は右側から爆発を受けている。しかし、死ななかった」

ジョンが繰り返した。

「もう一度、ママに会いたい。ママの所に連れて行って」

背後で声が聞こえた。振り向くと、エリーゼが明日香を見つめている。

明日香は思わずジョンに救いを求めたが、誰も救いなど持っていない。

「ママが死んだのは私のせい。ママは、私を助けるためにテロリストに協力した」

「違う。それは絶対に間違ってる」

明日香は声を絞り出した。

「あなたのママ、マリナはテロリストと戦って死んだ。決して協力したんじゃない」

明日香の目に涙が浮かんだ。

「自爆テロだって、テレビやユーチューブで言ってる。ＮＩＳは、これからさらに大勢を殺して、会議を中止させるって」

「大勢は死なないし、会議も中止にはならない。必ず成功させる」

明日香は強い口調で言い切った。マリナの死を決して無駄にはしない。

「ママの遺品がある。見てほしいの。何か気が付くことがあれば教えて」

明日香は、ビニール袋に入った証拠品をテーブルに並べた。

スマホ、フラッシュメモリー、ボールペン、メモ帳、ハンカチ、花柄の手帳もある。

手帳には、折り畳んだハガキサイズの新聞の切り抜きが挟んであった。

エリーゼが広げると、少年兵の写真がある。十代半ばの男女が十人、自動小銃を手に写っている。明らかに女性だと分かるのは、マリナと隣りの兵士だけだ。イスラム過激派の女兵士が、男兵士と一緒に写っている写真は珍しかった。

エリーゼが無言で見つめている。突然一人の少年を指さした。

「この人、テロリストの一人。私を護って撃たれた人。雰囲気が変わっていない」

明日香は写真を覗き込んだ。

「ずいぶん昔の写真ね。私には全員が同じように見える。十二歳から十五歳の兵士との説明文がある。日本でいえば中学生ね」

全員がまだ幼さを残している。しかし彼らの目は、何かに挑むような激しさを秘めている。戦士の目、とでもいうのか。ジョンも横から覗き込んできた。

「今回の戦闘で死んだテロリストの写真を、ニューヨーク市警に送ってもらった。今、FBI、CIA、NSAが総動員で身元を調べている」

ジョンが声を低くして言う。

「マスコミが真相を話せといって押し寄せてます。マリナは高速道路の銃撃戦で死んだのではないのかって。マリナはテロリストの一員で、国際会議の場で自爆するのが目的だったのか。新崎総理は嘘をついてたのかって」

池田がエリーゼを気にしながらさらに続けた。

「マリナの娘は生きてるのか。彼女もテロリストの一員かって、至急記者会見を要求しています」

「マスコミにはマリナのデータは配信済みだろ。彼らは生贄がほしいんだ。マリナと新崎総理は生贄にピッタリだ。女テロリストと東洋の無知でのん気な女リーダー」

ジョンが吐き捨てるように言う。

「やめなさいよ、そんな言い方。総理はまだＩＣＵよ。記者会見なんてできる状態じゃない。警護関係者じゃダメなの。横田課長はすでに記者会見を開いて、経緯を話している。マリナは娘を誘拐され、ＮＩＳに脅されていたと」

「だったら、娘のエリーゼ本人を出せってことだ。あいつらの言いそうなことだ」

「私、出てもいい」

エリーゼが躊躇なく答える。三人はエリーゼを見つめた。

2

明日香はエリーゼにマスコミに出る危険性を話して、部屋に帰した。

三人になると、ジョンが明日香と池田の前にタブレットを出した。

無言で映像を流した。迎賓館赤坂離宮の会議場に設置されていた監視カメラの映像だ。

「友人になった刑事が見せてくれた。気が付くことはないか」

アルフレッド大統領がマリナに近づく。マリナはぎこちない歩みで大統領の方に歩いていく。世界に流された映像とは違う角度から撮ったものだ。

大統領がマリナの身体を抱き締めようとした瞬間、新崎が飛び出してくる。大統領を突き飛ばし、二人の間に入った。

明日香は思わず目を逸らせた。新崎は明日香からの電話で、マリナの体内に仕掛けられた爆薬のことを知った。だから身をもって大統領を護ったのだ。

「しっかり見るんだ。おまえは警護官だろ」

目を開けると同じ映像が流れている。今度は目を逸らさずに見た。

「爆発の規模は小さい。やっぱり、大量殺戮を目的にした自爆テロとは違う」

「液体爆薬はごく少量だ。だから俺たちが探しても見つからなかった。本気で世界を震撼させたかったら、液体爆薬の量を増やし、もっと血なまぐさい状況になってる。あの程度の爆弾だと、自分は死んでも他の者に与えるダメージは少ない。新崎総理もごく至近距離だったが死ななかった」

「テロリストは、この映像を世界に見せたかったんじゃないかしら。どんな手を使っても、敵対勢力は許さないと印象づけるために」

ジョンが再度、映像を流した。マットがマリナの背後に立っている。大統領が近づいたとき、立ち止まったマリナに近寄ってきた。マリナの身体を押し出した瞬間、爆発が起こった。

爆発の衝撃を受けたのは大統領ではなく、飛び出してきた新崎だ。マリナが倒れ、床に血が広がっていく。

「この映像では判断することはできない。マリナは液体爆薬を体内に仕掛けられ、それが爆発した。分かることはそれだけだ」

「起爆装置はどうなってるの」

「金属探知機を通って会場内に入っている。起爆装置のカプセルを飲まされたのはその後だ。

会場内の他の監視カメラは調べたのか」

「捜査一課がやっている。怪しい者の出入りはない」

「現場に連れて行ってくれないか。詳しく調べたい」

「鑑識がさんざん調べた。ビデオも撮ってるから、それを見たら」

「アスカの十倍は見た。俺は古いタイプの刑事なんだ。現場を見ないと納得できない」

「あそこは立ち入り禁止で、二十四時間、警察官が――」

断ろうとした明日香の脳裏に高見沢（たかみざわ）の顔が浮かんだ。まったく似ていない二人の顔がダブって見えたのだ。

明日香は立ち上がった。ジョンと池田が同時に立ち、「車を用意します」と池田が部屋を飛び出していく。


会議場の警備はさらに厳重になっていた。明日香は警護のために調べたいと言って中に入った。

飛び散った血と内臓はすでにきれいに片付けられていた。まだ調整中だが、会議は中止になる可能性が高いことが伝わってくる。世界は会議の意義を重視し、そのために戦うのではなく、恐怖に屈し、好機の目で成りゆきを見ているだけなのだ。その点では、テロリストは成功している。

ジョンが会場を見回している。

「俺の前に立ってくれ。ビデオ通りにやってみたい」

明日香はジョンに言われるままにマリナのいた位置に立った。

「ビデオではマリナはもっと左だった」

明日香はジョンの言葉に従って位置を変える。

アルフレッド大統領がマリナを抱き締めようとしたところに新崎が飛び出して、二人の間に入った。そのとき、マリナの腹部が爆発したのだ。

「テロリストの目的がマリナのスピーチ阻止だとしたら成功している。私たちの完敗」

「いや、会議は成功した。世界にテロリストの非道さをアピールできた」

「バカを言わないで。今のままじゃ、会議は失敗。日本じゃ多くの一般人が犠牲になった。今後、政府に対して、特に新崎総理には風当たりが強くなる」

「やはり爆薬の量が少なすぎる」

ジョンが会場内を見回しながら呟く。

「爆発の規模は小さかったけど、衝撃度は、アメリカの貿易センタービルへの旅客機突入並み。この会場の人たち、中継を見ていた人たちは、その衝撃を生涯忘れないと思う。人が目の前で爆発した。テロリストは世界に恐怖をもたらした」

「テロリストの勝利というわけか。マリナの口を封じ、世界に衝撃を与えた」

「爆薬をもっと多くしてたらどうなるの」

明日香自身、自分の口から出た言葉に驚いている。

「被害はもっと大きくなった。だが、事前に気付かれる危険も大きくなる」

「あなたが気付いた時点で、もっと精密検査をやれば良かった。私の大きなミス」

明日香の本音だ。何かを呟きながら考え込んでいたジョンが、顔を上げた。

「いや、俺のミスだ。マリナと会議に気を取られすぎていた。爆発は大統領を狙ったとは考えられないか」

「ユニークな発想だけど、矛盾が多すぎる。まともに爆発を受けても、新崎総理は助かった」

「彼らはそれを分かっていて、爆薬の量を調整した。殺戮よりも爆薬の発見阻止を重視した。

アスカは、新崎総理は今後どうすると思う。あの身体だ」

一瞬言葉に詰まった明日香が、ジョンを見つめる。

「落ち着いた時点で総理を辞任すると思う。自分の現在の身体では務まらない仕事だと、総理は知っているから」

今度はジョンがマリナが立っていた位置に立った。

「新崎総理がいなければどうなっていた」

「アルフレッド大統領が重傷を負うか、死んでいた」

「だとすると、テロリストが狙ったのは、アルフレッド大統領だ。しかし、新崎総理がマリナと大統領の間に入ったので、大統領は転んで腰を打った程度だ」

「成功していれば、NISは世界最強国の大統領を殺害したことになっていた。世界中の人が見守る中で。たしかに宣伝効果は抜群ね」

明日香の脳裏に、ICUのベッドに横たわる新崎の姿が浮かんだ。

「新崎総理が任期途中で総理の座を降りるとどうなる」

「総理大臣の第一継承者は副総理」

「アメリカも副大統領が継承順位が一番だ」

「マリナの体内に爆薬を仕掛けたのは、NISではなく副大統領だとでもいうの」

言葉に出してみると、ジョンの言う意味がハッキリしてくる。

「俺だって信じたくない。アメリカ民主主義の恥だ。だが、ハッキリさせなければならない。思い出せ、防犯カメラの映像を。マリナの背後にいたのはマットだ。マット・カスバード」

ジョンは、今までになく真剣な表情で言った。


スーザンはホテルオークラ東京で待っていた。明日香が会いたいと電話したのだ。アルフレッド大統領が泊まっているホテルなので、アメリカのシークレットサービスとマスコミで溢れていた。しかし、アルフレッド大統領はアメリカ大使館にいるという。

「ここにいていいの。会議の継続か中止の話し合いを取材するんでしょ」

「もちろん。その話し合いがなかなか始まらない。でも、結論は決まっている」

スーザンが遠慮がちに言う。会議は中止だと言いたいのだ。

会場で起こった出来事は、各国のマスコミにも大きな衝撃を与えていた。生中継の最中の事件なので、事実をありのままに伝えている。マリナの腹部が飛び散り、日本の総理が血に染まった映像が世界に流れた。以後のニュース番組ではカットされたり、ぼかしが入っていたりしているが、すでに世界には修正なしの映像が溢れている。

明日香は新崎の意向を伝えた。

「新崎総理は会議継続か否かの話し合いに出たいけれど、ICUから出られない。現在、主導権はアルフレッド大統領が握っている。官房長官が彼に電話したが秘書が出て、傷のことを第一に考えてほしいと言うだけ」

「私は一介の新聞記者。その議論は事務方がオンラインでやっている。最終決定には首脳たちが二十分後に迎賓館に集まるらしいけど、私たちは蚊帳の外。知らされるのは結論だけ。今回はその結論も分かっている」

「新崎総理はアルフレッド大統領と話したがっている」

明日香の言葉にスーザンが大きく両腕を広げた。

「私に何ができるというの」

「話し合いの取材には行くでしょ。今、病院の集中治療室で新崎総理がスピーチの準備をしている。それを他の首脳たちに見てもらいたいの。そこでテロ撲滅世界会議の意義をしっかり伝えられるかどうかが、再開への条件。準備ができ次第、私があなたに電話する」

明日香は手順を話した。

「やはり、私には荷が重すぎる」

「あなたにはできる。去年の官邸での事件を思い出して。あなたも新崎総理も生き抜いた。今度はあなたが世界を助ける番」

スーザンは明日香の視線を外し、考えていたが小さく頷いた。

「十分後、会議を続けるかどうかの話し合いが始まる。今日中に結論を出すそうだ」

スマホを耳に当てていた記者が、手を上げて大声で叫んだ。


話し合いは三十分遅れで開始された。

各国首脳たちが席に着くと同時に、スーザンは記者証を高く掲げた。

「私はワシントン・ポストの記者です。テロリストなんかじゃありません。日本の新崎総理からの依頼を受けてまいりました。皆さんに見ていただきたいものがあります」

スーザンは返事を待たず、スマホを出すとテーブルに置いた。

正面の大型モニターに接続する。

画面にはＩＣＵのベッドに横たわる新崎の姿が現れた。見た目は痛々しいが、カメラに向ける目と表情には強い意志と精気が感じられる。

会場内は静寂に包まれた。その中に新崎の声が響いた。

「まず今回の世界会議のために犠牲になった方々に深く哀悼の意を捧げます。また、そのご家族の方々に深くお詫びいたします。そして、皆さんにもお詫びします。今回、日本政府は、多くの事実を発表しませんでした。それは、マリナ親子の安全を第一に考え、二人を護るためです。しかし、遺憾ながらそれも叶いませんでした」

新崎は数秒、涙を隠すように天井を見上げた後、表情を正し深々と頭を下げた。

〈しかし皆さん、私はこうして生きています。私は日本の総理大臣です。私にも会議に出席する権利があります。いえ、義務です。この会議を阻止しようとしたテロの犠牲になった人たちへの義務です。もちろん、マリナ・エゾトワ氏に対してもです。彼女の死は世界に恐怖を植え付けました。しかしそれ以上に、世界の人たちに彼女の勇気と義務感を強く印象付けたに違いありません。彼女は断じてテロリストなどではありません。犠牲者です。私は彼女を護れなかったことを一生後悔するでしょう。マリナは、ただ娘を想う優しく強い母親です。残された娘さんのためにも、会議を最後まで続けてください。そして、このような悲劇のない世界にしようではありませんか。このままでは、テロリストの思うつぼ、彼らの勝利です〉

新崎は何度も呼吸を整えながら、時間をかけて話した。声は細く弱々しいが、強い意志が感じられた。会議場は静まり返っている。

画面にはときどき、医師が来て新崎のバイタルを測る姿が映った。新崎と医師が言い合いを始めた。医師に命じられた看護師が注射器を持ってきた。

〈皆さん、気にしないで。意識を保つ薬です。私の意識は鮮明です。目を閉じるとマリナの姿が浮かびます。彼女が私に訴えるのです。何としても、会議を続けるようにと。そして、二度と自分のような子供たちを、女性たちを出さないようにと〉

新崎が大きく息を吐いた。そして、目を閉じた。ＩＣＵが騒がしくなり、映像は切られた。

ドクターストップがかかったのだ。これ以上続けると、重大な結果を生む可能性があるということだ。

話し合いはその後、一時間にわたり続けられた。

最終結論は、一時間後に投票で決められることになった。日本、ドイツ、フランスが会議の続行を主張し、アメリカ、イギリス、イタリア、カナダが会議の延期を支持している。アルフレッド大統領が突如、消極的になったのだ。ＮＩＳの脅威(きょうい)はそれほど大きいということだ。

3

明日香とジョンは、公邸の一室にいた。

二人はテーブルに置いたタブレットを見つめていた。ディスプレイにはスーザンが映っている。スーザンが会議の中止を告げてきたのだ。

〈ＮＩＳの脅威は想像以上に大きい。報復を恐れる国があっても不思議じゃない〉

「会議が中止になれば、世界はテロリストに屈したと思われる」

「すでにＮＩＳは、会議を阻止したと声明文を出している。今後、表だって敵対する国には、自爆攻撃を続けると言っているようなもの。形だけの共同声明を出しても、誰からも相手にされない」

ジョンがスマホに何紙かの英字新聞の見出しを出して、憂鬱そうな顔で言う。そこにはすでに会議の失敗を宣告する記事が載っている。

「このままだと、テログループの完全勝利だ」

〈これだけの犠牲者を出して会議が中止では、日本の外交力はゼロになる。どの国も今後、日本を信頼しない。新崎総理も報われない〉

スピーカーにしたタブレットから、スーザンの声が聞こえる。

〈問題はアルフレッド大統領ね。彼はいい人だけど、臆病。でも最近、野心を持ち始めている。ひと押しすれば落ちる。たとえば会議の成果を彼のものにするとか〉

「大統領に連絡が取れるの」

〈問題はそこ。シークレットサービスはピリピリしてる。ちょっとやそっとでは近づけない〉

「時間がない。頼る人はあなたしかいない」

ドアが開く音と共に声がした。

「私がマスコミの前で話すことはできないの?」

振り向くとエリーゼが立っている。

「ママはテロリストの一味だと思われている。私は我慢できない」

「それはダメ。危険すぎる。マスコミに出るってことは、あなたの存在、顔と声が世界に流れるということ。テロリストの標的になる。危険すぎる」

「ママはそれを覚悟で私を日本に連れてきた。私はみんなの前で話したい」

〈マリナの娘がスピーチすることになれば、世界は注目する〉

タブレットからスーザンの声が聞こえた。

「私はママがテロリストではないことを証明したい」

エリーゼの表情には強い決意が感じられる。


三十分後、エリーゼの強い望みで官邸内で記者会見が開かれた。

最初は明日香もジョンも反対したが、最後にはエリーゼの強い意志を感じた明日香が賛成したのだ。

記者会見場にいたのは、スーザンが連れてきた十人ほどの外国人記者だった。その倍に近い警察官と警護官で、さほど広くない部屋はいっぱいだった。

「ママはテロリストじゃない。ママが死んだのは――」

エリーゼは下を向いた。時間だけが流れていく。

会場は静まり返っていたが、ざわめきが広がり始めた。

「止めさせろ。これ以上は見ていられない」

ジョンが明日香に視線を向けた。

「彼女はマリナの娘。マリナと十三年を過ごしている。これくらいでは負けない」

エリーゼが顔を上げた。

軽く息を吸って、マスコミをゆっくりと見渡していく。

「ママが死んだのは私のせい。私がテロリストに誘拐されて、殺すと脅かされて仕方なく指示に従った。私はママに感謝している。こうしてここに立てたことを。だから、ママが果たせなかったことを私が果たします」

エリーゼが記者たちを見つめ、きっぱりとした口調で言い切った。

会見は三十分余り続いた。手術のために日本に来たこと、ＮＩＳに襲われ、殺されそうになったこと。そのたびに日本の警護官に助けられたことを話した。

大統領は室内を歩き回っていた。とんだ茶番だった。東洋の小国にまで来て、得られたものはなかった。

〈自爆テロに怯えるアメリカ大統領〉。持っていたコピーペーパーを屑籠に放り込んだ。ネットに公開された写真だ。やはり来るべきではなかった。これでは、再選どころか、次期大統領選への出馬すら危ぶまれる。副大統領が攻めてくるだろう。

突然、秘書が入ってきてテレビを付けた。

スレンダーな少女が立っている。回りを、十人ほどのマスコミ関係者と思われる者が取り囲んでいる。

少女の横にいる女性はスーザン・ハザウェイ。さっきの話し合いで新崎のスピーチをつないだ記者だ。

「誰だ、この娘は」

大統領はテレビに目を向けたまま、秘書に聞いた。

「マリナの娘、エリーゼ・エゾトワが官邸で記者会見を開いています」

「たしか十三歳と聞いていたが。マリナによく似ている。芯の強そうな娘だ。話し方もしっかりしている」

「母親はテロリストに脅されて、何も知らないまま自爆テロ犯に仕立て上げられたと言っています。大した娘です。あの娘の言葉で状況は一変しています。世界の同情を引くでしょう」

大統領は少女を凝視しながら、しばらく考え込んでいた。

「この娘をこの後の会議の冒頭で話させることはできないか。マリナの代わりだ」

「それは大統領自ら決めることです」

「この娘はいまどこにいる」

「官邸敷地内にある新崎総理の公邸だと聞いています。記者会見は官邸で行われています」

「新崎総理と話せるように手配してほしい」

エリーゼを見つめていた大統領は、秘書に向かって言った。


痛みは感じないが、脳が薄いベールに包まれているようだ。ベールの中に浮かぶのは会議の行方だ。医師は眠るべきだと言っているが、あと二十四時間は眠るつもりはない。会議が中止ということになると、今まで犠牲になった人たちに何と言えばいい。すべて自分の責任だ。

「アルフレッド大統領から電話です。どうしましょうか。今の状態で話をすることは――」

白衣にマスク姿で入ってきた秘書が告げる。

「大丈夫。私が出る」

新崎はベッドで身体を起こそうとして呻き声を上げた。激痛が全身を貫いたのだ。

「傷口が開きます。無理はしないでください」

医師が慌てて身体を支えた。

「スピーカーホンにして。ここでの話は外交秘密になります。どうか他言無用に」

新崎は医師と看護師に言うと、一瞬目を閉じてスマホを見た。

〈前の話し合いの途中で退出なされ、心配していました。我々は会議を続ける意向です〉

挨拶(あいさつ)抜きの言葉が始まった。

「私からも大統領にお願いの連絡をしようと思っていたところです。どうか、今までの努力を無駄にしないでほしい」

〈しかし、会議を続けるにしてもあまりにインパクトが少ない。あなたも重傷を負われた〉

「私は必ず会議を成功させたい。そのためなら命を落としてもいい」

〈私たちは大きなサプライズを失いました。最大のインパクトを持つ人です。それに代わるものを用意しなければなりません〉

大統領の声が心持ち大きくなった。

〈マリナには娘がいますね。エリーゼという。さっきの官邸での記者会見を見ました。彼女が母親の代わりにスピーチすることができないでしょうか〉

「まだ十三歳です。それに母親を亡くしたばかりです」

新崎はひと言ひと言を絞(しぼ)り出すように声に出していく。

〈だからこそ世界の同情を引くでしょう。話さなくてもいい。ただ私の横に立ってさえいてくれれば〉

「彼女の存在は極秘にするつもりでした。彼女自身の未来のために。しかし彼女は記者会見を開いて、母親の弁護をしました。自分の母はテロリストではないと。彼女らしい決断です。しかし、これ以上の危険を冒(おか)すことはできません」

〈私はエリーゼを世界の人々に紹介したい。彼女は聡明で勇気がある。わずか十三歳の少女

が、世界で最悪の状況の少年少女たちを救うのです〉

「私は反対です。これ以上、マスコミに出ることはエリーゼの命の危険にかかわります。母親の二の舞いには断じてさせません」

〈安心してください。私のシークレットサービスを付けます。彼らは全力で少女を護ります。彼女が話すことで会議の継続に意味を持たせることができるのです〉

大統領は強い口調で言った。すでに決めているのだ。

〈私が会議継続を他の首脳たちに提案してみます。会議の冒頭で、エリーゼがマリナの代わりにスピーチを行います〉

大統領が一方的に話して電話は切れた。

新崎は目を閉じた。今後はアルフレッド大統領の主導で会議は進められる。彼はエリーゼを次期大統領選に利用しようとしている。マリナのときと同じだ。しかし、自分のやらなければならないことは、エリーゼを護り抜くことだ。


アルフレッド大統領の会議継続の意向は、他の五か国の首脳たちに伝えられた。

「協議の結果、会議が続けられることになりました」

官邸で官房長官が記者会見をした。

「アルフレッド大統領の意思ですか」

「会議には新崎総理も出席するのですか。かなり重傷と聞いていますが」

記者たちの声が飛び交い始めた。

「新崎総理の強い要請です。忍耐と強さで出席を押し切りました。会議の共同声明はＧ７の首脳、全員一致で裁決されるべきだというのが総理の強い希望です」

官房長官は十分ほど前に新崎に会ったが、回復とはほど遠い状況だった。

「この会見も、総理自身が官邸の執務室まで車椅子(くるまいす)で行き、自ら会見を開くと言い張りました。しかし、医者が許可しませんでした」

「では、総理は会議には欠席ですか」

「先ほどと同じです。ICUからオンラインで出席する手はずを整えています。明日、定刻通りに会議は再開されます」

会議の最初にアルフレッド大統領の経過説明が行われ、エリーゼのスピーチが入り、午後に共同声明を発表する。警護は今まで以上に厳重に行われると述べた。


ラッカム副大統領は、持っていたスマホを壁に投げつけたい衝動にかられた。

エリーゼという小娘が死んだ母親の代わりに会議でスピーチをするという。アルフレッド大統領は弾んだ声で告げた。これで、大統領の支持率は十ポイントは上がるだろう。数分前に流されたニュースでの記者会見を見たばかりだった。エリーゼは賢く勇気ある少女のようだ。母親の名前を出すごとに目はうるんでいた。会議はそれだけで大成功になる。大統領は少女の亡命を認め、今後の大統領選に向けての遊説には、あの少女を必ず連れて行くだろう。

「これでアルフレッド大統領は、党の大統領指名選挙で敗(やぶ)れることはない」

声に出すとますます現実味を帯びていく。

副大統領は電話をかけた。いつもは一度の呼び出し音で応答する男が、五度目でやっと出た。

「今、大統領から電話があった。マリナにはエリーゼという娘がいるそうだな。マリナの代わりにエリーゼがスピーチをやるそうだ」

〈まだ十三歳の小娘です〉

「ニュースでその小娘の会見を見たばかりだ。感動的なものだった。大統領は、アメリカ国民の前でも話してもらうと言っていた。遊説に同行させる気だ」

〈無理です。彼女は母親同様、テロリストに命を狙（ねら）われます。アメリカ到着後、ＦＢＩの証人保護プログラムに入ります。一緒に遊説などできません〉

「できるんだよ。大統領になると、何でもできるんだ」

　副大統領は相手を怒鳴（どな）り付けたい衝動を必死で抑えていた。

「きみは何をやればいいか、分かっているんだろうな。もう、失敗は許されない」

〈私は失敗などは――〉

「まだテロリストの生き残りはいるだろう。彼らは死を快楽への門出と考えている。これほど強いものはない。副大統領として与えられたすべての権限を使って、きみを援助する。衛星通信も画像も使い放題だ。日本に駐在している米軍の全面協力もだ。その代わり、必ず成功させるように。失敗すると、ホワイトハウスに君の居場所がなくなる。逃げ出すのは構わないが、私が大統領になれなかったら、やはりアメリカ政府にもきみの居場所はない」

　副大統領は一気に言うと通話を切った。

4

「本当にあなたがマリナの代わりに話すというの」

明日香はエリーゼを見た。マリナにうり二つの瞳が見返してくる。

スーザンが電話で、アルフレッド大統領の言葉を伝えてきたのだ。

「ママの代わりに、あなたが世界に向けてスピーチをするということなのよ」

エリーゼは明日香を見つめて頷いた。

「大統領は自分のそばに立っているだけでいいと言ってる。完全に次期大統領選対策ね。彼は二期目も狙っている。あなたは彼に利用されようとしているのよ」

「アスカは私がうまく話せないと思っているんでしょ。私は日本に来ていつもママと一緒だった。朝起きて、食事のときも、治療しているときも、寝ているときもね。そしてママがスピーチの練習をしているときも。ママの言葉は頭の中に入ってる」

エリーゼが自分の頭を指した。

「そうじゃない。あなたは記者会見でも立派に話した。あなたが話している姿を見ると、マリナかと錯覚してしまう。でも今度は違う。慎重に考えて。これは危険なことなの。会議でスピーチをすると決めたときから、あなたはＮＩＳを敵に回すことになる。命を狙われることになる。それでもあなたは、マリナの代わりにスピーチをしたいと言うの」

エリーゼがためらいもなく頷く。

「ママは言ってた。自分で自分の道を切り開きなさい。ママは言ってた。自分はそう決心するのに十年かかった。私にはもっと早く、そうしてほしいって」

　エリーゼの頰には涙が伝っている。

「私はいつもママのスピーチの練習を見て、聞いて、真似したこともある。ママはすごく上手だって褒めてくれた。だからママの言葉を私の口から会場と世界の人々に伝えたい」

「あなたの思いは分かる。でも物事はそんなに単純じゃない。マリナの死は劇的だった。この会議は非常にシビアな問題を含んでいる。とくに各国の首脳たちにはね。次に狙われるのは自分だと思ってしまうような」

「アスカは、私がママの代わりにスピーチすることに反対なの」

「違う。マリナもそう望んでいると思う。でもそれには――」

　大きな危険、最悪の場合は死が伴うと言いたかったのだ。

「私は大丈夫。怖くなんてない。だって、アスカが付いていてくれるんでしょ」

　明日香は答えることができなかった。マリナは死に、新崎は政治生命を絶たれる重傷を負った。

「私はママの遺志を継ぎたい」

　エリーゼは繰り返した。その声と表情に強い意志を感じる。

「アメリカ大統領はそれを望んでいるんでしょ。私は世界に向けて話す義務がある。それはママの遺志だから」

　エリーゼが明日香を見ている。明日香は思わず頷いていた。マリナに見つめられた錯覚に陥ったのだ。

「これを聞いてほしい。マリナの新しいスピーチ。あなたは知らないと思う」

明日香は、マリナのポケットに入っていたフラッシュメモリーを渡した。マリナが直前まで練習していたスピーチの原稿が入っている。側面の赤黒い筋はマリナの血だ。遺留品の中から無断で持ってきたのだ。

「私は新崎総理にあなたの決心を伝えに行く」

明日香は立ち上がった。


明日香は背筋を伸ばし、軽く息を吐いて病室に入って行った。

新崎は目を閉じたまま明日香の言葉を聞いている。明日香が話し終わっても、しばらくそのままの姿勢でいた。やがて静かに目を開けた。

「私は反対。私の決断でマリナは死んだ。エリーゼまで失うことはできない。その他にも多くの国民が犠牲になった。悲しみに打ちひしがれる人をこれ以上出したくない」

「このままだと、その人たちの死に意味がなくなります。この会議で決められたことは、今後、その何倍、何十倍もの命を救うことになります。さらに、マリナと同様な道を歩く子供たちを救うことにもなります。会議が中止になれば、テロリストに敗北したことになります」

新崎は無言だった。しかしその閉じられている目には涙が滲(にじ)んでいる。その涙は頬を伝い、枕に染(し)みを作っていく。

「今度は私がエリーゼに付きます。彼女は私が護ります。危険は承知しています。マリナを殺すことで、ＮＩＳは目的を達成しました。ですがまだ、テロによる殺戮は続いています。このままだと、彼らのテロ行為はますますひどくなる。恐怖や威嚇(いかく)ですべては解決すると思わせることになります」

明日香は今までになく慎重な口調で話した。

「エリーゼにスピーチをお願いして」

新崎の口から細い声が漏れた。

「でも、約束して。あなたが護って、エリーゼを必ず私たちの元に返して」

「今度は失敗しません」

明日香は無意識のうちに姿勢を正し、ハッキリとした口調で言った。


明日香は公邸に戻る前にスーザンとジョンと待ち合わせ、病院近くのコーヒーショップに入った。日付が変わったばかりの時間だった。客の姿も見えるが、多くはない。

「新崎総理はエリーゼのスピーチを了承してくれた。エリーゼは会議が終わると大統領と一緒にアメリカに渡る」

「大統領は次期大統領選のためにエリーゼを利用しようとしているのね。つまり、これから始まる全米遊説に連れて行く」

スーザンが言った。

「政治家って奴らは、選挙のためなら何でもやるってことか。エリーゼは必ずテロリストに狙われる。見せしめのためだ」

ジョンの声には怒りが混ざっている。

「新崎総理はマリナの遺志を大切にしたいと言っていた。エリーゼもそうしたいと言ってる」

「これだけ有名になったんだ。アメリカにも世界にも。どこに行ってもマスコミに付きまとわれる。殺してくれと言ってるようなものだ。アメリカに到着した後は、直ちにＦＢＩの証人保護プログラムに入るべきだ。それともこのまま日本に残るか」

「日本にいても常に危険にさらされる。ＮＩＳの標的になる」

「だったらアメリカに亡命して、大統領並みの警護を付けるんだな」

ジョンが感情をむき出しにして怒鳴るように言う。

「テロリストの標的になることだけは絶対に避けなければならない」

明日香は言い切った。どれほど厳重な警護をしても、リスクはある。特に自爆テロに対しては、通常の警護は無力に近い。命には命をかけた警護が必要ということだ。

スーザンが二人の会話を無言で聞いている。


スーザンはホテルオークラ東京にいた。アルフレッド大統領に会うためだ。

名前とワシントン・ポストの政治記者であることを告げると、大統領が宿泊している最上階のスイートルームに通された。

「きみのことはよく知っている。去年、首相官邸に閉じ込められた記者だろう」

スーザンが前大統領チェイス・ドナルドの娘であることを知っている。話を聞くというより、興味本位で会ったのだ。

「先週のワシントン・ポストの私の記事を書いたのはきみだったか。もっと好意的に書いてほしいと頼むことは可能かね」

大統領がスーザンを見て言う。

「私は忖度は苦手です。事実を客観的に、公平に読者に伝えるだけです」

「では用件は何かな。申し訳ないが、私には時間がない。会議を終わらせ、早くこの国を去りたいのでね」

　スーザンはポケットからボイスレコーダーを出してスイッチを入れた。聞き慣れた声が流れてくる。大統領の動きが止まった。

「副大統領とシークレットサービスに翻弄されるアメリカ合衆国大統領、というタイトルはどうですか。ここ数日内のワシントン・ポスト、一面の見出しです」

「どこでその音声を手に入れたんだ」

　大統領の表情が変わっている。

「スクープを出すたびに聞かれる言葉です。私に言えるのは、取材源の守秘義務についてと記事の公表時期の相談です。大統領にも考える時間が必要だと思います。それより、この声が誰であり、内容は正確なのかを調べることです。最近はＡＩを利用した音も映像もかなり本物に近い偽物が出回っていますから」

　あるホワイトハウス内部の者からの情報だった。真偽のほどは明らかではない。今、民間の新聞社が調べる余裕はない。政府が調べれば早くて正確だと判断したのだ。

「違法入手の証拠は裁判には使えない」

「証拠ではなく、情報です。調べれば、証拠はいくらでも出てきそうです。この事実は大統領の考え次第では、プラスにもマイナスにも使えます。アメリカ政界を巻き込む大事件です」

「きみはいったい何を企んでいる。私の単独インタビューか」

　大統領の目はボイスレコーダーに貼り付いたままだ。

「エリーゼのＦＢＩの証人保護プログラムの実行です」

　スーザンは大統領に納得を求めるように言う。

「この音声と会議の成功があれば、大統領の再選は間違いないでしょう。エリーゼを遊説に連れて行く必要はありません。彼女は会議でスピーチをした後、母親のマリナが望んだとおり、ＦＢＩの証人保護プログラムに入る。静かな町で普通の生活を送り、自分の道を歩んでいく」

「私はこれ以上の犠牲者は出したくないんだ。きみは見たかね。マリナ・エゾトワの自爆シーンを。だから引き続き、エリーゼを――」

「会議はテロとの隔絶を宣言するものです。会議を成功させれば強いアメリカの復活です。アメリカ国民だけでなく、世界があなたを賞賛します」

スーザンは最後の言葉を繰り返した。大統領も考え込んでいる。

「もう一度、過去、今日、そして、未来に起こるテロについて考えてください。多くの人たちが命を失い、人生を変えられる子供たちも出てきます。どこかで断ち切ることこそ、あなた方の使命です」

スーザンは大統領の目を見て話した。明らかに迷いが生まれている。

「世界で多くのテロで亡くなった人たち、この国でも、会議開催のために多くの命が失われました。その人たちに報いるためにも会議を成功させ、それに貢献したエリーゼの身を何よりも優先して護ってほしいのです」

「その音声をもらえないか。どうせ、コピーだろ」

「オリジナルです。しかし、コピーは何本も作りました」

スーザンはボイスレコーダーからＳＤカードを取り出した。

「会議は継続され、エリーゼは証人保護プログラムに入ると考えていいんですね。副大統領の裏切りにも屈せず、テロ撲滅に尽くした勇気ある大統領として、再選に力を尽くしてください」

スーザンは、ＳＤカードをデスクに置くと部屋を出た。

ホテルを出て歩き始めてからスマホを出した。

「有り難うございました。万事、うまくいきました、キャラハン上院議員。大統領は驚いてはいましたが、内心は喜んでいます。これで再選に何歩も近づけましたから。私も衝撃的な記事が書けそうです。でも、どうしてあなたが大統領に直接伝えないのですか。アメリカ政府を救ったことになる」

〈政治の世界は複雑で、一筋縄ではいかないのよ。魑魅魍魎（ちみもうりょう）の世界なの。ワシントンＤ.Ｃ.で生きていくためには勉強になったでしょ〉

今後もお互いに協力しましょ、という言葉と共に電話は切れた。

決して表に出ようとはしない。政治の世界でも、同僚を売るということは信用をなくすということなのか。頭のいい方だ。スーザンはスマホをしまい、軽く息を吐くと歩き始めた。

5

「起きて。どうせ、寝てないんでしょ」

明日香はエリーゼを起こした。一時間ほど前までスピーチを練習するエリーゼの声が聞こえていた。

「すべてお見通しなのね。でもまだ朝の五時過ぎよ。会議が始まるまでには時間があるでしょ」

「会場までは近くて遠いの。若いんだから、徹夜くらい平気でしょ。あなたのママもこの時間には起きていた」

官邸から迎賓館赤坂離宮までは車で十分程度だ。しかし現在、このエリアは都内で危険度が最も高い。

明日香の後ろに立っているジョンを見て、エリーゼは起き上がった。

「公邸の裏口に総理専用車を回している。あの車は防弾仕様と聞いた」

去年までは普通の車だったが、官邸が襲撃されてからは防弾仕様車に代わっている。しかし、銃撃にはなんとか耐えられるという程度だ。ロケット弾で攻撃されればひとたまりもない。

十分で用意を済ませると公邸の裏口に出た。明日香はエリーゼと後部座席に座った。

「回り道で行くんですね。でも、ここまでする必要があるんですか」

運転席に座っている池田が言う。迎賓館赤坂離宮周辺は警視庁の厳重警戒地区になっている。

エリーゼの予定については、関係者以外誰にも知られていない。

「まだアケミの生死は確認されていない。テロリストの生き残りも何人いるか分からない。最大限の注意を払って移動してくれ」

新崎に会った帰りに警視庁へ寄ったとき、横田から直接指示されたのだ。

ジョンが助手席に乗り込むと、車は走り始めた。

「マットの居場所が分からない。俺の拳銃を返してくれないか」

ジョンが振り向いて言うが、明日香は無視した。

時折り爆発音と銃撃音が聞こえてくる。〈東京駅付近でテロリストとの銃撃戦が始まっています〉と、無線機から声が聞こえる。

池田がラジオのスイッチを入れた。

〈昨夜から、東京が戦場と化しています。NISと赤色戦線の生き残りが最後の攻撃を仕掛けています。各国の首脳たちも肝を据えたらしく動揺は見られません。テロリストは、会議の開かれる迎賓館赤坂離宮を目指して、ゲリラ戦を続けています。自衛隊と警察が合同で阻止に当たっています。十台以上のパトカーが襲われ、火を付けられたり、乗っ取られています。いくつかの検問所では銃撃戦が行われ、爆破されています。その他の地区でも多数の爆発が起こっています〉

東京が戦場と化しています、とアナウンサーが繰り返す。

明日香が後部座席から身を乗り出して、ラジオを消した。

青山通りに入った瞬間、車のフロントガラスに亀裂が走った。

「狙撃だ。スピードを上げろ」

ジョンの声で車のスピードが上がる。五分ほど走ってスピードが落ちた。

百メートルほど先に道路をふさぐように車が止まっている。様子を確かめようと明日香が身を乗り出したとき、轟音が響き炎が上がる。爆風に押されるように車は大きく蛇行して、ガードレールにぶつかって止まった。

明日香は辺りを見回した。前方のビルの端に数人の人影が見える。人影に目を止めたまま拳銃を抜いた。

「全員、車を出て。RPGを持っている」

逃げるのよ、と叫びながら、明日香はエリーゼのシートベルトを外し、背中を押した。

二人が車を離れて走り出すと同時に、白煙を引いたロケット弾が迫り、爆発音と共に車が炎に包まれる。明日香はエリーゼを抱くように抱えて、道路をふさいで止まっていた車の背後にうずくまった。

池田が銃を撃ちながら明日香たちの方に走ってくる。その後にジョンが続く。

「まずい状況だ。俺の銃はアスカに取られた。銃を持っているのは、銃を撃てない警護官だ」

明日香の横にすべり込んできたジョンが言うが、明日香は前方を見たままだ。パトカーのサイレンが聞こえ、近づいてくる。

パトカーが止まり、数人の警察官が乗っているのが見える。彼らもこちらを見ている。

「こっちにこい。ここは危険だ」

パトカーの中から警察官の一人が怒鳴った。その間にも車に銃弾が当たる音が響く。

様子を探ろうとする池田の腕を、ジョンがつかむ。助手席の警察官が自動小銃を抱えている。

「赤色戦線の奴らだ。パトカーの警察官が自動小銃なんて持っていない」

「直(す)ぐに応援が来る。横田課長に連絡した」

見上げると数機のドローンが近づいてくる。パトカーからドローンに向けて発砲が始まった。警察官の制服を着た数人の男が自動小銃を撃ちながら飛び出してくる。一機のドローンが煙を上げ始めた。

大音響と共に、パトカーが爆発した。ドローンからのミサイルが命中したのだ。パトカーの周りには数人の男たちが倒れている。

ジョンが辺りに目を配りながら立ち上がった。池田とエリーゼもゆっくりと立った。銃声が響いて、エリーゼが道路に倒れた。その上にジョンが覆いかぶさっている。

顔を上げると、長身の男が自動小銃を構えて立っている。マットだ。

「夏目警護官、出てくるんだ。銃をこっちに投げろ。きみが出てこないと三人が死ぬことになる」

「撃て、明日香。エリーゼを助けろ」

ジョンが怒鳴ったが、明日香は持っていた銃をマットの足元に投げた。

「やっぱりあなただった。あなたは連邦政府の役人でしょ。それも大統領警護のSP」

「あんたらにはうんざりしているんだ。こんなことをしてどうなる。テロはなくならないし、犯罪もますます増えていく。人が死ぬのは当然のことだ。僕たちがくだらない指導者を命をかけて護る必要なんてない」

マットが銃をエリーゼに向けると同時に、ジョンがエリーゼをさらに引き寄せる。数発の銃声と共にマットが背後にのけ反った。明日香の手には銃が握られている。ジョンから取り上げた銃だ。

明日香は銃を構えたままマットのそばに行ってひざまずいた。

マットは胸に――防弾ベストを着けていなかった。二発の銃弾が左胸を貫いている。

「なぜなの、マット・カスバード。シークレットサービスの仕事は大統領を護ることでしょ」

「護る価値のある大統領はね。あの男にその価値はあるか」

「国民が彼を選んだ。あなたの仕事は彼を護ること。たとえ、あなたの意思に反していても」

「俺には――」

マットの口に血が溢れ、激しく咳き込むと動かなくなった。

明日香の視線はマットに注がれたままだ。銃を握り締めている手が動かない。

そばに来たジョンが明日香の肩に手を置いた。

「肩の力を抜け。もう、終わったんだ。アスカはエリーゼを護った」

ジョンが何事か囁きながら、明日香の手から銃を取った。

サイレンの音が聞こえ、パトカーと救急車が近づいてくる。


明日香はエリーゼと会議場の隅にいた。背後には、ジョンと池田が銃に手をかけて、辺りを見回している。全員がどこかから血を流しているが、ふき取れば目立たない程度だ。

「無理しなくてもいいのよ。あなたは自由。それがマリナの望んでいたこと」

明日香はエリーゼの肩に手を置いた。細かな震えが伝わってくる。やはり十三歳の少女には重すぎる役割なのだ。

「大丈夫。私にはママが付いていてくれてるから。それにアスカも」

明日香に視線を向けると拳を握り締め、前を向いた。

「ミズ・エリーゼ・エゾトワです。今日は、本当ならこの場でスピーチするはずだった母、ミズ・マリナ・エゾトワの代わりにスピーチします」

議長のアルフレッド大統領がエリーゼの紹介を終えて、彼女の方を見ている。

「エリーゼ、あなたのもっとも愛した人を思い浮かべなさい。マリナはいつも一緒」

明日香が軽く肩を押すと、エリーゼは前方を見つめ、演壇の方に歩いていく。エリーゼは演壇に立った。しばらく沈黙が続く。緊張して言葉が出ないのか。

明日香の方を見た。表情は硬く、目には怯えが見える。無理もない。まだ十三歳だ。

明日香は拳で胸を優しく三度叩いた。エリーゼが苦しそうにしているときに、マリナがやっていた動作だ。エリーゼの表情が緩み、拳を作ってそっと胸に当てた。

エリーゼは顔を上げ、テレビカメラと首脳たちに視線を向けるとゆっくりと話し始めた。

「私はエリーゼ・エゾトワ。十三歳です。私には朝と昼と夜、そして私が悲しくなったときに、私を抱き締めてくれるママがいました。でも、ママにはそんなママはいませんでした。私と同じ、十三歳のときに、ＮＩＳに誘拐されたからです」

エリーゼは目を閉じ軽く息を吐いた。顔を上げて首脳たちを見回し、テレビカメラに視線を向けた。

「世界にはママと同じように、村や町から誘拐されて、両親や兄弟から離され、兵士にさせられる子供が多くいます。ママはそんな子供たちと、私のために立ち上がりました。テロリストの本当の姿をママの言葉で世界に伝えようとしたのです。ママは、昨日、ここで世界に向けてスピーチをする予定でした。でも、亡くなりました」

エリーゼの声が乱れ、手のひらで頬をぬぐった。背筋を伸ばし、首脳たちに視線を向けた。

「だから、代わりに私が話しています。ここからは、私のママが私が寝ている横で練習していたスピーチです。私は寝たふりをして何十回も、何百回も聞きました。だから、覚えていて、ここで世界の人たちに向けて話します」

会場は静まり返っている。一人一人の呼吸の音さえ聞こえてきそうだった。この部屋にいるのは三十人余りだ。だがここで話している少女の前には、何千万人、それ以上の視聴者がいるのだ。

「私のママ、マリナ・エゾトワは中東の小さな村に住んでいました。両親は農民でした。貧しいけれど、幸せな日々でした。しかし、ある日、NISに襲われ、村の子供十人と共に連れ去られました。連れて行かれたのは山奥にある、NISのキャンプです。そこで――」

明日香は部屋から聞こえてきたマリナの声を思い出していた。細くて小さかったが意志の塊のような力強い声だった。

エリーゼは母、マリナの、貧しかったが幸せな村での生活、NISのキャンプでの戦闘訓練や結婚という名の女性の人身売買の実態を述べた。母と共にキャンプを脱走してからの過酷な日々、親子での安らぎについて話した。

時折り詰まりながらも、エリーゼは三十分間のスピーチを終えた。

「私はママを愛しています。そしてママも私を愛してくれています。今も、これからも永遠に――」

会場からエリーゼの声が消えた。部屋中に静寂が漂っている。

アルフレッド大統領が立ち上がり、拍手を始めた。それを合図に次々に首脳たちが立ち上がり、拍手が会場内に轟いた。この放送は日本だけでなく、世界中に流れているのだ。

明日香の目は会場内を見回していた。全神経を集中してわずかな異変、違いを探した。何かあれば、私は迷いなく少女の盾になる。

エピローグ

東京都心でのテロ攻撃は、〈テロ撲滅世界会議〉終了と共に収まっていった。

会議の翌日、明日香は、ジョンの見送りのために成田国際空港にいた。

「これで俺も安心して、ニューヨークに帰ることができる」

「義弟のかたき討ちが残ってるんじゃないの」

「それは国がやってくれる。テロ撲滅の会議が開かれ、世界にテロリストの正体が明らかになったからな」

「意外とまともなことも言うのね。でも、ジョンにはニューヨークが似合ってる」

「初めてジョンと呼んだな、アスカ。ニューヨークに来たことがあるのか」

「気分だけはね。ジョンみたいなのが大勢いる町。今の世の中、月にだって行った気分にはなれる。それで充分よ」

「寂しいことを言うな。遊びに来いよ。俺が案内してやる。ブロードウェイだって、マンハッタンだって、もちろんＮＹＰＤだって」

ジョンが名残り惜しそうに言う。三十二歳。彼の歳を知ったのは一時間前だ。ＮＹＰＤ、ニューヨーク市警の身分証を見せてくれたのだ。初めて会った日には生年月日までは見ていなかった。明日香とは四歳しか違わない。

「FBIになら行ってもいい。訓練を受けにね」

「あれは、クワンティコだ。あんな澄ました奴らが好みなのか」

池田が息を切らせて駆け込んでくる。

「頼まれていた情報です。結論は先になります」

池田は「アケミの生死に関してです」と明日香に向かって言った。ビルの焼け跡からは数十体の遺体が出てきた。NISのテロリストと赤色戦線の兵士だが、爆発と炎上で遺体の損傷が激しく、身元確認に手間取っているのだ。

会議が終わって一週間後、新崎の政治家引退の会見が行われた。

エリーゼのスピーチが終わり、「テロ撲滅のための共同声明」が採択された一時間後に、新崎の手術が始まった。手術は十時間を超える難しいものだった。無事成功したが、目、腕、足の右側の機能が失われた。

医者からは止められたが、車椅子に座って執務室からの記者会見だった。

新崎は、何かを訴えるような視線をテレビカメラに向けた。深い息をついて、話し始めた。

「今回のテロで右目の失明と右手足の損傷を負いました。これ以上、総理、政治家を続けることは困難であると判断しました。このひと月は私にとって、人生で最もハードな日々でした。会議は何とか終わりました。今後は世界が一体となってテロ撲滅に取り組むことになります。情報の共有、テロ集団の拠点と資金源の根絶、違反した場合の罰則の強化などに合意しました。そして何より、子供たちの安全と幸福に対する取り組みが強化されます」

新崎はしばらく目を閉じて考え込むような仕草をしたが、話を続けた。

「私の政治家人生には多くの反省もあります。しかし、有能で誠実な多くのスタッフに支えられ、意義ある時間であったと信じます」

部屋の壁際には数十人に及ぶスタッフが並んでいた。ハンカチを目に当てている者もいる。

「多くの人が亡くなりました。家族、友人を亡くした人も多い。多くの悲しみが生まれています。しかし、世界は一歩、平和に近づいたと信じたい」

新崎が自分自身に言い聞かせるような言葉だった。


「本当にそれでいいの」

新崎が聞いてくる。

「要人を護(まも)ることも大切ですが、名もない普通の人々を護ることも、意義あることだと気付きました」

明日香は東京・立川(たちかわ)の交番勤務になったのだ。

このひと月余りで、明日香は数えきれないほどの超法規的行動をとった。横田課長は、本来ならば懲戒(ちょうかい)免職になるところだと言った。超法規的という言葉を使ったが、要するに大半は違法行為だ。

警護官に未練はないこともないが、これ以上続けるとさらに大きなミスを犯しそうな気がしたのだ。そして何より、自分の精神状態が恐ろしくなったのだ。この一年余りの間に、普通の女性、いや普通の人が経験する何万倍ものハードな経験をしてきた。

「過去は考えるな。多くのミスを犯しているが、最も重要なのは、今自分が生きているということだ」

マットを撃って、明日香の固まった手から拳銃を取るとき、ジョンが言った。

そのときは、ジョンの言葉に納得できなかった。自分はためらいながらも引き金を引いた。相手を傷付け、殺すためだ。これが普通であっては絶対にいけない。

「私は一生、この重荷を背負って生きていく」

明日香の言葉にジョンはただ肩をすくめただけで、それ以上何も言わなかった。

「女性の警護官ももっと増えるべきです」

明日香は笑みを浮かべた。これは本音だ。

エリーゼはスーザンと一緒に、エア・フォース・ワンに乗ってアメリカに飛び立っていった。

エリーゼは大統領の遊説に同行するよう要請されたが、スーザンの働きかけでＦＢＩの証人保護プログラムに入った。どこかの州の一般家庭の里子になり、成人するまで一人の少女として育てられる。その後は、必ず日本に来ると言っていた。その日まで、明日香には新しい名前も住所も知らされることはない。


ホワイトハウス、ウエストウイング。大統領執務室の隣り、照明を落とした薄暗い部屋の中に十人の男女がいた。閣僚数人と軍関係者だ。

アルフレッド大統領は時計を見た。午前九時、シリアでは午前三時だ。

正面の大型モニターは四分割され、二つはドローンからの映像で、あとの二つは建物の近くに停められた車からの映像だ。

「地上部隊は何人だ」

「二台の車に四人ずつです」

「それで大丈夫なのか。失敗した場合は、我が国がテロの標的にされる」

「二機のドローンで攻撃します。地上部隊の攻撃は予定していません」

「なぜ配置している」

「テロリストが逃げ出してきたときのためです。しかし、その心配はないでしょう」

〈攻撃準備が完了しました。最終攻撃許可を出してください〉

作戦本部からの声で、部屋中の視線が大統領に集中する。

「ターゲットはＮＩＳ幹部、アブデル・サゥード。その他の幹部もそろっている。多くの自爆テロの計画者だ。この場所に子供がいないことは確認できているか」

「確認済みです」

「やってくれ」

〈攻撃開始〉

建物に光と白煙が上がった。一発、二発、三発。

〈全弾、命中です。中にいた者の脱出の気配はありません〉

無線が聞こえる。

「ＮＩＳの幹部は一掃されたか」

「これで再選は間違いないでしょう。あなたはテロ撲滅のために世界を動かした偉大な大統領です」

新しく副大統領に任命されたアニー・キャラハン上院議員が言った。

バーナード・ラッカム前副大統領は、国家反逆罪で逮捕され拘留(こうりゅう)されている。仮釈放(かりしゃくほう)なしの終身刑になる可能性が高い。

「新しい世界の始まりだ」

アルフレッド大統領は呟いた。しかし、ひと月もすれば新しいテロ組織が生まれることは分かっている。だったら、また一掃すればいい。私の任期はまだ十分残っている。テロを撲滅した偉大な大統領として称えられるはずだ。明日からは全米を遊説に回る。エリーゼを連れて行けないのは残念だが、彼女のスピーチは全世界に衝撃を与え、自分は彼女を救い出した大統領ということになっている。

明日香は深く息を吸った。木々と土の香りを含んだ空気というのだろうか。都会とは違う空気であることは確かだ。

東京の郊外、立川の交番勤務になって一週間がたとうとしていた。

明日香は空港でのことを思い出していた。ジョンが搭乗ゲートに入る前に、明日香を抱き締めたのだ。そしてキスをした。池田が飛び出しそうな目で見ていた。

「必ずニューヨークに来るんだぞ。俺が案内をしてやる」

ゲートの向こうから聞こえた大声が、まだ耳の奥に残っている。

〈了〉

〈著者略歴〉
高嶋哲夫（たかしま　てつお）
1949年、岡山県生まれ。慶應義塾大学工学部卒。同大学院修士課程修了。日本原子力研究所（現・日本原子力研究開発機構）研究員を経て、カリフォルニア大学に留学。1979年日本原子力学会技術賞受賞。94年、『メルトダウン』（講談社）で小説現代推理新人賞、99年、『イントゥルーダー』（文藝春秋）でサントリーミステリー大賞・読者賞、2017年、『福島第二原発の奇跡』（ＰＨＰ研究所）でエネルギーフォーラム賞優秀賞を受賞。
そのほかの著書に、『原発クライシス』『ＴＳＵＮＡＭＩ』『Ｍ８』『富士山噴火』『バクテリア・ハザード』（以上、集英社）、『首都崩壊』『日本核武装』『ハリケーン』『紅い砂』（以上、幻冬舎）、『首都感染』（講談社）、『「首都感染」後の日本』（宝島社）、『EV』『パルウイルス』（以上、角川春樹事務所）、『ライジング・ロード』『世界に嗤われる日本の原発戦略』『官邸襲撃』（以上、ＰＨＰ研究所）など多数。

本書は、月刊文庫『文蔵』2022年３月号〜2023年５月号の連載に、加筆・修正したものです。

この物語はフィクションであり、実在の個人・団体とは一切関係ありません。

首都襲撃

2023年8月31日　第1版第1刷発行

著　者　高嶋哲夫
発行者　永田貴之
発行所　株式会社ＰＨＰ研究所
東京本部　〒135-8137　江東区豊洲5-6-52
文化事業部　☎03-3520-9620（編集）
普及部　☎03-3520-9630（販売）
京都本部　〒601-8411　京都市南区西九条北ノ内町11
PHP INTERFACE　https://www.php.co.jp/
組　版　朝日メディアインターナショナル株式会社
印刷所　図書印刷株式会社
製本所　図書印刷株式会社

© Tetsuo Takashima 2023 Printed in Japan
ISBN978-4-569-85526-4
※本書の無断複製（コピー・スキャン・デジタル化等）は著作権法で認められた場合を除き、禁じられています。また、本書を代行業者等に依頼してスキャンやデジタル化することは、いかなる場合でも認められておりません。
※落丁・乱丁本の場合は弊社制作管理部（☎03-3520-9626）へご連絡下さい。送料弊社負担にてお取り替えいたします。

PHP文芸文庫

官邸襲撃

高嶋哲夫 著

日本の首相官邸をテロ集団が占拠。女性総理と来日中のアメリカ国務長官が人質となるなか、女性SPがたった一人立ち向かう！